Meurtres chez Saint-Pierre

Du même auteur

Éditions Coëtquen :

Carrousel alsacien, 2011.
L'Ange pleureur fait son cirque, 2012.
Ça va m'occuper !, nouvelle édition, 2014.
La Valse des cadavres, 2014.
Ça r'commence !, 2015.
Pour la peau d'un chamois, 2016.
Dérapage à Noël, 2018.

Rebelle Éditions :

Fashion week, 2015.
J't'aimerai jamais gadjo, 2017.

Laurent Pocry

Meurtres chez Saint-Pierre

Éditions Les Passionnés de bouquins

2020

À mon beau-père, Raymond Wurtz, « malgré-nous », bien malgré lui et prisonnier à Tambov.

Avertissement

Ce roman est une fiction. Toute ressemblance avec une ou des personnes existantes ou ayant existé serait une coïncidence. Les secteurs géographiques sont réels. Les organisations, administrations, commerces et autres sites sont utilisés dans un contexte imaginaire.

Éditions les Passionnés de bouquins
36 impasse du Tonkin - 69290 Craponne
email : contact@les-passionnes-de-bouquins.com
site Internet : www.les-passionnes-de-bouquins.com
ISBN 978-2-36351-092-1

Conception graphique et mise en page : *Marcel & Mado*

Prologue

Une semaine avant la rentrée des classes

Il faisait chaud en cette mi-septembre 1969 et les mouches bourdonnaient autour des vaches qui tentaient vainement de s'en débarrasser en brassant l'air de leur queue. Un beuglement de lassitude ponctuait leurs mouvements dérisoires.

Dans les prés, des agriculteurs enfourchaient les regains fauchés les jours précédents sur une remorque tirée par un tracteur expulsant une fumée noire. Le vieux Massey Harris comptabilisait des milliers de kilomètres sur les chemins ruraux et pâturages des alentours de Saint-Pierre-de-Chartreuse. Il ne tarderait plus à rendre l'âme. À proximité, une femme à l'âge incertain rassemblait des brassées de foin oubliées, à l'aide d'un large râteau en bois.

Un homme observa le ciel dénué de nuage et rumina des mots incompréhensibles. Aucune goutte de pluie n'avait humidifié les terres depuis plus de quinze jours. Malgré un sol calcaire, le massif de la Chartreuse supportait ce début de sécheresse. L'herbe était encore verte, rivières et torrents s'écoulaient gaiement. Des libellules épiées au fond de l'eau par des truites farios virevoltaient au-dessus des cailloux.

Parfois, l'une d'elles jaillissait pour gober un insecte avant de regagner son lit de graviers.

La cloche de l'église de la commune tinta joyeusement à 16 heures et la grappe de gamins s'agglutinant près d'une meule de foin s'égaya lorsque la mère de l'un d'eux leur jeta une gerbe de blé d'or en souriant. Ils se retrouvèrent tous à l'entrée du champ où patientait une dame plantureuse à l'aspect revêche, un large panier en osier déposé à ses pieds. Âgée d'une quarantaine d'années, deux petites rides creusaient son front lui offrant un air de sagesse que néanmoins elle ne possédait guère. Une paire de lunettes de soleil dissimulait une partie de son visage. Chaussée d'épais souliers de cuir, vêtue d'une robe longue cachée derrière un large tablier aux couleurs pastel, d'une chemise unie appartenant probablement à son mari et d'un fichu abritant une masse de cheveux bruns, elle les attendait les bras croisés.

— Il fait trop chaud pour courir ! dit-elle en leur présentant de larges tartines recouvertes de confiture à la myrtille.

Ils s'en emparèrent sans un remerciement tout en poursuivant leur babillage. L'un d'eux s'appropria une gourde au plastique granuleux couchée au fond du panier. Il dévissa le bouchon rose et avala une longue gorgée.

— Bois doucement et pense à tes copains. J'en ai seulement amené deux.

— Et les trois autres bouteilles, là ? répliqua l'impertinent en tendant un bras dans leur direction.

— Le vin est pour les hommes.

— J'en suis un ! ajouta un gamin d'à peine neuf ans.

La femme éclata de rire.

— Attends encore un peu. Tu verras, ça passe très vite.

— Trop, fit le plus irrévérencieux. Les vacances finissent déjà. On retourne à l'école la semaine prochaine.

— Tu rentres en quelle classe ?

— En CM2.

— C'est bien, dit-elle en tournant la tête instinctivement pour chercher sa progéniture. Où est Michel ?

La seule fille accompagnant le petit groupe répondit d'une voix à peine audible.

— Il est parti tout à l'heure attraper des vers au ruisseau du Couzon.

— Celui-là, alors ! fit sa mère en levant les yeux au ciel. Un véritable homme des bois. Il rentrera encore à la nuit tombée et son père le talochera.

Elle soupira et offrit une poignée de bonbons à la marmaille.

***

À l'abri sous des arbres séculaires, le Couzon s'échappait tranquillement des hauteurs de la montagne du Grand Som pour venir traverser la paisible commune chartrousine[1]. Il se mariait avec les eaux de l'impétueux torrent du Guiers Mort qui s'enfonçait dans la vallée creusée il y a des millénaires par l'érosion pour ensuite se jeter bien plus loin, en aval, dans le Rhône.

En short et chemisette, les pieds dans l'eau et sa paire de tennis posée sur une large pierre, Michel cherchait des vers de berge pour ses futures pêches. À dix ans, le jeune garçon aux cheveux noirs possédait une dextérité enviée par la majorité de ses camarades. D'un naturel solitaire, il aimait la sérénité offerte par la montagne.

La rivière semblait chanter en coulant entre les pierres et des insectes virevoltaient à quelques centimètres de la surface, indifférents au flot susceptible de les emporter. Une boîte en fer blanc dans la main gauche, Michel avançait doucement à contre-courant. Il appréciait la fraîcheur prodiguée par l'eau et l'ombre des arbres surplombant le ruisseau.

---

1. Chartrousin : relatif au massif de la Chartreuse.

Depuis une demi-heure sa quête s'avérait fructueuse. La moitié de son petit réceptacle grouillait de lombrics qui s'entrelaçaient tels des lutteurs convoitant un trophée. En levant la tête, il aperçut un rayon de soleil traverser les feuillages. L'arbre dispensait son ombre jusqu'à la berge opposée.

Son attention fut attirée par un objet à la forme indistincte situé près d'un gros rocher enfoncé sur la grève. Le jeune garçon regarda un instant derrière lui, vit sa paire de chaussures au même endroit et, rassuré, il avança doucement. Un faible cri de douleur franchit ses lèvres lorsqu'il posa un pied sur la pointe d'un caillou.

Mû par la curiosité et tenaillé par une légère appréhension, il progressait précautionneusement en regardant où mettre les pieds. L'eau transparente lui facilitait la tâche, mais il avait appris la leçon. Il distingua un large béret coincé sous une grosse branche brisée. Si le morceau de bois ne l'avait pas retenu, le couvre-chef aurait été emporté par le courant. Son cœur s'affola. L'enfant ramassa un galet et le brandit, prêt à le lancer. Il contourna de plusieurs mètres le bloc rocheux et poussa un cri d'effroi en apercevant un corps à demi immergé. À un mètre du béret, un homme était étendu sur le ventre, sur l'herbe humide. Seul, son visage disparaissait sous les vaguelettes venant mourir sur la berge gravillonnée. Une bouteille de vin vide gisait à ses côtés et le bouchon en liège, bien enfoncé dans son goulot. Michel s'immobilisa et laissa tomber son caillou. Aucun son ne sortait de sa bouche et la peur cédait la place à la curiosité.

La corpulence et les vêtements lui ôtèrent toutes interrogations. L'homme résidait au village. Un pantalon usé jusqu'à la corde, une chemise de flanelle tout aussi élimée et une paire de bottes indécrottable ; sans oublier la tarte[1], souvenir d'un service militaire bien lointain, l'identifièrent aussitôt.

— Jules ! s'écria le gamin.

Il n'avait jamais vu un mort, mais la curiosité l'emporta et il s'approcha. L'homme portait des cheveux longs et une mèche soubresautait au gré du flux. Elle semblait désirer s'échapper, suivre le flot pour disparaître à jamais.

Michel se ressaisit, observa les alentours et revint sur ses pas à toute allure sans sentir les pointes acérées de quelques graviers. Il chaussa ses tennis et, oubliant sa boîte de fer-blanc, il détala vers Saint-Pierre-de-Chartreuse.

***

Christine Meyer regarda discrètement l'horloge murale surplombant le bureau du directeur de l'école et songea que l'entretien devrait bientôt s'achever si elle voulait prendre le dernier autocar reliant Saint-Pierre-de-Chartreuse à Grenoble.

Le bâtiment formait un angle arrondi et jouxtait la mairie. La visite de son appartement de fonction situé au-dessus des classes avait pris plus de temps que nécessaire, le maître des lieux lui ayant présenté toutes les pièces dans les moindres détails.

À vingt-deux ans, fraîchement émoulue de l'École normale des instituteurs de Strasbourg, la jeune femme tout excitée de découvrir son premier poste avait posé d'innombrables questions. Elle enseignerait le français, le calcul, la géographie et autres matières à dix-huit élèves du CE1 plus ou moins turbulents. « Vous verrez, ils sont gentils, démonstratifs. De

1. Béret porté par les chasseurs alpins. Plus large que celui des autres corps d'armée, il préserve du soleil. À l'origine, il était prévu pour protéger… les pieds.

vrais enfants de la campagne », avait certifié le directeur en concluant : « Un seul redoublant cette année. »

Christine était entrée à l'École normale à Strasbourg deux années auparavant. Ses cours agrémentés de stages dans diverses classes de la région avaient renforcé sa conviction. Dispenser le savoir était un sacerdoce. Adolescente, elle ne souhaitait qu'une chose : enseigner.

À l'obtention de son diplôme, elle avait opté pour l'académie de Grenoble. Elle ignorait tout de la montagne et s'était décidée, sur un coup de tête, pour les Alpes. Aucune place n'étant disponible dans les villes les plus importantes de l'Isère, son choix s'était réduit à de simples villages. Ne les connaissant pas, elle avait préféré Saint-Pierre-de-Chartreuse pour avoir visionné à la télévision un documentaire sur le monastère de la Grande Chartreuse. Si la région ne lui plaisait pas, elle pourrait obtenir une mutation l'année suivante.

Le train de nuit l'avait transportée à Grenoble et elle s'était réveillée en contemplant les montagnes environnantes. Les cimes enneigées de la chaîne de Belledonne brillaient de mille feux. Le calcaire blanc du Vercors surplombait la plate vallée du Drac et l'éperon sud du massif de la Chartreuse se magnifiait par les crêtes du Saint-Eynard et du Néron.

Elle eut juste le temps de siroter un café tiède au buffet de la gare avant de rejoindre l'autocar. Lorsque le Saviem S 45 rouge et blanc de la société de transport dauphinois quitta le parking de la nouvelle station construite à l'occasion des Jeux olympiques de 1968 pour s'élever sous la barre rocheuse du Saint-Eynard, puis s'enfoncer entre le mont Rachais et le Rocher du Bret, sa motivation s'évapora au fil des tours de roue.

La jeune femme ignorait l'ensemble des aléas de la vie et des habitudes rurales. Pour elle, la campagne se résumait en de vastes pâturages où broutaient des troupeaux de vaches, de fermes d'où émanaient des odeurs de cochons, de veaux et caquètements de volailles, sans oublier les bruits des moteurs de tracteurs ou moissonneuses-batteuses. Au mieux, elle appréciait les vergers et les vignes où elle cueillait en catimini une poire ou une pomme, voire arracher subrepticement une grappe de muscat au bord d'une route le dimanche, lorsque ses parents quittaient la ville pour rouler dans les plates vallées du Ried et du Sundgau ou les coteaux ensoleillés alsaciens.

Un goût amer envahit son palais quand le véhicule traversa le village du Sappey pour s'enfoncer dans la forêt. La chaussée montait encore, lorsqu'un bref arrêt au col de Porte lui fit découvrir le sommet de Chamechaude. La montagne se révélait dans toute sa splendeur. Le regard de la jeune institutrice dériva vers le nord. La longue vallée de Saint-Hugues-de-Chartreuse s'effilait en une immense échancrure formée par le Charmant Som, à l'ouest et Chamechaude, à l'est.

Une douce et interminable descente amena ensuite le car au pied de sa destination. Il avait franchi les ultimes lacets ascendants pour déboucher sur les premières maisons du village. Il s'était immobilisé quelques secondes plus tard au centre de la commune. Sans savoir pourquoi, un mauvais pressentiment envahit la jeune femme.

Le Saviem l'abandonna dans un bruit de pot d'échappement prêt à se rompre. En observant la place déserte, elle se promit de rapidement connaître ses habitants et prendre rang auprès de la communauté.

Plongé dans ses pensées, le directeur la rappela à l'ordre d'un bref claquement de règle sur le bureau. Elle sursauta.

— Je vous prie de bien vouloir m'excuser, monsieur Carpentier, soupira-t-elle en se redressant sur sa chaise, le voyage m'a fatiguée.

L'homme assis derrière la table d'acajou représentait la raideur incarnée. Seule, la forme de la bouche amorçait un semblant d'affabilité sous un nez busqué et deux petits yeux noirs. Son visage ovale reposait sur de larges épaules. Des bras anormalement longs causaient un trouble certain à la première rencontre.

— Je comprends, assura-t-il en se levant. Je vous raccompagne.

Ils traversèrent le couloir pour l'instant silencieux donnant l'accès aux classes.

— Vous restez dans la région jusqu'à la rentrée? Si oui, l'appartement est à votre disposition.

Il marchait avec de longues enjambées, sans se soucier d'elle. Deux pas derrière lui, elle courait presque pour éviter d'être distancée. Elle répondit d'une traite.

— Non monsieur. Je retourne à Strasbourg par le train de nuit, via Lyon.

— Comme vous voulez, conclut-il en lui serrant la main devant le portail d'entrée. N'oubliez pas la journée précédant la rentrée des classes.

— Oui, la journée pédagogique. Je m'en réjouis d'avance. Je ferai connaissance avec mes collègues.

— Ils ne sont guère nombreux. À bientôt.

Sans un mot de bienséance, il fit demi-tour pour rejoindre son bureau. Christine le regarda s'éloigner et lut l'heure à sa montre. Elle indiquait 16 h 25.

— J'ai le temps avant l'arrivée du car.

Elle observa les alentours. Point culminant du massif de la Chartreuse, le sommet de la montagne de Chamechaude se découpait dans le ciel azuré. Les forêts ceinturant la commune offraient l'été une timide fraîcheur.

Elle avançait en regardant le paysage lorsqu'un garçon d'une dizaine d'années hurlant des phrases incompréhensibles la percuta.

— Pardon m'dame! s'écria-t-il en reprenant sa course.

— Tu pourrais faire attention! cria-t-elle à son tour en se frottant le coude.

Seule, la cloche de l'église marquant 16 h 30 lui répondit. Christine ne discerna jamais une silhouette bouger derrière le rideau de la fenêtre d'une maison.

***

En arrivant au champ, Michel alerta ses parents à travers de larges cris. Tous se précipitèrent autour de lui. Entrecoupées de reniflements, ses explications les convainquirent. Pour une fois et vu son état d'excitation, il ne semblait guère plaisanter. Hommes et femmes désertèrent leur labeur pour le suivre, à l'exception d'un couple qui, malgré sa curiosité, se voua à la garde des autres enfants. Le groupe les abandonna à grand renfort d'exclamations et se dirigea vers la place de la commune.

En la traversant, tous remarquèrent une jeune inconnue attendre l'autocar.

L'équipe composée de quatre hommes et trois femmes suivait Michel qui marchait à grands pas. Heureux d'être le héros du jour, il avançait fier comme Artaban, se rengorgeant en passant près d'une fille de son âge, étonnée de le voir escorté par ces gens vociférants. Tous parlaient en même temps et, sans comprendre un traître mot, elle les talonna. Ils quittèrent Saint-Pierre de quelques hectomètres pour emprunter la direction du col du Cucheron. Puis, Michel descendit les quelques mètres séparant la route du ruisseau. Il tendit le bras à l'instant où il aperçut de nouveau le corps.

— Ici ! dit-il en frissonnant.

— Reste là ! intima son père en plaquant une main sur son épaule.

Les autres approchèrent doucement, lorgnant le cadavre avec anxiété.

— Michel a raison, c'est Jules ! fit le premier arrivant.

— Il est mort ? s'enquit un homme portant une barbe de trois jours.

Un troisième s'abaissa. Il posa un doigt au niveau de la carotide et doctoralement affirma d'un ton sec.

— Ouais.

— Ben ça alors ! émit une femme en sortant un mouchoir pour s'éponger le front.

Un silence que seul animait le gargouillis du ruisseau accompagna la réponse. Le groupe cernait le corps sans oser y toucher. La mèche de cheveux de la victime tressautait toujours sous l'action de l'eau et la tarte flottait encore à la surface, retenue par la branche morte.

— Regardez ! formula un homme en pointant du doigt la bouteille abandonnée à proximité du corps.

Une femme la ramassa.

— Du vin.

— Évidemment ! Que veux-tu qu'il y ait d'autre dans une canette appartenant à Jules ?

Malgré la solennité de l'instant, quelques timides sourires s'ébauchèrent. Connu pour sa propension pour l'alcool, Jules ne comptait plus le nombre de fois où un habitant du village le raccompagnait à la suite d'une soirée arrosée. Même les gendarmes s'étaient occupés de lui à maintes reprises. Malgré leurs menaces de l'enfermer pour ivresse sur la voie publique, il n'avait jamais obtempéré et se soûlait quotidiennement.

— Ça devait arriver, articula le père de Michel en se signant. Il a trop picolé, il est tombé et s'est noyé.

— Y'a pas beaucoup d'eau, rétorqua son voisin.

— Pas besoin d'une grande profondeur pour boire la tasse, observa une femme restée discrète. Regardez, il est dégringolé face contre terre. Il s'est assommé, puis gloups !

— Il ne serait pas ici s'il travaillait et ce fainéant serait encore vivant.

— Ça va de soi !

Un nouveau silence salua le dernier commentaire, rapidement rompu par une autre personne.

— On doit avertir les gendarmes.

— Et le maire !

— Et le curé ?

— Tu as raison, Marie. Le curé aussi.

Tous opinèrent.

— Je reste ici en les attendant, fit le père de Michel. Tu rentres avec les autres, ordonna-t-il.

Son fils approuva à contrecœur.

— Heureusement Jules était seul, célibataire.

— Sans famille, renchérit Marie.

Tous songeaient à cet homme paresseux, mais rendant de temps à autre des services aux personnes âgées, vivant d'expédients dans un appartement mis à sa disposition par la mairie. Il avait quitté la marine marchande suite à un accident et ne s'en était jamais relevé. Les déceptions l'avaient précipité dans un alcoolisme chronique. L'ivresse le rendait gai, mais il avait toujours entretenu des liens cordiaux avec les habitants de sa commune. À l'aube de ses cinquante-huit ans, la vie en avait décidé différemment.

— Plutôt la bouteille, asséna un homme à la moustache broussailleuse.

Le groupe opina, mais peu désireux d'ajouter d'autres critiques il mit fin à ses observations. Un dernier regard vers la victime et la petite troupe regagna Saint-Pierre, Michel en tête.

***

Prévenu par l'un des curieux, Vincent Duval, le maire, gara sa voiture sur le bas-côté au moment où le prêtre arrivait à pied. Toute personne rencontrant l'homme d'Église pour la première fois était surprise par sa stature imposante. Son mètre quatre-vingt-dix-huit et ses cent dix kilos laissaient ses paroissiens pantois. Ils souriaient gentiment en le voyant de temps en temps donner un coup de main, les manches retroussées et lâchant de temps à autre un juron lors d'un puissant effort. Une voix grave et des cheveux bruns coupés en brosse renforçaient son aspect physique malgré ses soixante ans. Réfractaire à la tenue civile, il portait encore la soutane noire.

Les deux hommes se serrèrent la main. L'édile, de deux ans son aîné, ne lui ressemblait en rien. Une tignasse poivre et sel coiffée en arrière sur un visage anguleux voilé par une paire de lunettes à la monture en écailles et une silhouette anodine lui allouaient une apparence effacée. « Personne ne se méfie de moi et tout le monde s'épanche. Ça favorise mon boulot de maire », affirmait cet hôtelier trop volubile.

Il prit le bénéfice de la parole.

— Quelle histoire ! Qui vous a prévenu, père Joseph ?

— Je traversais la place et j'ai été étonné de voir tous ces gens en pleine conversation, marchant rapidement... Surprenant à cette heure de la journée. Ils devraient être dans les champs. Ils m'ont expliqué ce qui s'est passé. Le temps de prévenir ma servante et comme vous, j'arrive à l'instant.

— Allons-y ! fit le premier magistrat de la commune en gagnant la berge.

Ils saluèrent le père de Michel, impatient de rejoindre son champ.

— Il est là, dit-il en balayant l'espace de la main.

Le prêtre se signa.

— Je retourne au boulot. À plus !

Le paysan quitta les lieux. Les deux autres restèrent immobiles, hésitant à traverser le ruisseau. Le bruit du moteur d'une Estafette attisa à nouveau leur attention. Le véhicule des gendarmes de la brigade de Saint-Laurent-du-Pont se gara derrière la Peugeot 204 noire du maire et trois militaires les rejoignirent. Le traditionnel képi vissé sur le crâne, ils descendirent précautionneusement le talus. Reconnaissable à son grade situé sur ses épaulettes, l'adjudant-chef leur serra la main pendant qu'un autre époussetait son pantalon. Le troisième resta en retrait, tout en faisant un signe de tête aux deux notables.

— On aurait dû s'habiller en treillis, fit le commandant de la brigade soucieux de ne pas mouiller ses chaussures.

— On passera bientôt à la tenue d'hiver[1]. On ressemblera moins à des bidasses, renchérit un gendarme.

Il parvint à traverser à gué grâce aux diverses pierres disséminées dans le cours d'eau, aussitôt suivi par ses subalternes.

L'adjudant-chef Xavier Louet ôta son képi, laissant apparaître une couronne de cheveux roux. Ce Berrichon d'origine faisait sourire les autochtones quand il s'exprimait. Il roulait les R, sans chercher à se corriger. Son mètre soixante-neuf lui avait tout juste suffi pour embrasser la carrière de gendarme. Sa taille de guêpe – qu'il gardait malgré ses quarante-six ans – le sauva d'une vie civile moins trépidante.

Le prêtre et le maire restèrent à l'opposé du ruisseau. L'OPJ[2] s'abaissa et, aidé de l'un de ses subordonnés, il retourna le cadavre.

L'homme avait les yeux ouverts et son visage présentait une expression étonnée.

— Il est mort sur le coup, certifia Xavier Louet.

— Vous en êtes certain ? s'enquit Vincent Duval de l'autre côté du ruisseau.

— Affirmatif.

---

1. En 1969, les gendarmes revêtaient l'uniforme marron (bien connue des amateurs de la série *le Gendarme...*, avec Louis de Funès). La tenue bleue et le pantalon à bande noire étaient portés uniquement l'hiver. Elle fut admise définitivement en toutes saisons en 1974.

2. Tout gradé en gendarmerie est officier de police judiciaire. C'était, à l'époque, la condition *sine qua non* pour accéder à l'échelon supérieur.

Le plus jeune des gendarmes photographia les environs, puis le corps de Jules.

La joue gauche contre le sol, il baignait dans l'eau jusqu'à la taille. Toute la façade dorsale restait émergée. La partie inférieure reposait sur la grève et était sèche.

Les clichés seraient développés au centre technique à Paris, puis renvoyés à la brigade où l'enquêteur établirait une planche photo qu'il joindrait au procès-verbal destiné au procureur de la République.

Le prêtre interrogea le gendarme.

— Sûr et certain ?

— Oui. Il paraît tout surpris. Un choc et une mort instantanée. Point barre. Ce poivrot fainéant à une fin méritée.

Le religieux se signa pendant que l'édile s'insurgeait.

— Un peu de respect, mon adjudant-chef.

— Nous sommes entre nous, monsieur le maire. Ce paresseux est digne de son sort, si je puis dire. Je ne compte plus le nombre d'occasions où nous sommes intervenus, mes gendarmes et moi pour arranger les affaires de ce pauvre type. En tombant sur un autre homme que ma pomme, il se serait retrouvé plusieurs fois aux prises avec la justice. Comment aurait-il payé ses amendes ? Il n'avait pas un sou. Nous, nous le ramenions à son domicile. Quant au titre de paresseux, je n'en déroge pas. Il n'a jamais cherché de travail. Nous lui avions proposé à maintes reprises de tondre la pelouse et divers autres petits boulots, nous lui avons aussi donné à plusieurs reprises des adresses pour être employé, mais il ne s'y présentait jamais. Il préférait aller pêcher. Alors mon éloge funèbre n'a guère à être avantageux. Point barre.

— Point barre, répéta le représentant de Dieu en songeant que ce militaire arrogant critiquait trop facilement un habitant originaire de la paroisse.

Loin de ces considérations, le gradé s'adressa au gendarme esquissant un dessin de l'état des lieux.

— Appelez la brigade et demandez au planton de nous envoyer un toubib… Les pompes funèbres aussi.

— J'ai croisé le médecin au village. Il est au courant. Il termine une consultation et arrive, annonça le prêtre.

— Parfait. Nous ne traînerons pas longtemps ici.

Le maire leva les yeux au ciel en évitant de formuler son avis. Le commandant de la brigade prenait ses aises depuis trop d'années dans cette circonscription. Présent depuis plus de sept ans, le Berrichon connaissait l'ensemble de la population et oubliait parfois la nature de ses fonctions. Un nouveau chef venant d'un département éloigné de l'Isère serait souhaitable. L'homme posséderait une indépendance et probablement un savoir-vivre que celui-ci négligeait à l'occasion. Il se promit de le signaler au commandant de compagnie, dès la prochaine réunion prévue lors de l'inspection de la brigade.

Louet se redressa en tenant la bouteille dans ses mains.

— Regardez. Il est facile de conclure aux causes du décès. Jules picolait ici, au frais, au bord de l'eau. Il s'est probablement levé, a marché puis a glissé. Il est tombé face contre terre, s'est cogné à ce rocher – il tendit une main vers l'endroit désigné – et s'est tué sur le coup.

— Ce sera au docteur de confirmer.

— Vous avez raison, monsieur le maire.

— C'est bizarre tout de même.

— Pardon ? fit l'enquêteur, dérouté par la réaction du prêtre.

— Vous supposez un accident en prétendant une chute malencontreuse ?

— Oui et alors ?

— La bouteille en verre devrait être brisée.

L'adjudant-chef répondit à la suite d'une brève hésitation.

— La rive est légèrement sablonneuse. Il se reprit : plutôt gravillonneuse. Sans doute ce fainéant la tenait-il avec le bras baissé. La hauteur dérisoire entre sa main et le sol, sans oublier la qualité du terrain, ont amorti le choc.

À l'exception des deux autres gendarmes, le prêtre et le maire paraissaient peu convaincus. Le militaire reprit.

— Nous en saurons plus après l'avis du docteur.

***

Le quai numéro deux de la gare de Grenoble redoublait d'animation. Des voyageurs montaient dans les wagons en s'entretenant joyeusement, d'autres s'envoyaient des baisers à travers les vitres. Christine leva légèrement les yeux et vit la partie nord du massif du Vercors. La barre rocheuse du Moucherotte dominait la vallée.

Un homme observa en catimini cette femme aux cheveux châtains lui tombant sur les épaules, mesurant un mètre soixante-quinze environ. Il ignorait qu'elle maudissait ses deux ou trois kilos en trop qu'elle était la seule à voir. Elle portait une robe droite beige couvrant ses genoux et des chaussures *latines* noires avec un talon de trois centimètres et un collier de pied ceinturant la cheville. Un pendentif et une paire de boucles d'oreilles se mariaient délicatement à son gracieux visage.

Le coup de sifflet du chef de gare l'invita à monter dans sa voiture. Le contrôleur claqua la portière et la locomotive diesel BB 67328 bleue démarra dans un nuage de fumée noire. La rame accéléra, franchit le pont métallique de l'Isère dans un bruit assourdissant, puis elle s'engagea dans la cluse de Voreppe. Le fort de La Bastille disparut derrière l'épaule de la montagne du Néron.

Le compartiment accueillant Christine était occupé par une mère et son fils. Le paysage s'aplanissait sans qu'elle ne le visse. Elle songeait aux gamins dont elle aurait la charge et qui l'écouteraient avec attention. Elle sourit en s'imaginant les prochains mois. Le bruit de la porte ouverte par le contrôleur la surprit. Sa joie s'atténua en voyant les prés s'évaser. La campagne deviendrait bientôt son horizon.

4 jours plus tard, 10 heures

Le cimetière de Saint-Pierre-de-Chartreuse croulait sous la chaleur. La dernière pelletée venait d'être jetée sur le cercueil de Jules devant une nombreuse assemblée. Auparavant, la consommation d'alcool et la paresse avaient été les sujets du sermon du curé, écouté d'une oreille distraite par ses ouailles. La majorité des hommes avaient préféré attendre la fin de la célébration en étanchant leur soif au café de la commune, pendant que les femmes buvaient ses paroles par curiosité. Assis au premier rang, l'élu avait assisté à la cérémonie avec flegme.

Les villageois gagnaient maintenant la petite salle des fêtes où la localité offrait un vin d'honneur à la mémoire du défunt. Certains commentaient la décision du maire depuis deux jours. L'hommage rendu faisait les gorges chaudes des médisants. Malgré les critiques, l'édile résista et les employés municipaux s'occupèrent de l'aménagement de la salle. Des bouteilles de jus de fruits, de vin, des assiettes de gâteaux secs et plusieurs tartes aux pommes garnissaient les tables recouvertes de nappes en papier blanc.

L'adjudant-chef et un gendarme s'étaient déplacés. La Renault 4L garée à côté du fourgon mortuaire, maintenant vide, attendait ses propriétaires. La confusion régnait dans une cacophonie éprouvante à l'intérieur de la salle. Chacun tentait d'accaparer un gobelet ou un gâteau et les commentaires allaient bon train. Parfois, un éclat de rire inapproprié perçait le brouhaha.

— Finalement Jules a eu une belle existence, déclara un homme tenant une poignée de friandises dans une main et un verre de blanc dans l'autre.

— Mouais, si on veut, répondit son voisin en lorgnant un morceau de tarte aux pommes.

— Mais si ! Une vie à bourlinguer sur un bateau. Ensuite, pêcher, picoler, ne rien faire et vivoter à nos frais. C'est-y pas beau ?

— Je préfère la mienne, assura un artisan heureux de son sort.

— Ce parasite a eu la destinée qu'il méritait, fit une femme vêtue élégamment.

L'homme fit demi-tour pour rétorquer.

— Toi, Claire, à part ta petite personne, le reste t'importe peu.

— C'est normal, parmi tous ces ploucs.

— Tu es née ici et y résides, malgré tes critiques.

— Oui, mais je vis bien. Je suis loin de travailler pour des clopinettes. Vous vivotez dans ce bled minable. Moi, j'ai une activité très lucrative à Grenoble.

— Rappelle-moi ton âge ?

La femme haussa les épaules. Son interlocuteur reprit.

— La quarantaine si mes souvenirs sont bons et tu es toujours célibataire. Aucun homme ne souhaite t'épouser.

— Nuance. Je refuse leurs avances. Des péquenots sans envergure ni motivation. Je vaux mieux que vous tous.

Las, l'adjudant-chef Louet traversa la salle en essayant de se soustraire de ces propos affligeants. Il repéra le prêtre discutant avec un jeune garçon et le tira par la manche.

— Un problème, mon fils ?

— Aucun, mais je souhaitais vous tenir au parfum.

— Sur ?

— Le décès de Jules.

— La confirmation d'un malheureux accident.

— Vous êtes au courant ?

— Évidemment. Oubliez-vous où j'habite ?

— Non bien sûr.

— La maison de Dieu est toujours ouverte.

Le gendarme leva les yeux au ciel. Les bondieuseries du religieux l'ennuyaient. Il haussa le ton.

— Si vous savez tout, je m'en vais.

— Pardonnez-moi, mon fils. Je vous écoute.

Cette fois, le militaire soupira avant de s'expliquer.

— J'ai eu le rapport du médecin.

— Vous connaissiez son diagnostic dès le premier jour !

— Absolument. Mais je possède aujourd'hui le certificat officiel.

— Vous l'aviez, affirma le prêtre en croisant les bras. Sinon le permis d'inhumer n'aurait jamais été délivré.

— Vous avez raison. Je tiens tout de même à vous le confirmer. Il s'agit bel et bien d'un accident. Louet marqua un court temps d'arrêt avant de l'interroger : comment étiez-vous certain qu'il s'agissait d'un accident ?

— Je vous l'ai dit. Vous oubliez où j'habite.

Devant le silence de son locuteur, le curé prit une voix bienveillante pour s'expliquer.

— Je croise Vincent Duval tous les jours.

— Voir le maire tous les jours est un privilège.

— Pas dans un village comme le nôtre. Il est resté avec le médecin lors de l'examen de Jules. Le résultat est sans appel. Vous vous êtes trompé. Vous concluiez à un décès instantané suite à une chute. En fait le pauvre homme est mort noyé.

— C'est exact. Je m'en doutais un peu. Sa dégringolade l'a assommé. Il n'a pu réagir suite aux effets de la boisson et il s'est humecté les amygdales jusqu'à plus soif.

Le religieux leva les yeux au ciel et affirma d'un ton où sourdait la colère.

— Constater l'ensemble de ces faits sans autopsie relève d'un professionnalisme de haut vol.

— Il est toubib. Et franchement, mon Père, ça m'arrange. Voilà une énigme rondement menée.

— Une affaire classée en somme.

— Tout à fait.

— Paix à l'âme de ce cher Jules, dit-il en se signant.

— Si vous le dites, rétorqua l'adjudant-chef en s'emparant d'un verre de jus de fruits.

Il gronda un jeune garçon qui le bouscula au passage. Le prêtre sourit en annonçant :

— Ce sera plus calme la semaine prochaine.

— Pourquoi ?

— C'est la rentrée.

— Je n'y pensais plus, assura le gendarme avec un air de gaieté fendant son visage. Mes fils vont retourner en classe. Ça soulagera ma femme.

— La joie des enfants au sein d'une famille est incomparable.

— On voit que vous n'en avez pas !

— En parlant de gamins, le CE1 se dote d'une nouvelle institutrice.

— Parfais, fit le militaire indifférent. D'où vient-elle ?

— De Strasbourg, me semble-t-il.

— J'aurai sans doute l'occasion de la rencontrer au cours d'une surveillance générale. Qui remplace-t-elle ?

— Madame Mirandin, partie en retraite.

— C'est très bien.

— Elle est de passage. Quelques années chez nous avant de retourner dans son Alsace natale.

— Probablement, admit le militaire qui se moquait totalement de l'avenir de l'enseignante.

Il invita son subalterne à le suivre, salua le maire discutant à proximité et quitta les lieux. Le prêtre les regarda s'éloigner, puis s'empara d'une énorme portion de tarte.

Chapitre I

Lundi 15 septembre

Le poids et le volume du sac marin qu'elle portait en bandoulière gênèrent considérablement Christine quand elle descendit de l'autocar. Elle transportait avec elle ses effets personnels et abandonnait en Alsace de nombreux objets aimés. Son logement de fonction étant meublé, elle apportait un minimum de biens. Le chauffeur dégagea une lourde valise de la soute et la déposa à ses pieds. À l'intérieur, un nécessaire de maquillage, une paire de tennis et de mules côtoyaient des livres, des cahiers et sa vieille trousse offerte par sa mère il y a plus d'une décennie. Un petit ours à la peluche râpée par des années de câlins et de caresses constituait l'unique souvenir emporté.

Le chauffeur du car la salua de deux doigts portés à son front en lui souhaitant bonne chance. La cloche de l'église sonna la demie de 10 heures. Cinq autres personnes s'éloignèrent en bavardant. La nouvelle institutrice regarda le transport en commun prendre la direction de Saint-Pierre-d'Entremont, puis elle reporta son attention au village.

Un photographe aurait apprécié ce paysage de carte postale. Avoir en premier plan l'église de la commune et au second, la montagne du Charmant Som. La localité semblait posée aux pieds de la montagne du Grand Som, à l'ouest et de l'autre côté par la débonnaire colline de la Scia. Plus loin, la barrière est du massif de la Chartreuse constituée par la crête de Malissard et les rochers de Bellefont ne facilitaient guère l'accès au plateau. Seule, la route du col du Cucheron située au nord et celles de l'est et du sud se rejoignant à proximité du tumultueux torrent du Guiers Mort reliaient Saint-Pierre-de-Chartreuse aux vallées.

La jeune femme se dit que sa vie prenait un nouveau cap. Empoignant la valise et ajustant la bretelle du sac marin sur son épaule, elle se dirigea vers l'école.

Le directeur lui avait donné la clé le jour de sa visite. Elle monta à l'étage. Malgré les deux mois d'abandon, le logement sentait le bois ciré et un bouquet de fleurs des champs ornait la table de la cuisine. Une attention qu'elle dédia à son patron ou à l'un de ses futurs collègues.

La pièce s'agençait d'un évier en inox, d'un réfrigérateur, d'une table en formica et de deux chaises. Un vaisselier appuyé contre une cloison faisait face au mur opposé, à un buffet. Une porte donnait sur une petite salle à manger. Elle s'assit sur l'un des quatre sièges, croisa les bras nonchalamment sur la grande table en bois et regarda autour d'elle. Un canapé deux places disposé devant une télévision posée sur un guéridon de style Louis XV semblait diviser la petite pièce en deux. Un tableau représentant une montagne que la locataire devina être un sommet de la région ornait tristement un mur tapissé d'un papier à fleurs délavé. Une carpette amortissait les pas sur le parquet ciré. Un puissant rayon de soleil pénétrant par la fenêtre offrait une luminosité agréable, atténuant ainsi l'austérité de l'appartement.

Christine se leva pour traverser le couloir. Un lavabo, une baignoire à sabots et une vieille commode composaient l'aménagement de la salle de bain. Les w.c. s'accolaient à elle. Une troisième porte s'ouvrait sur une petite pièce vide sentant le renfermé. En face, un lit deux places et un buffet en enfilade occupaient la chambre. Deux fenêtres éclairaient l'ensemble.

Elle découvrit des draps propres exhalant une agréable odeur de lessive. Elle les posa sur le lit quand elle entendit frapper à la porte d'entrée. Elle accueillit le visiteur avec surprise.

— Monsieur le directeur !

— Bonjour mademoiselle Meyer. Je venais m'assurer que vous étiez bien arrivée. Avez-vous fait bon voyage ? demanda-t-il en regardant par-dessus son épaule.

Pierre Carpentier ne se fit pas prier lorsqu'elle l'invita à entrer. Il repéra aussitôt ses bagages.

— Je pose mes valises à l'instant. Voulez-vous un café? dit-elle en songeant, tout en le proposant, qu'elle ignorait s'il y en avait.

Elle ouvrit le vaisselier et trouva les tasses. Un sucrier contenant encore quelques morceaux s'invita sur la table. Son hôte parut se rendre compte de son embarras.

— Laissez. J'étais juste venu voir si vous étiez là. Rendez-vous demain à l'école pour notre journée pédagogique. Vous aurez ainsi l'occasion de faire la connaissance de vos collègues.

Elle opina en silence et le reconduisit à la porte. Il était temps d'aller faire les commissions.

***

Depuis la découverte du cadavre, le maire ressassait la mort de Jules. Malgré un état éthylique quotidien, l'ivrogne avait le pied sûr. Il arpentait les montagnes depuis sa jeunesse, avait essuyé des tempêtes au cours de ses traversées aux longs cours et connaissait tous les environs de son village natal. Vincent Duval se posait un tas de questions.

— Comment a-t-il pu se casser la margoulette et se tuer aussi bêtement ? Pourquoi le toubib s'appuie-t-il sur son simple examen pour délivrer le permis d'inhumer ? Les gendarmes auraient dû exiger une autopsie.

Il s'épongea le front et observa le ciel. La pluie ne tomberait pas encore aujourd'hui. Il aperçut une jeune femme se diriger vers l'épicerie.

— Je ne la connais pas, cel'là. Une touriste ? Elle n'y ressemble guère.

Curieux comme une fouine, le premier magistrat de la commune aimait tout savoir. Il pénétra à l'intérieur du magasin derrière Christine. Il déambula dans la petite allée parallèle à la sienne en faisant mine de chercher un produit, sous l'œil curieux du gérant. L'élu ne faisait jamais les courses.

Les provisions dans son sac, la nouvelle arrivante les déposa sur le comptoir. Elle ébaucha un sourire ironique en remarquant que le tapis roulant n'était pas encore parvenu dans cette commune de montagne, pourtant si proche de Grenoble qui avait organisé les Jeux olympiques l'année précédente. Citadine jusqu'au bout des ongles, elle n'avait jamais eu l'occasion de faire ses emplettes dans le moindre village.

Un paquet de pâtes à la main, Vincent se plaça derrière elle et engagea la conversation. La jeune femme l'écouta en se méfiant. Comprenant le rôle officiel qu'il jouait, elle se détendit. Intarissable, le premier magistrat de la commune l'interrogea.

— Bienvenue à vous, mademoiselle… mademoiselle ?

— Meyer. Christine Meyer. Je suis la nouvelle enseignante.

— Ah, notre nouvelle maîtresse ! Soyez la bienvenue ! Je suis enchanté de faire votre connaissance. Nous sommes voisins si je puis m'exprimer ainsi.

— Vous avez raison, la mairie jouxte l'école.

— Mais je n'y habite pas, voulut-il préciser. Je tiens un hôtel-restaurant avec ma femme, celui à la sortie du village. C'est la première fois que vous venez dans notre commune ?

— La deuxième. Je me suis présentée au directeur mercredi dernier. J'aurais préféré arriver le jeudi, mais il n'y a pas école.

Duval réagit promptement.

— Vous étiez ici le jour de la mort de Jules.

— Je ne connais personne, mais c'est possible, répondit-elle en se demandant où il voulait en venir.

— Vous avez certainement remarqué de l'animation sur la place ? Vous étiez présente l'après-midi ?

— Je suis arrivée par l'autocar du matin et suis repartie par le dernier de la journée. J'avais rendez-vous avec le directeur en début d'après-midi. En attendant, je me suis promené dans le village et j'ai fait un tour en suivant la route qui mène par-là, dit-elle en indiquant celle du col du Cucheron.

Le maire dressa l'oreille.

— Le Cucheron ?

Elle approuva. Il l'interrogea à nouveau.

— Vous n'avez rien remarqué en contrebas de la chaussée ?

— Non.

Il insista.

— Près du ruisseau.

Le commerçant écoutait l'échange en enregistrant les articles qu'il déposait ensuite dans un panier en osier que Christine avait trouvé dans la cuisine de son nouveau logement. Son regard errait des touches de sa machine aux deux clients. Le maire poursuivit.

— Jules a été découvert près du torrent.

— Je n'ai guère prêté attention aux alentours. De plus, les arbres dissimulent le cours d'eau et j'étais en admiration devant les paysages. La contrée est magnifique.

— Ça doit vous changer de l'Alsace, allégua l'épicier.

— Les nouvelles vont vite, glosa la jeune femme.

Le maire vint à la rescousse de sa nouvelle administrée.

— Saint-Pierre-de-Chartreuse est un petit village. Tout se sait.

Vincent Duval restait fixé sur son idée.

—Vous avez marché en direction du col ?

— Deux bons kilomètres environ. J'adore me promener. Je n'ai pas été plus loin, je ne voulais en aucun cas rater mon rendez-vous avec le directeur.

— Je comprends. Vous êtes certaine de ne pas avoir vu Jules ? Vous n'êtes pas descendu auprès de l'eau pour discuter avec lui ?

— Pour quelle raison ?

— Je n'en sais rien, à vous de me le dire.

— Je n'ai aucun compte à vous rendre, répondit-elle en s'interrogeant sur la nature de ses questions.

Elle régla ses achats au vendeur et empoigna son panier.

— Messieurs !

Elle quitta l'épicerie sous les yeux des deux curieux. Le commerçant s'adressa au maire.

— Tu lui as posé des questions bizarres, Vincent. Elle est mignonne la petite. Elle te plaît ? Mathilde ne sera jamais d'accord.

Il gloussa en refermant sa caisse.

— Laisse ma femme en dehors de ça et occupe-toi de tes oignons, protesta le maire en remportant le paquet de pâtes dans sa gondole.

Le propriétaire du magasin ne put se contenir et éclata de rire.

***

Christine changea son panier de main. Rempli de produits frais et de quelques boîtes de conserve, il lui permettrait de tenir plusieurs jours avant de retourner au magasin. Si l'épicier lui semblait sympathique, le comportement du maire affichait une personnalité déplorable. Le regard vissé sur elle et se promenant parfois sur les courbes de son corps, des allusions incompréhensibles et la façon de la coller à proximité de la caisse la révulsaient. Elle se promit d'en toucher un mot au directeur. Sans doute celui-ci le connaissait et la renseignerait sur sa personnalité.

— À condition qu'ils ne soient pas copains comme cochon.

***

— Ha, Joseph ! fit le maire en voyant le prêtre.

Celui-ci fronça les sourcils. Il détestait être appelé par son prénom.

— Mon père ou monsieur le curé.

— Nous sommes tous les deux, vous n'allez pas en faire un fromage.

L'homme d'Église préféra laisser parler son vis-à-vis. Ce dernier reprit.

— J'ai croisé la nouvelle institutrice.

— Elle est là ? Ah oui, c'est vrai, la rentrée des classes a lieu après-demain.

— Ce n'est pas le but de mon propos.

L'ecclésiastique l'observa avec une moue dubitative en se demandant où il voulait en venir. Sans s'en préoccuper, l'édile poursuivit.

— Elle est arrivée le matin de la mort de Jules et s'est baladée dans le secteur où nous avons trouvé le corps.

— Oui et alors ?

— Elle a rencontré le directeur de l'école en début d'après-midi.

— Où voulez-vous en venir ?

— Cette fille n'est pas claire.

Le prêtre le regarda avec des yeux ronds. L'élu tout à son explication continua.

— J'ai discuté avec elle. Elle s'est promenée sur la route du Cucheron. Elle prétend ne pas avoir prêté attention aux alentours, mais affirme que la contrée est magnifique. Ce sont textuellement ses propos.

— Donc ? fit l'homme d'Église, sans comprendre un traître mot.

— Elle a au mieux rencontré Jules et au pire, assassiné.

Son interlocuteur éclata de rire.

— Vous déraillez ! Cette femme arrive au village. Ne connais personne et pouf, ou plutôt plouf, elle supprime notre Jules. Il faut un motif.

Le maire le corrigea.

— Un mobile.

— Vous m'avez compris. Et d'après vous, quel serait-il ?

— Je n'en sais rien. Mais il y en a un. Il s'interrompit un instant avant de reprendre : Jules était saoul. Sans doute l'a-t-il importunée et elle a résisté.

— Dans ce cas ça n'est plus un meurtre, mais de la légitime défense, réagit le prêtre amusé. Vous oubliez une chose et c'est pourtant flagrant, je m'étonne que vous n'y ayez pas pensé.

— Quoi donc ? lança le maire irrité.

— Le cadavre de Jules était étendu de l'autre côté de la berge. L'institutrice aurait dû le rejoindre. Vos soupçons sont infondés.

Souhaitant avoir le dernier mot, l'édile annonça :

— Elle l'a transporté !

— Elle est balaise ?

— Un poids plume.

— Dans ce cas votre scénario tombe à l'eau.

— Vous avez de ces jeux de mots !

— Bien involontaires, fit le religieux en se signant. La demoiselle est toute menue, venez-vous de dire. Comment pouvait-elle déplacer le corps de l'autre côté de la rive ? Jules pesait au moins soixante-dix kilos.

Le maire soupira. Comme toujours, le curé exposait des arguments solides.

— Ses vêtements auraient sans doute été mouillés. L'étaient-ils ?

— Comment voulez-vous que je le sache ? Je n'y ai pas prêté attention. De toute manière, tout sèche vite avec cette chaleur.

Le prêtre accepta la réponse d'un signe de tête.

— Ne dites rien à personne, vous seriez la risée du village.

— J'en toucherai un mot aux gendarmes.

— Je doute fort qu'ils lancent des investigations sur l'institutrice.

— Nous verrons bien. Au r'voir Joseph !

Convaincu qu'il ne répliquerait pas, le premier magistrat de la commune le quitta d'un joyeux signe de la main.

***

Christine se demandait ce que sous-entendait le maire. Qui était ce Jules apparemment mort noyé au bord d'une rivière qu'elle avait longée la semaine précédente ? L'autocar l'avait déposée le matin vers 9 h 30. Après avoir bu un diabolo menthe, au café situé sur la place, elle avait suivi une route menant au col du Cucheron.

Malgré son envie de découvrir la région, vivre une année scolaire au milieu de montagnes aux pentes abruptes l'angoissait. Les parois vosgiennes ne présentaient pas de telles hauteurs. Marcher le long de la route du Cucheron pendant deux heures avait atténué ses craintes. Parfois, une voiture la croisait ou la dépassait. Un homme au volant d'une Citroën Ami 6 avait klaxonné en agitant frénétiquement le bras. Elle avait ignoré ses gesticulations et accéléré l'allure pour parvenir au village vers midi. Des touristes bardés d'appareils photo réintégraient leurs hôtels, d'autres inconnus rentraient probablement chez eux pour déjeuner et trois ou quatre voitures avaient traversé la localité sans s'arrêter. Un café dans le même bar que la matinée avait fait passer un insipide sandwich acheté au buffet de la gare, à son arrivée à Grenoble. Puis, à la suite de détours dans les rues de la petite commune pour se familiariser avec son nouvel univers, elle s'était dirigée vers l'école où le directeur l'attendait. Saint-Pierre-de-Chartreuse semblait bénéficier d'une certaine quiétude. Seul, le télescopage avec un enfant courant à toutes jambes en milieu d'après-midi et juste avant de reprendre son car, avait quelque peu animé cette longue visite.

— Le maire est bizarre, se dit-elle en essayant de comprendre.

Elle fit un effort de mémoire pour recomposer la scène de l'épicerie. Ce fameux Vincent parut surpris en apprenant qu'elle s'était promenée à proximité du ruisseau. Cours d'eau où baignait un cadavre. Son front se rida lorsqu'elle dit à haute voix :

— Ce couillon me soupçonnerait-il d'avoir fait faire trempette à son administré ? Il est cinglé !

Elle oublia le poids de son panier et fit volte-face. Elle accéléra l'allure dans l'espoir de le rattraper, sans succès. Sur le trottoir, deux femmes discutaient avec un homme. Elle s'approcha et se présenta.

— Père Joseph, répliqua le prêtre.

Mû par la curiosité, il la détailla d'un regard vif. L'institutrice salua les deux amies d'un signe de tête et enchaîna.

— Je cherche le maire.

— Il doit être à son bureau à cette heure, répondit l'une d'elle. À bientôt, monsieur le curé.

À l'issue d'un ultime coup d'œil vers la nouvelle arrivante, elles s'en allèrent bras dessus bras dessous. L'ecclésiastique débita d'un trait.

— Je suis enchanté de faire votre connaissance. Vos élèves sont aussi les miens. Face à son silence, il s'enhardit : je les ai à la messe le dimanche et je dispense le catéchisme le jeudi. À l'occasion, nous confronterons nos avis sur ces gentils garnements.

Peu décidée à partager des appréciations sur ses futurs élèves, elle balaya la proposition d'un sourire goguenard. Suffisamment intelligent pour la comprendre, il préféra changer de sujet.

— Puis-je vous être utile? La maison de Dieu vous est ouverte.

— Je vais à la mairie.

Suite aux propos de l'édile, Joseph réalisa. L'institutrice avait saisi la méfiance de Vincent Duval. Il tenta de l'amadouer.

— Je devine votre contrariété.

— Ça m'étonnerait! éructa-t-elle, énervée.

Citadine depuis toujours, elle ne parvenait pas à comprendre pourquoi tous ces gens se mêlaient de ses affaires. Le prêtre dit :

— Je viens de voir notre maire. Il est bien gentil, mais bavard... Trop bavard. Il a même une fâcheuse tendance à raconter des histoires.

— Des âneries voulez-vous dire!

Il opina en silence. Christine assura :

— Cela n'a aucun sens et ses allusions sont blessantes. Je ne connaissais en aucune manière la victime.

— Vous prêchez un converti.

La jeune femme ne put s'empêcher de sourire. Elle reprit.

— J'aspire au calme. Il s'agit de mon premier poste et je souhaite me consacrer aux enfants. Le reste ne m'intéresse pas.

Le prêtre se garda d'exprimer sa pensée. Elle apprendrait rapidement que tout se sait et tout le monde se connaît dans un village. Chacun aurait très vite une bonne ou une mauvaise opinion d'elle, mais personne ne resterait indifférent.

De nombreuses épouses la jalouseraient. Sa plastique et son charme attireraient l'attention des hommes. Les critiques fuseraient bientôt de la bouche de plusieurs mégères. Il aurait déjà pu fournir des noms, notamment l'une des femmes participant au ménage de l'église.

— Faites-moi confiance. Laissez-moi régler ce navrant incident. Je me fais fort de ramener Duval à la raison. Il n'est pas méchant et, si vous avez besoin de lui, il vous rendra service sans l'ombre d'une hésitation.

Elle préféra se taire. Le religieux le défendait-il par charité chrétienne ou ces deux-là étaient-ils aussi des amis ? Un maire et un prêtre sont des notables reconnus dans ces petits villages, ainsi que l'instituteur. Elle se mordit la langue pour rester sérieuse. Elle allait devenir une membre de cette corporation. S'exprimant toujours avec franchise, elle devrait dès aujourd'hui prendre garde à ses propos ; même en dehors de sa classe.

— Soit ! dit-elle. Mais je vous préviens monsieur le curé, je n'ai pas l'intention de me laisser calomnier.

— Touchez un mot aux gendarmes. Ils passent régulièrement dans notre commune. Ils sauront remettre les pendules à l'heure.

— Je ne veux pas les déranger pour des bêtises et surtout, je n'ai aucunement l'intention d'humilier le maire.

— Comment cela ? l'interrogea l'homme d'Église en subodorant la réponse.

— La maréchaussée sera très vite convaincue de mon innocence. Duval sortira peu glorieux de cette histoire et il a tout à perdre. Maintenant, s'il veut poursuivre sur sa lancée, libre à lui.

Le prêtre songea que, malgré sa jeunesse, l'institutrice était une femme intelligente et déterminée. Duval avait intérêt à se méfier. Pour une fois, ses logorrhées l'exposaient à de probables rétorsions. Il précisa.

— Le médecin et les gendarmes ont conclu à un accident. Leur parole ne peut être mise en doute et le docteur sait ce qu'il dit.

— Vous avez raison, monsieur le curé, je laisse tomber. Toutefois, le maire n'a plus intérêt à raconter des histoires. Sinon, la prochaine fois, je ferai le nécessaire.

Il acquiesça en silence et changea de sujet.

— Vous rencontrez vos collègues demain ?

— Tout à fait. Je suis fébrile, il s'agit de mon premier poste.

— Vous verrez, les petits diables du village sont espiègles, mais adorables. Inutile de vous tracasser.

— Je vous remercie pour vos paroles rassurantes.

Elle lui tendit instinctivement la main. Le prêtre la lui serra gentiment et prit la direction du presbytère.

***

Le maire est fou à lier. Comment peut-il envisager une seule seconde que je sois une meurtrière ? Je ne connaissais ni d'Ève ni d'Adam ce pauvre homme. Je suis passé à proximité de la rivière et n'ai rien vu. Avec les arbres bordant la rive, il était impossible de remarquer un corps. Si j'avais vu un type allongé, je me serais précipité au village pour demander du secours. Heureusement, le curé a la tête bien pleine et dit des choses sensées. J'espère ne pas me mettre le maire à dos, sinon l'année scolaire sera longue. Je le croiserai probablement souvent. Je dois éviter d'être la cible de ses paroles désobligeantes. Une année ici sera suffisante. Ma mutation pour une grande ville partira aussi vite que le prévoient les textes du ministère. Être accueillie le jour de la découverte d'un macchabée, je m'en souviendrai longtemps ! Heureusement, l'école commence après-demain et ma rencontre avec les enfants me fera oublier ce désagrément… Comment vais-je m'habiller pour la réunion des instits ?

Chapitre II

Mardi 16 septembre

Christine se vêtit d'une petite robe en coton fleurie et d'une paire de sandales. Ayant amené un minimum d'habits, elle se promit de descendre à Grenoble le prochain jeudi pour assortir sa garde-robe. Elle jeta sa trousse fétiche dans son sac à main et ferma la porte à clé en sortant. La chaleur la surprit. Saint-Pierre-de-Chartreuse était une commune de moyenne montagne située à 880 mètres d'altitude et elle n'imaginait guère avoir aussi chaud à l'aube de l'automne.

Le directeur et trois autres collègues l'attendaient dans une salle de classe. Une cafetière électrique, deux sachets en papier contenant des croissants et des gobelets en plastique posés sur le bureau de l'enseignant côtoyaient plusieurs cahiers et quelques feuilles volantes. Une fiche cartonnée fixée sur le tableau vert par de larges bandes de scotch mentionnait les points forts à travailler au cours de l'année. Instituteurs confirmés, personne n'y avait prêté intérêt en sachant qu'ils continueraient d'éduquer selon leurs habitudes.

— Mademoiselle Meyer ! Permettez-moi de vous présenter vos collègues.

Trois paires d'yeux se dirigèrent vers elle d'un même élan. L'équipe lui parut sympathique. La femme l'embrassa en lui souhaitant la bienvenue et les hommes lui serrèrent la main, à l'exception du plus jeune qui tendit la joue. Sans s'en formaliser, elle fit une bise à cet homme d'une trentaine d'années où brillait une alliance à l'annulaire.

Le directeur les invita à s'asseoir sur un pupitre d'écolier. Le plus grand des instituteurs grommela en se cognant les genoux. Les femmes se moquèrent gentiment de lui et il s'esclaffa en répondant. Intimidée, Christine se taisait. Son responsable monta sur l'estrade.

— Bien, démarrons si vous le voulez bien !

— On ne boit pas le café avant ? s'écria un maître.

Pressé de commencer, son supérieur objecta.

— Après. Nous avons suffisamment perdu de temps.

— Une minute, Pierre ! fit l'enseignante la plus ancienne.

Christine observa une femme à la voix rauque osant interrompre le cours de la réunion.

— Oui ? fit l'homme d'un ton circonspect en attendant la suite.

— J'habite au Sappey. Tu le sais ! Je ne suis pas monté à Saint-Pierre depuis le début des vacances.

— Et alors ?

— J'ai appris l'accident survenu la semaine dernière en lisant le journal.

— Jules.

— Je le connaissais un peu. Je le croisais de temps en temps.

— Quel rapport avec la rentrée des classes ?

— Aucun, mais raconte-moi ce qui s'est passé.

Le directeur soupira. Curieuse, elle ne le lâcherait pas avant d'avoir obtenu des explications.

— Il n'y a rien à dire. Suite à leurs constatations et au compte-rendu du docteur, les gendarmes ont conclu à un accident.

— Je suis au courant. C'était écrit.

— Il n'y a rien de plus à savoir.

— Les circonstances du drame ?
— Tu l'as lu tout comme moi. Jules était ivre. Il a glissé, sa tête a cogné contre un rocher, il a perdu connaissance et s'est noyé. Seul bémol, le reporter n'a pas précisé qu'une bouteille de vin gisait à proximité du corps.
— Pas besoin, assura le plus jeune d'entre eux. Tout le monde savait que cette feignasse levait le coude aisément.
— C'est sûr, rétorqua son voisin. Par contre, pour trouver du travail…
— Il était perclus de crampes, l'interrompit l'institutrice.
— Il valait dix fainéants à lui tout seul !
— Madame, messieurs ! fit le directeur en souhaitant maîtriser le sujet de la réunion.
Sans s'en préoccuper, le petit groupe poursuivait.
— Il eut fallu écrire pour épitaphe : ci gît un valeureux paresseux.
— Le travail n'est pas fait pour moi, renchérit un autre.
— Ça suffit ! s'écria le directeur en tapant du plat de la main sur le bureau. Je vous signale que Jules était un membre de notre communauté, né à Saint-Pierre. Il n'a jamais fait de mal à personne. Respectons sa mémoire… Le dossier est clos.
Tous se turent devant sa désapprobation. Christine observait ses collègues en songeant qu'ils se comportaient comme des gamins dans une cour d'école. Sur l'estrade, l'homme enchaîna.
— Commençons, maintenant. Premier sujet…

***

Joseph Meyrin se signa en passant devant l'autel. Une agréable fraîcheur s'était installée à l'intérieur de l'église depuis le début de la sécheresse. Le prêtre adressa un geste amical à la bénévole qui balayait la nef en poussant la chansonnette. Trop heureux d'avoir deux femmes du village acquises au service de son ministère, il s'en fut vers la sacristie.

La dame chantonnait encore quand elle entendit grincer les gonds de la lourde porte d'entrée. Les vitraux latéraux et la petite rosace située au-dessus du portail filtraient les rayons du soleil éclairant l'allée centrale. Une ombre se métamorphosa en une silhouette au fil de son approche. Le contre-jour empêchait de la distinguer, mais ses pas résonnaient sur le sol. Puis, un homme apparut.

***

Un instituteur se leva pour ouvrir une fenêtre. Personne ne perçut la différence, la température restait la même. Il retourna s'asseoir en s'épongeant le front, pressé d'en finir. Tous les ans, Pierre Carpentier rabâchait le même programme, à la désapprobation de son auditoire. Seule, Christine prêtait attention aux phrases toutes faites que personne n'écoutait. Elle notait parfois une réflexion sur son cahier. L'assemblée lorgnait vers les gobelets et les croissants, jetant de plus en plus souvent un œil vers la pendule située au-dessus du tableau, à côté du petit haut-parleur fixé au mur.

Le cadet des enseignants assis à côté d'elle murmura.

— Ne te prends pas la tête. C'est tous les ans le même refrain.

Elle resta concentrée, de crainte de déplaire au directeur. Las, son voisin considéra, sans les voir, les cartes de géographie attachées par un fil entre deux fenêtres.

***

Le prêtre ouvrit l'un des placards de la sacristie afin d'extraire ses habits liturgiques. La chasuble commençait à être défraîchie et il la donnerait bientôt à l'une des femmes de ménage pour qu'elle la nettoie. Il la lissa et la replaça avec l'étole sur le portemanteau. Il officiait dans sa paroisse depuis bientôt quinze ans et connaissait parfaitement ses ouailles. Il ne comptait plus les baptêmes, mariages, enterrements et autres cérémonies célébrées. Tantôt, une personne n'assistant jamais à la messe souhaitait lui parler. Il l'écoutait avec bienveillance, distillant parfois un conseil avisé. Estimé des fidèles, Joseph se plaisait dans cette commune dont il n'était pas originaire.

Le cri de la femme faisant le ménage l'interpella. Il s'insurgea à voix haute.

— Quelle poissarde cette Madeleine ! Je lui demande toutes les semaines de parler doucement. Nous ne sommes pas à la foire, tout de même !

Il traversa le transept et vit la servante discuter avec un homme de petite taille.

— Monsieur Marcelin ! Que me vaut l'honneur de votre visite ? dit-il en l'invitant à le suivre à la sacristie.

Le nouvel arrivant assistait aux offices du dimanche sans jamais mettre son obole au moment de la quête. Joseph connaissait tous ses donateurs. Depuis ses années de présence, il avait eu le temps de remarquer ceux qui regardaient ailleurs quand les enfants de chœur passaient dans les rangs avec leur petite corbeille en osier. Florent Marcelin s'arrangeait pour discuter avec son voisin, lacer une chaussure ou bayer aux corneilles. Il retenait sa femme lorsqu'elle tendait le bras pour déposer quelques pièces. Elle haussait les épaules sans se rebiffer. Propriétaire d'une centaine de vaches laitières, de plusieurs hectares de forêt et d'une dizaine d'appartements à Grenoble loués à prix d'or, il était connu pour sa pingrerie.

La charité lui était étrangère, mais il dépensait sans compter pour ses propres distractions et autres caprices. Il possédait trois voitures, dont une décapotable que sa femme avait interdiction de conduire. Ses employés se plaignaient régulièrement d'être payés au dernier moment et jamais il ne leur offrait de cadeau lorsqu'une circonstance exceptionnelle se présentait. Quant à une augmentation, mieux valait oublier.

L'argent du denier du culte venant à manquer, les travaux de la réfection du clocher prévus depuis longtemps ne pourraient débuter sans le soutien du résident le plus riche du canton. Depuis plusieurs mois, Joseph tentait de le convaincre de contribuer au financement des réparations. Marcelin s'éloignait en balayant la demande d'un large geste du bras en prétextant qu'il y pensait.

— Ça fait plus d'un an qu'il réfléchit, bougonna le curé en le précédant.

Les deux hommes pénétrèrent dans la pièce où flottait une odeur d'encens. Le paroissien s'assit sur un tabouret face à une petite table en bois sans y être invité et prit la parole.

— Je viens pour le mariage de ma fille.

— Je m'en doute. Cela fait trois fois. Tout est réglé.

— Je sais, mais vous avez dit à ma femme de placer des fleurs à chaque travée.

— Oui, ce sera joli. Cela mettra des couleurs dans…

— Des couleurs ? Vos vitraux se reflètent sur le sol avec le soleil ! Ça suffira.

— Cela fait aussi plaisir aux yeux.

— Les invités verront le couple de jeunes mariés. Ils s'en satisferont.

— Vous exagérez. Songez aux parfums des fleurs.

— Il y aura comme dans cette pièce l'odeur de l'encens, déclara l'homme en faisant tournoyer son doigt au-dessus de sa tête.

Le prêtre refusa de s'avouer vaincu et ajouta.

— J'aurai des lys et des gerberas le lendemain pour la liturgie du dimanche.

— Vos grenouilles de bénitiers iront cueillir du naturel. Les prés débordent de fleurs. La messe est dite, monsieur le curé ! Pas besoin de ces satanées fleurs vendues dans le commerce.

— Mon fils ! Je déteste le mot satané.

— Si vous voulez. J'ai dit ce que j'avais à dire et ne tentez pas d'influencer ma femme.

— Et ce don pour notre clocher ?

— Le clocher ? J'ai réfléchi et j'ai eu une excellente idée. Vous la trouverez fantastique.

Dubitatif, Joseph attendit la suite. Sans se soucier de ses pensées, Marcelin poursuivit.

— La télé diffuse une émission sur la protection des monuments historiques[1]. Adressez-vous à elle. Moi, j'ai pas d'sous !

— Mais vous m'aviez laissé entendre… Soupira le religieux sans savoir comment terminer sa phrase.

— Des mots, mon père. Comme les vôtres lors de vos sermons, des mots ! conclut Marcelin en se levant.

Chétif, il ne paraissait guère se soucier de la stature du prêtre qui le dépassait d'une quinzaine de centimètres. L'homme disposait d'une vingtaine d'ouvriers agricoles et trois employées de maison se tenaient au service de son épouse. Il commandait depuis longtemps et semblait avoir oublié le rude travail de la terre. Pour lui, son personnel était corvéable à merci et Marcelin se plaignait souvent des obligations légales le protégeant. « Bientôt, y s'ront payés à rien faire », s'apitoyait-il à qui voulait l'entendre.

Derrière ses lunettes aux verres épais, l'agriculteur paraissait se délecter du désarroi de son vis-à-vis. Il releva les manches de sa chemise sur mesure, fit mine de resserrer le nœud de sa cravate, remonta son pantalon dépourvu de ceinture et s'en fut après l'avoir salué d'un clin d'œil.

---

1. *Chefs-d'œuvre en péril*, un documentaire réalisé par Pierre Lagarde de 1962 à 1974.

— Bourré d'argent, sans aucun savoir-vivre ni prestance, s'entendit dire à voix basse le maître des lieux en rejoignant la servante.

— Quel personnage désagréable ! Florent ne changera jamais.

— Votre conscrit ?

— Oui. Nous avons soixante-deux ans. Il était à l'école des garçons pendant que j'étais à celle des filles et à l'époque ses parents ne possédaient rien. Ce maigrichon la bouclait devant ses copains. Il ne faisait guère le malin.

— Comment a-t-il fait fortune ?

— Grâce au marché noir à Grenoble pendant la guerre. Il revendait de la viande et des légumes aux citadins. La famille s'est très vite enrichie. Des bruits ont couru. Les Marcelin auraient traficoté avec les Boches. Ils se sont ensuite acheté une conduite en jouant aux résistants de la dernière heure et tout le monde n'y a vu que du feu.

— Le gouvernement souhaitait calmer l'opinion à la fin de la guerre.

— Un peu trop à mon avis. Certains ne se sont pas gênés, les Marcelin compris. Depuis, Florent continue d'amasser des sous.

— Évitez de le jalouser. Sans doute n'est-il pas aussi heureux qu'il le laisse croire.

— Je serais contente jusqu'à la fin de mes jours si je possédais un tiers de son argent. Je l'ai entendu refuser de faire un don pour notre clocher. Il n'emportera pas son fric au paradis.

Joseph tenta de calmer la servante.

— Qui sait, un miracle ?

— Cette engeance ne…

Il l'interrompit.

— Évitez de jurer.

— Pardonnez-moi mon père. Il m'énerve !

L'homme d'Église sourit et l'invita à rentrer chez elle.

— Vous avez suffisamment travaillé. Nous trouverons bien un jour l'argent nécessaire.

— Que Dieu vous entende.

Le monde tournait à l'envers. Elle employait ses propres mots.

***

La réunion pédagogique s'achevait et Christine buvait son café à petites gorgées. Les enseignants s'empressaient autour d'elle et lui posaient moult questions. Elle répondait avec patience, heureuse de n'être point délaissée. Assis au bureau, le directeur complétait un papier d'une écriture encore déliée.

— Strasbourg n'est pas la porte à côté, déclara un collègue de la jeune femme.

— Huit heures au total, avec un changement à Lyon.

— Vous n'aviez pas trop chaud ?

— La fenêtre était ouverte. Mais quel vacarme au croisement avec un autre train ou sur les ponts métalliques !

— Sans doute un jour les locomotives iront-elles plus vite. Regardez aujourd'hui les turbotrains. Demain nos enfants ou petits-enfants traverseront-ils le pays en quelques heures. Qui sait ?

Un court silence plana au-dessus du groupe en s'imaginant une rame circulant à grande vitesse. Christine lut l'heure sur l'horloge et parut surprise.

— Je dois rentrer. J'ai encore des emplettes à faire et terminer mon installation.

Ses collègues la regardèrent s'en aller en songeant qu'elle amenait du sang neuf au sein de leur petit groupe.

***

La 4L bleue des gendarmes stationnait devant l'épicerie. Un militaire proche de la retraite patientait, assis côté passager. Il ne prêta aucune attention à Christine quand elle pénétra dans le magasin. À l'intérieur, le second représentant de l'ordre la repéra aussitôt. Un sachet de riz en main, il se dirigea vers la caisse, mais changea d'orientation en la voyant s'engager dans une autre allée. Elle s'empara de deux bouteilles de lait, d'un paquet de pâtes un peu plus loin et de deux boîtes de conserve. Elle paraissait empruntée. L'homme s'approcha.

— Puis-je vous aider ?

Elle ne l'avait pas entendu arriver et sursauta. La police œuvrant dans les zones urbaines, la citadine était peu accoutumée à rencontrer des gendarmes, qui eux, travaillaient principalement en secteur rural. Tous deux mesuraient la même taille et avaient apparemment le même âge.

Habituée à se faire courtiser à chaque coin de rue de Strasbourg, elle faillit le rabrouer. Son uniforme sauva le militaire d'une rebuffade. Ses pattes d'épaule comportant un unique chevron indiquaient qu'il s'agissait d'un sous-officier non titularisé. Sans remarquer l'agacement de Christine, le jeune homme s'enhardit.

— Vous êtes chargée. Je peux vous aider ?

— Non merci, je me débrouille très bien toute seule.

Devant le ton peu amène, il ne sut enchaîner. Elle se sentit confuse.

— Excusez-moi. Je sors d'une réunion, il fait chaud et suis pressée.

— Je comprends, convint-il en s'effaçant pour la laisser rejoindre le comptoir où une cliente attendait que le commerçant achève de couper une tranche de lard au petit rayon faisant office de charcuterie.

Elle déposa ses provisions et fit face au militaire. Surpris, il bredouilla.

— Je fais mes courses pendant mon service.

— Ça m'arrangerait si je pouvais en faire autant.

— Vous travaillez ?

— Je suis la nouvelle institutrice.

— Et moi, le nouveau gendarme.

Ils se sourirent.

— Frédéric, dit-il en lui tendant la main.

— Christine.

— Je sors de l'école des sous-officiers de gendarmerie et je viens d'être affecté à la brigade de Saint-Laurent-du-Pont.

— Et moi, à Saint-Pierre.

— Vous vous installez tranquillement ?

— Je prends mes marques, confia-t-elle prudemment. Et vous ?

Comprenant qu'elle souhaitait détourner la conversation, il répondit.

— Je suis là depuis deux mois et j'ai déjà eu droit à mon premier cadavre.

La jeune femme dressa l'oreille, mais resta silencieuse. Devant son mutisme, il reprit.

— Un homme a été retrouvé noyé non loin d'ici. Il aurait trop bu. Ses vêtements sentaient l'alcool malgré son séjour dans l'eau.

Christine songea qu'il était du genre prolixe devant la première venue. Communiquer le résultat d'une enquête n'est guère professionnel. Elle attribua ce procédé sur le compte de la jeunesse ou alors voulait-il se faire valoir. Il s'interrompit.

— Je parle trop.

Face à son trouble, elle souhaita le dédouaner.

— Je connais les conclusions de vos investigations. Il s'agit d'un accident. Elle marqua une courte pause. Quoique…

L'épicier encaissait maintenant la cliente précédente en écoutant leur entretien. Frédéric s'en aperçut. Il approcha sa voisine.

— Vous m'expliquerez dehors. Ici le tiroir-caisse à des oreilles.

Déçu par l'interruption, le marchand reporta son attention sur son travail. Après avoir réglé ses achats, Christine patienta quelques instants avant de voir le gendarme jeter son sachet de riz dans la 4L et prévenir son collègue. Ce dernier darda un œil curieux vers elle, puis s'en désintéressa.

D'autorité, Frédéric la prit par le bras pour l'entraîner un peu plus loin.

— Qu'insinuiez-vous tout à l'heure ? Votre quoique me trotte dans la tête.

Christine se dit qu'elle aussi parlait trop vite, mais il était trop tard pour s'en tirer par une pirouette.

— Le maire émet des doutes sur la mort de Jules.

— Jules Séverin.

— J'ignore son nom.

Le regard vrillé sur celui de la jeune femme, le gendarme l'interrogea.

— Des doutes, lesquels ?

Elle relata les soupçons dont elle était victime. L'homme l'écouta sans l'interrompre avant de la rassurer.

— Vous n'avez aucune raison de vous inquiéter. Le docteur est formel, il s'agit bien d'un accident.

— Que dois-je faire si le maire continue ses affabulations ?

— Rien. Avertissez-moi et j'en référerai à mon commandant de brigade qui remettra les pendules à l'heure. Attendez de voir comment la situation évoluera.

— D'accord.

Le militaire s'enhardit.

— Ce serait une aubaine s'il vous importunait. J'aurai ainsi l'occasion de vous rencontrer une nouvelle fois.

Christine s'autorisa un vague sourire et lui tourna le dos.
— Au revoir monsieur le gendarme.
— Frédéric !
Elle lui fit un geste amical sans le regarder et se dirigea vers son domicile. La porte de la 4L claqua et le militaire rejoignit son aîné.
— Mignonne la petite.
Frédéric haussa les épaules et s'installa au volant du véhicule.

Chapitre III

Mercredi 17 septembre

Une vache meugla dans son pré. Une autre à côté d'un abreuvoir lui répondit. Les bovins de Romain Delcroix broutaient une herbe commençant à jaunir. L'automne arriverait bientôt sur le calendrier, mais en réalité il se jouait des lois de la nature. La sécheresse s'installerait à brève échéance si la chaleur persistait.

Le camion de ramassage avait emporté depuis longtemps les lourds bidons de lait à la coopérative. Delcroix n'avait conservé que le litrage nécessaire à la confection des fromages de la semaine.

Sa ferme se situait de l'autre côté du cimetière, à la sortie de la petite commune. Un vieux bâtiment restauré jouxtant sa grange servait de fabrique. À l'intérieur, une persistante odeur de lait et une humidité tenace envahissaient l'atmosphère. Habitué depuis toujours, le propriétaire des lieux ne sentait plus rien.

Il utilisait l'eau d'une source détournée venant couler dans un vieil évier creusé dans une pierre tendre arrimée artisanalement à une cloison d'une épaisseur étonnante. Des planches scellées aux murs supportaient des gobelets de diverses mesures, des pelles à main, une raclette de table, des seaux et autres objets utiles à sa profession. L'axe d'une presse était fixé manuellement au plafond depuis des décennies. De nombreux bidons de lait s'échelonnaient sur le sol en terre battue autour d'une cuve en cuivre de 600 litres. À sa base, une palette en bois faisant office de caillebotis isolait le fermier du sol. Au-dessus du vaste récipient, un rail fixé au plafond reliait un palan jusqu'à une solide planche de travail maintenue à hauteur d'homme par une série de parpaings et utilisée à la confection des meules. Des trous permettaient au petit lait de tomber dans une rigole d'évacuation.

Une douce température colonisait la pièce, le fromager ayant chauffé son émulsion sur un imposant réchaud à gaz. En arrivant, il avait posé sa veste sur un grand bidon de lait pour enfiler un tablier de cuir.

Romain n'entendit pas l'homme approcher discrètement. Celui-ci savait madame Delcroix absente. À l'heure actuelle, elle vendait ses produits dans un bourg de la vallée. Le curieux se dissimula derrière un meuble sans âge et observa l'artisan.

En aucun cas Romain Delcroix ne faisait pitié. Son embonpoint prouvait son adulation pour la nourriture. Mais la bonne chère était loin d'être une passion, puisqu'il mangeait n'importe comment et n'importe quoi à toutes les heures de la journée et parfois de la nuit. Il dégoûtait nombre d'habitants de sa commune qui l'avaient toujours connu énorme. Tout le monde se demandait l'attrait que sa femme avait pu lui dégoter vingt-cinq ans plus tôt et comment elle pouvait encore le supporter. Un double menton, une calvitie quasiment achevée et une corpulence digne d'un éléphanteau ne plaidaient guère en sa faveur. Il convenait d'ajouter à ses mauvaises manières une rebutante façon de s'empiffrer. Sa cousine affirmait à qui voulait l'entendre : « Ce gros porc creuse sa tombe avec ses dents. » Court sur pattes, il s'essoufflait au premier effort et était la risée des enfants. Son fils Olivier ne tentait même plus de le défendre face à ses copains. Sa parente aurait pu conclure avec ironie : « Un homme respirant l'amour. »

La tâche de Delcroix était bien avancée. Le lait tiédi, il immergea un large linge pour filtrer le caillé. Il attacha ensuite le caillé ceint dans son linge au palan à l'aide d'un solide crochet. Romain s'interrompit pour se couper un morceau de saucisson traînant sur la table et l'enfourna goulûment. Puis il poussa l'ensemble jusqu'à la table de travail. On entendit le chant du petit lait s'égoutter dans la rigole.

Le caillé s'étala à l'intérieur de la forme à fromage. L'objet cylindrique et creux permettait, comme un cercle à pâtisserie, la bonne tenue du fromage. Il était posé sur une planche de la même forme, mais un peu plus large. Sans ôter le linge, Delcroix appuya fermement sur le caillé de façon à ce qu'il épouse correctement toute la surface. Puis, il recouvrit proprement le futur fromage à l'aide du même linge avant de poser une planche circulaire au-dessus. La presse fit alors son office, drainant une substantielle quantité de petit lait.

L'inconnu le regardait travailler. La conception de la tomme de Chartreuse n'avait plus de secret pour lui, mais il savait apprécier les gestes séculaires de ces gens courageux. Pourtant, celui-ci possédait un défaut majeur. Comme s'il suivait sa pensée, Romain enfourna une autre épaisse rondelle de charcuterie, but une rasade de vin au goulot d'une bouteille et rota bruyamment. L'inconnu amorça un rictus de dégoût, vite réprimé.

Le caillé comprimé, Delcroix remonta la presse et retourna, en soufflant, le futur fromage pesant plus de trente kilos. Il utilisa à nouveau l'étau. Puis, il entreposa le résultat de son travail sur une planche à côté de deux autres meules façonnées un peu plus tôt. Elles reposeraient à la même place jusqu'au lendemain. En attendant, il les retournerait régulièrement au cours de la journée avant de les descendre à la cave d'affinage.

— À la prochaine maintenant, dit-il à haute voix en harponnant le bout de saucisson restant avec son Opinel.

Il mastiqua bruyamment en se dirigeant vers la cuve. Il s'empara d'un linge propre et plongea le bras dans le liquide épais. La taille appuyée sur le rebord de la cuve, son embonpoint le gênait et il éprouvait des difficultés pour respirer.

Il ne décela jamais la présence de l'inconnu derrière lui. Une forte poussée le déséquilibra et il n'eut pas le temps de réagir. Une poigne solide lui enfonça la tête dans le caillé. Delcroix tenta de résister. Ses bras s'agitaient vainement, griffant le rebord de la cuve, ses genoux frappant l'extérieur. Ses pieds ne touchaient plus terre. Ses borborygmes éclataient, rejetant des bulles à la surface. Ses jambes fléchirent, ses gestes s'affaiblirent pour cesser une petite minute plus tard. L'assassin maintint sa proie un long moment avant de la lâcher. Le corps de Romain Delcroix reposait inerte sur le rebord de la cuve. Le meurtrier l'observa un court instant, puis quitta les lieux après s'être soucié d'une éventuelle présence.

Indifférente au monde des humains, une buse tournoyait au-dessus de la propriété.

***

Christine dormit très mal. Les soupçons du maire, la rentrée des classes, sa rencontre avec Frédéric l'angoissèrent et la chaleur l'incommodait. Elle s'accouda longuement sur le rebord de la fenêtre, scrutant la silhouette des montagnes se découpant dans les ténèbres. Non loin, le gargouillement de la fontaine et les stridulations des grillons accompagnèrent ses réflexions une bonne partie de la nuit.

Était-ce une stratégie de Vincent Duval pour la déstabiliser et dans ce cas pourquoi ? Ils ne s'étaient jamais rencontrés et il n'avait donc aucune raison de lui en vouloir.

Plusieurs verres d'eau étanchèrent sa soif, mais ses questions restèrent sans réponse. Ses petits élèves l'accepteraient-ils ? Habitués à côtoyer les mêmes instituteurs, comment réagiraient-ils en la voyant la première fois ? Et Frédéric ? Qui était ce jeune gendarme au teint hâlé, déjà sûr de lui et de belle prestance ? Elle avait levé les yeux au ciel en pensant à lui ? Jamais ses précédents amants ne l'avaient autant bouleversée. *J'ignore qui il est. Qu'est-ce qui me prend ?* avait-elle enragé. Pourquoi pénétrait-il son esprit ?

Son sommeil se ponctua d'un cauchemar dont elle était la victime. Un homme en agressait un autre au bord d'une rivière. L'assaillant l'abandonnait et s'enfuyait en voyant approcher Christine. Elle s'accroupissait pour lui porter secours, mais l'inconnu se redressait brutalement, une hache à la main. Elle s'était levée en sueur, incapable de se rendormir avant un long moment. Elle s'assoupit à l'aube, au moment où un semblant de fraîcheur s'invitait dans sa chambre.

Son réveil sonna à 7 heures. Elle fila dans la salle de bain, s'habilla sobrement, peigna lentement ses cheveux face à un miroir piqueté puis elle déjeuna de trois tartines au beurre en écoutant Sheila et Eddy Mitchell sur un vieux poste radio. Elle avala son café au lait d'un trait et descendit au rez-de-chaussée.

Ses collègues l'accueillirent avec un plaisir évident. Sur la place, face à l'école, une nuée d'enfants de six à dix ans discutaient avec enthousiasme. Les plus jeunes restaient collés à leur mère en observant les plus grands. Deux garçons jouaient aux billes et une fille assise sur la margelle de la fontaine s'amusait avec des osselets, sous le regard goguenard de deux plus âgées.

— Hé bouboule, t'es un gros pignouf ! cria un élève en tendant son doigt vers un gamin de sa classe à la masse corporelle impressionnante.

— Tu arrêtes tout de suite tes moqueries ! gronda Christine en les invitant d'un geste à la rejoindre. Vos parents ne sont pas avec vous ?

Ils réagirent par la négative. Elle s'adressa au plus proche.
— Comment t-appelles-tu ?
Penaud, il répondit.
— Michel, maîtresse.
— Il me semble t'avoir déjà vu.
— Ouais.
— On ne dit pas ouais, mais oui.
— Oui, maîtresse. On s'est croisé quand Jules est mort.
Elle le considéra avec insistance.
— C'est vrai, je te reconnais maintenant.
L'enfant se rengorgea.
— C'est moi qui l'a trouvé en premier. J'ai vite été prévenir papa.
— Comment était-il ?
— Ben y buvait un coup avant de remettre le foin dans la charrette.
Comprenant qu'il évoquait son père, elle le corrigea.
— Je parle de Jules.
— J'suis pas resté longtemps. Ça fait peur un macchabée. Il était par terre, le pif dans l'eau.
— Son nez ?
— Oui, enfin, tout. Le visage et une partie de là, dit-il en montrant son torse. Pis j'suis retourné au champ chercher mon père.
— Tu n'as rien vu d'autre ?
Le môme l'observa avec incrédulité.
— J'aurais dû voir quoi ?
— Je n'en sais rien. Un objet ne lui appartenant pas par exemple.
— Nan. Tout'façon, j'ai pas fait gaffe.
— Je n'ai pas fait attention.
— Oui, si vous voulez. J'n'ai rien vu de spécial et j'suis parti.
— Très bien. Vas-y et ne te moque plus de tes petits camarades.

Il prit la poudre d'escampette pour les rattraper, tandis qu'elle invitait le second à s'affilier à un autre groupe.

La sonnerie retentit. Le directeur s'avança sur le perron, suivi des enseignants. Christine les rejoignit. Les enfants pénétrèrent dans la cour où le chef d'établissement accueillit les familles. Les plus jeunes quittaient la maternelle pour entrer à « l'école des grands » et étaient intimidés. Le silence s'instaura et les rangs se resserrèrent.

Les classes constituées, la nouvelle institutrice invita ses quatorze élèves à la suivre. Médusés d'être à « la grande école », les CE1 n'osaient proférer un mot. Les écoliers s'assirent par affinité en écarquillant les yeux, subjugués de découvrir le long tableau vert et, sur les murs, de larges planches cartonnées représentant Vercingétorix, Jeanne d'Arc et Bertrand du Guesclin juchés sur leur cheval. Un planisphère de la Terre achevait de les envoûter. Au fond de la classe, une table portait les réalisations manuelles de l'année précédente. D'autres élèves observaient une pile de livres déposés sur le bureau de la jeune femme.

Christine balaya la salle d'un regard et reconnut le garçon obèse. Il chuchotait à l'oreille de son voisin qui ne manifestait aucune réaction.

— Un peu d'attention, les enfants! clama l'institutrice en claquant une fois dans ses mains, debout sur l'estrade.

Ils l'écoutèrent avec intérêt, répondant à ses questions et elle, réagissant aux leurs. Tous s'étaient présentés en mentionnant également la profession de leurs parents. Elle s'adressa à la petite victime des quolibets de Michel.

— Et toi, comment t'appelles-tu?

— Olivier Delcroix.

Elle l'interrogea sur ses centres d'intérêt, puis :

— Que font tes parents?

— Y font des fromages.

— Quels genres?

— Des tommes de Chartreuse. On les fabrique ici, sur le plateau.

— Le plateau ?

— Ben maîtresse, on est sur un plateau à Saint-Pierre. Comme c'lui du Vercors. Le plateau du Vercors. C'est pareil.

Elle parut réaliser et l'invita à poursuivre.

— C'est une p'tite entreprise familiale. Tous les matins, un camion récupère nos bidons de lait, puis ceux de m'sieur Marcelin et pis des autres pour les amener à la coopérative. Mon père garde juste le lait nécessaire à la fabrication des fromages. Ma mère les vend sur les marchés du coin.

— Très bien, fit Christine en se promettant d'aller goûter ces produits locaux.

Elle descendit de l'estrade, prit une craie en leur ordonnant de se taire et inscrivit la date du jour au tableau. La première leçon débutait.

***

Vincent Duval remonta de la réserve de son restaurant en pestant. Il y descendait rarement, laissant son chef et son commis le faire à sa place. Lui se chargeait de la cave à vins. L'inventaire effectué régulièrement et noté scrupuleusement sur une feuille scotchée sur une porte de la cuisine indiquait les stocks restants. Chaque début de semaine, le patron listait les ingrédients et autres produits à se faire livrer. Un coup de fil à son fournisseur grenoblois voyait ses réserves se reconstituer rapidement. Duval avait omis les congés du commis. Débordé, le cuisinier descendait en toute hâte récupérer ce dont il avait besoin, oubliant souvent d'inscrire les composants des futurs menus. Il manquait de fruits et légumes depuis la veille. L'épicier n'aurait jamais la capacité d'en livrer suffisamment et le patron devait descendre au marché couvert de la capitale dauphinoise. Il fit un détour par la cuisine pour sermonner son chef qui haussa les épaules tout en hachant menu des oignons. Duval détestait sa désinvolture, mais l'homme était un trop bon cordon-bleu pour s'en séparer. À lui seul, il amenait une importante partie de la clientèle en dehors des vacances scolaires.

Le maire entra dans la salle de restaurant. Sa femme et une serveuse dressaient les tables pour les repas du midi. Malgré la fin des congés estivaux, la moitié de l'hôtel affichait complet et il fallait nourrir leurs occupants. Sans compter la quinzaine de clients de passage habituel jusqu'au début du mois d'octobre. La saison s'apaiserait ensuite en attendant celle des sports d'hiver.

— Je descends à Grenoble, affirma Vincent à son épouse en lui tapotant l'épaule gentiment.

— Albert a encore oublié de noter ce dont il a besoin ?

— Oui. Vivement la fin des vacances de Gérard.

Sa femme hocha la tête. Ignorant les aléas de la cuisine, elle était rarement au courant des problèmes d'intendance. Elle répliqua en posant un couteau à droite d'une assiette.

— Il sera de retour la semaine prochaine.

— J'y vais.

— C'est la rentrée. Tu es passé à l'école ?

— Il est tard, je dois descendre. C'est la première fois depuis l'obtention de mon mandat que je n'y assisterai pas. Le directeur ne m'en tiendra pas rigueur. Allez, j'm'en vais. Je veux être de retour avant midi.

Sa femme regarda sa montre.

— Évite de traîner, mais roule doucement.

— Ouais, salut !

Il lorgna une ultime fois les mollets de son employée et quitta la salle.

***

Les élèves de Christine l'écoutaient avec intérêt. Un seul, assis les bras croisés près de la fenêtre, regardait sans le voir, vers l'extérieur. Il sursauta quand la sonnerie retentit. L'institutrice consulta l'horloge.

— C'est l'heure de la récréation !

Ils se levèrent dans un même élan sans attendre son autorisation. Elle les rappela à l'ordre, leur enjoignant de se placer en rang par deux pour traverser le couloir. Les voix se lâchaient, des rires et des cris fusaient sous son œil amusé. Elle avait appréhendé la première heure, mais elle garderait un excellent souvenir de sa première rencontre avec les enfants.

Le groupe s'égaya dans la cour, rejoignant les gamins des autres classes. Sans s'en préoccuper, le directeur et un instituteur admiraient à travers la grille séparant l'école de la route, un rutilant Saviem JM 170 stationné à quelques mètres. Chargé de bottes de paille, le chauffeur s'était immobilisé pour discuter avec un villageois.

En s'approchant de ses collègues, Christine entendit parler son patron.

— C'est le dernier né de la gamme Saviem ! Un bel engin.

— J'ignorais que tu t'intéressais aux bahuts, remarqua son voisin.

— J'aime bien ça.

Il ébaucha un sourire de courtoisie en voyant arriver la nouvelle.

— Alors ?

— C'est magnifique ! Je suis contente d'avoir choisi ce métier.

Son collègue tempéra.

— Attends d'avoir quelques années de bouteille et nous en reparlerons.

***

Un petit cumulus venant de l'ouest progressait doucement vers l'est. Il assiégea la pointe du Charmant Som comme s'il aspirait s'y accrocher. Le sommet disparu quelques secondes pour réapparaître ensuite. Éphémère traînée blanche dans l'immensité azuréenne, le nuage poursuivit son avancée apathique, laissant derrière lui un long filament cotonneux semblant vouloir fusionner avec la paroi.

***

Christine tança vertement deux élèves se chamaillant quand son attention fut attirée par un groupe discutant à voix haute. Un homme gesticulait assis sur son tracteur pendant que ses amis commentaient, dans un babillage indicible, ses premières paroles. Une femme un peu plus grande que les autres s'écria :

— Il l'a bien cherché, il roule toujours trop vite!

L'enseignante s'avança près de la grille séparant l'école du domaine public et interrogea l'homme le plus proche. Celui-ci répondit.

— Le maire vient d'avoir un accident.

— Mon Dieu! C'est grave? dit-elle en portant les mains devant sa bouche.

— Sa voiture s'est retournée dans une des épingles du virage. Juste en bas, précisa-t-il en tendant un bras vers la sortie du village. Francis passait avec son tracteur. Il a réussi à le secourir avec l'aide de Gérard. Duval a mal partout et a une coupure au front. Il m'a demandé d'aller chercher le garagiste. J'lai prévenu, il y va.

Il s'interrompit pour regarder le fourgon Peugeot J7 des pompiers passer à toute vitesse. Sur le toit, le gyrophare bleuté tournoyait sans cesse. Une petite échelle fixée sur une galerie soubresauta au passage sur un nid de poule.

— Y n'montera pas dans l'ambulance. Le loustic préférera s'occuper de son auto.

— Oui. Plus de peur que de mal, mais elle est foutue, renchérit Serge, l'homme perché sur l'engin.

— Tant que c'est la voiture, fit l'enseignante. La tôle se remplace.

— Il a eu de la chance. Un peu plus loin et il filait tout droit dans le précipice.

— Nous aurions dû revoter, marmonna une femme avec un sourire goguenard.

— On sait tous que tu ne l'apprécies guère, mais personne ne lui souhaite un mauvais sort.

Elle haussa les épaules en restant silencieuse.

— J'ai téléphoné au garagiste, de chez l'épicier. Gilles descend chercher la voiture.

Le conducteur de l'engin agricole décréta.

— Il n'y a plus rien à dépanner. La bagnole est bonne pour la casse.

— Tiens, quand on parle du loup… Voilà Gilles.

Une dépanneuse Peugeot 404 grise pourvue d'une petite grue capable de tracter un véhicule léger traversait la commune. Son crochet de remorquage oscillait doucement.

— Y's'rait temps qu'il change sa poubelle ! gouailla Francis.

— Son père l'a achetée neuve en 1950.

— Ouais, c'était le nec plus ultra à l'époque.

— Dix-neuf ans, c'est pas mal pour une dépanneuse. Y'a mieux maintenant. Il va répondre qu'il n'a pas d'argent.

— Comme tous les commerçants.

La discussion s'égarait. Christine fit demi-tour à l'instant où la sonnerie rappelait les élèves pour la prochaine leçon.

***

L'Estafette des gendarmes suivait la dépanneuse remorquant la 204 de Vincent Duval. Le capot et la calandre étaient enfoncés, le moteur dégageait encore une fumée noire, le pare-brise éclaté et la portière droite ne ressemblaient plus à rien. Gilles avait eu toutes les peines du monde à atteler le crochet de remorquage. Le garagiste s'arrêta au milieu de la route pour commenter l'événement. Le petit groupe entoura la voiture, au grand dam des gendarmes qui ne pouvaient plus passer.

L'ambulance s'immobilisa derrière eux et le maire descendit en se tenant la tête, suivi d'un pompier. Tous les regards convergèrent dans sa direction et des exclamations fusèrent. Les militaires se portèrent à l'avant du petit convoi. L'adjudant trancha.

— Gilles, tu dégages, tu bloques la route !

— Y'a personne.

— Je n'veux pas le savoir.

Frédéric rejoignit son supérieur.

— Garez-vous là-bas, vous ne gênerez personne.

Le garagiste observa ce jeune homme, étranger à la vallée lui signifiant ses exigences. Il s'adressa au gradé.

— C'est qui celui-là ?

— Notre nouvel affecté.

— Ha !

— Fais ce qu'il te dit. Range-toi convenablement.

Le dépanneur rejoignit sa voiture en bougonnant. Si des inconnus commençaient à donner des ordres, ce serait bientôt comme le formulait le général de Gaulle, *la chienlit.*

Christine observa par la fenêtre ouverte cette agitation insolite. Sans comprendre l'ensemble de la conversation, elle saisit néanmoins le sujet principal. Elle adressa un timide geste de la main lorsque Frédéric tourna la tête vers la classe. Il lui répondit par un sourire et s'avança. La fenêtre donnant directement sur la rue, ils n'eurent aucune difficulté à échanger.

— Le maire ronchonne déjà, ce n'est pas grave, dit-il pour la rassurer.

— Il a eu de la chance.

— Sa voiture est morte.

Le jeune homme cherchait ses mots, ne sachant commenter les faits. Il appréciait cette femme qui, comme lui, exerçait dans une région qui leur était inconnue. Christine leva la tête en repérant une silhouette dans son champ de vision.

— Voilà le prêtre.

Joseph avançait à grands pas sans comprendre le motif du rassemblement. Il accosta le petit comité, aperçut le maire entouré des pompiers et de plusieurs administrés.

— Qu'est-ce qui se passe ?

— Ça se voit, non ? pesta l'élu, excédé par la foule s'agglutinant autour de lui.

Le religieux remarqua la 204.

— Nom d'une pipe, c'est votre voiture !

Il l'examina, la palpant tel un médecin auscultant son patient. À l'issue de son inspection, il approcha l'adjudant-chef.

— Vous connaissez les causes de l'accident ?

— Pas encore. Vincent nous certifie n'avoir eu aucun malaise et roulait mollo.

— J'en doute, médit sans vergogne son vis-à-vis.

Le gendarme songea que le représentant de Dieu ne faisait guère preuve de charité chrétienne. Il reprit.

— Je réquisitionnerai Gilles pour une expertise des organes moteurs et de conduite.

Meyrin hocha la tête. Le gradé le salua militairement et invita son collègue à partir. Les pompiers firent de même, non sans avoir demandé encore une fois si l'édile souhaitait être soumis à un examen.

— J'irai voir mon docteur.

Le groupe se sépara en commentant l'événement. Joseph et Vincent s'étaient immobilisés à proximité de la fontaine.

— Je ne recevrai pas encore l'extrême-onction, Joseph.

— Évitez de parler ainsi. Le Seigneur peut vous rappeler quand il le souhaite.

Duval frissonna.

— Je ne comprends rien à cet accident. Ma voiture est en bon état et entre nous, pour une fois je roulais doucement.

Le prêtre resta silencieux un moment. Une main sur la margelle de la fontaine, il regardait l'eau couler.

— S'il ne s'agissait pas d'un accident ?

Son voisin écarquilla les yeux.

— Plaît-il ?

— Vous m'avez bien entendu.

— Je déteste vos plaisanteries !

— Ai-je l'air de rigoler ?

L'édile se rembrunit un peu plus et l'invita d'un ton peu amène à s'expliquer. Le curé le consulta avant de reprendre la parole.

— J'ai votre garantie que cela restera entre nous ?

La curiosité du maire s'exacerba et sans hésitation, il promit. Joseph s'approcha au plus près.

— Vous avez lancé des propos déplaisants à la face de la nouvelle institutrice.

— C'est vrai, nous avons eu un petit entretien elle et moi. Rien de bien méchant. Et alors ? fit l'élu intrigué.

— Elle m'a déclaré faire le nécessaire si vous étiez désagréable.

— Vous êtes fou !

— Je rapporte simplement ses allégations.

— Elle plaisantait.

— Je n'en sais rien. Je vous répète sobrement sa phrase.

Abasourdi, Vincent s'appuya sur la fontaine et jeta un œil vers l'école. La fenêtre ouverte laissait passer de temps à autre un éclat de voix ou un rire et l'on distinguait la couleur du mur.

— Je vais lui parler.

Le religieux le retint par le bras.

— Vous ne détenez aucune preuve. Peut-être était-ce des paroles en l'air ou ai-je mal compris ? Restez discret pour l'instant.

— Je vais en toucher un mot aux gendarmes.

— Ils sont chez Gilles.

— Je sais.

Soucieux de crever l'abcès, il prit congé de son interlocuteur pour se diriger vers le garage.

***

Hélène Delcroix rentra chez elle vers midi, satisfaite de la vente de ses fromages. Elle pénétra dans le salon et fut étonnée de l'absence de son mari. À cette heure, il se servait son apéritif hebdomadaire en s'empiffrant de petits gâteaux salés.

— Il n'a même pas mis la table ! Romain ! cria-t-elle en traversant les pièces du rez-de-chaussée.

Le silence l'inquiéta. Elle sortit sur le perron, puis mue par une idée subite, elle se dirigea vers la grange. Elle pénétra à l'intérieur et hurla aussitôt en découvrant Romain à moitié affalé sur le rebord de la cuve.

***

Christine déjeuna à la cantine avec ses collègues tout en jetant un œil sur les enfants. Les enseignants éprouvèrent des difficultés à s'entendre, les élèves narrant leurs aventures estivales.

Pourtant, un grand nombre d'entre eux s'étaient croisés depuis leur retour, mais la fièvre de la rentrée alimenta le charivari. Les instituteurs commentèrent l'accident survenu au cours de la matinée, les plus anciens attribuant à Duval une vitesse excessive. La nouvelle enseignante prenait ses marques en douceur, ses élèves restant singulièrement disciplinés.

***

Le crâne sous un bandage, Vincent Duval rejoignit à pied le bureau de la mairie après s'être porté au chevet de la veuve de Romain Delcroix. Le bruit de sa mort s'était rapidement propagé et il s'était rendu avec les gendarmes dans la grange où gisait le fromager. Le maire avait tenté de la réconforter en lui prodiguant de vaines paroles apaisantes. Il songea aux appétits aiguisés de plusieurs propriétaires terriens. La pauvre femme devrait faire preuve de courage pour résister à leur insatiable avidité.

Les événements se succédaient un peu trop rapidement à son goût en cette fin d'été. Deux morts brutales en l'espace d'une semaine tarabustaient un esprit cartésien comme le sien. Pour l'heure, son propre accident le tourmentait et il se demandait qui pouvait lui en vouloir. Une dizaine d'administrés se plaignaient de leurs dossiers litigieux, mais à l'exception de deux, il raya mentalement les huit autres. Restaient Florent Marcelin qui le détestait depuis le refus de la vente d'un terrain communal et un couple contestant le prix d'achat d'une concession au cimetière. Pourtant, tout avait été réglé selon la loi.

Vincent avait placé le nom de Christine Meyer en tête de liste, mais l'évidence lui apparut très vite, la jeune femme ignorait tout de la mécanique. Comment aurait-elle pu saboter sa voiture ?

Il bichonnait son véhicule comme la prunelle de ses yeux et il refusait de croire à un simple accident dû à un problème de fonctionnement. Il devrait attendre le résultat du contrôle du garagiste souhaité par les gendarmes. Or, Gilles roulait vers une maternité de Grenoble, sa femme allongée à l'arrière de sa Buick.

— J'suis pas près d'avoir son avis, bougonna Duval en introduisant la clé dans le pêne.

Les coudes sur le bureau, le menton coincé entre les paumes des mains et le visage fixé dans le vague, il réfléchit une bonne dizaine de minutes sur les motivations susceptibles d'amener à une tentative de meurtre. Il supprima de sa liste l'un des deux noms.

— Il reste Marcelin.

Ils se connaissaient depuis l'enfance et se détestaient cordialement. Marcelin lui demandait parfois un arrangement. Le maire refusait systématiquement si le souhait dépassait le cadre légal. L'autre fulminait en partant, lançant des déclarations désagréables, voire menaçantes.

Duval téléphona aux gendarmes pour le dénoncer. L'adjudant-chef lui promit de se renseigner discrètement en sachant dans son for intérieur que le paysan n'était qu'un râleur. Sans conviction, le maire en profita pour hasarder d'improbables soupçons sur Christine.

Les propos allaient bon train dans la petite commune, chacun fournissant son commentaire. Tous avaient une idée de l'auteur des faits. Comme toujours, le bar était le lieu des commérages pour les hommes, pendant que les femmes s'épanchaient à l'épicerie, pour le plus grand bonheur de son propriétaire.

Les oreilles de Christine devaient sonner ardemment, certains la soupçonnant allègrement. D'autres critiquaient leurs voisins ou autres habitants susceptibles de les berner, les exploiter ou les escroquer, mais tous se fourvoyaient au milieu des différents trépas. Si Xavier Louet avait été sur place, il se serait arraché les cheveux en secouant la tête d'un air désabusé en grommelant : « Ils sont complètement cinglés ! »

***

La sonnerie tinta à 16 h 30. Des pieds de chaises s'entrechoquèrent, des cris de joie saluèrent la fin de cette première journée et la jeune femme contraint une nouvelle fois les enfants à se calmer. Elle les accompagna jusqu'à la sortie. Les autres instituteurs lui adressèrent un signe amical et s'en allèrent. Le silence de la cour seulement écorné par le chant des oiseaux la ravit.

Une Renault 4 CV verte se gara près du trottoir. Un jeune homme s'extrayant de l'habitacle salua gaiement Christine. Il portait une chemise à grand col et un pantalon à pattes d'éléphant dissimulant une paire de chaussures de ville sans lacet. À la suite de plusieurs secondes d'hésitation, elle reconnut Frédéric.

— Vous ! fit-elle en s'approchant.

Il endossait aussi bien l'habit civil que la tenue militaire. *Un beau mec.*

À vingt-deux ans, Frédéric Jacquard se savait séduisant. Une musculature développée grâce aux années de natation passées dans les bassins du Pas-de-Calais avait favorisé l'attrait involontaire qu'il offrait aux jeunes femmes. Il en avait abusé avant son entrée en gendarmerie et s'en amusait devant ses collègues. Son visage toujours souriant et son accent nordiste le créditaient d'un certain charme.

— Je suis de QL !

Devant son air intrigué, il s'expliqua.

— Quartier libre. J'ai quelques heures de répit. Nous avons une journée de repos par semaine[1] et c'est demain. J'ai obtenu de mon adjudant-chef cette autorisation exceptionnelle de coller ce QL à mon repos.

La jeune femme l'écoutait en regardant la voiture. Il répondit à sa question silencieuse.

— Elle n'est plus de première main. Elle appartenait à mon père. Il l'a achetée neuve en 1950 et l'a remplacée l'année dernière pour une Ford Taunus. J'ai récupéré celle-ci à la fin de mon stage à l'école de gendarmerie, affirma-t-il en tendant la main vers la 4 CV.

— Vous avez de la chance, je n'ai même pas mon permis de conduire.

— Ça viendra… Il marqua une courte pause avant de reprendre : je dois vous parler.

Elle se rengorgea malgré elle. Elle lui tapait dans l'œil. Elle le suivit à la fontaine. Christine s'assied sur la margelle et Frédéric y posa les fesses.

— Mon CB a reçu un coup de téléphone.

— Votre CB ?

— Mon commandant de brigade… Le maire lui a bigophoné pour se plaindre.

— Encore !

— Il vous soupçonne d'être l'instigatrice de son accident.

— Hein ? s'écria la jeune femme en glissant de la margelle.

— Sa voiture aurait été révisée le mois dernier. Tout était OK.

— Ce type est un grand malade !

---

1. En 1969, les gendarmes avaient droit à une seule journée de repos hebdomadaire. Certains chefs hiérarchiques – selon les régions – accordaient une demi-journée supplémentaire. Les deux jours furent octroyés pour l'ensemble des personnels en 1981.

— Vous êtes ravissante en colère.

Elle planta son regard dans le sien.

— Ah ce n'est pas l'moment ! Vous roucoulerez un autre jour !

Sa réaction le surprit. Ses yeux semblaient lancer des éclairs et, l'espace d'une seconde, Frédéric redouta un mauvais excès d'humeur. Il recula d'un pas.

— Évitez de vous mettre dans cet état, je n'y suis pour rien.

Elle se maîtrisa aussi vite qu'elle s'était échauffée.

— Excusez-moi, mais Duval m'exaspère. Me supposer être une meurtrière, on marche sur la tête ! Qu'en pense votre patron ?

— Il a téléphoné au garagiste pour un contrôle de la 204, mais il est tombé sur son père.

— La demande de votre chef signifie qu'il se range derrière l'avis de son propriétaire ?

— Pas du tout. Cet examen sera à charge et à décharge.

— C'est-à-dire ?

— Savoir si l'auto a été sabotée, dit Frédéric.

— Je rêve et vais sortir de ce cauchemar.

— Il faudra certainement vous expliquer si la voiture présente un défaut. À l'opposé, si rien n'est décelé, cela prouvera votre innocence.

— Être suspectée est déjà trop.

— Je m'en doute, pourtant vous devrez le supporter.

— Vous rendez-vous compte de la suspicion pesant sur moi ? Que vont penser les parents d'élèves ? Qu'ai-je fait au maire ? Pourquoi attenterais-je à ses jours ?

— Il vous soupçonne de la mort de Jules Séverin et vous souhaiteriez l'éliminer, selon son interprétation.

— Le roi de l'affabulation.

— Certainement. En attendant…

Elle l'interrompit.

— Comment ça, certainement ? Vous croyez à ses fadaises ?

— Non.
— Vous ne m'en voyez guère convaincue.
— Calmez-vous, je suis de votre côté. La preuve? Je suis venu vous avertir.
Christine resta silencieuse et serra les poings.
— Excusez-moi encore une fois, mais ces insinuations sont indignes d'un élu.
— Il voulait porter plainte. Mon patron l'a dissuadé.
— Ce sombre crétin de Duval était d'accord?
— Mon CB ne lui a guère laissé le choix en lui conseillant d'attendre le résultat des vérifications de Gilles. Si son appréciation infirme l'accusation du maire, vous pourriez déposer plainte pour diffamation.
— Ça a suffi?
— Il est resté sans voix.
— Si je comprends bien, je suis suspendue à l'analyse du garagiste.
— Vous n'avez rien à vous reprocher?
Elle remua la tête négativement.
— Alors pourquoi vous tracasser?
— Vous avez raison. Je suis bête, dit-elle en ébauchant un sourire timide.
Frédéric tenta de la rassurer.
— Laissez dire les gens. Leur fiel s'éteindra progressivement. Vous êtes la maîtresse de plusieurs de leurs fils.
— Justement, ils risquent de me regarder de travers.
— Tout le monde est certainement loin d'être du côté de Duval. Laissez couler le temps.
— Facile à dire en habitant dans une autre commune.
Il éclata de rire.
— Ce n'est guère mieux pour moi. Jeune gendarme arrivant dans une région où je ne connais personne. En plus, je colle parfois des procès-verbaux aux gens du coin. Vous voyez, c'est

loin d'être une situation de tout repos. Il marqua une pause avant de reprendre : je vous invite au restaurant.

La surprise de Christine fut suffisamment éloquente pour qu'il amorce un vague sourire. Elle ne lui octroya pas le temps d'articuler.

— C'est gentil, je vous remercie. Une prochaine fois peut-être.

Il allait s'éloigner lorsqu'il se ravisa.

— Ah oui, j'oubliais… Il y a eu un autre accident.

— Ce village est maudit. C'est grave ?

— Romain Delcroix est décédé.

— Inconnu au bataillon, répondit-elle.

— Il possède plusieurs vaches, vend son lait à la coopérative et fabrique ses fromages. Sa femme les écoule aux marchés de la région.

— Jamais entendu parler. Et alors ?

— Le médecin a refusé de délivrer le permis d'inhumer. Une autopsie est prévue.

Christine le regarda bien en face.

— Vous évoquiez un accident.

— P'têt ben qu'oui, p'têt ben qu'non dirait un copain de ma promo.

— Comment est-il mort ?

— Indigestion de lait caillé.

Il lui relata les constatations de ses collègues. À l'issue, la jeune enseignante ne put s'empêcher de donner son avis.

— Quelle fin atroce ! Encore un meurtre que le maire essayera de me coller sur le dos.

— Vous aviez un alibi en béton cette fois.

Elle afficha une moue interrogatrice. Il s'empressa de l'éclairer.

— Vous étiez avec vos élèves.

— C'est vrai. Voilà une épine de moins à retirer.

Au même moment une Simca 1100 s'immobilisa devant le couple. La conductrice ouvrit la vitre de la voiture, ignora Frédéric et, sans la saluer, s'adressa sur un ton péremptoire à Christine.

— Vous êtes la nouvelle institutrice.

— Oui.

— Inutile de confirmer, je le sais.

L'enseignante creusa dans sa mémoire s'il s'agissait d'une parente d'élève, mais son visage n'éveilla aucun souvenir.

— J'espère que vous ne serez pas aussi incompétente que la titulaire précédente. J'aurais pu faire mieux qu'elle. Apprenez que j'excelle dans tous les domaines.

— Vous êtes enseignante? s'enquit son vis-à-vis qui sentait la moutarde lui monter au nez.

— Non. Je n'ai pas d'enfant.

— Alors de quoi j'me mêle? intervint Frédéric.

— Qui êtes-vous?

— Je vous retourne la question! rétorqua le gendarme.

— Claire Blanc. Je suis propriétaire d'un atelier de couture et je vends mes créations dans mon magasin à Grenoble.

Frédéric faillit s'étrangler de rire. Elle l'ignora et reprit sa logorrhée.

— Il y a deux semaines, j'ai rencontré Pierre Cardin lors de ma dernière visite à Paris. Il est intéressé par mon travail. Personne dans ce bled n'est capable de réussir aussi bien... J'espère que vous instruirez correctement les enfants. Évitez de suivre le sillage de votre prédécesseur, aujourd'hui Dieu merci, à la retraite. Éduquez les mômes du village comme il se doit.

Sans attendre de réponse et sans les saluer, elle démarra sur les chapeaux de roues. Le couple resta sans voix un moment. Frédéric déclara :

— Voilà une femme sympathique ayant une considérable estime d'elle-même.

— Une vraie pimbêche, oui.

— Elle pète plus haut que son cul.

Christine éclata de rire.

— Vous êtes arrivé à me détendre, c'est déjà ça.

— Alors je renouvelle mon invitation pour ce soir.

Elle reprit son sérieux et refusa. Ils discutèrent encore un petit moment, puis se séparèrent ; Frédéric étant parvenu à lui arracher un rendez-vous pour le lendemain en début d'après-midi.

***

Hélène Delcroix était effondrée. Elle ne croyait pas à un accident. Son mari répétait les mêmes gestes depuis plus de deux décennies. Jamais Romain n'aurait commis d'erreurs. Quelqu'un l'avait tué, mais qui ? Natif du village, il était néanmoins peu apprécié. Son manque d'éducation ne plaidait guère en sa faveur. Elle l'avait menacé de le quitter s'il refusait de changer de comportement. Peine perdue, la nourriture l'attirait comme un aimant. Résolue à rester pour l'instruction de leur fils, l'amour envers son mari s'était tari. Mais jamais elle n'aurait souhaité la disparition de son époux. Qu'allait-elle devenir ? Elle ne pourrait entretenir le troupeau et elle était physiquement inapte à la conception des lourdes meules. Florent Marcelin avait proposé à plusieurs reprises de racheter l'exploitation, mais il essuyait toujours un refus.

Qu'aurait fait Romain loin de sa ferme ? Vivre dans ces nouvelles cités sans âme, se faire embaucher dans une usine pour un salaire de misère, utiliser la voiture le dimanche pour se promener dans les massifs du Vercors ou de Belledonne ? Leur destinée se trouvait au cœur de la Chartreuse et jamais ils ne déménageraient. Ici, la vie difficile fournissait peu de circonstances exaltantes, mais elle suffisait pour rester libre et couler des jours en somme agréables.

Que ferait Olivier en ville après l'école ? Ses devoirs dans une cuisine de quelques mètres carrés où de la fenêtre les sommets des montagnes se disputent avec la pollution ? À Saint-Pierre, la vie y était cordiale, même s'il était la risée de ses camarades qui brocardaient son obésité en le surnommant « Bouboule ». Ce serait bien pire en ville.

Que se passerait-il après l'inhumation, comment pourrait-elle subvenir à leurs besoins ? Vendre à Florent Marcelin ? Il profiterait de la situation pour acheter à bas prix. Il menacerait d'éventuels prétendants pour s'accaparer la propriété. Il patienterait tapi dans l'ombre, attendant qu'elle soit aux abois. Viendrait ensuite l'hallali. Elle se verrait contrainte d'accepter une somme dérisoire, quitter ses murs pour rejoindre une maison sans âme et vivoter dans l'espoir de dénicher un travail au sein d'une exploitation voisine.

— Jamais !

Elle entendit son fils pleurer dans sa chambre. Elle sécha ses propres larmes tout en se promettant de découvrir le meurtrier. À ses yeux Florent Marcelin restait l'unique suspect. Il le payerait chèrement.

***

Assis sur son canapé devant la télévision, Frédéric rêvassait sans voir l'émission *les Dossiers de l'écran*. Le comportement de Christine le troublait. Était-elle une meurtrière ou avait-elle simplement un lien avec un ou plusieurs assassinats ?

— Après tout, je ne sais rien d'elle.

Sa nervosité pendant leur entretien restait incompréhensible. Hurler « n'est guère le moment de roucouler » demeurait plausible, mais pourquoi s'agiter ainsi ? Un peu plus tard, à l'arrivée de la couturière Claire Blanc, son visage exprimait la contrariété.

Il reprit son soliloque.

— Il faut dire qu'elle n'y a pas été avec le dos de la cuillère ! Sacrée bêcheuse la gonzesse, dit-il à haute voix en tournant le bouton de volume du son.

Il ouvrit une canette et en but la moitié avant de retourner s'asseoir.

— Je résume. Le premier meurtre est commis la semaine dernière en fin de matinée sur la route du col du Cucheron à l'heure où Christine s'y promène. Un mobile ? Non, puisqu'elle n'a jamais vu Séverin. À moins qu'il l'ait agressée. Si tel est le cas, elle aurait logiquement appelé au secours ou serait retournée au village pour obtenir de l'aide. La légitime défense est prévue par le Code pénal… Au fermier maintenant, murmura le jeune gendarme en levant l'index.

Il acheva sa bière, posa les pieds sur la table basse et reprit son monologue.

— Delcroix est mort dans la matinée. Sa femme est partie à l'aurore vendre ses fromages au marché du Sappey. Il est resté seul pour travailler dans sa grange. Christine aurait donc bénéficié d'une petite heure pour accomplir son forfait. Disons… de 7 h 15 à 8 h 00. Sachant qu'elle doit être à l'école pour 8 h 30. Peu probable. De plus, elle ignorait sans doute que sa femme s'absenterait et elle est physiquement incapable de le basculer dans la cuve. À moins d'avoir un complice. Rien n'étaye pour l'instant le meurtre. Il faut attendre les résultats de l'autopsie. Quant à l'accident de voiture du maire, la belle se trouvait à l'école. Alors pourquoi s'est-elle énervée ainsi ?

Leur entretien près de la fontaine remonta à son esprit. Elle affirmait ne pas connaître Romain Delcroix. Frédéric avait lu les listes des élèves composant toutes les classes de l'école saisies par les gendarmes. Peut-être apprendraient-ils un élément utile à l'enquête. Le père d'Olivier était-il en conflit avec une famille du village ? Chaque détail serait décortiqué.

Le jeune militaire avait lu le nom d'Olivier Delcroix sur la feuille du CE1.

— La classe de Christine.

Elle mentait. Il se redressa, ouvrit le tiroir de la table basse pour extraire un carnet et un stylo. Il nota ses réflexions d'une écriture illisible et conclut à haute voix et en une ligne qu'il souligna de deux traits.

— Christine se trouvait en Alsace entre le meurtre de Séverin et l'accident de Delcroix. Il ne s'est rien produit durant ces quatre jours. Mais son emploi du temps me chiffonne.

Il relut ses notes, jeta la bouteille vide dans la poubelle et murmura.

— Y'a un truc qui cloche. J'en aurai le cœur net. Cette nana me plaît, mais je ne vais pas m'amouracher d'une criminelle. J'essayerai d'en savoir un peu plus demain.

Sur l'écran du téléviseur, le générique de fin déroulait sa liste de noms et Alain Jérôme[1] remerciait les invités du débat.

1. Présentateur de l'émission télévisuelle *les Dossiers de l'écran*.

Chapitre IV

Jeudi 18 septembre[1]

Frédéric dormit par intermittence. La chaleur s'invitait à l'intérieur des appartements de fonction de la caserne. Logements d'un autre âge, les murs ne protégeaient en rien des vicissitudes météorologiques. Néanmoins, la mauvaise isolation n'était pas le facteur principal des insomnies du militaire. Christine l'obsédait. Elle l'enflammait. Une plastique à damner un saint et sa façon naturelle, mais sensuelle de se déplacer l'attiraient comme un aimant.

Affecté depuis deux mois à la brigade de Saint-Laurent-du-Pont, il n'avait guère eu le temps de faire connaissance avec d'autres personnes. Une journée de repos par semaine, rarement le dimanche, pour un célibataire, ne favorisait guère les relations. Les sept gendarmes de son unité étaient mariés et sans le surveiller, ils portaient malgré tout un œil sur lui. Son commandant de brigade l'avait averti dès son arrivée : « Pensez à me prévenir si des membres de votre famille viennent passer quelques jours chez vous[2]. Oubliez les femmes et songez à

1. En 1969, les élèves n'allaient pas en classe le jeudi. Il a été remplacé par le mercredi en 1972.

2. Jusqu'au début des années quatre-vingt, chaque gendarme devait aviser son CB des visites de plus d'une journée. S'il s'agissait d'un séjour

votre travail. Soyez digne de votre uniforme. » Un discours explicite pour un gars de vingt ans ignorant tout de la vie gendarmique. Mais comme le stipulaient ses formateurs entre deux couloirs à l'école de gendarmerie : « Il y a toujours moyen de se démerder. »

Frédéric était tiraillé entre son attirance et l'appréhension que suscitait Christine. Sa singulière personnalité le tourmentait. Elle paraissait souffler le chaud et le froid. Capable de passer de la gentillesse à l'irritabilité en une fraction de seconde, elle fournissait certaines explications cadrant difficilement avec la réalité. Était-elle blanche comme neige ou se reprochait-elle certains actes ?

Il décida de maintenir son rendez-vous. Joindre l'utile à l'agréable. Prétexte d'un interrogatoire discret en passant d'attrayants moments. Il se promit d'être plus réservé en sa présence. Inutile que son patron sache qu'il fréquentait cette singulière institutrice.

Il avait ressassé une partie de la nuit, mais à chaque fois il se rendait à l'évidence ; l'enseignante ne possédant aucun moyen de transport, il se voyait obliger de venir la chercher. Lui imposer un rendez-vous à l'extérieur de Saint-Pierre-de-Chartreuse l'incomberait de se déplacer en autocar. S'attirer sa sympathie amenait à accomplir un minimum d'efforts et de prise de risques.

— Au diable mon CB ! se dit-il en achevant son petit déjeuner.

Il avait retenu en deux mois d'exercice que les gendarmes connaissaient tout le monde et savaient tout sur les habitudes, fréquentations, voire les amants et les maîtresses des habitants de leur circonscription. Un collègue apprendrait très rapidement ses assiduités auprès de Christine. Le jeune militaire n'en avait cure. L'Alsacienne lui plaisait et, malgré

---

prolongé, une demande écrite était requise.

un apparent rigorisme, elle ne paraissait guère pudibonde. Il rinça son bol en marmonnant.

— Je verrai bien. Deux mois sans nanas, ça commence à faire long !

En attendant 14 heures, la matinée passerait rapidement. Saint-Laurent-du-Pont est une belle petite ville et il avait des courses à faire.

***

L'épicier nettoyait la baie vitrée de son magasin tout en surveillant à la dérobée les trois clientes remplissant leur panier. Liste de courses en main, deux des femmes déambulaient dans les petites allées, se souriant poliment en se croisant et la troisième examinait les prix au kilo affichés sur les gondoles avant de se servir. Une odeur de citron émanait de la réserve. Effluve probable d'un détergent quelconque. Une quatrième personne pénétra à l'intérieur, s'empara d'un panier en plastique rouge et se dirigea directement vers les produits secs.

La nouvelle arrivante portait ses quarante ans, son mètre soixante-cinq et ses cinquante-cinq kilos avec élégance. Des cheveux ondulés coupés à la garçon ne lui ôtaient en rien sa féminité. Des boucles d'oreilles ornées d'une aigue-marine se balançaient sous les lobes. Un jeans serré à la taille moulait des fesses arrondies et un chemisier largement échancré dissimulait difficilement la naissance d'une opulente poitrine. Une paire de bottes en cuir choisie négligemment s'harmonisait parfaitement avec sa tenue vestimentaire.

Deux clientes l'aperçurent. La première répondit à son salut d'un vague signe de tête et l'autre l'ignora en se dirigeant vers le fond du magasin. Claire Blanc venait de saisir un pain de campagne lorsqu'elle sentit l'effluve d'un parfum bon marché à l'instant où une main s'abattait sur son épaule. Étonnée, elle se retourna et recula d'un pas en reconnaissant celle qui l'accostait.

— Justine !

— Oui, moi ! Surprise ?

La couturière se trouvait acculée contre la gondole. Elle regarda de chaque côté en semblant demander de l'aide. Les clientes firent mine de s'en désintéresser. Claire était une femme de caractère, elle reprit assez vite son sang-froid. Justine ne lui laissa pas le temps d'ouvrir la bouche.

— Alors ?

Se donnant un court moment pour répliquer, Blanc répondit à la question par une autre.

— Qu'est-ce que tu fais ici ?

Son interrogation lui parut incongrue. Sans explication, la valse des questions se poursuivit.

— Tu n'es pas à ton magasin ?

Claire haussa les épaules.

— Pfeu ! J'ai trois employées. Elles travaillent pour moi. J'en profite pour rester un peu chez moi et faire mes courses.

— Et t'envoyer en l'air avec mon mari, souffla l'autre à son oreille.

Claire Blanc ouvrit des yeux ronds. Après plusieurs secondes de stupéfaction, elle attaqua.

— Des bêtises, Justine. Tu écoutes trop les ragots. C'est toujours ainsi quand on reste toute sa vie dans le même trou.

— On t'a vue sortir d'un hôtel de Grenoble avec mon homme.

— Qui ?

— On s'en fou. Le problème est ailleurs.

— Avec des on, on peut raconter n'importe quoi. Ce sont des persiflages. Je n'ai pas besoin de coucher avec ton mari pour me trouver un partenaire. J'ai l'embarras du choix.

— Ça m'étonnerait. Tu es tellement imbue de ta personne que les hommes n'osent t'approcher. Tu t'es emparée du premier t'ayant fait les yeux doux et, pour mon malheur, il s'agit du mien.

Mine de rien, les autres clientes ne perdaient rien de la conversation. Les colères de Justine Caron étaient légendaires au sein de la commune. Elle justifiait tous les prétextes et les litiges avec ses voisins ne se comptaient plus. Plusieurs habitants pensaient qu'elle échafaudait des scénarios pour le plaisir de la dispute. S'emportant facilement, toutes les allégations lui convenaient pour hausser le ton. Elle dégoisait sa vie privée, prenant les autres à témoin en espérant qu'ils penchent de son côté. Si ce n'était pas le cas, son ire se déclenchait aussitôt. Fataliste, son mari laissait passer les orages. Agriculteur, il s'occupait de sa centaine d'hectares de pâturages. Femme au foyer, *Miss colère* comme la surnommait ses proches, avait toujours refusé de lui faire des enfants. À trente-deux ans, elle était la seule à croire et à voir sa silhouette d'adolescente malgré une dizaine de kilos excédentaires.

Les avis concernant l'existence de Claire divergeaient. Orgueilleuse comme une paonne, elle n'avouait rien de sa vie personnelle. Les femmes l'exécraient pour sa prétention, sa morgue et sa façon de regarder les hommes sans qu'aucune preuve d'aventures extraconjugales avec la gent masculine du village n'ait été mise à jour.

Justine n'avait aucune envie de renoncer.

— Je sais ce que je dis !

— C'est faux ! Je n'ai aucune vue sur ton mari.

— Ah, je m'en doutais ! Tu t'intéresses à lui pour me répondre ainsi.

— Tu es folle !

— Non. Tu es une coureuse. Ton travail est prétexte à flirter à droite et à gauche.

— Pierre Cardin fera un jour appel à moi.

— Prétentieuse.

— Je l'ai déjà croisé.

— Il discute avec tellement de monde qu'il t'a oubliée depuis longtemps.

— Tu es jalouse !

Son vis-à-vis s'esclaffa.

— La vantardise est une seconde nature chez toi.

— Tu verras. Un jour j'accompagnerai mes mannequins sur les podiums.

— Un jour ton orgueil te jouera des tours.

— Nous en reparlerons. Tu resteras bouche bée quand une foule entière d'admirateurs m'applaudira.

— Apparemment ton arrogance réjouit mon homme et ça, ça te plaît ! Ton ego s'en satisfait.

— Ton mec est fade, d'une banalité affligeante. À part toi, je ne vois pas qui aurait pu l'épouser.

— Quoi ! s'étrangla Justine.

Les autres clientes s'étaient approchées sans en perdre une miette. Le crêpage de chignons entretiendrait les gorges chaudes pour le restant de la semaine. L'épicier s'interposa.

— Mesdames, s'il vous plaît, du calme !

— Retourne à tes conserves et fous-moi la paix ! riposta Justine.

— Si vous continuez, j'appelle les gendarmes !

— C'est ça. Ces gros malins sont bien trop bêtes pour régler mes problèmes.

Claire profita du court répit pour prendre de la distance.

— Je te laisse à tes élucubrations.

— Tu restes ici, j'n'ai pas fini !

— Moi, si. C'est terminé. Garde tes affabulations pour toi.

Les deux femmes se regardaient en chiens de faïence. Les poings serrés, Justine se contenait de la frapper. Si sa réplique était facile, Claire ne détenait aucune once d'agressivité physique. Elle aimait blesser son entourage par des phrases cinglantes, mais jamais elle n'aurait porté la main sur quiconque.

En pénétrant dans le magasin, Christine remarqua les deux femmes prêtes à se voler dans les plumes. Elle s'empara d'un panier et s'engagea entre deux gondoles en tentant de se désintéresser de leurs propos, sans y parvenir. Elles s'exprimaient à voix haute, prenant les rares clientes à témoin comme pour se justifier. Les vociférations aiguës de Justine tintaient désagréablement aux oreilles de l'institutrice.

— Tu ne l'emporteras pas au paradis. Tu couches avec mon mari, tu me le payeras !

Claire fit demi-tour et abandonna son panier sur la caisse. Justine la suivit, la prit par les épaules pour l'obliger à lui faire face.

— Madame la grande couturière refuse d'avouer ce que tout le monde sait.

— Personne ne sait rien et je ne fais de mal à personne.

— Tu mens ! s'écria Justine en levant le bras, prête à la gifler.

Une main étreignit son poignet. La provocatrice fit volte-face déjà parée à en découdre avec l'importun, mais elle se figea en découvrant une inconnue.

— De quoi vous mêlez-vous et qui êtes-vous ?

— Je suis Christine Meyer. Vous vous apprêtiez à violenter madame.

— Et alors ? fit Justine pendant que Claire quittait les lieux en courant.

— Il est possible de s'expliquer tranquillement.

Justine aperçut la fuite de sa prétendue rivale.

— Elle est partie. Elle dirigea aussitôt son courroux vers Christine. C'est de votre faute !

— Vous alliez la frapper. Il y a toujours moyen de parler calmement.

— Qui êtes-vous d'abord, pour me donner des leçons ?

— Christine Meyer, je vous l'ai dit.

— Évitez de vous mêler de sujets ne vous regardant en aucune façon. Photographiez nos montagnes, visitez l'église, prenez la télébenne des Essarts[1] et fichez-moi la paix, vous les touristes.

— Je ne suis pas en vacances. Je suis la nouvelle institutrice.

Le temps d'analyser la réponse, Justine Caron resta silencieuse un instant. Christine l'observa. La femme débita d'une voix calme pour que la petite assemblée l'entende.

— Ah c'est vous ! Alors un conseil. En dehors de votre classe, dispensez-vous de professer. Vous êtes loin d'être une sainte. Vous arrivez à peine et nous avons deux morts dans le village. À votre place, je ferais profil bas.

L'enseignante sentit le poids de la culpabilité tomber sur ses épaules. La localité s'épanchait déjà et les habitants la jugeaient. Leur stupide arbitrage la clouait d'avance au pilori. Bientôt, les parents d'élèves refuseraient d'envoyer leurs enfants à l'école. Le directeur, peu enclin à prendre des risques pour défendre une inconnue, abonderait dans leur sens et le rectorat la démettrait de ses fonctions. Elle entrevoyait déjà un retour peu glorieux en Alsace. Licenciée avant sa titularisation, elle devrait s'orienter vers une autre profession. Un métier ennuyeux et sans prétention.

Justine Caron fulminait sans réaliser l'état de son interlocutrice.

— Vous êtes mal placée pour donner des conseils. Alors mêlez-vous de vos affaires et laissez-moi régler les miennes à ma façon !

Les clientes observaient l'échange avec intérêt. Malgré son habituelle mauvaise foi, Justine visait juste. Les crimes avaient été commis pendant la présence de la nouvelle institutrice. Aucune de ces femmes ne schématisait la différence de gabarit. Comment Christine aurait-elle été capable de basculer le fromager obèse dans la cuve ? À l'exception de madame Delcroix, du médecin et des gendarmes, personne n'avait

1. Aujourd'hui, le domaine skiable de la Scia.

étudié la scène de crime. Néanmoins, chacun s'épanchait sans vergogne.

Écœurée par autant d'immoralité, Christine s'extirpa de son mutisme.

— Ça suffit maintenant ! Encore une allusion et je porte plainte !

Le visage de Justine reflétait la haine. La nouvelle regimbait. Elle sauta sur l'occasion et persifla.

— Vous croyez me faire peur ? Je connais tous les gendarmes de la brigade, à l'exception d'un petit nouveau. J'ai vu sa photo dans le journal. Je suis certaine qu'ils vous soupçonnent. Vous avez tué Romain… N'est-ce pas mesdames ?

Gênées, les clientes se détournèrent, refusant de répondre. Christine s'emporta.

— Attention à ce que vous dites !

— Des menaces maintenant ? J'aurai tout entendu. Elle utilisa le tutoiement : tu crois me faire peur ?

— Pensez ce que vous voulez. Je vous aurai prévenue.

— J'en tremble, assura Caron en entrechoquant ses genoux.

Christine convint qu'elle n'aurait jamais le dernier mot. Elle la poussa légèrement pour passer. Justine profita de ce geste pour l'amplifier et s'affaler contre une gondole en hurlant. Plusieurs paquets de pâtes tombèrent, un sachet de riz s'ouvrit et les grains se répandirent sur le carrelage. Ses yeux reflétaient la haine.

— Cette garce m'a poussée !

Interdite, la jeune femme resta pétrifiée. Elle comprit le dessein de son adversaire : l'accuser de brutalité. Heureusement, les deux autres clientes refusèrent d'accorder du crédit aux allégations de Justine. Celle-ci les incendia verbalement.

— Vous êtes indignes de ce village !

— Ça va, évite d'en rajouter Justine. On connaît ton cinéma. Tu es juste bonne à être enfermée.

La colère de Justine se déplaça sur la consommatrice lui adressant la parole.

— Tu n'as rien vu peut-être ?

— Je regardai le rayon d'à côté. Je sais comment tu réagis et je n'ai pas envie d'être mêlée à tes histoires, même si je suis d'accord avec toi pour la disparition de Romain.

Justine l'ignora et fit demi-tour. Elle interrogea l'autre cliente posant ses articles sur la caisse.

— Et toi ?

— D'où je suis, j'ai simplement entendu du bruit. Pour le reste, débrouille-toi.

— Vous êtes toutes les mêmes, des garces !

Les deux femmes la négligèrent. Justine s'adressa une dernière fois à l'enseignante à travers le magasin.

— Je vais vous pourrir la vie. Faites vite une mutation si vous tenez à votre tranquillité mentale. Je ne vous lâcherai plus !

Sans se départir de son calme et à voix haute, Christine répondit.

— Je ne me laisserai pas faire. Moi aussi, je sais me défendre.

Sans l'écouter et sous le regard ahuri des consommatrices et de l'épicier, Justine Caron quitta les lieux en grommelant. Christine reprit ses esprits. Elle approcha une cliente.

— Qui est cette femme ?

— Justine Caron. Une enquiquineuse de première, jamais contente. On l'appelle Miss Colère.

— Un surnom lui seyant à merveille.

Sa locutrice ignora la réflexion et l'interrogea tout en connaissant déjà la réponse.

— Vous êtes la nouvelle maîtresse du CE1 ?

— Oui.

— Mes enfants sont bien trop grands pour être dans votre classe. Ils sont en Terminale.

L'enseignante ébaucha un sourire poli, l'autre poursuivi :

— Vous êtes au courant pour la mort de monsieur Delcroix ?

Nous y voilà, songea-t-elle en reculant instinctivement d'un pas.

— J'en ai entendu parler.

— Olivier, son fils, est l'un de vos élèves.

Devant l'air surpris de la jeune femme, la cliente la renseigna.

— Saint-Pierre-de-Chartreuse est un petit village. Tout se sait.

— Ça, j'ai remarqué. Les nouvelles vont vite... Elles me précèdent, même.

— Vous connaissiez Romain ?

— ...

— Le père d'Olivier.

— Son fils s'est présenté seul à l'école le jour de la rentrée. Je n'ai pas eu l'honneur de rencontrer ses parents.

— Je vois, fit la femme d'un air entendu.

Christine attendait la suite. Devant sa mine intriguée, la cliente se rengorgea, fière de connaître un élément de l'enquête qu'elle n'aurait jamais dû apprendre.

— Je suis l'épouse du docteur. Mon mari m'a expliqué qu'à l'heure de son examen, Romain était décédé en début de matinée.

La seconde acheteuse s'était approchée et l'épicier trop occupé à écouter, pesait des poires en oubliant de taper le prix sur sa machine. Fière d'être le centre d'intérêt, la bavarde se rengorgea et formula à voix basse.

— Je vous le dis, mais ça reste entre nous. Si mon mari apprend que j'ai trop parlé, je me ferai appeler Arthur.

L'épicier et l'autre cliente acquiescèrent. Christine savait que la majorité des habitants jacasseraient avant la fin de la journée. La commère les invita à s'approcher.

— Comme je vous l'ai déjà signalé, Romain avait passé l'arme à gauche avant l'arrivée de mon mari. Cela faisait un moment qu'il avait rejoint saint Pierre et ses saints.

Christine était consternée. Ces gens-là la déprimaient. Sans prendre conscience de son trouble, l'épouse du généraliste s'expliqua.

— Romain commençait à être raide. Devant le silence de l'assemblée, elle crut bon de préciser : raide comme la justice.

— Vous évoquez la rigidité cadavérique, clarifia l'enseignante.

— Oui c'est ça, vous avez raison.

— Ça prouve qu'il était mort depuis longtemps ! conclut niaisement le propriétaire des lieux.

— Avant 8 heures très probablement, révéla l'épouse du toubib.

Trois têtes s'orientèrent vers Christine et un lourd silence s'appesantit à l'intérieur du magasin. Elle avait eu le délai nécessaire pour assassiner Romain, puis être de retour pour s'occuper de ses élèves à 8 h 30. Le petit groupe n'osait proférer une accusation directe, mais son regard la condamnait. Elle le comprit aussitôt.

— Je ne suis en rien dans la mort de monsieur Delcroix. D'ailleurs rien ne prouve qu'il s'agisse d'un crime. L'autopsie prévue déterminera ou non s'il s'agit d'une action violente. À l'occasion, il est tombé dans la marmite, répondit-elle en plaçant les mains sur sa poitrine en signe de protection.

— Une cuve.

— Oui, une cuve. Si vous voulez.

— Le résultat est le même. Marmite ou cuve, ajouta l'épicier.

Ses clientes l'observèrent d'un air dédaigneux.

— Si c'est pour annoncer des conneries, ferme là, Marcel.

Il se le tint pour dit et pianota les touches de sa caisse enregistreuse.

— Les gendarmes vous tireront les vers du nez.

— Ça suffit ! hurla-t-elle.

L'homme et les deux clientes se figèrent.

— Je ne tolérerai plus vos allusions. La prochaine fois, je déposerai plainte.

La femme du praticien rétorqua méchamment.

— Ma pauvre petite dame, les insinuations cavalent déjà dans tout le village. J'ai bien peur qu'il soit trop tard.

Marcel ne put s'empêcher de prendre la parole.

— Et pour Jules ? Où étiez-vous ?

Effarée par tant d'ineptie, Christine ne savait où donner de la tête. Son regard se posait une seconde sur un visage, avant de se porter sur un autre. Elle s'emporta.

— Je refuse de répondre à tant de stupidités ! Vous êtes cinglés. Je ne resterai pas une seule minute de plus dans ce village !

— Et vous serez aussitôt soupçonnée, ma fille.

Tous se turent à l'arrivée du père Joseph. Les bras croisés, il observait la petite assemblée devenue soudainement silencieuse.

— Votre départ signifierait votre infamie. À votre avis, que penseront les gendarmes ? Laissez donc parler ces gens. Ils sont heureux d'avoir du grain à moudre. Celui-ci vient d'ailleurs et est différent, dit-il en lui adressant un clin d'œil. Quant à vous mesdames, n'avez-vous aucune contrition pour vous acharner sur notre nouvelle institutrice ?

Elles baissèrent la tête en un même mouvement, pendant que le caissier filait vers la réserve.

— Vos propos malsains blessent mademoiselle Meyer. Vous devriez avoir honte à vos âges ! J'ai l'impression d'entendre les gosses du catéchisme. L'épicerie se transforme en cour de récréation.

L'épouse du médecin reprit du poil de la bête.

— Je n'ai fait que répéter ce que m'a expliqué mon mari.

Le religieux tonna.

— Et bien votre conjoint à tort ! Il est tenu par le secret professionnel et il n'aurait jamais dû parler en votre présence. Vous auriez dû garder pour vous vos commentaires.

Vexée, la femme haussa les épaules et interpella l'épicier.

— Je suis pressée, viens encaisser !

La seconde cliente fila vers le fond du magasin. Meyrin prit Christine par le bras et l'entraîna à l'extérieur.

— Oubliez leurs propos.

— Facile à dire, mon Père. Je suis la cible des mauvaises langues.

— Vous vous apercevrez qu'elles sont nombreuses, assura-t-il en riant. Laissez-les parler. La gendarmerie enquête et elle seule est capable de dénouer cette intrigue.

— Une intrigue ? En vous écoutant, j'ai l'impression d'être dans un roman policier.

— Évitez de vous tracasser. Vous êtes venue ici pour éduquer nos enfants et profiter de la région, elle est si belle.

— Le directeur doit penser aux consé...

Il l'interrompit.

— Derrière ses airs ronchons, Pierre Carpentier est un brave homme. Il vous défendra.

— Ce n'est guère l'impression qu'il donne.

— Les impressions sont parfois trompeuses. Croyez-moi, c'est un type bien.

Christine dissimula sa perplexité.

— C'est rare de vous voir ici monsieur le curé, intervint l'épicier en déposant une caisse de fruits sur l'étal extérieur.

— C'est vrai. Mais il eut été difficile de rester sourd aux cris de ces dames. Je passais devant. Ma curiosité l'a emporté.

— Vous avez eu raison mon Père, répondit la jeune femme.

— Je vous laisse. Cessez de vous faire des soucis, mademoiselle. Le mauvais temps est toujours provisoire.

— Ben j'aimerai bien un peu de mauvais temps, réagit le commerçant. La sécheresse se fera bientôt sentir.

— La neige de cet hiver enfouira sous son manteau blanc cet épisode climatique. Mais je n'évoque pas la météo, Marcel. Je rassure notre sympathique institutrice... Sur ces bonnes paroles, je vous quitte. Je cherche Gilles. Personne ne sait où il se trouve.

— Il court après les gueuses, débita Marcel avant de se rendre compte de sa bévue devant l'homme d'Église.

Celui-ci le regarda sévèrement.

— Je plaisantais.

— Il n'y a rien de drôle. Sa femme vient de mettre au monde un petit garçon et depuis, plus de nouvelles.

— Il cuve sans doute dans un coin.

— Il boit rarement.

— L'occasion est valable. Vous avez vu son père ?

— J'y vais de ce pas.

— Lui saura où il se trouve.

Le religieux posa gentiment la main sur l'épaule de sa protégée en signe de réconfort, puis il disparut aussi vite qu'il était arrivé.

L'épisode de l'épicerie contraria Christine. Pour qui se prenaient ces femmes ? Pour l'instant aucun homme ne la critiquait, mais dans son dos les commentaires allaient vraisemblablement bon train.

Ses emplettes terminées, elle traversa le village précipitamment, soucieuse d'éviter un passant. L'eau de la fontaine s'écoulait maintenant en deux filets ténus. Bientôt elle se tarirait. Elle ouvrait le portail de l'école quand elle reconnut la voix du maire. Malgré les faits précédents, elle ne put s'empêcher de rire en le voyant arriver à grandes enjambées, essoufflé et la main gauche à hauteur de la tête tenant la bande qui se desserrait.

— Comment allez-vous, monsieur le maire ? s'enquit-elle par simple souci de courtoisie.

— Mieux. Mais ma voiture est foutue.

— Elle se remplace.

— Vous avez raison. J'aimerais bien savoir quel est le malade souhaitant m'envoyer dans le décor.

— Quelqu'un vous en veut?

Il se renfrogna en répondant.

— Connaîtriez-vous un maire n'ayant que des amis?

— Attendez le résultat de l'examen de votre voiture.

— Justement. Je voudrais bien rencontrer Gilles, mais personne ne sait où il est.

— À la maternité. Si j'ai bien compris, sa femme a accouché.

— C'est vrai. Mais il n'y passe tout de même pas sa vie. Il rentre chez lui en fin de journée et il a un garage à faire tourner.

— Peut-être s'est-il offert deux jours de congé.

— Son père n'est au courant de rien et il ne l'a pas vu depuis hier. Il a déposé ma voiture à côté des autres carcasses, puis est descendu à la maternité. Depuis, plus de nouvelles.

— Il n'a pas laissé un message scotché sur la porte de sa maison?

— Elle est attenante à son garage.

— Rien?

— Aucun mot.

Christine fit un geste d'impuissance.

— J'ignore tout de ses habitudes. Je viens d'arriver et vous savez que je ne suis guère appréciée dans votre commune. Vos administrés sont loin d'épancher les petits secrets de votre beau village sur mon épaule.

— Que voulez-vous que je vous dise? Les circonstances sont contre vous.

— Vous ne faites rien pour m'aider.

— Je souhaite connaître la vérité. Je reste neutre, un point c'est tout – il parut gêné et baissa les yeux –, je vous laisse mademoiselle Meyer. Je rentre chez moi, j'ai encore mal au crâne.

Elle le regarda s'éloigner et faillit éclater de rire. Sa bande se déroulait au fil de ses pas.

***

L'adjudant-chef Louet regretta d'avoir donné sa journée de repos à Jacquard. À son époque, il était supprimé pour un rien. Il se morigéna en se disant qu'il serait plus sévère la prochaine fois.

Louet s'adressa à l'ensemble de ces hommes.

— Mettez le paquet sur cette enquête. Le service de police de la route imposée par le commandant de compagnie est annulé. La BR reste aussi sur le coup.

— On n'a rien, bougonna le gendarme le plus ancien.

— Je sais. Il faut rencontrer les habitants de Saint-Pierre, discuter avec eux. Nous avons encore du monde à interroger.

— Du travail en perspective.

Louet ignora la remarque et reprit.

— L'autopsie de Delcroix aura lieu cet après-midi. Nous devrions avoir les résultats demain.

— Allez, au boulot !

***

Le couple s'était donné rendez-vous à 14 heures pour une petite randonnée en montagne. Après s'être renseigné discrètement auprès de ses collègues, Frédéric s'était décidé pour emprunter la télébenne des Essarts, puis celle de la Scia qui les mèneraient au Bec de la Scia, petit sommet situé à 1 783 mètres d'altitude. Le couple aurait le temps de faire connaissance.

— Je mettrai mes rangers, je n'ai pas de chaussures de marche, avait-il décidé.

Ses contradictions ne le dérangeaient guère. Peu disposé à être vu en compagnie de Christine dans Saint-Pierre-de-Chartreuse, il choisit cependant de randonner dans sa périphérie. La gare de départ de la remontée mécanique se situant à la sortie de la commune, en direction de la route du col du Cucheron, il songea que peu de monde les apercevrait ou les reconnaîtrait.

Sa Renault s'immobilisa à l'heure prévue à proximité de l'école. La jeune femme surveillait discrètement son arrivée depuis sa fenêtre, mais elle attendit son chevalier servant. Il monta les escaliers quatre à quatre.

— Vous êtes ravissante, souligna-t-il en la voyant ouvrir la porte.

Un pantalon en toile et un polo dissimulaient difficilement ses courbes somptueuses. L'ombre du chapeau de paille découvert dans l'armoire de la chambre voilait la partie supérieure de son visage.

— Je n'ai rien d'autre pour marcher, affirma-t-elle en levant la pointe d'un pied pour lui présenter une tennis.

— Dans ce cas, le sommet du mont Blanc attendra.

Il ouvrit la portière côté passager et l'invita à s'asseoir. Elle apprécia l'attention. L'effluve d'un parfum imprégné dans un petit cœur suspendu au rétroviseur intérieur distillait une odeur de pin. Le chauffeur démarra et prit la direction de la gare de la remontée mécanique.

— Nous pourrions y aller à pied, remarqua sa passagère. Dix minutes suffisent.

La phrase l'embarrassa.

— Je sais, mais mon auto ne roule plus beaucoup. Quelques kilomètres supplémentaires lui feront du bien.

Sur la plage arrière, la reproduction d'un petit berger allemand recouvert de velours secouait la tête au gré des soubresauts de la voiture. Ils traversèrent la commune sans rencontrer âme qui vive. Deux autres véhicules stationnaient près de la gare de la télébenne.

Frédéric empoigna un sac à dos à la toile épaisse et aux larges poches latérales, puis invita sa compagne à le suivre. Elle avait remarqué l'étrange remontée mécanique en se promenant sur la route du Grand Cucheron le jour de la découverte du corps de Jules. Onze pylônes supportaient la ligne dénivelant sur 400 mètres pour une longueur de 1 430 mètres et entraînant trente-cinq bennes à la vitesse de 1,80 mètre par seconde[1].

Le jeune homme acheta deux tickets et elle le suivit sur le quai d'embarquement. L'employé maintint la benne, invita l'institutrice puis Frédéric à s'installer. Christine poussa un petit cri au démarrage de l'appareil, puis elle admira le paysage. Le couple n'avait jamais emprunté de remontée mécanique et apprécia l'instant. L'unique souvenir d'un tel engin de transport consistait en un reportage sur le téléphérique de l'aiguille du Midi dans le massif du Mont-Blanc, vu dans un film documentaire à la télévision. Celui dans lequel ils prenaient de l'altitude leur paraissant bien modeste, pourtant ils n'auraient échangé leur place pour rien au monde.

Le panorama s'évasait au cours de l'ascension. Des cimes aux noms inconnus semblaient leur fermer un proche horizon. Néanmoins, la montagne montrait aussi ses faiblesses et un œil exercé savait deviner le passage qui ouvrait d'autres perspectives.

Les diverses teintes des forêts se mariaient avec le calcaire, couleur dominante du massif de la Chartreuse. Les sommets paraissaient s'élancer vers les cieux dans un même élan et par-dessus un nuage égaré dans l'immensité, la traînée d'un avion de ligne rappelait que seul l'homme est capable de dompter de tels obstacles.

Habituée aux cimes arrondies des reliefs vosgiens, l'enseignante découvrait de nouveaux horizons. Si le versant alsacien des Vosges présentait du col du Bonhomme au Grand Ballon des aspects alpins, la comparaison s'arrêtait là. Ici, les sommets

1. La vitesse moyenne aujourd'hui d'une télécabine varie de 9 à 12 mètres par seconde.

surpassent l'altitude du point culminant du Haut-Rhin et elle devinait des abîmes insondables creusés aux cours d'ères géologiques tourmentées.

Subjugué également, mais pour un motif différent, son voisin restait silencieux. Il lançait parfois un court sifflement d'admiration tout en lorgnant en catimini la belle institutrice. Si son regard venait à se diriger vers le sien, il détournait rapidement la tête.

Dans la vallée, Saint-Pierre-de-Chartreuse ressemblait à une carte postale tout en disparaissant progressivement derrière le relief. Le roulement du torrent montait encore jusqu'à eux, mais il s'amenuisait pour céder la place au chant du grillon et de l'accenteur mouchet[1].

— On y est!

La gare d'arrivée approchait. Un chalet accueillait les visiteurs à proximité. Plusieurs consommateurs, à l'abri du soleil sous de larges parasols multicolores, buvaient un verre sur la terrasse. En contrebas, Saint-Pierre-de-Chartreuse avait disparu.

— Le premier tronçon, rectifia Frédéric en posant pieds à terre.

Ils se dirigèrent aussitôt vers la seconde télébenne.

— La Scia. Encore un bon trois cents mètres de dénivellation et nous serons en haut, affirma le gendarme en dépliant une carte simplifiée distribuée par le syndicat d'initiative.

— Ça me va.

— Je m'en doute. En téléphérique ça va toujours.

Ils rirent. Ils profitèrent de la montée sans effort pour admirer le nouveau paysage. Parfois, Christine croisait le regard de son voisin. Elle détournait les yeux ou tournait la tête rapidement. Lui, confus, lançait une blague maladroite

1. Oiseau de la taille d'un rouge-gorge vivant dans les parcs et en sous-bois jusqu'à 2000 mètres d'altitude.

ou un commentaire sans intérêt. La télébenne capable de supporter deux personnes les déposa quelques minutes plus tard une petite centaine de mètres en aval du Bec de la Scia.

— On va en haut.

— C'est raide ! signala Christine en voyant le pourcentage de pente et les rochers semblant interdire le passage.

— Je vous aiderai. J'ai une gourde et des gâteaux au fond du sac !

— Alors s'il y a des gâteaux, en route !

Ils suivirent un sentier se dessinant à travers le relief. Prévenant, Frédéric lui proposait une main secourable pour franchir un obstacle. Il aurait préféré rester derrière elle pour la pousser, mais il savait pertinemment qu'une magistrale claque résonnerait jusqu'au fond de la vallée s'il touchait cette paire de fesses qu'il jugeait admirable.

Le meurtre de Jules et les soupçons concernant la mort de Delcroix avaient déserté son esprit depuis longtemps. Il jouissait de l'instant présent.

La jeune femme se laissa tomber sur l'herbe grasse du sommet en poussant un soupir de soulagement. L'air plus frais à cette altitude les revigorait agréablement. Frédéric lui proposa sa gourde et elle but goulûment l'eau encore froide.

Frédéric déplia sa carte déjà bien chiffonnée. La vue s'étendait sur 360 degrés. D'une voix assurée, il lui indiqua plusieurs noms de montagnes, comme s'il connaissait la Chartreuse depuis des années.

— Là-bas, on distingue la dent de Crolles. À droite, Chamechaude, le point culminant du massif. Vers l'ouest, le Charmant Som.

La jeune femme l'écoutait d'une oreille distraite, profitant de ces instants de plénitude. Lui, heureux de sa présence, dégoisait toujours.

— La muraille rocheuse qui barre la vue, ce sont les Lances de Malissard et à gauche, le truc pierreux, là-bas, s'appelle le piton de Bellefont.

Il se tut aussi rapidement qu'il eût pris la parole. Surprise, elle se redressa.

— C'est fini ?

La question le fit rire.

— Ben oui.

— Interro maintenant ?

Tous deux s'esclaffèrent. Il extirpa un paquet de gâteaux secs du fond de son sac à dos, l'ouvrit, le posa sur une pierre et s'assit à côté d'elle.

— On est bien ici.

— C'est vrai. Je n'entends plus toutes ces critiques. Ces gens malveillants semant le doute sur ma personne.

Elle se tut, songeuse. Il profita de ce moment d'égarement.

— Les bruits courent toujours sur vous.

Elle réagit aussitôt et posa la friandise prise une seconde auparavant.

— Des bruits, des bruits. Vous ne m'apprenez rien. J'entends des ragots et autres conneries insipides depuis mon arrivée. Vous, un gendarme, comment pouvez-vous avaler une seule seconde de telles sornettes ?

— Je ne crois rien. J'écoute et je constate.

— Et qu'avez-vous remarqué ?

— Votre charme.

— Soyez sérieux, dit-elle en rougissant.

Elle recula en se laissant glisser imperceptiblement sur l'herbe. Frédéric s'enquit timidement.

— On se tutoie ?

Une once d'hésitation rida le visage de l'Alsacienne un bref instant.

— M'oui. Après tout… ce sera moins protocolaire si vous me mettez en garde à vue.

Il corrigea.

— Te placer en garde à vue.

Elle apprécia modérément la répartie. Lui, sans percevoir son trouble poursuivit.

— Je suis agent de police judiciaire. Seul un officier de police judiciaire peut décider cette rétention. J'ai encore quelques années à apprendre avant d'être un enquêteur confirmé.

— Si tu le dis, bougonna-t-elle, l'enchantement des premiers moments s'étant évaporé.

Toujours aveugle face à ses réactions, il enfonça le clou.

— Pourquoi devrais-tu être placée en garde à vue ?

— Toute la population voit en moi une criminelle. Une tueuse ! Les gens du cru ont une conception bien à eux concernant ma personnalité.

— L'étrangère avec qui la camarde rôde.

— C'est loin d'être drôle. Tout le monde me soupçonne. J'arrive à peine dans la région et des parents d'élèves me regardent déjà d'un œil bizarre. Tu parles d'une réclame !

— Tu possèdes les réponses à leurs interrogations, assura-t-il en lui proposant un gâteau.

— Tout dépend de quel côté on se trouve. Pour eux, je suis une inconnue malveillante.

— Eh oh ! On est plus au dix-huitième siècle où l'étranger représentait le mal incarné. T'es instit ou tu sors d'une classe de transition [1] ?

Elle ébaucha un triste sourire en haussant les épaules.

— Je ne possède aucun alibi pour le poivrot. Personne ne m'a vue dans le village au moment de son décès. J'ai admis me promener dans le secteur où il a été découvert. Je suis la suspecte idéale. Quant au père de l'un de mes élèves, il…

---

1. Il s'agissait de classes assurant un relais entre le CM2 et la sixième pour les élèves éprouvant des difficultés scolaires. L'Éducation nationale abandonna les transitions quelques années plus tard.

— Romain Delcroix.

— Selon sa femme, sa mort remonte avant 8 heures du matin.

Surpris, Frédéric se redressa.

— Comment tu le sais ? Hormis nous, les gendarmes, le maire et le toubib, personne n'est au courant.

Elle relata l'incident de l'épicerie. À l'issue, il bougonna.

— Le médecin va se prendre une secouée par mon patron.

— Tant mieux. Il restera discret la prochaine fois.

— Terminé les prochaines fois. Deux macchabées suffisent !

— C'est vrai. Une façon de parler sans doute.

Elle brisa le court silence qui s'ensuivit.

— Je suis aussi suspecte concernant Delcroix. Le crime a…

— Rien ne prouve une mort violente.

— Laisse-moi finir. Son décès remonte avant les horaires d'école. J'ai donc eu toute latitude pour commettre mon forfait.

Il éclata de rire.

— Tu parles comme dans un livre. Il reprit son sérieux. Tu ne m'as pas dit qu'Olivier Delcroix était ton élève.

— Tu ne me l'as sans doute jamais demandé et je ne connais pas encore tous les noms de famille de mes écoliers. En tous les cas, celui-là maintenant je ne suis plus près de l'oublier. Pauvre gosse. Perdre son père à cet âge.

Frédéric se leva et tendit la main à son amie pour l'aider à se remettre sur ses pieds.

— On descend à pied ?

— Il y a un chemin ?

Il lui présenta la carte rudimentaire. Un large trait jaune indiquait l'itinéraire.

— C'est parti ! dit-elle en le devançant.

***

Duval raccrocha le combiné du téléphone. Gilles exagérait. Il ne donnait plus signe de vie et son père ignorait où il se trouvait. Pensif, il s'empara de l'annuaire et chercha le numéro de la maternité.

***

Christine arriva devant la voiture de Frédéric une longue minute avant lui. Il la félicita pour son excellente condition physique.

— J'ai l'habitude des randonnées dans les Vosges. Il n'y avait pas trop de dénivelés. Ça m'a rappelé une balade vers le Hohneck.

— Jamais entendu parler, souffla son guide. Je n'ai jamais marché en montagne avant aujourd'hui.

— Tu t'y feras.

— Où tu iras, j'irai.

Il s'avança. Le dos contre la portière, la jeune institutrice le regarda approcher. Son front luisait de transpiration et ses pectoraux se dessinaient sous son tee-shirt. Elle se laissa faire quand il l'enlaça. Il susurra à son oreille.

— Tu es une femme merveilleuse.

Elle répondit à son baiser en se demandant si elle perdait la raison. Leur étreinte se prolongea un moment, puis les yeux vrillés dans les siens elle le pria de la ramener.

— Déjà ?

— J'ai ma choucroute à concocter et je voudrais préparer la salle de classe pour demain.

Il ouvrit la portière.

— Vos désirs sont des ordres.

***

— C'est quoi ce souk ? rugit Duval en rejoignant sa femme dans la salle de restaurant.

— Hein ?

— Je viens d'appeler la maternité.

— Le bébé de Gilles va bien ?

— On se fout du lardon ! Elle n'a plus de nouvelles de son homme !

***

— Pas ici, murmura Christine en éloignant gentiment Frédéric d'un geste tendre.

Le moteur de la 4 CV tournait au ralenti devant l'école. Assis à l'intérieur, ils se dévisageaient en se remémorant leur après-midi.

— Je t'aiderai. Plus personne ne balancera que tu es une meurtrière.

Elle posa l'index sur ses lèvres.

— Rentre maintenant. Nous nous verrons plus tard.

Une mine déconfite apparut sur le visage de Frédéric.

— J'ignore quel jour de repos j'obtiendrai la semaine prochaine. Je t'écrirai dès que je le saurai.

— Si tu l'apprends la veille, ce ne sera plus la peine.

— Tu as une autre solution ?

— Je doute que mon directeur apprécie que je lui propose de t'appeler, via son bureau.

— Et mon CB n'aimerait guère qu'une personne me demande au bout du fil, si ce n'est pour un motif professionnel.

— Si seulement tous les appartements et maisons disposaient d'un téléphone.

— Ça viendra. Les lignes augmentent chaque jour. Il y a de nombreuses sollicitations, il faut être patient.

Christine lui caressa doucement la joue.

— J'y vais. Salut !

Elle entra dans la cour de l'école sans se retourner et disparut à l'angle du bâtiment.

Chapitre V

Vendredi 19 septembre

Gilles reprit connaissance et tenta, sans succès, de se frotter le crâne. Une douleur lancinante vrillait ses tympans. Il n'avait rien vu venir. En rentrant de la maternité, il s'était arrêté sur les lieux où l'accident du maire s'était produit. Il récupérait un morceau de parechoc oublié sur le bas-côté quand il avait été violemment frappé derrière la tête. Il ignorait depuis combien de temps il était évanoui.

Couché sur un lit Pico, il observa les alentours. Une odeur de renfermé entrait dans ses narines et un courant d'air chaud arrivant d'on ne sait où lui provoquait une suée dont il se serait bien passé. L'épaisseur du mur en pierre du pays ne laissait filtrer aucun bruit provenant de l'extérieur.

Il voulut se frotter la tête, mais réalisa que ses mains étaient entravées par une paire de menottes, elle-même reliée à un câble fixé entre le mur où était son lit et une poutre en béton. L'attache du filin en acier était constituée d'un anneau soudé et d'un petit piton d'escalade scellé d'un côté dans la cloison et de l'autre, dans la poutre. La longe permettait de se mouvoir sur deux mètres environ pour approcher une table branlante.

Il se redressa, mais dut s'asseoir, car la tête lui tournait. Le lit était isolé de la terre meuble par un caillebotis en caoutchouc.

Il réalisa être enfermé dans une cave. Une simple ampoule pendouillait par le cordon électrique en distillant une pâle lueur. Le vieux filament semblait vouloir se rompre à chaque oscillation.

Gilles pensa à sa femme. Il lut 3 h 20 à sa montre. Nuit ou matin ? La lumière du jour n'avait pas accès en ce lieu inhospitalier. À cette heure il aurait dû être avec son épouse, de retour chez eux en train d'arroser la naissance de leur bébé. Sa famille s'alarmerait en se demandant où il était passé.

Des recherches avaient-elles été déclenchées ? Son père et ses amis tournaient-ils dans les parages ? Sa voiture avait-elle été découverte sur les lieux de sa disparition ?

Une peur insidieuse imprimait son esprit. Qui pouvait lui en vouloir ? La majorité de sa clientèle se satisfaisait de ses services. Il n'était victime d'aucune menace et à sa connaissance, il ne relevait aucun grief.

Il sursauta en entendant une clé s'introduire dans le pêne de la serrure de la porte en épaisses planches de mélèze.

***

— Nom d'une pipe ! s'exclama Duval en pénétrant dans le bar de son restaurant et remarquant l'unique consommateur.

— Salut Vincent ! Je t'attendais.

Le maire adressa un sourire poli à l'homme au visage décharné accoudé au zinc. Une casquette écossaise dissimulait sa calvitie précoce. Denis Morel portait une chemisette ouverte laissant découvrir une toison brune sur un torse rachitique. Un jeans à pattes d'éléphant affinait ses longues jambes. Les gros orteils dépassaient de ses sandalettes de cuir d'une taille trop petite. À vingt-huit ans, ce célibataire invétéré se moquait de son apparence. Il essuya la mousse de la bière sur ses lèvres et tendit une main moite.

— J'attends ta réponse. Ça fait un bail.

— Je sais, mais je n'ai le temps de rien. Toutes ces disparitions et mon accident, répliqua le maire en levant un bras, fataliste.

— M'ouais. Ça va toujours plus vite quand c'est pour les autres !

— Tu exagères. Tu pleurniches continuellement. Quand ce n'est pas auprès de moi, c'est sur les épaules de mes adjoints. Même ceux de l'opposition sont d'accord avec moi, c'est te dire.

— Vous êtes tous les mêmes. Vous vous moquez de vos électeurs dès que vous êtes au pouvoir.

— J'suis pas député, hein ! Arrête ton cinéma. Et si tu n'es pas content, présente-toi aux prochaines élections municipales !

— Je l'ai déjà fait.

— Tu as raison. Je ne m'en rappelais plus. Deux voix si mes souvenirs sont bons, ironisa l'édile en passant derrière le comptoir.

Il se servit une bière pression et remplit l'autre verre à moitié vide.

— Nous sommes environ six cent cinquante habitants au village et je dois m'occuper des problèmes de tout le monde.

Duval porta le verre à sa bouche et apprécia sa fraîcheur. La chaleur toujours omniprésente en cette mi-septembre commençait à l'inquiéter. Les paysans se levaient tous les matins en espérant déceler des nuages venant de l'ouest, et les parents se plaignaient de la nervosité de leur progéniture. Malgré les heures d'école, elle s'endormait difficilement. Étranger à ces préoccupations, Morel l'interpella.

— Sauf des miens. Tu veux un rappel de mes doléances ?

— Vas-y, envoie.

— Je t'ai demandé de me louer la salle des fêtes pour mon anniversaire, j'ai juste récolté une fin de non-recevoir.

— Tu l'as réclamée trop tard. Marie l'avait réservée pour le mariage de sa fille.

— Tu as préféré vendre à Christophe le petit terrain dont tu ne te sers jamais.

— C'est mon beau-frère.

— Tu m'as refusé la place de garde champêtre.

— Tu as raté l'examen. Il était pourtant facile, répondit le maire en espérant voir arriver sa femme.

— Je souhaitais un…

L'édile interrompit la litanie.

— Ça va, j'ai compris. C'est bon, ça suffit maintenant. Au lieu d'envier tout le monde à longueur de journée, tu ferais mieux de te prendre en main.

Morel but son verre d'un trait et s'essuya les lèvres.

— Comme toujours, les autres ont ce qu'ils demandent, sauf moi.

— Arrête ton char ! Tu devrais bosser à cette heure ?

— Mon patron m'a donné mon après-midi.

— Tu devrais être content.

— Tu parles, c'est à son avantage. Pendant ce temps, il n'a rien à me payer.

Curieux, Duval tenta d'en savoir plus.

— Le motif du cadeau de cet après-midi ?

— Cadeau pour lui. Il est parti à Grenoble chercher la moto qu'il a achetée. Une neuve ! Ce n'est pas avec la paye qu'il me donne que j'y arriverai.

— La marque ?

— Je n'en sais rien et je m'en fiche. Je constate qu'il fait coup double. Il a une belle bécane, moi je roule en vélo et il économise un après-midi.

— Il aurait pu te laisser bosser seul.

— Il refuse.

Vincent enraya un ricanement. Morel resterait toute sa vie un envieux, incapable de prendre une initiative. La présence de ce client mal venu l'horripilait.

— Le but de ta visite. Tu veux quoi, cette fois ?

— Changer de travail. Justine est à la caisse de la remontée mécanique des Essarts. Elle a de la chance, elle. Tu pourrais me trouver un boulot avec elle ?

Sachant qu'il n'en ferait rien, mais souhaitant se débarrasser de l'encombrant quarantenaire, il répondit.

— Je verrai ce que je peux faire.

— T'es sympa. Merci.

Morel quitta les lieux sans payer sa consommation.

***

La porte s'ouvrit dans un grincement de vieux gonds non entretenus. Assis sur son lit, Gilles recula instinctivement contre le mur. La saillie d'une pierre pointa dans son dos sans qu'il en ait cure.

Une silhouette apparut et referma le battant derrière elle. De colère, le visage de Gilles s'empourpra.

***

L'agent responsable de la préparation des corps de l'institut médico-légal de Grenoble tira le tiroir ou reposait Romain Delcroix. Habitué depuis longtemps aux odeurs de formol, phénol, alcool et autres produits utilisés, l'homme travaillait sans hâte. Il fit glisser la fermeture éclair du sac mortuaire et l'écarta. Le visage du défunt apparut. Il l'observa un instant et exhuma un appareil photo de sa blouse blanche. Il s'assura de l'absence de personnel, puis photographia la victime. Le flash se refléta sur le carrelage mural à deux reprises.

Satisfait, il regarda autour de lui. Un silence déprimant habitait le local. Rasséréné, il glissa l'appareil au fond de sa poche, zippa la fermeture éclair du sac et poussa le brancard métallique sur son rail avant de refermer le tiroir.

Il quitta la pièce, traversa un long couloir avant de s'enfermer dans un petit bureau éclairé par un néon s'allumant par intermittence. L'homme composa un numéro au téléphone mural et sans formalités, il murmura.

— J'ai vos photos. Je les développerai moi-même ce soir.

***

L'apparition laissa Gilles pantois. Elle tenait un seau hygiénique, une assiette contenant un reste de choucroute et une bouteille d'eau. Elle jeta le saut au pied du captif et posa le repas sur la vieille table branlante. Son regard cynique accrocha celui du prisonnier.

— Bien dormi ?

— Qu'est-ce que je fais ici ?

Sidéré, le garagiste ne proférait plus un mot.

— Je constate que vous avez repris connaissance. Mon petit sédatif vous a fait roupiller un peu plus de vingt-quatre heures. Ça va ?

Gilles se leva d'un bond, mais le câble se tendit.

— Qu'est-ce que vous voulez ? Où est ma femme ?

— Rassurez-vous, elle est toujours à la maternité et elle se porte à merveille… Enfin, je suppose.

— Que cherchez-vous ? Je n'ai pas d'argent.

— Pas grand-chose. Seulement votre silence.

— Je ne comprends rien.

— Je vous l'expliquerai en temps voulu.

— Libérez-moi !

— Hors de question. Vous resterez ici et je vous conseille de vous calmer. Criez tout votre soûl si vous en avez envie, personne ne vous entendra.

— Laissez-moi partir !

— Mangez, ça refroidit vite.

— J'ai pas faim, je veux m'en aller !

— Bon appétit.

La porte se referma et le silence envahit la cave.

***

Marcelin jubilait. Les photos du cadavre de Delcroix immortalisées par l'agent de l'institut médico-légal lui parviendraient sous peu par La Poste. Il ignorait la façon dont il les utiliserait. Si la veuve du fromager refusait de lui vendre sa propriété, il s'arrangerait pour la décourager. Sa résistance serait de courte durée. La pousserait-il au suicide en lui adressant les clichés ? Ses nerfs ne tiendraient jamais le coup. Elle devrait aussi penser à protéger son fils. Marcelin ricanait. Il achèterait ensuite tous les bâtiments pour une bouchée de pain.

— Je suis génial ! J'obtiendrai tout pour presque rien. Des économies d'enfer !

Il émit un rire sardonique.

***

Reclus sur son lit, la tête sur les genoux repliés, Gilles espérait que l'on découvrirait sa voiture. Il s'était garé sur le bas-côté dans la première épingle en remontant sur Saint-Pierre-de-Chartreuse pour récupérer le parechoc accidenté. Il était inimaginable qu'un chauffeur ne puisse la remarquer. Il s'était offert une Buick Super 1955 d'occasion avec ses premiers bénéfices et les habitants de la région la connaissait. Il avait défilé dans les rues du village en klaxonnant à tout rompre le jour de son mariage. Elle était probablement la seule de tout le département et un tel véhicule ne se dissimule pas aisément.

— Une Buick grenat, tout de même. Je suis certain qu'il n'y en a pas dix de cette couleur dans ce satané pays. Mais pourquoi, je suis ici ?

***

L'adjudant-chef Louet remercia le médecin légiste et raccrocha le combiné. Il hurla à travers les bureaux.

— C'est officiel, Delcroix a été assassiné !

***

Assise derrière son bureau, Christine chercha Olivier. Le fils de Romain Delcroix désertait l'école. La mort de son père le bouleversait et sa mère préférait le garder auprès d'elle. Depuis leur arrivée ce matin, ses petits camarades commentaient l'événement. Son absence marquait un perceptible respect et personne ne prononçait son surnom. Bouboule devait être bien triste d'avoir perdu son papa.

Conscient de ne pas vouloir heurter leurs émotions, le corps enseignant tentait de résoudre leurs angoisses par des réponses simples et prudentes. Pour couper court à des questions insidieuses, Carpentier décida de commencer les cours dix minutes avant l'horaire prévu. Il avait levé les yeux au ciel en voyant arriver la jeune femme en courant.

— Vous habitez sur place et vous êtes en retard ! Mais d'où venez-vous avec vos cheveux tout décoiffés ?

— J'aime marcher tôt le matin.

— Tâchez d'être à l'heure à l'avenir. Gare à vous la prochaine fois.

Les élèves installés devant leur pupitre, la nouvelle institutrice fixa une carte de France au tableau et ordonna de la reproduire dans leur cahier. Les enfants ainsi concentrés, le calme régnerait un petit moment.

Chapitre VI

Samedi 20 septembre

À son grand étonnement, Gilles dormit comme un bébé. Il n'avait pas entendu la porte s'ouvrir, puis se refermer. Un bol de café au lait, un demi-pain et deux mini pots de confiture semblables à ceux proposés aux clients des hôtels posés sur un plateau trônant sur la table remplaçait l'assiette de choucroute qu'il n'avait pas touchée.

Il s'avança et porta le bol à ses lèvres. La boisson était tiède. Le petit déjeuner refroidissait depuis un long moment. Gilles regarda sa montre. 7 h 45. Il avait dormi plus de douze heures.

— J'ai encore été drogué ! Je ne roupille jamais autant.

Il s'empara de la bouteille d'eau en plastique et porta le goulot à son nez. Le contenu inodore le surprit.

— Elle ne sent rien !

Il songea à sa femme, à son nouveau-né et ses proches. Au village, tout le monde devait s'inquiéter. Il ignorait où il était enfermé et pourquoi. Sans se l'expliquer, une pensée extravagante s'imposa à son esprit.

— Pourvu que ma voiture soit intacte.

***

L'adjudant-chef Louet s'adressa à l'ensemble de ses hommes.

— Même si j'en étais déjà persuadé, nous avons la confirmation que Delcroix a été assassiné.

— On s'en doutait.

— Gardez vos commentaires pour vous ! Nous devons appréhender le meurtrier en vitesse. Les échelons hiérarchiques commencent sérieusement à s'agiter. Il me semble l'avoir déjà dit.

Les gendarmes écoutaient en silence. Les foudres de Louet risquaient de s'abattre sur leurs épaules.

***

Marcelin regarda le facteur s'éloigner avant d'ouvrir sa boîte aux lettres. Il sourit en voyant sa correspondance. Sur l'une d'elles, le dessin de la flamme oblitérée sur le timbre transcrivait les armoiries de Grenoble. Il s'empara du courrier et s'assit sur le banc appuyé contre la façade. Le dos au mur, il apprécia la douceur des pierres polies et le soleil automnal lui caressant le visage. Il déchira fébrilement l'enveloppe et jura en découvrant son contenu.

— Merde, une facture ! J'attendais autre chose.

Postée trop tard la veille, la lettre espérée arriverait lundi.

— Fais suer !

Il claqua la porte en rentrant chez lui.

***

Gérald Virlat gara sa Panhard sur l'aire de stationnement de la Correrie du monastère de la Grande Chartreuse. Distant approximativement d'un kilomètre et demi du lieu de culte, la Correrie, transformée en musée depuis 1957, retrace la vie des pères chartreux. Un vaste parking accueille un nombre important d'autocars et de véhicules. Environnés par la forêt, des sentiers s'éparpillent vers les reliefs et il est facile de s'isoler dans un coin discret pour folâtrer ou simplement s'y promener. Une route privée relie le bâtiment au monastère.

Un autocar Simca vomissait ses passagers qui s'égaillaient en piaillant vers le musée. Une quinzaine de voitures garées en rangs d'oignons attendaient le retour de leurs propriétaires. Plus loin, un couple habillait un petit garçon en se disputant et l'asseyait dans sa poussette.

En avance d'une dizaine de minutes, Virlat sortit de l'habitacle et alluma une cigarette. Il aspira la première bouffée avec délectation et expulsa la fumée par les narines. Grenoblois d'origine, il aimait la montagne et appréciait ce coin du massif de la Chartreuse.

Les feuilles des arbres jaunissaient et désertaient leurs branches en virevoltant. Elles descendaient d'un petit mètre, puis remontaient un tant soit peu au gré de la bise, jouant avec le vent, dérivant de droite à gauche ou de gauche à droite pour suivre finalement une direction éphémère avant de mourir sur le sol. Virlat s'était rangé à l'écart et balaya de la main la feuille d'un hêtre venue se poser en douceur sur le toit de sa voiture. Bientôt, les arbres perdraient leur parure et seuls les sapins offriraient leur verdure aux promeneurs.

Une Volkswagen Coccinelle s'engagea sur le parking, ralentit avant de se diriger vers la Panhard. Elle s'arrêta à côté et une femme d'une quarantaine d'années apparut. Elle frissonna, resserra le col de son manteau et le boutonna, puis ferma sa portière. Elle adressa un geste derrière la vitre à un chihuahua qui aboya plaintivement.

L'homme s'approcha et l'enlaça.

— Tu es toujours aussi belle.

À quarante et un ans, Alice Duprès se targuait d'être une femme magnifique. Mariée depuis une quinzaine d'années à un commerçant propriétaire d'un petit magasin de sport à Saint-Pierre-de-Chartreuse, elle profitait de ses nombreuses heures de temps libre. Elle aidait son époux pendant les vacances, vendant des chaussures de randonnée, des vêtements pour se protéger des aléas de la météo montagnarde et conseillait, sans vraiment en connaître les spécificités, aux clients intéressés par du matériel d'escalade ou l'hiver, par les skis.

Ses cheveux frisés cascadaient jusqu'aux épaules. Un nez à la Cléopâtre rehaussait ses traits fins et de magnifiques yeux verts toujours soulignés d'un léger maquillage attiraient les regards masculins. Elle s'émouvait de sa poitrine depuis son adolescence, pourtant jamais son mari ni ses amants ne s'en plaignaient. Sa silhouette de mannequin était digne d'une œuvre d'Earl Steffa Moran[1].

Chaussée de hauts talons, de bas résille s'égarant sous une jupe blanche mode sixties et un chemisier émanant d'un créateur, elle exhalait une prodigieuse sensualité. Lorsqu'elle pénétrait quelque part, tous les yeux se dirigeaient vers elle. Les femmes la considéraient aussitôt comme une rivale et les hommes s'empressaient autour d'elle. Consciente de ses charmes, elle s'en amusait au grand regret de son mari. Elle l'avait épousé pour fuir l'autorité paternelle en souhaitant voir un jour paraître un type excitant et particulièrement généreux. Alice ne comptait plus ses amants et attendait patiemment son heure. Tôt ou tard, un véritable mec aux critères espérés surgirait.

Elle avait fait la connaissance de Gérald Virlat à la mi-juin, à Grenoble, à la sortie de la séance de *Erotissimo*[2], une comédie

1. Earl Steffa Moran (8 décembre 1893-17 janvier 1998). Ce centenaire texan était peintre et photographe.
2. Comédie de Gérard Pirès, avec Annie Girardot, Jean Yanne et Francis Blanche. Sortie nationale le 6/06/1969.

où ils avaient beaucoup ri. Virlat était bel homme, mais sa profession d'infirmier ne permettrait jamais de l'entretenir. Ce quinquagénaire divorcé bien bâti se satisfaisait de leur rendez-vous hebdomadaire.

« Un film prémonitoire », lui avait-il susurré après leur première étreinte dans une chambre d'hôtel du centre de la capitale dauphinoise.

Le piaillement d'un oiseau retentit quand il s'envola à l'instant ou un second autocar approchait. Le couple se désenlaça.

— Pourquoi voulais-tu me voir ? s'enquit Virlat. Ce n'est pas notre jour.

— J'ai peur.

Le silence de son amant fut suffisamment éloquent pour qu'elle s'explique.

— En ce moment, on meurt à tour de bras à Saint-Pierre.

— Oui, je l'ai appris dans le journal. Pourquoi as-tu la frousse ?

— Je n'en sais rien. Je sens comme un signe planer au-dessus de ma tête.

Il réprima un sourire pour éviter de la froisser.

— Un signe ?

— Oui.

Alice avait avoué au cours de l'une de leurs rencontres sa propension à se rendre à la messe et se confesser régulièrement. Surpris, Gérald l'avait interrogé.

— Tu déballes tout au curé ?

— Oui.

— Même tes… turpitudes lupanistiques ? avait-il jeté, ignorant que ce mot ne figurait pas dans le dictionnaire.

— Bien sûr, répondit-elle fermement. Il est tenu au secret de la confession.

Gérald avait été sidéré.

— Il ne t'a jamais sermonnée ?

— Il me menace de ne plus m'absoudre.

— Ta place au paradis est compromise, s'était-il esclaffé.

— Sois sérieux.

L'infirmier était resté pantois. Cette femme trompait régulièrement son mari depuis des années et elle redoutait les foudres du ciel.

— Où est le rapport entre toi et les macchabées de ton village ?

— Aucun, mais j'ai un mauvais pressentiment.

L'homme la prit dans ses bras et lui caressa le dos.

— Tu n'as rien à craindre. Ton mec est là et…

Elle lui coupa la parole.

— Il bosse comme un malade et ne se soucie guère de moi.

— Il ne sait rien pour nous deux ?

— Sois tranquille, je suis discrète. Personne au village ne se doute de rien. Depuis mon mariage, je choisis mes amants en dehors de ma commune.

La froideur de sa maîtresse ne sembla guère le surprendre. Elle était prête à tout pour gagner le cœur d'un homme tutélaire lui procurant l'extase. Elle lui avait certifié : « Le sexe est comme l'argent, une drogue dont je ne me passerai jamais. Se donner mutuellement du plaisir. Les mecs sont là pour ça. » Le mutisme de Gérald fut assez révélateur pour qu'elle comprenne qu'il n'en demandait pas plus. Elle connaissait l'incapacité de son amant à l'entretenir. Seule, sa vigueur maintenait leur fragile liaison. Si un homme bienveillant se présentait, Gérald imprimerait son nom dans la liste du livre d'oublis.

Il tenta de la raisonner.

— Ne crains rien. Les femmes ne semblent pas visées. Un mec assassiné, ce n'est pas la mer à boire.

— Deux.

— Ah bon ?

— Un fainéant de première. Il s'agirait d'un accident, mais j'en doute.

— Le deuxième ?

— Décédé sur son lieu de travail.

— Cesse de te poser des questions et laisse enquêter les gendarmes. S'ils prétendent que ton paresseux est mort accidentellement, il l'est. Quant à l'autre, rien n'est prouvé. Ce n'est pas ton problème. Je me demande pourquoi tu vas à leur encontre. Tu te tracasses pour rien.

Alice comprit que son Roméo ne souhaitait guère s'investir dans une relation qu'il savait perdue d'avance. Elle fit mine d'acquiescer en se promettant de le quitter dès qu'un homme digne d'elle se présenterait.

— Tu as raison, je m'affole pour pas grand-chose.

— Je dois rentrer. Je travaille cette nuit.

Elle répondit à son baiser quand il l'embrassa tendrement. Il entendit le chihuahua aboyer lorsqu'elle ouvrit la portière. Puis, les deux voitures s'éloignèrent chacune de leur côté.

Le couple d'oiseaux revint se poser sur la même branche.

Chapitre VII

Dimanche 21 septembre

Christine sortit vers 6 h 30 du matin pour profiter de la température agréable. La mi-septembre apportait maintenant un peu de fraîcheur, mais elle regrettait les premiers frimas de sa région natale. À cette heure, le brouillard alsacien assiégeait les coteaux et les premiers tracteurs pourfendaient le silence des vignobles. Les vendangeurs récoltaient les grappes des sept cépages principaux. Gewurztraminer, Riesling, Muscat, Pinot blanc, Pinot gris et Pinot noir[1] rempliraient des remorques destinées aux coopératives ou grandes maisons viticoles. Les effluves du pressurage et du débourbage imprégnaient les bâtiments. Ensuite, le calme investirait à nouveau les lieux jusqu'à l'année prochaine. Pendant ce temps, dans les cuves, les jus de raisin se transformeraient lentement en divins nectars.

Le chauffeur de car assurant la liaison quotidienne klaxonna en apercevant l'institutrice sur la place, puis il démarra dans son nuage de fumée grise habituelle.

La jeune femme s'enferma ensuite dans son appartement. Les fenêtres ouvertes instillaient un semblant de courant d'air. Elle prépara les leçons et les exercices de la semaine en

1. Une ou plusieurs journées de vendange sont consacrées aux divers cépages qui ne sont jamais mélangés.

pensant à Olivier. De temps en temps Frédéric pénétrait son esprit, aussitôt remplacé par la série d'événements dont elle avait été témoin.

Elle se promit de faire un petit tour à la fin de la journée.

***

— La nuit porte conseil, fredonna Marcelin en se levant.

Pour éviter tous soupçons, il posterait de Grenoble les photos du cadavre de Romain à l'intention d'Hélène Delcroix deux ou trois jours avant de lui proposer une offre de prix. Déstabilisée par les clichés, elle s'empresserait probablement de vendre et quitter la région.

Garder à son service l'épouse de l'agent de l'institut médico-légal après l'avoir prise en flagrant délit de vol de petit matériel agricole dans sa grange – il y a un an environ – restait une bonne idée. Il l'avait menacée de la dénoncer aux gendarmes et de la licencier, mais ses supplications lui fournirent un excellent motif. La profession de son conjoint serait susceptible de lui être utile un jour. Il fit mine de lui pardonner.

***

Gilles observa pour la énième fois le scellement de l'anneau. Le ou la propriétaire des lieux avait enfoncé un piton d'escalade dans la poutre bétonnée.

— Je n'arriverai jamais à arracher ce truc-là, se dit-il en secouant de toutes ses forces pour la vingtième fois de la journée.

Des crampes tiraillaient son estomac. Sa montre marquait 4 heures de l'après-midi et la faim le tenaillait. Il n'avait encore vu personne. Un pain accompagné d'un morceau de tomme de Savoie avait été déposé sur la table pendant son sommeil.

Il avait mordu à pleines dents et, depuis, son estomac criait famine.

***

Au cours de circonstances différentes, le père Joseph aurait jubilé. Son église était pleine à craquer. Toutes les âmes du village semblaient quérir un réconfort spirituel. De mauvaises langues laissant courir le bruit qu'une liste de noms venait d'être récupérée par les gendarmes ; quelques prières se justifiaient pour annihiler un sort ô combien funeste. De dépit, Xavier Louet aurait mangé son képi en entendant certains commentaires.

Chapitre VIII

Lundi 22 septembre

Madeleine s'introduisit dans la sacristie et aspira une longue goulée d'air frais. À 7 heures du matin, la chaleur promettait d'être pénible à supporter. La cérémonie d'adieu à Romain Delcroix serait célébrée dans trois heures et il était temps de se mettre au travail. Le corps avait été ramené de la morgue la veille. Le père Joseph avait accepté que le cercueil repose à l'église jusqu'à l'heure de la cérémonie.

Sans aviser l'ecclésiastique, la femme de ménage avait décidé de venir tôt pour balayer la nef et essuyer la bière disposée respectueusement face à l'autel la veille au soir par les employés des pompes funèbres. De mauvaises langues avaient certifié : « En passant la nuit à l'église devant son créateur, Delcroix aura des crampes d'estomac et pour une fois ce ne sera pas de faim. »

La femme s'empara d'un balai, d'un seau et d'un chiffon. Elle protégea ses mains d'une paire de gants en caoutchouc et appuya sur l'interrupteur des lampes du chœur de l'église. Elle entra dans le vaste bâtiment. Malgré l'habitude, l'odeur d'encens la prit à la gorge. Éclairé par deux vitraux distribuant une clarté pâlotte, le fond du sanctuaire restait partiellement dans l'ombre. Seuls les endroits traversés par la lumière naturelle pénétrant par les verrières latérales profitaient d'une lueur colorée.

Elle se signa en découvrant le cercueil en chêne. Habillé d'un large tissu noir, il reposait sur deux tréteaux face à l'autel. Un bouquet de fleurs des champs ornait la partie supérieure de la bière. Un rayon de soleil éclairait le transept, l'illuminant d'un halo argenté. La servante s'approcha et plaqua une main sur le catafalque.

— Malgré tes défauts, tu ne méritais pas cette mort affreuse.

Elle soupira, puis étreignit son chiffon. De fines particules de poussières virevoltaient autour d'elles en brillant sous la lumière si particulière de l'église. Elle gloussa en les observant et suivit une multitude d'entre elles papillonnant au gré d'un invisible courant d'air.

Son attitude se figea soudain. Des rides se creusèrent sur son front et elle pâlit en une fraction de seconde. Elle se mordit la lèvre pour éviter de perdre connaissance et, sans s'en rendre compte, elle hurla. Son cri de terreur se répercuta dans toute l'église.

***

L'adjudant-chef Louet tapotait son bureau avec son stylo. Plusieurs dossiers encombraient la large table et les corrections de certains procès-verbaux de ses hommes lui donnaient parfois des sueurs froides. Le jeune gendarme promettait, cependant il avait des progrès à faire dans la composition de ses rédactions. La frappe de sa machine à écrire crépiterait de longs moments les prochains jours.

La disparition du garagiste de Saint-Pierre-de-Chartreuse tournait à l'obsession. Le gradé ne croyait ni au hasard ni aux coïncidences. Deux étranges décès et une fugue en l'espace de deux semaines ne relevaient pas des fruits du hasard.

Le rapport d'autopsie de Delcroix démontrait une mort violente. Les radios ne décelaient aucune fracture, toutefois la présence de lait caillé dans la trachée et les bronches prouvaient qu'il ne s'agissait pas d'un arrêt cardiaque accidentel. Les poumons congestionnés, distendus, et les points hémorragiques confortaient les premiers éléments. Ces détails en eux-mêmes restaient pourtant insuffisants pour étayer une noyade par mort violente. Néanmoins, la présence de petits hématomes périmortels aux jambes avait été repérée après le déshabillage du corps. L'homme s'était débattu et cogné brutalement les genoux au rebord extérieur de la cuve. Une trace rouge sur la nuque appuyait aussi cette version. Les photos prises par un OPJ assistant légalement à l'autopsie ratifiaient les annotations du médecin légiste.

Le gendarme frissonna.

— Une mort horrible.

La brigade de recherches de Grenoble renforçait la brigade territoriale de Saint-Laurent-du-Pont. Des clichés photographiques sur le sol terreux de la grange et ses alentours révéleraient peut-être un détail insignifiant. Des prises d'empreintes en cours d'exploitation susciteraient, avec un peu de chance, un début de piste.

— Rien pour l'instant. Deux macchabées et une disparition, ça commence à faire beaucoup. Le procureur de la République a déjà bigophoné au commandant de groupement qui m'a passé une soufflante. Comme si j'y étais pour quelque chose !

Le téléphone interrompit ses états d'âme.

***

Christine ferma la fenêtre de sa chambre en se levant. Laissée ouverte la nuit pour aider la fraîcheur à s'infiltrer, la température de la journée incitait à se cloîtrer. Elle déjeuna d'un bol de chocolat et de trois tartines, puis se coula sous la douche. Un trait de maquillage dissimula les cernes de son visage.

Elle consulta sa montre.

— J'ai dix minutes avant de descendre chercher les enfants.

***

Le père Joseph accourut aux cris de Madeleine. La pauvre femme s'appuyait sur le cercueil en pleurant. La mine défaite, elle n'osait plus bouger. Elle l'entendit approcher et, en le voyant, elle tendit le bras. Il pointa son regard dans la direction indiquée.

— Nom de Dieu !

***

Christine discutait avec la maman d'un écolier lorsque les cloches de l'église tintèrent lugubrement. Les deux femmes se considérèrent d'un air étonné.

— Le tocsin, annonça la parente d'élève.

— L'enterrement du papa d'Olivier a lieu dans trois heures.

— Oui, c'est bizarre. Il se passe un truc anormal.

— Vous croyez ?

— Le père Joseph est loin d'être un original. Ça doit être un appel.

— Le maire va probablement s'en mêler, dit ironiquement Christine.

— J'irai faire un tour quand les enfants auront intégré leur classe, répondit une femme déposant sa fille.

— Vous voulez, tous, tout savoir dans ce pays.

Une autre la regarda d'un air hautain.

— Nous ne sommes pas en ville, ici. Nous aimons être au courant de ce qui se passe dans notre commune.

La femme haussa les épaules, envoya d'une main un baiser à son fils jouant aux billes avec un petit copain et s'éloigna.

***

Joseph Meyrin avait ordonné à Madeleine de sonner le tocsin. Trop heureuse de fuir l'épouvantable scène, elle s'était précipitée vers le boîtier électrique. Non seulement le prêtre profitait d'un répit, mais il pouvait réfléchir calmement. L'abjecte vision exhibée devant lui se révélait digne d'un film d'horreur.

La croix latine, en bois, de deux mètres de haut, sur pied et disposée habituellement à proximité de l'autel avait été transportée face à l'allée centrale. Elle était dirigée de façon à ce que la statue du Christ soit à l'opposé de la vue des fidèles. De l'autre côté, le corps de Claire Blanc était crucifié symboliquement. Un petit billot fixé par deux clous sur le madrier supportait les pieds de la victime. Du fil de pêche maintenait ses chevilles au montant. Bras et mains étaient aussi liés à la poutrelle horizontale. Du fil de pêche autour du cou retenait la partie supérieure du corps à la poutre.

Connue pour être élégamment vêtue, la défunte était habillée d'une paire de charentaises, d'un pantalon sans forme déchiré au niveau du genou droit. Une chemise élimée à carreaux et de trois tailles trop larges couvrait son buste. Un exécrable chapeau de feutre posé sur sa chevelure décoiffée achevait la macabre mise en scène.

Madeleine se rapprocha de l'ecclésiastique.

— C'est abominable.

L'homme d'Église approuva et murmura.

— Comment un être humain peut-il perpétrer un tel acte ?

— C'est le diable personnifié.

— Allons, Madeleine ! corrigea le prêtre en lui posant une main rassurante sur l'épaule.

— C'est une image monsieur le curé. Un saligaud de première.

Il contint un timide sourire. Plongée dans un état second, la prude Madeleine oubliait où elle se trouvait.

— Un ou une.

— Expliquez-vous, mon Père!

— Il peut s'agir d'une femme.

La servante réagit.

— Il faut être costaud pour faire ça. Attacher cette malheureuse sur la croix révèle une extraordinaire force de la nature.

— Vous avez sans doute raison.

La conversation s'interrompit lorsqu'ils entendirent tambouriner sur le lourd portail.

— Voilà les premiers curieux.

— J'ouvre? s'enquit maladroitement Madeleine.

— Jamais de la vie! Nous ne sommes pas au spectacle. Je vous ai demandé d'actionner le tocsin pour avertir les secours. Je suppose que le maire va rappliquer. Il passera par la sacristie. Quant à moi, je vais expliquer aux curieux que l'église reste fermée jusqu'à nouvel ordre.

La servante regarda Claire une dernière fois, fondit en larme et se dirigea vers la sacristie pendant que le maître des lieux allait à la rencontre de ses ouailles.

***

Vincent Duval faillit rendre son petit déjeuner en découvrant le cadavre crucifié. Sans demander l'autorisation au prêtre, il se précipita au presbytère afin de téléphoner aux gendarmes. Un juron réceptionna l'information. Xavier Louet accusa tous les saints de l'univers avant de confirmer son intervention.

Un petit groupe d'habitants se constituait sur le parvis de l'église. Le père Meyrin avait refermé la lourde porte derrière lui en essayant de fournir une excuse plausible, mais personne n'était dupe. D'étranges événements se déroulaient à l'intérieur du sanctuaire. Les opinions les plus farfelues s'apprêtaient à circuler. Les deux hommes se croisèrent dans l'allée centrale.

— Les gendarmes arrivent.

— Tant mieux. J'ai hâte de voir disparaître cette malheureuse.

— La pauvre. Cette orgueilleuse espérant les feux de la rampe se présente aujourd'hui devant nous en haillons.

Le religieux parut choqué par la remarque de l'élu. Sans s'en sans formaliser, celui-ci poursuivit.

— C'est simple à comprendre, pourtant.

— Vous gambergez facilement. Où voulez-vous m'entraîner, monsieur le maire ?

— Claire Blanc était une gonzesse fière, imbue de sa personne. Elle s'imaginait défilant au bras de Pierre Cardin et ses mannequins. De beaux habits, des reporters la photographiant. Être vue dans *Femmes d'aujourd'hui* ou autres revues au papier glacé, bref un monde loin du nôtre. La voilà crucifiée dans son village natal. On dirait une punition.

Le prêtre l'observa comme s'il voulait décrocher la lune et rétorqua doucement.

— Si vous le dites.

— J'ajouterai – l'édile marqua un temps d'arrêt – son orgueil l'a tué.

— Les gendarmes seront heureux d'écouter votre rhétorique.

— En attendant et si je compte bien, nous voilà avec trois macchabées sur les bras ! Sans oublier un disparu.

— Je ne vous suis plus.

— Jules est mort noyé.

— Un accident selon les gendarmes.

— J'ai peine à y croire. En deux, nous avons Delcroix. C'est officiel. Louet me l'a certifié au téléphone. Quant à cette malheureuse, elle ne s'est pas attachée toute seule, assura-t-il en pointant son doigt dans sa direction sans la regarder. Avouez, monsieur le curé, ça fait beaucoup en deux semaines pour notre communauté.

Le prêtre resta silencieux. Duval s'interrogea.

— Cet après-midi, le père de Gilles va chercher sa belle-fille et le bébé à la maternité de Grenoble. Son mari ne répond plus. A-t-il été tué ? Où se trouve-t-il ?

— Peut-être se cache-t-il ?

— Encore des balivernes ! J'ai suffisamment de problèmes avec ma mairie pour m'interroger sur la disparition de mes administrés.

— Si Gilles était lié aux meurtres ?

Duval observa l'homme d'Église d'un regard incrédule.

— Vos supputations m'insupportent, mon Père, et votre sens de la plaisanterie me dépasse.

— Je l'entends souvent en ce moment. Pourtant, il s'agit d'une idée comme une autre.

— Gilles est bien considéré. Pourquoi commettrait-il ces actes ? Disparaître alors que son épouse vient d'accoucher. Cela fait deux jours maintenant.

— Sa Buick aurait été découverte s'il avait été victime d'un accident. Ça n'est pas le cas.

Le maire réfléchit un instant, puis s'insurgea.

— Vous ânonnez des bêtises, Meyrin. Si vous avez appris certains faits au cours de vos confessions, dénoncez-les aux gendarmes.

— Elles sont sacrées, plaida le religieux. Vous le savez. De plus, je n'ai rien d'extraordinaire à leur avouer. Toujours les mêmes péchés ici-bas. Rien de plus.

— Trois morts incitent à la confidence auprès de nos anges gardiens.

Joseph ne put s'empêcher de sourire. Il déclara gentiment.

— Vous et vos phrases à l'emporte-pièce. J'ose dire : vos idées à l'emporte-pièce.

— Il serait bon de s'y intéresser.

— Selon vous, qui serait derrière ces assassinats ?

— Cette satanée nouvelle institutrice, pardi ! répondit Duval sans l'ombre d'une hésitation.

— Encore elle ! Décidément, vous ne lâchez rien.

— Tout a commencé depuis son arrivée.

— Pourquoi aurait-elle supprimé cette pauvre Claire ?

— J'ai appris l'altercation à l'épicerie.

— Elle n'y est pour rien. Comme d'habitude, Justine cherchait la bagarre et notre petite institutrice s'est interposée.

— Vous lui trouvez toujours de bonnes excuses.

— J'étais présent.

— Je suis au courant.

— Selon vous, monsieur le maire, quel intérêt aurait notre enseignante à s'attaquer à Gilles ? Elle n'a même pas de voiture !

— Je n'en sais rien.

— Votre esprit fermé vous égare. Il faut chercher ailleurs, et les gendarmes sont mieux qualifiés.

Vidal présageait son désavantage face au prêtre. Celui-ci continuait.

— Pourquoi lui en voulez-vous autant ? Elle est innocente.

— Nous vivions tranquillement auparavant.

— Vous l'avez déjà dit, mais vous ne possédez aucune once de soupçon d'un soupçon. Si vous tenez à jouer au policier, cherchez ailleurs.

L'édile consulta sa montre. Les gendarmes ne tarderaient plus. Son regard se porta sur Claire puis sur le cercueil de Delcroix.

— Celui-là aurait pu choisir un autre jour pour être exécuté.

— Je vais devoir reporter ses funérailles à demain. Madame Delcroix va être dévastée, annonça Meyrin.

Tout à sa pensée, Duval balaya le propos d'un geste de la main.

— Les assassins courent les rues de ma commune.

— Vous dites des bêtises. Vous, un fin limier! ironisa l'ecclésiastique. Le meurtrier de Delcroix et Claire ne fait qu'un. C'est la même personne. Ôtez de votre liste mademoiselle Meyer. Le poids du fermier est bien trop conséquent pour elle. D'autre part, installer cette malheureuse sur ce crucifix est loin d'être à la portée du premier venu. Il se corrigea : ou de la première venue. Cette femme en est incapable.

Malgré ses réticences, le maire opina. L'Alsacienne était loin de posséder la force requise pour transporter ces corps, à moins de bénéficier d'une complicité.

— Qui alors? La panique va envahir le village et le préfet va me demander des comptes.

— Là, mon cher Duval, vous devrez prier.

L'édile leva les yeux au ciel.

— Parlons d'autre chose. Une invocation n'a jamais dénoué un crime. Si cela continue, il ne restera plus personne dans ce village.

— Peut-être sont-ce des administrés à l'opposé de vos idées politiques.

— Vos plaisanteries ne valent guère mieux que les miennes.

Leurs regards glissèrent sur la crucifiée.

— Sérieusement, quel est le fou pouvant engendrer de telles monstruosités?

Une voix retentit à la porte de la sacristie.

— Y'a quelqu'un?

Xavier Louet précédait deux subordonnés. Armé d'un appareil photo, Frédéric fermait la marche. Les trois hommes s'arrêtèrent d'un bloc en découvrant le cadavre sur sa croix. Un silence de mort régna à l'intérieur de l'église durant une trentaine de secondes. Aucun gendarme n'osait croire à la vision s'offrant à lui. L'adjudant-chef se fit violence et ordonna à Frédéric de photographier la scène de crime sous tous les angles.

Muni d'un Kodak Instamatic, le jeune militaire prit une vingtaine de clichés. La pellicule argentique utilisée, il l'ôta du compartiment, la légenda et la glissa dans un boîtier cylindrique. Puis il remplit un document à l'adresse du laboratoire photographique de la gendarmerie en indiquant le motif de la réquisition, inséra l'ensemble dans une pochette plastifiée mentionnant l'atelier central[1]. Au retour, le jeune militaire établirait une planche photo légendée qu'il joindrait au procès-verbal. De son bureau, le procureur de la République découvrirait les lieux, la scène de crime et les différents éléments concernant le dossier.

— Terminé, déclara Frédéric.

— On couche la croix et avant de détacher la victime, prenez des photos des liens et des nœuds.

Jacquard obtempéra. Il se concentra sur son travail et observa le cou de la suppliciée. Des stries sanguinolentes et de petites boursouflures enchâssaient le fil de pêche. Les mêmes plaies restaient visibles à chaque point d'attache.

Malgré l'habitude des cadavres en plus de vingt ans de carrière, Louet avoua n'avoir jamais constaté une telle horreur. Réprimant son émotion, il s'approcha de la dépouille et éclaira les nœuds à l'aide d'une lampe de poche.

— Ils sont identiques. Un seul type a attaché cette malheureuse.

— Il faut être balaise pour déplacer et redresser la croix, formula un gendarme.

1. Avant l'avènement du numérique, toutes les unités de gendarmerie de l'hexagone envoyaient les pellicules pour le traitement au laboratoire étatique situé en région parisienne.

— Affirmatif. Rien n'indique si l'auteur des faits a commis son crime seul. L'autopsie attestera si mademoiselle Blanc a été tuée ici et comment… Ou ailleurs.

— Oui, il faut vraiment être costaud, souligna Frédéric.

Le commandant de brigade lui jeta un œil mauvais. Nul besoin de répéter bêtement ce qu'il affirmait. L'autre militaire reprit.

— Costaud comme vous, monsieur le curé.

Meyrin répondit.

— Je vous remercie pour la comparaison. Je reconnais qu'il faut être musclé pour redresser cette croix, qui plus est, supporte un corps.

Tous acquiescèrent d'un hochement de tête.

— Approchez Jacquard, venez parfaire votre apprentissage, ordonna son supérieur en posant un index sur le cou de Claire.

Frédéric étudia consciencieusement la victime avant de répondre.

— Le fil de pêche pénètre dans les chairs et forme des sillons.

— Bien, continuez.

— Je vois plusieurs traces.

— Et ?

— Je n'en sais rien.

— Observez ce sillon. Il s'incruste profondément dans la peau et est situé au niveau du larynx. Le meurtrier lui a serré le kiki. Privée d'oxygène, Claire Blanc s'est asphyxiée. La seconde entaille est juste un peu plus haut, elle est peu prononcée et est beaucoup moins colorée. La victime était déjà morte quand son assassin l'a attachée à la croix.

— Ça veut dire qu'elle n'a pas été tuée ici ?

— Probablement. Son meurtrier n'aurait jamais pris un tel risque.

— Comment a-t-il pénétré dans l'église fermée à clé ?

Les gendarmes orientèrent leur regard vers le prêtre.

— Je ne ferme jamais à clé la porte de la sacristie.

— Erreur fatale, bougonna Louet.

Meyrin afficha à haute voix son désarroi et détourna la conversation.

— Claire était une femme toujours correctement vêtue. Pourquoi a-t-elle été attachée habillée comme un sac ?

L'expression fit sourire aux deux représentants de la loi. Un nouveau gendarme apparut. L'adjudant-chef salua militairement l'officier.

— J'ai préféré vous aviser avant de venir, mon capitaine.

— Vous avez bien fait, répondit le commandant de compagnie en jetant un œil à la victime. J'ai prévenu le Parquet[1] et me voilà.

— L'avis du proc'[2] ?

— Il aurait fallu découvrir l'auteur des faits avant la communication terminée.

L'adjudant-chef bougonna.

— Ouais, comme d'habitude, et vous allez m'ordonner la même chose.

— Négatif. Je veux le résultat… hier.

Le prêtre et le maire écoutaient l'échange. La logique ou l'humour militaire – ils se demandaient où se situait la frontière – les dépassait. Frédéric se dirigea vers la sacristie. Duval intervint.

— Il y a eu un incident à l'épicerie entre Claire Blanc et Justine Caron.

— Dites-nous tout, monsieur le maire, fit Xavier.

L'officier et les autres sous-officiers l'écoutèrent. En retrait, Meyrin songea que l'édile possédait un aplomb phénoménal pour relater un événement dont il n'avait jamais été le témoin.

---

1. Il s'agit des magistrats au tribunal de grande instance. Il est composé d'un procureur de la République, de ses adjoints, de vice-procureurs et des substituts.

2. Procureur de la République.

À l'issue de sa déposition, le commandant de compagnie s'adressa à Louet.

— Convoquez cette dame à la BT[1] et cuisinez-la.

— Je m'en occupe tout de suite.

— Négatif. Envoyez un de vos hommes. Vous, commencez par l'enquête de voisinage. Voyez si personne n'a surpris entre hier soir et tôt ce matin un individu au comportement suspect, et relevez les marques des véhicules garés à proximité du lieu de culte.

Le gradé connaissait la réponse. L'église pratiquement isolée et le faible éclairage public paralysaient le recueil de renseignements. Des adolescents jouaient au ballon en fin de soirée, mais ils quittaient la place rapidement, préférant tourner en rond en mobylette dans les rues du village. Peut-être l'un d'eux aurait repéré une anomalie. Rien n'était moins sûr. Quand ils roulaient tête baissée sur leur engin à la nuit tombée, un régiment de chasseurs alpins bivouaquerait dans le centre de la commune qu'ils ne verraient rien ! Comme souvent au cours d'une enquête, le facteur chance s'imposerait au moment où personne ne l'attend.

— J'ai aussi une disparition inquiétante, ajouta Xavier.

— J'ai lu le message. Patientons. Le garagiste est majeur. A-t-il une maîtresse, cuve-t-il dans un coin ?

— Ce n'est pas son style.

— On n'en sait rien. Il a vingt-sept ans, si mes souvenirs sont bons.

— Affirmatif.

— Contactez le bureau du service national et demandez où il a effectué son service militaire.

— Compris, l'interrompit le commandant de brigade. Je téléphone ensuite à son ancien régiment pour connaître son comportement à l'époque.

---

1. Brigade territoriale. Tout gendarme nomme la brigade ainsi.

— Affirmatif.

— Il peut y avoir une différence dans les agissements d'un jeune de dix-neuf ans et un type de vingt-sept ans, responsable aujourd'hui d'une petite entreprise.

— Ne laissez rien de côté. Si c'était un fêtard ou un poivrot, nous n'aurons plus à nous inquiéter, il cuve dans un coin ou peut-être s'amuse-t-il dans les bras d'une maîtresse ?

— Il vient d'être papa.

— L'un n'empêche pas l'autre. Par contre, s'il s'agit d'un mec sérieux, il sera temps de nous inquiéter. Au boulot !

— À vos ordres, mon capitaine.

L'officier jeta un ultime regard sur Claire Blanc, serra la main du père Joseph et rejoignit la Renault 16 où l'attendait son chauffeur.

***

Les deux véhicules des gendarmes, la DS 21 du médecin, la Peugeot 404 break des pompes funèbres et le camion de pompiers garés près de l'église attirèrent rapidement l'attention. Les débats s'enchaînaient, chacun donnant sa version des faits. Une femme alléguait la présence de deux cadavres dans l'allée centrale, une autre affirmait que le corps du prêtre gisait dans son confessionnal et un homme supposait que le crâne de Madeleine n'avait pas supporté sa rencontre avec la tête d'une statue branlante.

Les fenêtres de sa classe ouverte, Christine interrompit la leçon de choses un instant pour s'enquérir auprès d'un couple semblant venir de la direction de l'église.

— J'ai entendu le tocsin tout à l'heure.

La femme s'empressa de répondre.

— On ne s'est pas arrêté en passant. Mais les gendarmes et les pompiers sont là et la voiture des croque-morts vient d'arriver.

L'homme confirma d'un signe de tête et ils s'éloignèrent. Christine s'interrogea. Que se passait-il ? La présence des véhicules officiels présageait un nouveau drame.

— Encore un meurtre ? Ce patelin est maudit. À l'occasion, le maire me soupçonnera encore une fois.

L'horloge murale indiquait dix heures moins cinq. Dans cinq minutes la sonnerie de la récréation tinterait dans l'école. En se dépêchant, elle filerait sur les lieux du drame. Avec un peu de chance, Frédéric serait présent et la renseignerait.

***

Marcelin décacheta l'enveloppe et éclata de rire en découvrant le teint cireux de Delcroix sur les deux photos. Le visage ceint par la housse, les yeux fermés, il paraissait dormir.

— Mon cher ami, ta femme sera ravie de te voir la mine reposée. Si elle refuse de me vendre tes biens, je me ferai un plaisir de lui faire parvenir une photo de ta bobine.

Comme toujours dans ses moments d'euphorie, il éclata de rire.

***

Une vingtaine de personnes patientait en palabrant devant le portail de l'église. D'autres, plus malignes, s'étaient portées vers la sacristie en espérant y pénétrer en catimini. Un gendarme, posté à la porte, interdisait l'accès.

Carpentier autorisa Christine à s'absenter le temps de la récréation. Magnanime, il proposa d'assurer la surveillance des enfants. La jeune femme se précipita vers le parvis. Elle jura en découvrant la foule et se dirigea vers la sacristie. Elle bondit sur le côté pour éviter la R 16 de l'officier de gendarmerie et fit ensuite les quelques pas la séparant du planton.

— Frédéric Jacquard est là ?

L'homme lui répondit par l'affirmative, tout en lui refusant l'accès.

— Ils finissent à l'intérieur. Fred ne devrait plus tarder. Attendez ici.

Elle regarda sa montre. Les élèves réintégraient leur classe dans dix minutes.

— C'est urgent.

— Désolé, interdiction d'entrer pour l'instant.

Six minutes s'égrenèrent.

— Je dois partir, dit-elle au planton.

Il hocha la tête poliment en se demandant ce que cette ravissante jeune femme voulait bien raconter à la nouvelle recrue. L'enseignante quitta les lieux lorsque la voix de Frédéric retentit. Elle se retourna. Il courut à sa rencontre. Plusieurs personnes les observaient, il se contint pour éviter de la serrer dans ses bras. Gênée, elle lui sut gré de cette attention. La jeune femme prit le bénéfice de la parole.

— Encore un meurtre ?

— Bingo !

— Nous n'en sortirons jamais. Qui ai-je tué cette fois ?

Il éclata de rire avant de reprendre son sérieux.

— Claire Blanc.

— Mon Dieu ! fit Christine en portant ses mains au visage. Comment est-elle morte ?

— Dans d'horribles circonstances.

La cloche de l'église sonna 10 heures.

— Merde, les enfants !

— La récré est finie, supposa son ami.

— J'y vais.

Les pensées en désordre, et toujours ignorant la cause du décès de Claire, elle détala en direction de l'école. La couturière avait été menacée par une autre femme. L'avait-elle assassinée ? Des clients et l'épicier pourraient témoigner. Elle se maudit d'avoir oublié d'informer le gendarme. Le chauffeur d'un Berliet bétaillère klaxonna et donna un coup de volant pour l'éviter. Il brandit un poing rageur et l'insulta. Christine reconnut Florent Marcelin. Elle accéléra l'allure. Pierre Carpentier l'attendait sur le perron.

— Il était temps. Je me doute d'où vous venez. Malgré son irritation, il s'inquiéta : encore un drame ?

— Oui. Claire Blanc est morte à l'église.

— Ça n'en finira donc jamais. Ça commence à bien faire. Nous en sommes à deux ; sans oublier Jules, décédé accidentellement.

— Un décompte morbide.

— Tout à fait. On s'en passerait. Les gendarmes sont là ?

— Toute la clique. Flics, pompiers, croque-morts, docteur et les éternels badauds.

— Vous ne changerez jamais l'âme humaine. La camarde attire les gens comme le sang les piranhas.

— Jolie métaphore.

— Vos élèves attendent.

Elle acquiesça et s'en fut.

***

L'adjudant-chef Louet se décida rapidement. Il ordonna à Frédéric et son collègue de glaner des informations auprès des riverains, pendant qu'il récupérait Justine Caron à la petite caisse de la remontée mécanique des Essarts. Il s'enferma ensuite dans le bureau de la mairie pour l'entendre. Muni de son carnet de déclarations[1], il s'installa face à elle, l'invita à s'asseoir et lui demanda le motif de sa dispute avec Claire Blanc. Elle comprit aussitôt et attaqua.

— Tu ne vas pas me coller le meurtre de cette conne sur le dos ?

— Changez de ton !

— C'est nouveau, on ne se tutoie plus ?

Il soupira. Pourquoi quelques années auparavant s'était-il entiché de cette mégère ? Célibataires tous les deux, ils s'étaient octroyé du bon temps. Justine aurait apprécié lui mettre la bague au doigt, mais, perspicace, le jeune maréchal des logis-chef qu'il était à l'époque avait deviné le caractère bouillonnant de sa maîtresse. En lui annonçant son désir de rompre, elle l'avait traité de tous les noms d'oiseaux en lui promettant une cascade de tourments. Il avait ri à gorge déployée un peu plus tard en apprenant son mariage avec un insignifiant représentant de commerce. « Je n'aimerais pas être à sa place », se disait-il encore aujourd'hui quand il le croisait.

— Alors ?

— Quoi, alors ? dit-elle les poings serrés le long du corps, prête à en découdre.

— Le motif de votre dispute ?

— Je n'en sais rien.

Louet parla posément.

— Écoute-moi bien Justine, je ne le répéterai pas. Je prends ta déposition ici gentiment et tout se passe bien. Mais – il

1. À l'époque, chaque gendarme possédait un carnet de déclarations. Toutes les pages étaient numérotées. Il était interdit d'en déchirer une seule. Toutes les auditions, constatations et autres faits relatifs à une enquête y étaient annotées. Ce carnet pouvait être produit à la demande d'un juge au cours d'une audience. Il pouvait faire matière au procès-verbal. Chaque mot rayé ou rajouté de la déclaration d'une personne entendue était signé par l'intéressé. La perte de ce document faisait l'objet d'une sanction disciplinaire.

réemploya le vouvoiement – si vous continuez votre numéro, je vous place en garde à vue à la brigade. Est-ce bien clair ?

Les yeux de son ex-maîtresse lancèrent des flammes. Cet homme s'était glissé dans son lit avant son mariage, elle aurait aimé l'avoir toute la vie auprès d'elle et il la menaçait comme la première venue. Elle fulminait tout en s'obligeant à faire profil bas.

— Une dispute comme une autre.

— Qui a commencé ?

— Je ne m'en rappelle plus. Elle, sans doute.

— Ben voyons ! Vu votre caractère facile et bienveillant, c'est évident.

— Tu te fous de moi ?

— J'imagine qu'il y avait des témoins. Dites-moi la vérité. Plus vous vous enfoncerez dans vos mensonges, plus les soupçons s'abattront sur vos épaules.

Elle frissonna. Cet imbécile était capable de mettre sa menace à exécution et elle serait la risée du village. Elle relata les faits, mentionna l'intervention de Christine.

— Encore elle ! tempêta-t-il en maudissant aussitôt sa réaction.

Justine s'engouffra dans la brèche.

— C'est une femme agressive. Elle m'a bousculée et je suis tombée dans un rayon.

— Vous êtes blessée, vous avez un certificat médical ?

— Je n'ai rien du tout. Mais ses gestes prouvent sa méchanceté.

L'adjudant-chef préféra se taire. L'hôpital se moquait de la charité. La personne la plus agressive, jalouse et colérique de son assiette territoriale, se trouvait devant lui. Il en avait fait les frais et plusieurs plaintes noircissaient des pages de procédures.

Néanmoins, il se promit de creuser l'emploi du temps de l'institutrice. Sa corpulence interdisait le transport d'un poids lourd tel qu'un corps sur une croix, mais elle pouvait bénéficier d'une complicité. Xavier contrôlerait les identités sur les fiches de police des hôtels[1] et des gîtes de sa circonscription.

Un client était-il arrivé le même jour ou la veille des meurtres ? Était-il reparti le lendemain ? D'où venait-il ? L'institutrice était originaire de l'est de la France. Un Alsacien résidait-il depuis deux ou trois semaines dans le secteur ? Les coopératives agricoles et autres entreprises susceptibles d'embaucher seraient contactées. Il faudrait aussi se renseigner auprès des chauffeurs de cars assurant la liaison Grenoble à Saint-Pierre-de-Chartreuse. Le propriétaire du taxi de Saint-Pierre serait également interrogé. Les dates correspondaient-elles avec l'arrivée de Christine Meyer ? Un travail de longue haleine pour les hommes de son unité qui s'avérerait sans doute infructueux. La personne concernée, si elle existait, pouvant résider ailleurs. Mais le gradé refusait de faire l'impasse sur cette branche de l'instruction. Verrouiller l'ensemble restait indispensable. Au cours de leurs investigations, les enquêteurs en profiteraient pour tenter de collecter des renseignements sur le garagiste disparu.

— Tu rêves ? demanda Justine. J'ai d'autres chats à fouetter. Pose tes questions et fous-moi la paix !

— Je veux entendre encore une fois votre version.

— Tu n'as vraiment rien d'autre à faire ? Tu perds ton temps.

— J'ai tout mon temps, répondit-il calmement.

— Évidemment, vous êtes toujours là où il ne faut pas et vous enquiquinez les honnêtes gens, vous, les gendarmes.

— C'est bien connu. Cela fait vingt ans que j'entends ce discours, alors changez de disque. Je vous écoute. Que s'est-il passé à l'épicerie ?

---

1. Elle est aujourd'hui uniquement obligatoire pour les touristes étrangers. Depuis octobre 2015, le responsable d'une structure accueillant cette clientèle est tenu de conserver les fiches pendant six mois, puis de les détruire. Elles sont transmises aux services de police ou de gendarmerie seulement sur demande. À ce jour, tout est informatisé.

***

Frédéric Jacquard et son collègue arpentaient les rues du village, sonnant aux portes afin de savoir si un véhicule inconnu ou si les réactions d'un individu auraient trahi un comportement anormal au cours de la nuit précédente.

Les pas du gendarme l'amenèrent près de l'école. Il distingua la délicate silhouette de Christine derrière la fenêtre ouverte. L'éclat de rire d'un enfant s'échappa, réprimé par une remarque de l'enseignante. Jacquard sourit. La prestance de son amie drapait une solide dose de répartie et de sang-froid.

Soucieuse, l'institutrice se concentrait laborieusement sur ses élèves. La mort de Claire Blanc la déstabilisait. Fallait-il relater aux enquêteurs la dispute dont elle avait été témoin ? La menace de Justine Caron suffisait-elle pour la soupçonner d'un crime ? La rapporter à Frédéric relevait du devoir civique. Néanmoins, devait-elle la dénoncer au risque de se mettre le village à dos ? Si Justine prouvait son innocence, Christine ne traverserait jamais plus la localité la tête haute.

Assise devant son bureau, elle réfléchissait en oubliant les enfants.

— En parler discrètement à Frédéric ?

En restant muette, les conséquences de son silence seraient-elles trop lourdes à porter ? L'épicier et deux autres clientes assistaient à l'altercation. Les gendarmes l'apprendraient et les entendraient. Christine frissonna. Les mégères se feraient un malin plaisir de détailler la chute de Justine dans les rayons. Chute provoquée malgré elle par son intervention. Elle n'avait pas voulu la brutaliser, mais sa réaction s'était enchaînée sans qu'elle puisse se contrôler. Elle l'avait aussitôt regretté, Justine en ayant profité pour se laisser tomber.

— Les poulets débouleront encore une fois sur mon dos.

Les classes se situaient un demi-étage au-dessus du rez-de-chaussée. Assise derrière son bureau, l'enseignante ne pouvait distinguer la place. Soucieux de lui parler, le militaire l'appela. Surprise, elle se leva.

— Frédéric !

— Je voulais avoir le plaisir de te voir avant de redescendre à Saint-Laurent.

Plus terre à terre et sans perdre un instant, elle l'interrogea.

— Comment est morte Claire Blanc ?

— Crucifiée.

— Hein ! s'écria-t-elle. Avec des clous sur une croix. Mon Dieu, quelle horreur !

Quelques phrases concises résumèrent la vision des faits. À l'issue, le gendarme conclut.

— La troisième victime par mort violente.

— Je dois te parler.

— Avec plaisir, dit-il, trop heureux de passer un moment en sa compagnie.

— C'est au sujet de Claire Blanc, Justine Caron et moi.

— J'n'y crois pas ! Tu es embringuée dans cette histoire ? dit-il en fronçant les sourcils.

Elle hocha la tête affirmativement.

— Je n'ai pas le temps d'en parler maintenant. L'épicier te racontera.

— Qu'a-t-il à voir là-dedans ?

— Il a été témoin d'une altercation entre nous.

— Toi et l'épicier ?

— Mais non, idiot ! Tu le fais exprès ou quoi ? Entre Justine Caron et moi.

Il jaugea muettement sa réaction et l'invita à s'expliquer.

— Pas maintenant. J'ai ma classe.

— Je vais te convoquer à la brigade. Nous aurons du temps devant nous, répondit Frédéric trop heureux de joindre l'utile à l'agréable.

— C'est ça, tu as raison. Et je fais comment pour y aller ? Il n'y aura plus de car pour mon retour et ton patron refusera de me ramener.

— Tu dormiras chez moi.

— Et les poules auront des dents.

— Je plaisante.

— Je n'ai aucune envie de rire. Tu te rends compte ? Je vais encore être soupçonnée.

— Tu es douée pour t'enferrer dans des situations impossibles.

Elle se radoucit et chuchota.

— Bien involontairement. Regarde, ton collègue arrive.

Un gendarme d'une trentaine d'années portant une grosse moustache le rejoignit. Il la salua d'un doigt à la hauteur du képi.

— On s'est vus tout à l'heure devant la sacristie.

Elle acquiesça. L'homme s'adressa à Frédéric.

— Choux blancs sur toute la ligne.

— J'ai un fil à tirer. On va chez l'épicier, décida Frédéric.

— Évite de faire tes courses avec Louet dans nos pattes. Il ne tardera plus à sortir de la mairie. Il prend la déclaration de Justine Caron.

Le cœur battant la chamade, Christine dressa l'oreille.

— Qu'est-ce qu'il lui veut ?

Le militaire répondit d'une voix ferme.

— Ça ne vous concerne pas, mademoiselle.

Frédéric posa une main sur l'épaule de son collègue.

— Direction l'épicerie. Je t'expliquerai.

Soucieuse, l'Alsacienne les regarda s'éloigner.

***

Xavier Louet claqua la porte de la mairie en ronchonnant. Justine n'apportait rien de concret. Il vérifierait ses dires, entendrait l'institutrice et ordonnerait à ses hommes de poursuivre l'enquête de voisinage. L'édile apparut.

— Je peux fermer à clé. Vous avez terminé ?

— Fini.

— Du nouveau ?

— Investigations en cours.

— Vous pourriez m'en dire un peu plus. Je suis le maire tout de même.

— Je n'ai rien appris qui vaille la peine d'être résumé, rétorqua Louet.

L'actuelle discussion et le face à face avec Justine lui ravivaient des souvenirs déplaisants. Elle lui avait souvent cherché des désagréments au cours de leur relation, et ses colères restaient homériques. Prétextant une importante charge de travail, il s'arrangeait pour espacer leurs rencontres. Elle avait présagé la fin de leur flirt un début d'automne. Un mensonge éhonté avait particulièrement courroucé Xavier. Un soir de décembre, quelques jours avant Noël – il s'en souviendrait toute sa vie –, elle s'était présentée devant lui en pleurs et en riant.

— Qu'est-ce qui se passe ?

— Tu vas être content, mon chéri.

Il fut aussitôt sur la défensive. Elle avait essuyé furtivement une larme sur une joue avant de lui jeter à la face.

— Je suis enceinte !

Un coup de massue sur la tête lui aurait fait le même effet. Il prenait ses précautions et, à l'exception d'un accident dont il se serait probablement souvenu, il était certain de n'avoir jamais commis d'erreurs. Avec son manque de courtoisie légendaire, il rétorqua.

— Il n'est pas de moi.

— Goujat! avait-elle riposté en lui assénant une claque à décorner un chamois.

Une violente discussion s'était déroulée dans le parc, lieu habituel de leurs rencontres. Ils s'étaient séparés sans se donner un autre rendez-vous. Gendarme jusqu'au bout des ongles, Louet rusa. Il approcha à nouveau sa maîtresse. Radoucie, elle confessa sur l'oreiller n'avoir jamais attendu d'enfant. La coupe pleine, Xavier rompit.

Justine Caron état capable du pire. Mentir était dans sa nature. Vidal le rappela à la réalité d'une phrase incisive.

— Vous rêvez, Louet?

— J'aimerai bien.

— Où en êtes-vous de la disparition de Gilles Garin?

— Vous m'avez déjà posé la question, monsieur le maire... Toujours rien.

— Ça m'inquiète.

— Vous espérez surtout comprendre l'origine de votre accident.

— Bien vu.

— Vous serez le premier averti si j'ai du nouveau.

Xavier consulta sa montre. Il était temps de rentrer à la brigade. Il se dirigea vers l'Estafette.

***

Les deux gendarmes restaient dubitatifs. L'entretien avec l'épicier prouvait une fois de plus le caractère difficile de la nouvelle institutrice. Le collègue de Frédéric formula.

— Cette nana cache un truc.

— N'importe quoi!

— Tu t'en es entichée. Fais gaffe! Tu risques des représailles si le patron l'apprend. Il est assez con pour en parler au commandant de compagnie. De là à être muté, il n'y a qu'un pas.

— Je discute avec elle lors de nos rares rencontres. C'est tout.

— Fait comme tu veux. Je t'aurai prévenu.

***

En arrivant à la brigade, Frédéric déposa l'enveloppe des pellicules photo dans la case du courrier départ et se présenta face à son patron. Celui-ci lui conseilla de fermer le bouton supérieur de sa chemise et de resserrer son nœud de cravate.

— On n'est pas au cirque ! bougonna-t-il en l'inspectant des pieds à la tête.

Louet appréciait ce nouvel élément, mais il ne l'aurait jamais avoué. Malmener cette recrue mutée depuis peu restait un excellent test, d'autant que celle-ci étrennait son premier poste. Une question le tenaillait depuis les premiers jours.

— Vous êtes jeune, sportif. Pourquoi avoir choisi la gendarmerie départementale ? Vous auriez été à l'aise en gendarmerie mobile. Des voyages, des primes de déplacement et des filles à tire-larigot.

— Je n'ai pas une mentalité militaire et la mobile est un peu trop kaki à mon goût.

— C'est normal. Commander cent trente bonshommes diffère d'une brigade à six. Le règlement militaire est plus rigide. Mais n'oubliez jamais, jeune homme, et j'appuie sur cette phrase de façon à ce qu'elle rentre bien dans votre tête, nous sommes des militaires, même en GD.

Notant qu'il s'épanchait devant un bleu, Louet se corrigea.

— Vous avez un truc à me dire ?

— Oui. Le dossier de Saint-Pierre-de-Chartreuse me turlupine.

— Tout le monde. Préfet et proc' compris. Sans oublier ces fouilles-merde de journaleux. Alors ?

— Avez-vous remarqué le mode opératoire des trois décès ?

Le gradé n'apprécia guère la question. Jacquard l'interrogeait comme s'il avait affaire à un débutant. Il lui imposa d'aller droit au but.

— Un, Séverin a succombé à une noyade. Or, ce poivrot fainéant détestait l'eau. Deux, Romain Delcroix est mort, si je puis m'exprimer ainsi, d'une indigestion de lait caillé.

— Ça tombe bien, il était gourmand.

— Troisièmement, fit Frédéric en levant le troisième doigt d'une main. Claire Blanc est découverte vêtue comme une va-nu-pieds, exposée dans l'église face aux pratiquants. Son tourmenteur souhaitait qu'elle soit vue par un maximum de personnes.

— Il n'a sans doute pas prévu que la grenouille de bénitier vienne balayer à l'aurore.

— Vous avez raison, mon adjudant-chef. D'après nos premières investigations, nous connaissons aujourd'hui sa haute estime d'elle-même.

— Affirmatif. Une arrogance digne d'une reine.

— Bravo ! Arrogance. Vous avez prononcé le bon mot !

L'amour-propre et la susceptibilité de Louet remontèrent à la surface. L'outrecuidance de son subalterne le hérissa.

— Jeune homme, pour qui me prenez-vous ? Vous oubliez où vous vous trouvez ! Allez droit au but et cessez de me prendre pour un ramolli du bulbe !

Frédéric s'excusa et déclara en parlant lentement, de façon à exprimer les bonnes phrases sans exciter la susceptibilité du gradé.

— La Bible, mon adjudant-chef.

— Quoi, la Bible ? Que vient faire ce bouquin dans cette affaire ?

— La paresse, la gourmandise et l'orgueil.

— Expliquez-vous !

— Les sept péchés capitaux. C'est aussi un film[1].

— Nous ne sommes pas au cinéma, Jacquard. Remballez vos idées saugrenues et apprenez votre boulot. Débarrassez-moi l'plancher !

Frédéric se sentait humilié. Son commandant de brigade lui parlait comme à un chien et refusait de retenir son concept. Pourtant, le jeune gendarme pensait avoir raison. À moins que Louet fasse mine de récuser sa théorie pour mieux se l'approprier afin d'en tirer tous les honneurs. Ses épaulettes d'adjudant-chef palissaient sous les éléments météorologiques de l'Isère depuis une quinzaine d'années et il apprécierait certainement celles du grade de major.

Mon coco, j'ai beau être un p'tit nouveau, j'ai envie de passer de carrière[2] *!*

Il posa son regard à l'extérieur vers la falaise de Fétrus. La couleur verdoyante de la forêt lui rappela sa promenade avec Christine.

Assis devant sa machine à écrire, Louet songea que les jeunes d'aujourd'hui ne respectaient plus grand-chose. Quand il s'était engagé en gendarmerie, en 1948, les gradés étaient considérés et, jamais, au grand jamais, un bleu n'aurait émis un avis aussi farfelu.

Les sept péchés capitaux. Mais où Jacquard puisait-il pareille idée ? Jules s'était noyé dans un ruisseau sans doute après avoir trop bu. Or, l'ivresse n'est pas un péché capital. Ce fainéant passait son temps à picoler, mais la paresse n'a jamais

---

1. *Les Sept Péchés capitaux*, un film à sketches sorti en mars 1962. Un remake a été produit en 1995, *Seven*, de David Fincher.

2. Trois années étaient nécessaires pour passer de carrière (la titularisation). Quatre ans si le gendarme n'avait pas effectué de service militaire. Une visite médicale, des examens professionnels sur les trois ans et la notation étaient pris en compte.

tué personne. En délivrant le permis d'inhumer, le médecin n'avait rien relevé d'anormal.

À l'opposé, l'autopsie avait démontré le meurtre de Delcroix. Ce gourmand devant l'Éternel avait macéré dans du lait caillé. Celui-ci est transformé en fromage. De la nourriture. L'idée semblait intéressante, sans aller plus loin.

Le crime de l'orgueilleuse couturière ne souffrait d'aucune ambiguïté. De là à supposer qu'il s'agissait d'un message laissant croire à l'un des péchés énoncés dans la Bible, il y avait un gouffre que l'enquêteur se refusait à franchir. L'autopsie prévue le lendemain apporterait des éléments supplémentaires.

— Et Gilles ? murmura-t-il. Quelle faute aurait-il commise ? S'agit-il de la même affaire ? Les coïncidences existent rarement dans mon boulot.

Louet resta songeur un long moment et frissonna. Il tenta de se remémorer ses heures de catéchisme. Pourtant fragile, le raisonnement de Jacquard tenait. Il s'empara d'une feuille vierge.

— En adoptant la logique de mon gendarme, il reste l'avarice, la luxure, la colère et l'envie. Cela laisse supposer la mort de quatre autres personnes. Ou trois, si Gilles a passé l'arme à gauche. Trois ou quatre futures victimes à Saint-Pierre-de-Chartreuse. Les trois premières étant issues de cette commune, nota-t-il de son écriture large et pleine de déliés.

— C'est insensé ! Ce gamin regarde trop la télévision.

***

Le drame obligea le père Joseph à fermer le sanctuaire toute la journée. La brigade de recherches investit le lieu saint l'après-midi pour se consacrer aux opérations de police techniques. Les militaires relevèrent des empreintes sur la croix, le portail de l'église et les entrées de la sacristie. Elles s'avérèrent inexploitables. Aucun fil de pêche ne fut découvert à l'intérieur du sanctuaire, laissant supposer que l'assassin avait lié sa victime auparavant.

Meyrin consola Hélène Delcroix avec des phrases comme seuls les prêtres savent les formuler. Il lui promit qu'il célébrerait les funérailles le lendemain.

Pendant ce temps, le maire, dans tous ses états, se plaignit à qui voulait l'entendre – ils étaient nombreux – de sa plaie à la tête, de la dépense importante pour remplacer sa voiture hors d'usage, des meurtres contrariant son mandat et de la disparition du garagiste. Les questions fusèrent et les réponses brillèrent par leur absence.

Chapitre IX

Mardi 23 septembre

Crimes mystérieux à Saint-Pierre-de-Chartreuse

Que se passe-t-il à Saint-Pierre-de-Chartreuse ? Le petit village situé sous le Charmant Som subit d'épouvantables événements. Depuis plusieurs semaines, des drames inexplicables s'y produisent. Les trois personnes décédées sont toutes natives de la commune. Si le doute subsiste pour le premier mort, il est indéniable que les deux autres sont d'origine criminelle. Les deux victimes ont été supprimées de manière atroce. Selon nos sources, une aurait eu la tête immergée dans du lait caillé et l'autre, crucifiée à l'intérieur de l'église. Un habitant proche de la femme de ménage affirme que la défunte attachée sur la croix se trouvait face à la nef. Des funérailles devaient se dérouler deux heures plus tard.

La sacrifiée a été placée de façon à ce que l'assemblée arrivant à la cérémonie la voie. S'agit-il d'un message, d'un avertissement ou d'un règlement de compte ? Toujours selon nos informations ; sans se fréquenter, les trois victimes se connaissaient. Un assassin erre-t-il à travers les rues de la commune ? Interrogés, le maire et le prêtre reconnaissent une ambiance délétère depuis la rentrée des classes.

Un autre événement déconcertant vient aussi se greffer dans la localité. Gilles Garin, garagiste à Saint-Pierre, a disparu en revenant d'une maternité de Grenoble, son épouse y ayant mis au monde un petit garçon. La Buick du réparateur n'a toujours pas été retrouvée. A-t-il eu un accident, a-t-il été victime du tueur mystérieux ou est-ce simplement une fugue ?

Les gendarmes n'ont pas souhaité répondre à nos questions. Selon Vincent Duval, le premier magistrat de la commune, les militaires ne posséderaient pour l'instant aucun élément permettant d'orienter leur enquête.

Nous espérons que cette mauvaise série s'interrompe et que le village Chartrousin retrouve sa sérénité habituelle.

L.P.

Le maire froissa le journal régional et le jeta dans la poubelle.

— Ces reporters sont prêts à apeurer toute la population pour vendre du papier. Quelle honte !

— Inutile de te mettre dans cet état, objecta placidement sa femme en essuyant un verre derrière le bar.

— Je vais téléphoner au directeur éditorial du *Dauphiné libéré*.

— Tu passeras pour une andouille. Il se moque de tes états d'âme. Tu l'as dit toi-même, ils sont prêts à tout pour vendre leurs journaux.

— Lis l'article et tu seras de mon avis.

— Je l'ai lu avant toi. Entre nous, la vérité est quand même sur le papier.

— Son auteur aurait pu éviter de mentionner mon nom.

— Ton petit quart d'heure de célébrité.

— Tu parles. Les journalistes seront certainement présents pour assister aux funérailles de Delcroix et de Claire.

— Ça commence à faire du tintouin. Tu crois que la télévision sera là ? Des reporters de la première et deuxième chaîne[1] ?

1. La troisième chaîne sera lancée le 31 décembre 1972. Décrochage régional le soir.

Duval haussa les épaules en levant les yeux au ciel.

— Pendant que tu y es, Léon Zitrone[1]. Nous verrons bien. Tu m'as repassé ma chemise blanche pour l'enterrement ?

***

Les commentaires allaient bon train à l'intérieur de l'église. Tout le monde connaissait maintenant les circonstances de la mort de Claire Blanc et la moitié de l'assistance braquait les yeux sur la croix où le Christ, imperturbable, agonisait depuis qu'un sculpteur talentueux l'y avait fixé.

Les mêmes membres de cette assistance imageaient la victime attachée à l'aide de fils de pêche aux deux poutres en bois, les yeux ouverts ou fermés selon le degré de leur fantaisie, la tête reposant sur les épaules. Certains souriaient en l'imaginant en haillons aux vues de tous les habitants de la commune, les plus acerbes excipant une authentique justice divine.

D'autres essayaient de relier les deux meurtres, se forgeant ainsi une virtuelle perspicacité tels Sherlock Holmes ou le commissaire Maigret et résolvaient l'enquête en un tournemain au nez et à la barbe de la maréchaussée.

Assis au troisième rang et fixant la veuve du fromager, Florent Marcelin supputait. Pragmatique, il scénarisait sa future rencontre pour la convaincre de lui vendre sa propriété pour une bouchée de pain. Comme toujours, il refuserait de payer le véritable prix pour acquérir ce qu'il briguait.

Quelques-uns se demandaient qui serait la prochaine victime sur la liste. Pour l'instant, personne n'avait, comme le gendarme Jacquard le supposait, souscrit une quelconque relation avec les sept péchés capitaux. Debout avec son

1. Présentateur du journal télévisé pendant vingt ans à l'ORTF, TF1, puis Antenne 2.

commandant de brigade au fond de l'église, Frédéric songea que la panique pourrait s'emparer des habitants. Chacun s'imaginant être une probable victime en envisageant un ami ou un voisin comme l'éventuel meurtrier.

Au centre, la classe d'Olivier Delcroix assistait à la cérémonie sous les yeux bienveillants de leur institutrice et de Pierre Carpentier.

Au premier rang, dans l'allée opposée aux membres de la famille, Duval écoutait d'une oreille distraite l'homélie du père Joseph. Il retraçait la vie de ce père aimant, nourrissant la vallée de ses succulents fromages. Il omit volontairement de mentionner son appétence.

À proximité du cercueil, une veuve éplorée s'inquiétait pour son avenir, pendant qu'un fils pleurait un papa qu'il n'embrasserait jamais plus.

***

Le prêtre interpella Pierre Carpentier à la sortie du cimetière. Il avait conduit Romain Delcroix à sa dernière demeure, béni le cercueil avant la mise en terre, prodigué quelques phrases de réconfort à la famille et s'apprêtait maintenant à accomplir son petit tour hebdomadaire. La foule se dispersait en commentant différemment la future existence de la veuve et de son fils. Meyrin adorait rencontrer ses ouailles, discuter de sujets divers en leur tirant les vers du nez. La vie de ce petit coin de Chartreuse le passionnait.

— Avez-vous des nouvelles du maire ?

La question surprit le directeur de l'école. Le religieux s'adressait rarement à lui. Leurs entretiens dégénéraient souvent. Le ton ne s'élevait jamais et ils restaient courtois, mais tous deux entretenaient une animosité feutrée. Joseph se mêlait de l'éducation des enfants et sollicitait occasionnellement une journée libérée supplémentaire en faveur des communiants de l'année. Anticlérical depuis toujours, Carpentier répondait rarement favorablement. Mais les parents d'élèves intervenaient et il s'y résignait. Pour eux, la préparation des communions restait des célébrations traditionnelles et intouchables. Deux jours étaient réservés à la préparation de la solennelle, sans oublier l'essayage de l'aube blanche. Deux jours où les enfants désertaient les bancs de l'école. En écoutant les mères, Pierre se voyait obligé d'octroyer une journée supplémentaire pour la Confirmation.

— Ce n'est pas avec le charabia du curé que l'on éduque les gamins, ronchonnait-il, sans jamais exposer son avis à haute voix. Quant à la morale, les anciens instituteurs s'en chargeaient. Ça aussi, ça disparaîtra.

— Vous m'écoutez ? s'enquit le père Joseph.

— Excusez-moi, j'ai l'esprit dans les dossiers de la rentrée scolaire et ne m'occupe de rien d'autre.

Le prêtre n'en crut pas un mot, mais resta muet. Pierre Carpentier ajouta.

— Le maire est égal à lui-même. Pour l'instant, il reste cloîtré dans son restaurant ou à la mairie. Il attend les résultats du contrôle de sa voiture et se tracasse sur l'absence de Gilles. Ah, au fait, le bébé, c'est un garçon ! Les gendarmes sont passés chez lui. Rien, nada ! Aucun signe de vie du garagiste. Ils ont suivi la route qu'il emprunte jusque Grenoble, aucun véhicule dans le fossé et les hôpitaux n'ont aucun dossier au nom de Gilles Garin. Sa femme devrait rentrer demain avec l'enfant.

Le père Joseph songea que, pour quelqu'un qui *ne s'occupait de rien d'autre*, Carpentier était au fait de bien des sujets.

— Je ne vous ennuie pas plus longtemps.

— Ce fut un plaisir, ajouta le directeur d'un ton enjoué.

***

À la sortie de la célébration, Frédéric s'arrangea pour approcher Christine.

— J'ai discuté avec l'épicier. Tu y es allée fort avec Justine Caron.

— Je sais. Ç'a été plus fort que moi. Je l'ai bousculée malgré moi, sans m'en rendre compte. Elle a porté plainte ?

—Mon CB l'a entendue hier. Elle évoque votre rencontre, mais je n'ai lu aucun dépôt de plainte. Tu as de la chance. Méfie-toi, en continuant ainsi tu seras dans notre collimateur.

L'institutrice répondit en balayant une mèche de cheveux lui tombant sur le front.

— Je suis déjà dans la visée du maire et sa clique.

— Évite de plaisanter. Je suis sérieux.

— Jacquard, vous palabrerez un autre jour ! aboya Louet en ouvrant la porte, côté conducteur de l'Estafette.

Frédéric leva une main en signe d'assentiment.

— Faut que j'y aille. On se voit un de ces jours.

Il rejoignit la camionnette et Christine rattrapa ses élèves accompagnés du directeur.

***

Depuis son arrivée dans le département, Frédéric admirait toujours avec le même plaisir les gorges du Guiers Mort. Taillé dans le calcaire depuis des millénaires par un torrent depuis longtemps assagi, le sillon naturel s'étalait de l'aval de Saint-Pierre-de-Chartreuse à Saint-Laurent-du-Pont. Arbres, pins centenaires et monolithes erratiques égayaient ce paysage sauvage. Le mugissement du cours d'eau résonnait le long des parois où, presque mille ans auparavant, des moines se frayèrent un passage pour y édifier un monastère[1]. Au fil des traversées au cours des siècles, le sentier se métamorphosa en chemin muletier, piste carrossable, puis en route. Aujourd'hui, elle surplombe et longe le Guiers Mort, changeant de versant selon les caprices du relief à l'aide de solides ponts de pierres, parfois construits depuis des lustres.

Le jeune gendarme roulait doucement. Il s'habituait à la conduite en montagne en appréhendant le prochain hiver. Il redoutait d'avance ce congélateur naturel, imaginant les stalactites glacées arrimées aux barres rocheuses prêtes à s'effondrer sur la route enneigée ou verglacée.

L'adjudant-chef rompit le silence lorsqu'ils passèrent à proximité des ruines de Fourvoirie.

— Le site a été érigé par les pères chartreux. Les bâtiments ont été utilisés pour des activités métallurgiques avant de produire différentes liqueurs. Un glissement de terrain a contraint à cesser leurs occupations. Ils se sont rabattus sur Voiron.

N'obtenant aucune réaction de la part de son voisin, il reprit.

— Vous n'êtes guère bavard aujourd'hui. Les funérailles de Delcroix vous plombent le cerveau ou est-ce les beaux yeux de la nouvelle institutrice ?

Refusant d'exprimer son opinion sans offusquer son supérieur, le chauffeur esquiva placidement.

— Rien de spécial.

— Draguez une nana si vous voulez, mais qu'elle n'interfère jamais dans votre travail. Louet marqua une courte pause avant de reprendre : à votre place, je m'en méfierais. J'ai demandé des renseignements auprès des gendarmes de Strasbourg. Je n'ai toujours pas de réponse. La ville est en

---

1. Le premier monastère de la Grande Chartreuse fut érigé en 1084 par Bruno et six de ses compagnons.

zone police et cette gonzesse y est certainement inconnue. Une petite fille sage. Trop sage à mon avis, conclut-il.

Frédéric changea de sujet.

— L'autopsie de Claire Blanc a lieu aujourd'hui ?

— Affirmatif. Elle est prioritaire à la demande du Parquet. Je devrais avoir le résultat en début de soirée.

— Avez-vous pensé à mon idée d'hier ?

Louet fronça les sourcils en se tournant vers son voisin.

— Vos fameux péchés capitaux ?

— Oui.

— Laissez tomber.

— L'orgueil pour Claire Blanc.

— Vous n'abandonnez jamais ?

— Non, rétorqua le chauffeur en changeant de vitesse avant d'aborder un virage.

— Vous seriez breton, je comprendrai, mais un nordiste est moins têtu.

— J'ai eu l'occasion de la rencontrer. De plus, tous les avis concordent. Cette femme, couturière de son état, s'habillait toujours avec raffinement. À l'église, nous l'avons vue accoutrée telle une clocharde. Ça ne colle pas.

— Où voulez-vous en venir ?

— Son meurtrier souhaite délivrer un message en la supprimant deux fois.

— Votre charabia commence à m'énerver sérieusement, bougonna le gradé.

Jacquard ignora la remarque.

— L'assassin l'a tuée physiquement en l'étranglant une première fois, puis symboliquement une seconde fois en la déguisant en clocharde.

— Et alors ?

— Alors ? C'est pourtant simple, mon adjudant-chef.

Frédéric ne laissa pas le temps à son voisin d'émettre une remarque désagréable.

— L'orgueilleuse Claire Blanc se métamorphose dans la mort en une vulgaire femme de bas étage. Son meurtrier la rabaisse dans l'échelle de la société. L'orgueil l'a tuée.

— Vous m'emmerdez, Jacquard ! L'orgueil n'a tué personne. Cherchez un autre mobile. Évitez de jouer à l'enquêteur chevronné. Vous êtes un jeune gendarme à peine arrivé en unité. Vos spéculations absurdes entraveront votre passage de carrière. Apprenez votre métier, faites profil bas et écoutez les anciens. Dernier avertissement !

Le chauffeur se le tint pour dit en se promettant qu'il prouverait à son commandant de brigade que les jeunes pouvaient aussi avoir raison.

***

Hélène Delcroix respirait avec difficulté. Les fossoyeurs achevaient à peine de recouvrir de terre le cercueil de son mari que Florent Marcelin se montrait devant elle. Le visage de circonstance, il lui présenta ses condoléances en tapotant l'épaule d'Olivier en signe de réconfort.

— Je reste à ta disposition, Hélène. La vie sera difficile sans Romain. Je l'appréciais, même si parfois nous avions des divergences.

La veuve se contint de le gifler. Un scandale inquiéterait son fils déjà fragilisé, toutefois cette canaille ne perdait rien pour attendre. Sans prendre conscience de son état, l'homme poursuivit sans penser un traître mot de sa proposition.

— Si tu souhaites te dessaisir de ton domaine, je suis à même de t'en offrir un bon prix.

Hélène s'indigna et ses phrases claquèrent sur le parking du cimetière.

— Espèce de sale requin ! Mon mari est encore chaud et tu oses nous importuner avec ton pognon. Nous prendre notre propriété ! Les parents de Romain possédaient déjà ces terres et tu veux nous les voler !

Marcelin fut surpris, loin de s'attendre à une telle réaction. Des amis de la famille ayant accompagné le défunt à sa dernière demeure, bavardant sur le parking, tournèrent la tête dans leur direction. La diatribe de la veuve résonnait à proximité.

— Rentre chez toi et fous-nous la paix !

Se doutant des manigances de Delcroix, un homme s'approcha.

— Un problème, Hélène ?

— Un malaise, répliqua Marcelin en appréhendant la réaction du nouveau venu.

— Arrête de te foutre du monde, Marcelin ! Mon malaise est dans ta tête, asséna la veuve. Je ne te vendrai jamais mes terres !

L'agriculteur resta silencieux. Des témoins relateraient ces faits et ses paroles au village. Mieux valait se taire. Le temps jouerait en sa faveur. Hélène Delcroix changerait de ton en découvrant une photo de son mari étendu sur son brancard.

— Tu te méprends sur mes intentions, dit-il en reculant. Toutes mes condoléances encore une fois.

Il la maudit en rejoignant sa voiture.

***

Satisfait, Louet raccrocha le lourd combiné de téléphone en bakélite. Le bureau des effectifs du 159e régiment d'infanterie alpine[1], basé à Briançon, confirmait l'affectation du chasseur Garin Gilles pour l'année 1962. Contingent 62/02. Son service militaire accompli, l'intéressé refusa de s'engager, malgré l'acquisition du grade de brigadier-chef et d'un cer-

1. Régiment aujourd'hui dissous (Jean Giono y effectua son service militaire).

tificat de bonne conduite. Il ne s'était jamais fait remarquer défavorablement.

— J'aurai préféré un livret militaire un peu plus ingrat, affirma le commandant de brigade au planton.

— Pourquoi ?

— Réfléchissez deux minutes, Bourdon. Si ce zigoto avait été un bambocheur, nous pourrions envisager qu'il cuve dans un coin. Par exemple, être descendu à Grenoble pour fêter la naissance de son enfant. À l'inverse, nous faisons face à un type sérieux sur lequel une tuile lui est certainement tombée sur la tête. Préparez un message pour un avis de recherches.

— Tout de suite, mon adjudant-chef.

Le militaire s'enferma dans une petite pièce et rédigea son texte sur un papier blanc et bleu, prévu pour les transmissions. Puis, il s'empara du combiné de l'émetteur récepteur TMF 620, pressa les touches d'appel et lut sa page. À Saint-Laurent-du-Pont, le radio de la compagnie appuya sur la pédale de l'appareil[1] pour répondre, tout en notant ce qu'il entendait.

À l'issue de la communication, il diffuserait électroniquement le message au niveau national, pendant que le planton, à Saint-Laurent, rangerait son texte dans un classeur qui rejoindrait les archives à la fin de l'année.

***

Un bruit avait commencé à courir sur le parvis de l'église. Gilles complotait lui-même sa disparition et réglait ses comptes en supprimant ses ennemis. Sa Buick introuvable et fatalement dissimulée dans une cachette connue de lui seul

---

1. Il fallait appuyer sur la pédale pour parler. On la relâchait pour écouter. Remplacé ensuite par des systèmes numériques.

fortifiait ce pseudo drame. Selon les avis, Garin rigolait tout son soûl dans un coin en fomentant son prochain crime.

Les commères habituelles s'en donnaient à cœur joie en prophétisant la future victime inscrite sur sa liste. Encore une fois, Louet se serait arraché sa couronne de cheveux en entendant de tels propos.

Depuis le début de l'après-midi, moment où les mamans accompagnent leurs enfants à l'école, Christine décelait un faible relâchement de la pression des habitants à son encontre. Le visage des femmes se détendait et les rares hommes présents la saluaient.

Elle le comprit à la récréation et se demanda s'il fallait en rire ou s'en plaindre. Le village se préparait à l'absoudre pour jeter son ire sur une autre personne. Une nouvelle fois, elle songea au manque de rationalité, de logique ou simplement d'intelligence de certains. Leur bêtise plongeait une communauté entière dans une incroyable et dangereuse rumeur dont il serait difficile de s'extraire. Elle ébaucha un sourire.

— Au moins, j'aurai la paix.

***

Le chauffeur d'un tracteur poussif leva une main en direction de l'ouest, faisant retourner les trois occupants installés dans la remorque remplie de foin séché. Annonciateur des premières pluies d'automne, un épais nuage gris convergeait doucement.

— Le temps changera bientôt ! assura l'homme en jetant son mégot sur le bitume.

Sa femme acquiesça et adressa un geste de sympathie au père Meyrin qui traversait la route. Celui-ci serra fermement contre lui un lourd sac en coton en voyant approcher Denis Morel.

— Bonjour, monsieur le curé. Vous faites votre petit tour habituel ?

— J'ai besoin de prendre l'air. Tous ces morts et cette pauvre madame Delcroix avec son fils. La vie est difficile.

— Pour moi aussi.

— Tu étais absent pendant l'enterrement.

— Il y avait assez de monde à l'église. Romain n'a plus à se plaindre et, malgré ses défauts, il avait tout ce qu'il voulait.

— Cesse de dire de telles énormités. Envier un mort, c'est la première fois que j'entends pareille sottise.

— Excusez-moi, mon père, mais la chance tourne toujours en la faveur des autres.

— Si tu pleurais un peu moins sur ton sort pour te prendre en main… répondit le prêtre sans achever sa phrase.

— Vous pourriez m'aider ?

Connaissant le loustic, le religieux fut aussitôt sur la défensive et attendit la suite.

— J'en ai marre de mon boulot. Vous pourriez me donner un coup de pouce pour entrer aux remontées mécaniques. Miss colère y travaille bien, elle.

— Miss colère ?

— Vous savez très bien de qui je cause… Justine. Justine Caron.

— Si je saisis bien, tu voudrais que j'aille lui parler ?

— Mais non, c'est une simple employée. Entre parenthèses, elle a une superbe situation.

— Je ne comprends rien.

— J'aimerais que vous touchiez un mot au patron des Essarts pour être embauché.

La mine du prêtre ne rassura guère son interlocuteur.

— Je le connais à peine. Sa famille et lui ne viennent jamais à l'église. Je les croise parfois au village, c'est tout.

— Faites-le pour moi, monsieur le curé. J'en ai marre. Tous les gens de Saint-Pierre ont ce qu'ils désirent, sauf moi. Le maire refuse de parler en ma faveur.

— Tu exagères.

— Non. Même vous, avez de la chance.

— Tu veux ma place ?

— Non merci.

—Alors de quoi te plains-tu ? Tu as un métier, un salaire.

— Beaucoup gagnent mieux que moi.

— Tu vis avec ta mère et possèdes un toit.

— Les autres aussi.

Le prêtre soupira et répondit.

— Tous n'ont plus un parent et tu as la chance d'habiter dans une maison dont ta maman est la propriétaire. Elle te reviendra.

— D'autres en ont de plus belle. Pensez à Antoine. Il construit une piscine.

— Il est entrepreneur et met la main à la pâte.

— Oui, mais il aura sa piscine !

Las, le prêtre haussa les épaules sans que son geste décourage Morel.

— Je suis célibataire. Regardez Jérôme, Alain, Francis et même Christophe. Ils ont de belles femmes.

— Courtise mon gars, courtise… Mais avec tact et sans pécher.

— Non, bien sûr. Mais ils sont mariés, eux !

— Il y a de jolies dames seules dans notre paroisse, ou ailleurs. Tu ne veux tout de même pas que je fasse le travail à ta place ?

— Nan. Mais j'en ai marre. Tous ces gens possédant tout et moi, rien.

—Tu m'énerves, Denis !

— Monsieur l'curé !

— Pardonne-moi, fit l'homme d'Église. Mes propos ont dépassé ma pensée. Il marqua une courte pause avant d'ajouter : j'irai aux Essarts.

— Promis ?

— Cesse de jouer aux gamins, tu n'es plus un enfant. Je te laisse.

— Je compte sur vous, mon père. Tout le monde à droit a sa part de bonheur, même moi !

Meyrin lui adressa un vague geste de la main, resserra machinalement le cordon de son sac et s'éloigna.

***

Un petit sac sur le dos acheté la veille au magasin d'articles de sport de la famille Duprès, Christine quitta le village en direction de Perquelin. Elle marchait tranquillement le long de la route. Dissimulée par la forêt, la barrière rocailleuse des Rochers du Mollard surplombait la chaussée. Le soleil déclinait doucement dans son dos. L'automne arriverait bientôt.

***

Des fourmis dans les jambes, Gilles remua sur sa couche. Il ignorait toujours pourquoi il était enfermé et la faim le tenaillait continuellement. Un repas frugal servi en même temps que le petit déjeuner et une demi-bouteille d'eau restaient insuffisants pour maintenir son corps dans une forme éblouissante. Il avait réclamé une portion supplémentaire, sans obtenir de réponse. Malgré la timide lumière de la pièce, il avait aussi demandé des livres.

— Pour tuer le temps.

La porte s'était refermée dans un claquement sec. Les nuits passaient à une allure vertigineuse. Il s'était interdit de boire l'eau des bouteilles.

— Il y a des narcotiques là-dedans.

Mais la soif le torturait. Il s'abstenait de l'étancher jusqu'au soir, de façon à éviter de s'endormir au cours de la journée.

Puis, résigné, il se désaltérait. Les visites ne se déroulaient jamais à la même heure et il n'avait aucune envie d'être plongé dans un profond sommeil lorsque la porte s'ouvrait.

Il lut l'heure à sa montre. Il espéra entendre les gonds grincer.

Chapitre X

Mercredi 24 septembre

Le motard de la gendarmerie poussa sur la pédale de démarreur de sa BMW R50 et le moteur de 494 centimètres cubes résonna dans la cour de la caserne de Saint-Laurent-du-Pont. Il boutonna sa veste de cuir noir, coiffa son casque, mis ses lunettes de protection et enfourcha son engin. Les 27 chevaux de la moto l'emportèrent vers Grenoble. Satisfait, l'adjudant-chef Louet le regarda s'éloigner tout en décachetant l'enveloppe. Il sut gré de la mission du motocycliste. Le commandant de compagnie lui avait ordonné de récupérer le rapport d'autopsie de Claire Blanc pour le transporter d'urgence[1] aux enquêteurs. Le gradé s'enferma dans son bureau et en prit connaissance.

L'examen visuel du corps dénudé présentait des ecchymoses au niveau des bras et des jambes, l'ongle de l'index droit était retourné. Plusieurs petits signes hémorragiques étaient également visibles sur l'épiderme. Claire s'était défendue face à son agresseur. Une photo de la langue serrée entre ses dents démontrait une strangulation à l'aide d'un lien. Plusieurs clichés clarifiaient l'exposé. L'un d'eux montrait le

1. Ce procédé fut longtemps utilisé en gendarmerie. Les motards des brigades motorisées étaient rompus aux missions de « facteurs ».

visage congestionné de la défunte et la présence de pétéchies sclérales[1] et conjonctivales. Parfois, une règle affichait une distance ou une échelle.

Louet frissonna en tournant une page.

— Pauvre femme.

Il reprit sa lecture à haute voix.

— Sillons horizontaux et circulaires, lésions traumatiques du cou, creux en rigole et parcheminés.

On frappa à la porte.

— Entrez !

— Vous vous radinez au bon moment, Jacquard, dit-il en lui présentant le dossier.

Le jeune militaire s'immobilisa en voyant les photos.

— Évitez de tomber dans les pommes dans mon bureau. Vous ne couperez pas à la prochaine autopsie.

— Ah non ! s'écria Frédéric en reculant d'un pas.

— Autant y aller le plus tôt possible. Vous savez qu'à chacune de ces boucheries, un gendarme est obligatoirement présent.

— Oui, mais je viens d'arriver. J'ai le temps.

Louet eut pitié de son désarroi.

— On attendra un peu… Mais vous reculez pour mieux sauter.

Frédéric se détendit et s'enquit.

— Comment est-elle morte ?

— À l'aide des fils de pêche. Je n'ai pas terminé de lire le rapport. Les premières conclusions affirment que son meurtrier aurait utilisé le même lien que ceux avec lesquels elle était attachée à la croix. Regardez ! ordonna-t-il en posant l'index sur un cliché présentant les sillons sur le cou.

— La trace de la strangulation.

---

1. Taches couleur sang. Lorsque la personne est décédée et que l'on appuie sur l'une de ces marques, celle-ci ne blanchit pas.

— Les traces, jeune homme.

Face au silence intrigué de son subalterne, le gradé certifia.

— En vous rendant sur un suicide par pendaison, vous constaterez une unique entaille. À la différence d'un étranglement comme le nôtre qui en présente toujours plusieurs.

— J'ai compris !

— Essayez de développer. Ce sera parfait pour votre apprentissage.

Jacquard observa le cliché une longue minute avant de se décider.

— La femme s'est défendue. La prise du tueur était donc mobile et le fil de pêche a glissé ou ripé au début de l'agression. Puis sa victime a commencé à faiblir à cause de l'asphyxie et le lien s'est incrusté plus profondément. C'était le dernier.

— Si les petits cochons ne vous mangent pas, vous ferez un excellent enquêteur. Bravo ! J'allais attaquer le rapport de dissection quand vous êtes entré.

Le militaire réprima un haut-le-corps. Loin de s'en formaliser, Louet l'invita à s'approcher.

— Voici la radio des poumons. Voyons ce dossier d'autopsie.

Il le lut à voix basse avant de résumer.

— Congestion importante associée à un œdème diffus légèrement hémorragique. Zones de distension pseudo-emphysémateuse aiguë. Je ne comprends rien, mais bref, elle est décédée de mort violente.

— C'est l'évidence même.

Le commandant de brigade pointa son regard.

— Vous dites ?

— Rien.

— Nous continuons l'enquête en espérant qu'il n'y ait plus de nouveaux meurtres.

— J'en doute.

Louet se leva brusquement.

— La ferme, Jacquard ! Je ne veux plus écouter vos élucubrations. Gardez pour vous vos insinuations de péchés capitaux. Je vous ai déjà prévenu.

— Je n'ai rien dit mon adjudant-chef.

— Vous le pensez tellement fort que j'entends tout !

— Je n'en parlerai plus.

— Très bien. Je préfère ça. Maintenant, filez à Saint-Pierre-de-Chartreuse et…

Il s'interrompit en voyant l'once d'un sourire s'ébaucher sur le visage de son subalterne.

— Vous y allez avec Bourdon pour turbiner et non pour convoler en justes noces avec l'institutrice… J'aimerais bien lui parler à cel'là d'ailleurs. Ramenez-la-moi !

— Elle travaille. Sans vous commander et sauf votre respect, je peux la convoquer pour jeudi. Les enfants n'ont pas classe. J'irai la chercher, elle n'a pas de voiture.

— Vous bossez jeudi, affirma Louet en regardant le tableau de service.

— J'avais pensé la prendre avec la 4L.

— Vous êtes chauffeur de taxi maintenant ?

Louet marqua une courte pause, réfléchit et l'interrogea d'une voix neutre.

— Elle ne possède pas de voiture ?

Frédéric hocha négativement la tête. Le gradé déclara.

— Malgré certaines zones d'ombre, elle ne peut être la meurtrière. Sans auto, elle est incapable de transporter un corps… À moins de disposer d'un ou plusieurs complices.

— J'en doute.

— Nous en avons déjà parlé. Où en sont les recherches auprès des responsables d'hôtels et de gîtes ?

— Rien de positif.

— Bon, continuez.

— Je convoque Christine Meyer ?

— Laissez tomber pour l'instant. Partez avec les anciens à Saint-Pierre. Voyez le curé et le maire. Peut-être ont-ils appris un truc nouveau.

— À vos ordres.

Louet lui fit signe de fermer la porte et songea que la jeune recrue présentait d'excellentes dispositions pour de futures enquêtes.

***

Gilles Garin se réveilla avec un violent mal de crâne. Sa montre marquait 8 h 05 et il avait encore dormi comme une souche. Le petit déjeuner habituel trônait sur la table avec deux bandes dessinées de *Blek le Roc*[1] et *Pif, le chien*[2].

— J'ai passé l'âge de lire *Pif gadget*, maugréa-t-il en reposant les BD.

Il songea à sa femme et à son bébé qu'il avait entrevus brièvement à la maternité. Étaient-ils de retour à la maison ? Résistait-elle nerveusement à cette épreuve ? Et son père ? Se reverraient-ils un jour ? Si seulement il connaissait les causes de sa captivité.

Lorsque la porte du réduit s'ouvrait, les rares rencontres se résumaient en de brèves phrases. Il ne s'était ni changé ni lavé depuis son enfermement. Combien de temps tiendrait-il ?

Gilles but son café tiède d'une traite en supputant sur son avenir.

***

1. Personnage de BD. Il s'agissait d'un trappeur canadien résistant aux « Tuniques rouges » (les Anglais).

2. Célèbre BD hebdomadaire dont un chien est la vedette. Un gadget à construire était joint à la revue adulée par les jeunes adolescents.

Christine appréciait la petite route de Perquelin. Uniquement empruntée par les habitants du hameau, elle s'enfonçait dans le vallon pour venir mourir au pied des majestueux rochers de Bellefont. L'été, les randonneurs progressaient sur un sentier qui s'élevait doucement vers le nord avant de se relever brutalement pour atteindre le col de Bellefont. La vue s'étendait sur le magnifique plateau de Marcieu jusqu'à la proue du rocher de Fitta et, vers l'est, la barrière calcaire de Fouda Blanc. L'Alsacienne n'avait aucune idée de ces paysages fantastiques et avançait tranquillement, son sac à dos tanguant au rythme de la marche.

Chapitre XI

Jeudi 25 septembre

Depuis deux jours, de lourds nuages planaient dans le ciel. Un violent orage s'était déclenché sur le versant ouest de la Chartreuse et quelques rues de Voiron avaient frisé une brève inondation.

Les paysans de Saint-Pierre-de-Chartreuse s'étaient empressés de mettre à l'abri les dernières meules de foin dans les granges. Depuis, la température baissait graduellement pour le plus grand bonheur des montagnards.

Les funérailles de Claire Blanc s'étaient déroulées dans une morne indifférence, même si la moitié du village s'était retrouvée sur les bancs de l'église. Le père Meyrin fit un éloge chaleureux écouté par une assistance dissipée. Ses membres se déplacèrent par excès de curiosité et non pour lui rendre un hommage sincère, sa personnalité ne faisant guère l'unanimité.

Une partie de l'assemblée préférait dénombrer la présence de certains habitants et l'autre commençait à se détendre en totalisant les jours. Aucun meurtre recensé depuis lundi dernier.

Un incident se déclara sur le parvis de l'église entre deux femmes. Justine s'était arrangée pour se retrouver aux côtés d'Alice Duprès, à la sortie de la cérémonie, et sans forme de politesse avait attaqué.

— J'ai vu ton petit jeu.

Méfiante, car la caissière de la remontée mécanique des Essarts ne lui adressait jamais la parole, Alice attendit la suite. Déçue par son flegme, sa voisine murmura malicieusement.

— Je t'ai croisée à Grenoble.

— Rien d'étonnant, j'y vais régulièrement.

— Tu étais accompagnée.

Alice s'immobilisa brutalement. Une vieille dame marchant derrière elle la poussa gentiment pour éviter de scinde le cortège. Sans s'en préoccuper, Justine poursuivit.

— Tu étais au bras d'un beau mec.

— Et alors ? dit-elle en sentant des picotements le long de sa colonne vertébrale.

— Il ne ressemblait en rien à ton mari.

— Je suis libre. Occupe-toi plutôt de ta vie privée.

— Tout va bien chez moi.

— Alors laisse la mienne tranquille.

— Elle intéressera sûrement ton homme et le village.

— Je t'interdis de…

Justine posa une main sur son bras et chuchota.

— Je ne reçois d'ordre de personne et je fais ce dont j'ai envie.

— Tu veux du fric ?

— Non. J'ai tout ce dont j'ai besoin.

— Que cherches-tu ?

— Simplement remettre de l'ordre. J'aime bien quand tout marche droit.

Alice haussa le ton.

— Tu veux détruire mon couple ?

— Doucement on va t'entendre, fit sa voisine en ôtant sa main. Ton couple ? Laisse-moi rire. Je connais ta réputation.

Tu es une salope. De jolis cancans en perspective. J'en salive d'avance.

Justine lui adressa un baiser du bout des doigts et quitta la colonne se dirigeant vers le cimetière.

— Tu ne l'emporteras pas au paradis ! hurla Alice.

Toutes les têtes se tournèrent vers elle, puis portèrent leur regard vers Justine qui s'éloignait en chantonnant. Habitués aux indécences de Miss Colère, ils s'en désintéressèrent.

Comme si elle voulait se protéger, Alice s'abîma dans la foule en appréhendant les prochains jours.

***

La mauvaise humeur de Frédéric transpirait. Louet avait supprimé les repos de l'ensemble de son personnel. L'enquête stagnait. Le commandant de compagnie attendait des résultats pour les transmettre à sa hiérarchie, qui elle-même les communiquerait au procureur de la République. De son côté, *le Dauphiné libéré* critiquait l'inertie, déçu de ne pouvoir publier un homérique article à jeter en pâture à ses lecteurs.

Malgré une après-midi passée le jeudi à Saint-Pierre, le jeune gendarme n'avait pas eu le temps de sonner au domicile de l'institutrice. Journée merdique, se disait-il. L'enquête s'enlisait et l'ambiance à l'intérieur des bureaux s'en ressentait. Il avait envoyé une lettre à Christine en début de semaine, pour l'instant restée sans réponse.

***

Gilles restait dans l'expectative, mais son ventre ne criait plus famine. Sa requête portait ses fruits, et les aliments, bien que toujours tièdes, ne faisaient plus défaut. Il avait aussi obtenu de menus accessoires pour effectuer une toilette sommaire.

Une bassine en plastique et un jerrican d'eau étaient déposés chaque matin au pied de la table. Néanmoins, il restait engoncé dans les mêmes sous-vêtements et se sentait dans un état lamentable. Une barbe de plusieurs jours rongeait maintenant son visage, l'usage du rasoir lui ayant été refusé.

L'espoir de vivre ne le quittait jamais.

— Je serais mort depuis longtemps si on l'avait souhaité.

Passablement rassuré, il s'enfonça dans les lectures insipides pour ados.

***

Christine relut sa réponse formulée à Frédéric, mais hésitait à l'envoyer. Le courrier reçu la veille dans sa boîte aux lettres la ravissait. Il expliquait dans un langage châtié qu'il se languissait, qu'il aimerait la voir plus souvent et la connaître mieux.

— Du bla-bla pour me glisser dans ton lit, minaudait-elle heureuse d'être courtisée dans ce coin de montagne anonyme à ses yeux deux semaines auparavant.

Elle regarda l'heure. Il était de temps de sortir faire un tour. Elle s'empara de la lettre. Elle passerait par la Poste avant de prendre la direction de Perquelin. Elle chargea son sac à dos.

***

Malgré la paralysie de l'enquête, l'adjudant-chef Louet était de bonne humeur. Après avoir embrassé sa femme, il se retourna dans son lit et régla son réveil pour 7 heures. Il tapota son oreiller et sourit d'un air satisfait en songeant que personne n'avait été assassiné depuis le début de la semaine. Il s'endormit du sommeil du juste.

Chapitre XII

Vendredi 26 septembre

Justine Caron se leva de bonne heure. Que désirait Marcelin ? Deux jours auparavant, il avait glissé une lettre sous sa porte lui donnant rendez-vous à 7 heures pour ce vendredi. Pragmatique, son mari avait déclaré : « Tu verras bien. Tu m'diras ce qu'il veut. »

— C'est peu banal, un rendez-vous si tôt ! avait-elle rétorqué.

Monsieur Caron avait haussé les épaules sans fournir de réponse ni se poser de question. Ils avaient relu la lettre manuscrite. La rencontre se situait à l'intersection des chemins vicinaux des Antonins et de Perquelin.

— Tu ne le louperas pas. Il n'y a quasiment personne qui passe. Surtout à cette heure. T'iras à pied, j'aurai besoin de la voiture… Ou prends un des tracteurs.

— Un tracteur ? Jamais !

Elle avait injurié son mari en prévoyant de partir tôt. Le jour venu, il était déjà à l'extérieur lorsqu'elle ferma sa porte à clé.

Le chauffeur du camion récupérant les bidons de lait des fermes de la région klaxonna en la croisant sur la place et lui fit un geste de la main. Elle l'ignora en tournant la tête à l'opposé.

Justine laissa les dernières maisons de Saint-Pierre derrière elle et s'enfonça dans le vallon. La route restait plate et surplombait de quelques mètres le ruisseau du Guiers, qui prenait sa source sous le promontoire nord-ouest du plateau de la dent de Crolles. L'humidité du petit torrent la saisit un peu plus loin et elle resserra son châle. Chaussée de brodequins pour être à l'aise, elle avançait d'un bon pas. Elle perçut bientôt la rumeur de la grande cascade du Guiers.

Son esprit s'égara une quinzaine d'années auparavant quand elle pique-niquait avec ses parents près de la source. Le fil ininterrompu de l'eau jaillissait d'une grotte pour aller s'écraser sur les rochers couverts de lichen, avant de s'enfuir en un petit torrent s'égaillant sous le sous-bois. Un peu plus haut, la grande cascade mugissait en envoyant aux alentours des myriades de gouttelettes d'eau faisant scintiller les feuilles des arbres croissants dans sa périphérie. L'interdiction formelle de s'y rendre sans un adulte ne souffrait d'aucune exception ; l'endroit ne prêtant guère aux étourderies. Justine sourit en se remémorant ses souvenirs déjà lointains.

Un combi Volkswagen orange venant de Perquelin apparut au détour d'une légère courbe. Il roulait à vitesse réduite. Le soleil restait encore caché derrière les reliefs et la silhouette au volant conduisait plein phare. Justine n'avait jamais vu cette fourgonnette. Elle poursuivit son chemin en se plaçant sur le bas-côté, versant montagneux. Le combi s'immobilisa au centre de la petite route.

— Qui c'est ? se demanda Justine prête à fondre vers la Volkswagen pour houspiller son chauffeur.

Elle se posa délibérément au milieu de la chaussée. Le moteur de la fourgonnette tournait au ralenti et l'intensité des phares s'était réduite en feux de croisement.

Justine accéléra l'allure en jurant. Le conducteur aurait pu éteindre ses lumières pour éviter de l'éblouir. L'homme ou la femme au volant allait en prendre pour son grade.

Les feux de route l'aveuglèrent cruellement quand la Volkswagen démarra à 50 mètres de distance. Surprise, la piétonne s'immobilisa. Le fourgon fonçait sur elle sans qu'elle se décide à bouger. Le véhicule la percuta violemment avant qu'elle amorce un geste. Elle resta consciente malgré ses blessures au visage, au thorax et aux membres inférieurs. Elle voulut crier au secours. Un simple râle sortit de sa bouche. La lumière des feux arrière s'éloigna de plusieurs mètres, puis les feux-stop éclairèrent un bref instant la chaussée avant que le véhicule fasse marche arrière.

Terrorisée et handicapée par la nature de ses blessures, Justine tenta de ramper pour rejoindre le bas-côté herbeux. Ses ongles ripèrent vainement l'asphalte. Le combi lui roula sur les jambes. Elle hurla sous la douleur et faillit perdre connaissance.

La fourgonnette stationnait maintenant devant elle et la silhouette derrière le pare-brise l'observait avec des yeux haineux. Le boîtier des vitesses craqua quand la première fut engagée. Le véhicule se déplaça à nouveau. Le regard flou, Justine vit le large logo circulaire de la marque fixé sur le capot du combi s'approcher doucement. Elle tenta désespérément de se traîner. Le fourgon accéléra. Elle perdit connaissance lorsque la roue avant gauche lui écrasa les côtes. Le véhicule tressauta en roulant sur son corps, puis il s'éloigna tous feux éteints en direction de Saint-Pierre-de-Chartreuse.

***

À 1850 mètres d'altitude, une harde de chamois regarda d'un œil indifférent le soleil s'élever au-dessus des rochers de Bellefont. Dans la vallée, l'ombre fuyait pour céder sa place à de chaudes couleurs. En face, l'arête de Bérard, le Grand Som et la dent de l'Ours s'éclairaient au fil de l'ascension de l'astre solaire. Le col de Bovinant attendrait un moment avant de voir couler les rayons sur ses blocs rocheux.

La route de Perquelin se démystifiait au fil de la débâcle de la pénombre. La lumière la supplantait subrepticement et l'asphalte paraissait s'éclaircir. Le lancinant tournis du gyrophare du fourgon des soldats du feu brasillait sur le bas-côté et une dizaine de témoins palabraient à quelques mètres. En attendant les gendarmes, un pompier interdisait l'accès, pendant que les deux autres s'activaient auprès de la victime.

— Elle respire faiblement, constata un secouriste en lui prenant le pouls.

— Elle est dans un sale état.

Le deux tons de l'Estafette des gendarmes mit un terme à leur discussion. Louet, Frédéric et un troisième militaire s'approchèrent.

— Accident de la route, annonça un pompier.

— Ouais, avec délit de fuite, ajouta l'adjudant-chef en constatant l'absence d'un véhicule arrêté près du corps étendu.

— Qui est-ce ?

— Justine Caron.

— Fred ! Aidez votre collègue aux mesures, ensuite occupez-vous des photos.

— Un second secouriste s'avança.

— C'est fini.

— Elle est morte ?

— Affirmatif.

Xavier s'approcha, évita la flaque de sang et s'accroupit.

— Punaise ! Un char d'assaut lui a roulé dessus. Le docteur est prévenu ?

— Oui. Le maire aussi.

— Votre bled est maudit.

— Cette fois c'est un accident, assura le pompier en ôtant son casque.

— Un délit de fuite n'est plus un accident. Louet se redressa et murmura pour lui-même : je doute d'ailleurs qu'il s'agisse d'un simple accident de la route. Un salopard s'est enfui après avoir percuté cette dame.

Il s'empara d'une puissante lampe malgré la lumière du jour et inspecta les alentours. Il repéra rapidement des traces de pneus à une cinquantaine de mètres du corps de Justine.

— Merde !

Il ordonna à ses hommes de geler les lieux et s'adressa au chef d'agrès[1].

— Personne ne roule ici avant ma prochaine décision.

— Pourquoi ?

— Parce que.

Les deux gendarmes s'avancèrent.

— C'est fait.

De la rubalise attachée aux arbres ceinturait une centaine de mètres carrés. Xavier ordonna aux pompiers de reculer l'ambulance, de façon à étendre la scène de crime.

— Jacquard, photographiez ces marques sur la chaussée.

— Des traces de frein.

— Négatif. Des traces de démarrage sur les chapeaux de roues. Il y en a deux pratiquement côte à côte.

— Qu'est-ce que ça veut dire ?

— J'ai ma petite idée, dit-il en l'entraînant à l'opposé, toujours dans l'espace interdit.

— C'est bien ce qu'il me semblait. Prenez aussi des photos de toutes les largeurs de traces de pneus. Nous devons nous assurer qu'il s'agit du même véhicule.

Frédéric obtempéra. Il posa le décamètre sur le sol, mesura, puis nota les chiffres dans son carnet de déclarations.

— Comparaisons identiques.

— Vous avez photographié les traces des deux côtés ?

1. Le pompier, chef de l'équipe d'intervention.

— Oui.

— Parfait. Je veux une planche photo nickel. L'agrandissement prouvera qu'il s'agit d'un seul véhicule.

— Les empreintes des pneus ?

— Les sculptures, jeune homme, les sculptures. Nous avons deux départs sur les chapeaux de roues pratiquement côte à côte. Le chauffard a roulé une première fois sur la mère Caron. Il a ensuite fait une marche arrière pour lui passer dessus à une seconde reprise, avant de l'écraser définitivement en s'enfuyant.

— Vous en êtes certain ? s'enquit Jacquard, admiratif.

— Quasiment. Mais il me faudra des aveux pour emmener ce salopard devant un juge.

Un cri déchirant les fit tourner la tête. Un homme vêtu d'une combinaison de travail verte et d'une paire de bottes crottées jeta son vélo à terre et s'affranchit de la rubalise.

— Justine !

— Merde ! Ça doit être le mari, fit Louet en se précipitant devant lui pour l'intercepter.

L'individu essaya de le bousculer. Les deux autres gendarmes le maintinrent avec ménagement. Ils tentèrent de le calmer, puis l'autorisèrent à approcher. Sa femme venait d'être déposée sur le brancard des pompiers en attendant le véhicule des pompes funèbres. Il l'observa longuement, lui caressa les cheveux et l'embrassa sur les lèvres avant de lui recouvrir le visage.

— Où est le chauffeur qui l'a renversée ?

L'adjudant-chef l'entraîna à l'écart pour lui soumettre le résultat de ses premières investigations. L'homme proféra un seul mot.

— Marcelin.

Interdit, Louet le dévisagea. Sans s'en préoccuper, son interlocuteur l'informa.

— On a reçu une lettre en milieu de semaine. Marcelin donnait rendez-vous à ma femme ici.

— Le motif?

— J'n'en sais trop rien.

— Où est cette lettre, l'avez-vous gardée ?

— Bien sûr.

— Parfait. Allons chez vous la récupérer, puis nous interpellerons Marcelin.

— Vous n'arrêtez pas ce salopard avant?

La DS 21 du médecin apparut et se rangea devant le vélo de monsieur Caron. Accompagné du maire, le praticien se dirigea directement vers l'ambulance, pendant que Duval franchit la barrière symbolique interdisant l'accès du lieu du crime. Il serra la main de Louet en tentant de regarder l'intérieur du fourgon des pompiers.

— Un accident?

Le commandant de brigade lui résuma les faits. L'édile fit les yeux ronds en apprenant le nom de la personne soupçonnée.

— Marcelin! Vous plaisantez! Il est con et radin, mais ne tuerait personne. Il est bien trop lâche.

— Je n'ai jamais eu affaire à lui, mais je connais sa réputation, monsieur le maire.

— Justement. Vous devriez alors déduire qu'il n'a rien d'un assassin.

— Si vous saviez, bougonna Louet en rejoignant le médecin.

— Vilain, jugea le praticien en recouvrant le corps.

— Votre avis?

— Plusieurs traumatismes dus à des chocs violents.

Il baissa la voix en remarquant le veuf à quelques pas.

— L'arcade sourcilière et le nez sont cassés. Présence d'un gros hématome sur la joue gauche, expliqua-t-il d'un ton froid et professionnel. J'ai relevé une plaie abdominale et un épanchement de sang. Le bras droit est fracturé à plusieurs endroits et les deux jambes sont broyées. Un AMX 30 n'aurait pas fait mieux. Je refuse de signer le permis d'inhumer. L'un de vos hommes aura ainsi la joie d'assister à une nouvelle autopsie.

Le maire s'approcha et Louet lui résuma les constatations du médecin.

— Encore un mort. J'en ai marre. Je vais claquer ma démission à la préfecture.

Ses mains tremblaient, il les glissa dans les poches de son pantalon.

— Cela ne changera rien, affirma Xavier en guise de consolation. Nous devons découvrir l'auteur des faits.

— L'auteur des faits ! Vous en avez de bonnes, Louet. Dites ce salopard ! Un monstre ! Quand je pense qu'il habite peut-être dans ma propre commune.

— Il ou elle.

Dubitatif, Vincent Duval le fixa avec des yeux ronds.

— Vous soupçonnez une femme ?

— Je n'incrimine personne pour l'instant, mais je n'écarte personne. L'enquête continue.

Il s'excusa et donna plusieurs ordres. Les formalités avec le personnel des pompes funèbres accomplies, Louet invita Caron à monter dans l'Estafette.

— Et mon vélo ?

— Jacquard ! Placez ce biclou derrière les sièges.

Ils quittèrent les lieux. Seule, une mare de sang séchée rappelait le drame.

***

Implantée à la sortie nord de Saint-Pierre-de-Chartreuse, la ferme de la famille Caron périclitait. Un large trou béait au toit de l'annexe d'une grange, un néon maintenu uniquement par son fil électrique pendait dans un hangar et le portail de la propriété rouillait en attendant l'éventuel va-et-vient d'un pinceau.

Frédéric fit coulisser la portière latérale de l'Estafette et invita leur passager à sortir. Caron se précipita vers la porte d'entrée et l'ouvrit. Une odeur de café bouilli emplit leurs narines. Ils suivirent le veuf dans la cuisine. La vitre salie par des mois de météo capricieuse masquait la pénétration de la lumière. La pièce restait fonctionnelle, mais d'un autre âge. Louet fut distrait par l'arrivée d'un chat qui se pelotonna contre sa jambe.

Le propriétaire des lieux fit l'aller-retour dans le salon et posa le courrier de Marcelin sur une toile cirée tachée de vin séché. Le gradé saisit l'enveloppe sans précaution. Trop de monde l'avait manipulé et les empreintes se juxtaposaient sûrement. Il vérifia le recto et le verso. Seuls, le nom et le prénom de la destinataire étaient mentionnés.

— Où est l'adresse ?

Caron répondit d'une voix douloureuse.

— L'enveloppe était glissée sous la porte.

L'adjudant-chef extrait la feuille avec deux doigts et le lut à deux reprises. Il la lui présenta ensuite en indiquant le paraphe.

— C'est l'écriture et la signature de Marcelin ?

— Je n'en sais rien. Je n'ai jamais rien conclu avec cette ordure. Cet assassin est trop grippe-sou pour qu'une personne sensée veuille faire affaire avec lui.

Autour de la table, les militaires se taisaient. Caron s'arrogea la dernière chaise, s'assit à l'opposé et ferma les yeux comme s'il souhaitait se couper du monde.

— Comment vais-je annoncer la mort de ma femme à sa mère ? dit-il en étouffant un sanglot. Elle est très vieille et qu'est-ce que je vais devenir tout seul ?

Louet se leva et lui posa une main sur l'épaule.

— La lettre sera analysée par la BR. Elle fournira peut-être de nouveaux éléments de preuves.

— Des empreintes ?

— Passez à la BT de façon à ce que nous relevions les vôtres. Il faut éviter de les confondre avec celles de l'assassin. Si traces il y a… Ce courrier sera ensuite joint au PV.

Louet glissa l'enveloppe et la feuille dans son carnet de déclarations.

— Nous allons vous laisser tranquille, nous prendrons votre déposition plus tard.

Caron se redressa.

— Et Marcelin ?

— On s'en occupe.

— Vous avez intérêt, sinon il aura affaire à moi.

— Laissez-nous travailler et évitez de vous en mêler, signifia le gradé, gentiment, mais fermement. Je vous tiendrai au courant. Encore une fois, je vous présente mes condoléances.

Les trois militaires rejoignirent l'Estafette.

***

De lourds nuages glissaient lentement au-dessus du monastère de la Grande Chartreuse. Leurs ombres s'étendaient dans les vallées, caressaient les reliefs pour mieux filer vers l'ouest, négligeant les tragédies vécues dans le monde des hommes.

Des pans de ciel bleu persistaient, mais bientôt la belle saison céderait sa place. Les feuilles perdraient leurs couleurs estivales pour se métamorphoser en teintes ocrées, puis elles s'étaleraient sur un sol jauni. Avec le gel, les ruisseaux se figeraient. Une gangue glacée escamoterait les chutes d'eau, et leur sérénade cristalline se tairait jusqu'au retour du printemps.

Au fond d'une cave, Gilles s'interrogeait. Combien de temps sa vie serait paralysée pour une cause ou un prétexte inconnu ?

***

En entrant dans la longue et large cour pavée de la propriété de Florent Marcelin, Xavier Louet et Jacquard l'aperçurent s'entretenant avec plusieurs de ses employés. Le gendarme installé à l'arrière somnolait, la tête posée sur la vitre latérale de l'Estafette.

Le maître des lieux s'interrompit en voyant le petit fourgon se garer sous un ample sapin aux branches larges comme les bras d'un géant. Il congédia ses hommes d'un geste et vint à la rencontre des trois militaires, le sourire aux lèvres.

— Messieurs les gendarmes, bonjour ! Que me vaut l'honneur de votre visite ?

L'adjudant-chef connaissait la réputation de son hôte. Décidé à lui faire passer un mauvais quart d'heure, sans formule de politesse et avec un plaisir sadique, il alla droit au but.

— Où étiez-vous aujourd'hui entre six heures et sept heures trente ?

Surpris par l'entrée en matière, Marcelin resta un instant déconcerté. Sans répondre, il les invita à pénétrer dans le vestibule. Les trois hommes observèrent le vaste hall machinalement. Jacquard repéra une longue vitrine exposant des véhicules miniatures. Louet reporta son intérêt sur sa proie.

— Alors ?

— Ici, pardi !

— Des témoins ?

— Évidemment, rétorqua le propriétaire des lieux partiellement alarmé. J'organisais le travail de la journée à mon personnel. Pourqu…

Louet lui coupa la parole.

— Il est neuf heures moins vingt. Ça m'étonnerait que vous distribuiez, comme vous le prétendez, vos ordres depuis six heures et demie du matin. Heure à laquelle madame Caron a quitté son domicile.

— Qu'est-ce qu'elle vient faire là-dedans ?

— Répondez à ma question.

— Ben, avant, j'étais ici. J'ai déjeuné et suis passé dans la salle d'eau.

— Votre épouse peut en témoigner ?

— Bien sûr. Nous étions ensemble.

Louet sentit un picotement. Si la conjointe et des employés confirmaient sa présence, l'homme justifierait aisément son innocence.

Marcelin perdait patience.

— Pourquoi ces questions ?

Le gradé ouvrit son carnet de déclarations et lui présenta le courrier de Justine.

— Reconnaissez-vous avoir rédigé cette lettre ?

L'incrédulité de Marcelin se lut rapidement sur son visage en prenant connaissance du rendez-vous et en voyant son nom au bas du courrier.

— Je n'ai jamais écrit cela ! cria-t-il en essuyant nerveusement ses lunettes avec un mouchoir à carreaux jaune et bleu. Ce n'est pas mon écriture !

Déstabilisé, Louet décida néanmoins de pousser son interrogatoire et sans vouloir se l'avouer, l'enquiquiner. Il regarda sa montre et, dissimulant son plaisir avec peine, formula.

— À partir de maintenant, Marcelin, vous êtes en garde à vue. Avec votre consentement, nous allons perquisitionner votre domicile, vos granges et dépendances.

— Une perquisition ! Vous êtes fou ! Vous avez un mandat ?

— Le mandat n'a jamais existé dans notre pays. Votre accord suffit et si vous refusez, j'obtiendrai l'autorisation du procureur de la République.

Sidéré, Marcelin l'interrogea.

— Que cherchez-vous dans mes hangars ?

— Nous souhaitons vérifier la largeur et les sculptures des pneus de l'ensemble de vos véhicules légers et fourgons.

— J'ai pas d'fourgon.

— Nous fouillerons également votre domicile afin d'y découvrir un papier à lettres semblable à celui-ci, précisa Louet en brandissant à nouveau la missive.

— Pourquoi me cassez-vous les pieds ? Je ne vous ai rien fait.

— Madame Caron est passée sous les roues d'un véhicule ce matin entre 6 h 30 et 7 h 30. Le courrier est signé de votre main.

Marcelin réalisa enfin la gravité des faits.

— Justine est blessée ?

— Elle est décédée.

— Merde, fit l'homme, abasourdi.

Il se reprit rapidement.

— Je n'y suis pour rien et je ne lui ai jamais donné rendez-vous.

L'adjudant-chef jubilait. Son sixième sens lui soufflait l'innocence de Florent, mais son commandant de compagnie serait satisfait. Un acte judiciaire important se concrétisait et une pièce serait ajoutée au dossier, même si le résultat s'avérait négatif. Le capitaine calmerait ainsi l'impatience des juges. Cerise sur le gâteau, le propriétaire terrien mettrait par la suite de l'eau dans son vin. Pour éviter de perdre du temps, Xavier décida de procéder à un autre examen sur place.

— Avez-vous du papier et un stylo ?

Sans un mot, Marcelin ouvrit le tiroir d'une commode. Louet l'obligea à s'asseoir face à la table et lui dicta le contenu de la lettre. Marcelin écrivait d'une main assurée, regardant parfois son bourreau. Le militaire se tenait par-dessus son épaule pour évaluer la calligraphie.

L'air impassible, il le contraint de la copier à trois reprises. Son hôte manifestait des gestes d'impatience en haussant involontairement la paupière droite. Tic qui amusa le sous-officier. Soucieux de n'en rien montrer, il se détourna un moment en faisant mine de chercher un dossier dans sa sacoche. Florent l'interrogea.

— C'est fini ?

Xavier lui ordonna de retourner la feuille et lui dicta à plusieurs reprises quelques mots afin d'en analyser l'écriture.

— À quoi jouez-vous ? fit Marcelin en posant brutalement son stylo.

— Je compare votre écriture.

— Je vous dis être innocent. Vous m'ennuyez à la fin !

— Je vous conseille de la mettre en sourdine.

— La mettre en sourdine ? Vous déconnez ! Vous débarquez chez moi pour m'accuser d'avoir zigouillé la mère Caron, qui, soit dit en passant, ne l'a pas volé et vous voudriez que je sois serein ? J'aimerais vous voir à ma place.

Louet le laissa s'épancher et compara son écriture à celle de la lettre.

— Elles sont différentes.

— Évidemment !

Décidant qu'il avait suffisamment perdu de temps et ennuyé son bouc émissaire, le gradé annonça.

— Je lève votre garde à vue.

— Encore heureux.

Frédéric s'approcha de son collègue et souffla.

— Marcelin ne signe rien ? Louet aurait dû lui notifier ses droits et l'inviter à parapher sa déclaration.

Bourdon répondit.

— Le patron l'a fait maronner. La procédure ne mentionnera aucune GAV concernant ce lascar.

Frédéric ébaucha une moue dédaigneuse.

— Pas très sport.

— Tu en verras d'autres au cours de ta carrière.

— Il a aussi oublié de prendre ses empreintes.

— Le matériel est à la brigade. Louet sait ce qu'il fait. Il s'occupera des traces de Marcelin s'il le juge nécessaire. Pour l'instant, stand-by pour lui.

De son côté, le commandant d'unité exultait. Marcelin s'assagirait un moment et, surtout, en lui mettant la pression, il avait obéi promptement. En agissant ainsi, Louet s'évitait la lourdeur administrative d'une garde à vue. Il joindrait l'audition et l'exemplaire rédigé par Marcelin au procès-verbal en mentionnant dans la synthèse qu'il n'était pas le meurtrier.

Il renseigna le propriétaire des lieux.

— Je garde vos pages d'écriture et un gendarme consignera votre témoignage.

Marcelin reprit du poil de la bête.

— Je suis libre ? Je ne suis plus accusé ?

— Vous n'avez jamais été accusé, simplement soupçonné. Je le concède, c'est déjà beaucoup.

Son interlocuteur se demandait s'il plaisantait. Il trancha.

— Faites vite. Recueillez mon audition et débarrassez le plancher.

***

Assis derrière leur bureau, les cinq gendarmes écoutaient leur patron. Adossé sur une chaise, il tapotait nerveusement le sol avec son pied droit en résumant le cours de la matinée. À l'issue, un militaire l'interrogea.

— L'assassin de Caron est le même que pour Romain Delcroix et Claire Blanc ?

— J'en suis persuadé.

L'adjudant-chef s'adressa sur un ton sarcastique à Jacquard.

— Ce meurtre met un terme à vos extravagantes idées de péchés capitaux.

Ses collègues sourirent sans articuler un mot. Frédéric ne s'en laissa pas compter.

— Il y a un truc bizarre.

— Vous n'allez pas recommencer ?

— Me permettez-vous de remonter chez moi dix minutes, mon adjudant-chef?

— Vous avez une fuite d'eau dans votre salle de bain ou vos chiottes sont bouchées ?

Frédéric ignora le sarcasme.

— Un détail pourrait avoir un rapport avec notre affaire.

— Ce détail est rangé chez vous ?

— C'est toi le meurtrier, plaisanta Bourdon.

— Vous, la ferme ! Ce n'est pas le moment de rigoler. Le capitaine va encore me tomber dessus. À propos, le message de compte-rendu a été transmis à la compagnie ?

Le planton opina. Louet revint au jeune gendarme.

— Votre hypothèse, Jacquard ?

— Je dois vérifier dans un livre.

— De mieux en mieux. La vérité se cache dans les pages d'un bouquin. J'aurai tout entendu avec vous. Vous lisez aussi dans les lignes de la main ou dans une boule de cristal ?

— Accordez-moi dix minutes, insista Fred calmement mais fermement.

Leurs regards se fixèrent.

— Dans dix minutes, vous êtes assis à votre place, prêt à me développer votre raisonnement abracadabrant.

Sans un mot, Jacquard se propulsa à l'extérieur de la pièce.

***

Christine fut satisfaite de voir Olivier Delcroix à sa place. Ses petits camarades prenaient soin de lui et aucune grossièreté et injure ne fusaient depuis l'heure de rentrée dans la classe.

L'amitié et leur présence s'apparentaient à une excellente thérapie pour essayer de lui faire oublier, pendant un moment, la perte de son père.

***

— J'attends ! fit Louet en buvant son café.

Huit minutes avaient suffi à Frédéric. Le sourire aux lèvres, il déclara.

— J'ai raison pour les sept péchés capitaux.

Face au silence menaçant de son supérieur, il lança :

— Némésis.

— C'est qui celui-là ? éructa Louet en prenant ses subalternes à témoin.

Ils haussèrent les épaules en guise d'incompréhension. Fred certifia.

— Il s'agit de la déesse de la colère. Elle est parfois représentée sur un chariot tiré par des griffons.

— Et alors ?

— Nous savons que Justine Caron possédait un sale caractère.

— Miss colère approuva le gendarme le plus ancien.

Fred commenta.

— Il s'agit d'une divinité de la mythologie grecque. Elle symbolise la colère et est tantôt assimilée à celle de la vengeance. J'ai expliqué tout à l'heure que des représentations la montrent debout sur un char tiré par des griffons.

— Un griffon ?

— C'est une bestiole mythique au corps de lion et une tête d'aigle.

Louet s'impatienta.

— Où voulez-vous en venir avec votre histoire à dormir debout ?

— Justine Caron aurait été écrasée par un véhicule. Dixit, les traces de roues sur la chaussée. Elle était aussi connue pour son caractère acariâtre. Comme je viens de le dire, Némésis, déesse de la colère, était parfois représentée sur un char. Or, Justine est morte sous des roues. Un char, des roues, la colère. Tout se tient.

Un lourd silence souligna l'exposé. Louet paraissait ébranlé.

— Vous poussez le bouchon un peu loin.

— Ça pourrait se recouper, réagit Bourdon. Ça démontrerait que nous avons affaire à un individu cultivé.

— La majorité des habitants de Saint-Pierre, s'il s'agit d'une personne de ce bled, n'a pas assez d'instruction pour concevoir un tel meurtre, garantit l'ancien gendarme qui n'avait jamais dépassé le niveau du certificat d'études.

— Vous exagérez ! Je ne puis vous laisser dire de telles énormités.

— Le directeur de l'école ? lança Bourdon, sans se préoccuper de l'échange précédent.

— Le curé, le maire ? proposa son voisin.

— Le curé ? répéta Louet.

— Les prêtres sont des érudits. Ils suivent les cours du petit séminaire pendant au moins six ans. C'est presque un doctorat.

— Meyrin est loin d'être à la hauteur.

— C'est un homme d'Église.

— Bien sûr, mais je le connais et il serait loin d'être un criminel aguerri, décréta Louet. Il ajouta : soit, plaçons-le sur la liste des suspects. Il nous reste le maire et Carpentier.

L'ancien prit la parole.

— Duval ! Ça m'étonnerait. À part sa bagnole, il ne s'intéresse à rien.

— Il faut un esprit ouvert pour être maire.

— Pour en tirer des bénéfices ou des avantages, compléta Bourdon.

— Je l'ajoute à la liste, déclara Louet sans rien inscrire.

— On garde le directeur de l'école ? s'enquit Frédéric.

— Carpentier et les instits, dit un gendarme resté silencieux.

Louet hocha la tête positivement.

— C'est aussi une piste. Les membres du corps enseignant se côtoient tous les jours, des affinités naissent, voire des complicités.

Frédéric se mêla aux supputations.

— La liste s'allonge. Le maire, le prêtre, Carpentier et les instituteurs. Mais il y a d'autres personnes.

— Toutes les têtes se tournèrent vers lui.

— Gilles Garin, sans oublier d'ajouter à cette liste un éventuel quidam, étranger au village.

Bourdon affirma.

— Nous avons relevé les noms des touristes et les gens séjournant dans la vallée. Nous contrôlons les alibis et, pour l'instant, ils concordent.

— Dans ce cas, vérifions celui de Garin.

— On le connaît, confirma Frédéric.

Louet s'énerva.

— Ah ouais, vous savez vraiment qui il est ? Rappelez-moi depuis quand vous êtes arrivé ? Pour votre gouverne, apprenez qu'il nous rend quelques services, point barre. Il faut admettre qu'il est le seul garagiste dans le secteur. On le sollicite à chaque accident de la route pour dégager la chaussée. Il n'est jamais perdant, puisqu'il facture ses interventions à ses clients, et personne à la brigade ne le considère comme un copain.

Bourdon s'interposa.

— Nous sommes bien contents qu'il nous répare gratuitement l'Estafette ou la 4L lorsque l'on a un accrochage sans tiers. Cela nous évite une réfection au garage du groupement et de prendre des jours d'arrêt[1].

---

1. Ces punitions sont délivrées avec sursis ou fermes. Lors de jours d'arrêt

— Vous déviez du sujet, Bourdon! proclama son chef. Il précisa : il nous rend service, mais on le connaît peu.

Ce fut au tour de l'ancien d'élever le ton.

— Je suis dans cette boutique depuis dix-sept ans. Nous n'avons jamais eu affaire à lui. Il travaillait avec son père et, à la retraite de celui-ci, il a repris le garage à son compte. Il n'y a absolument rien à critiquer.

— Voyez ses antécédents, tout de même!

Louet parlait d'un ton sec n'admettant aucune réplique. Ses hommes le connaissaient et mieux valait laisser passer l'orage.

— Prospectez dans les terrains de camping. Il n'y a plus grand monde en cette période, mais contactez les gérants.

— C'est déjà fait et ça n'a rien donné, assura l'ancien.

— Bourdon et Jacquard, prenez la 4L et filez vous occuper du curé et du maire. Passez aussi à l'école pour convoquer les instits et le directeur.

— Nous pourrions les entendre dans la foulée, proposa Fred.

— Hors de question! Évitez de les déranger pendant les heures de classe. Rassemblez-les dans le bureau de Carpentier à un moment convenable. Allez ouste, exécution!

***

Une gorge chaude avisa Pierre Carpentier à travers les grilles de l'école au moment de la récréation, du sort réservé à Justine. Les instituteurs en débattirent un instant. La collègue de Christine lança.

---

fermes, le militaire travaille normalement, mais les escapades d'ordre privé lui sont interdites, sauf cas exceptionnel (problème familial). Les vacances – permissions – peuvent être suspendues, même si une réservation a été formulée. Les sorties pour les commissions sont tolérées pour un célibataire.

— Je vais demander une mutation, je ne veux pas être la prochaine sur la liste.

— Moi aussi, riposta Christine en serrant les dents.

Carpentier leva les bras au ciel.

— Je vous en prie mesdames, restez ici ! Le rectorat ne vous laissera jamais partir avant les grandes vacances. Soyez patientes.

— Je n'ai guère envie de finir sous les roues d'une voiture ou crucifiée dans l'église.

Carpentier osa un brin d'humour.

— Vous n'allez jamais à la messe.

— Comment le savez-vous ?

— Je sais tout.

L'Alsacienne l'observa, soupçonneuse. Carpentier tourna les talons pour sonner la fin de la récréation.

***

Passager de la 4L, Fred se réjouissait. Il s'arrangerait pour voir sa dulcinée à un moment ou à un autre. Tout en appréhendant leur prochaine rencontre, son courrier resté sans réponse jugulait son attirance.

Christine regrettait-elle leurs premiers baisers ? Lui en voulait-elle pour avoir forgé des soupçons ? L'imprévision des femmes ne finirait jamais de le surprendre. Ses précédentes maîtresses ne lui avaient jamais alimenté d'état d'âme. Il s'agissait de simples rencontres charnelles. Un beau visage, des courbes à retourner les sens d'un homme normalement constitué ou une pose lascive le mettaient en ébullition. Pour la première fois de son existence, une femme l'hypnotisait. Au premier regard, il avait espéré que cette rencontre débouche sur une belle histoire. Mais il craignait qu'il ne soit pour elle qu'un simple béguin. Un type sympathique destiné à lui faire passer de bons moments. L'esprit du jeune gendarme divaguait. Les citadins s'ouvraient moins aisément vers les autres. En ville, personne ne se connaît. Dans un village, tout s'apprend rapidement. Institutrice de surcroît, elle ne pouvait s'autoriser une aventure réprouvée par la communauté. Un comportement immoral pour une maîtresse d'école.

Au-delà de son attirance, Frédéric devait raisonner froidement. Si sa méfiance se dissipait, Christine restait néanmoins une prétendante aux soupçons. Une discussion s'imposait. Les témoins de l'épicerie se feraient un malin plaisir de divulguer – si ce n'est déjà fait – l'altercation entre elle et Justine. D'aucuns colporteraient que l'Alsacienne menaçait facilement son prochain. D'autres s'emporteraient en alléguant que les crimes se commettaient depuis son arrivée. Une belle pagaille en perspective. La rumeur est une pathologie dont on se relève difficilement, affirmait l'un des instructeurs de Frédéric à l'école préparatoire de gendarmerie, à Montluçon.

Son esprit s'évada vers une jeune femme, employée au café situé en face de l'école. Une fois par semaine, lors de leur quartier libre, les élèves gendarmes s'empressaient de lui commander des bières ou des jus de fruits. Habituée à ce flot de testostérones, elle répondait laconiquement en sachant que tous ces hommes venant d'horizons différents déserteraient la capitale de l'Allier à l'issue de leur formation.

Elle flasha sur Frédéric. De tendres moments s'instaurèrent. La belle pleura quand il quitta la région. Lui, sans remord, pris ses valises pour le massif de la Chartreuse. À ce moment, il n'imagina jamais tomber amoureux d'une institutrice strasbourgeoise susceptible d'avoir commis un ou plusieurs crimes.

— On est arrivé, fit le chauffeur en serrant le frein à main.

Le ciel palissait et l'ombre habituelle du clocher de l'église ne se reflétait plus sur l'asphalte. Les deux militaires frappèrent à la porte de la sacristie. Une voix les invita à entrer. Le père Joseph reposa un ciboire et un chiffon.

— La maréchaussée ! Vous tombez bien, je nettoie les objets de culte et j'avais besoin d'un coup de main. Constatant leur air morose, il précisa : je plaisante.

— Désolés de vous déranger, monsieur le curé. Nous sommes en service commandé.

— Je m'en doute. Avec tous ces drames, j'imagine qu'il ne s'agit pas d'une visite de courtoisie. Puis-je vous aider ?

Il poussa un banc contre un mur et les invita à s'asseoir à ses côtés. Leur position arrangea les enquêteurs. Éviter de croiser son regard pour cette mission peu orthodoxe les accommodait. Bourdon s'entretint de sujets divers pendant un instant sous l'œil amusé du curé.

— Inutile de vous donner tant de mal, mon fils et allez droit au but. Je n'ai plus l'âge de me formaliser.

Frédéric profita du moment de soulagement de son collègue pour l'interroger.

— Où étiez-vous dans la nuit de la mort de Claire Blanc ?

Un peu estomaqué, l'ecclésiastique marqua un temps de silence avant de répondre en souriant.

— Dans mon lit. Attention jeune homme ! Prenez garde à votre prochaine question. Devant l'air déconcerté de Fred, il reprit un ton enjoué : évitez de me demander avec qui j'ai passé la nuit.

Les militaires parurent gênés.

— Désolé, c'est l'interrogatoire d'usage.

— Allez-y, vous faites votre travail. Comment pourrais-je vous en vouloir ?

Le regard de Bourdon sembla le remercier.

— Où vous trouviez-vous ce matin entre 6 h 30 et 7 h 30 ?

— À votre avis ?

Frédéric ébaucha une moue dubitative et le visage de son collègue resta imperturbable.

— Je me recueillais au monastère de la Grande Chartreuse. J'assistais au Prime et à l'Oraison.

Un silence interrogatif accueillit sa réponse. Il s'expliqua.

— Le Prime est la prière matinale, à six heures. Puis à 6 h 45, la messe conventuelle. Comme souvent, je me suis rendu au monastère pour me joindre à la méditation des moines.

— Vous êtes autorisé à entrer ?

— Bien sûr. Les prêtres peuvent venir faire acte de contrition.

— Il y a des témoins ?

— Allez-y et demandez à Dom Igor.

— Dom Igor ? fit Frédéric.

— En employant votre jargon militaire, je le comparerai à votre commandant de brigade.

— C'est le chef?

— Bien plus qu'un chef. Évitons de rentrer dans les détails, vous éprouveriez des difficultés à comprendre l'ordre cartusien.

— Comment y allez-vous ?

— Avec ma voiture, pardi !

— Vous avez une auto ! s'exclama Bourdon.

— Pourquoi n'en aurais-je pas ? Pratiquer mon sacerdoce sans véhicule serait impossible.

— La marque ?

— Comme la vôtre.

Le gendarme parut surpris.

— Vous connaissez le modèle de la mienne ?

— Bien sûr, avoua le religieux amusé par la confusion.

— Mais comment le savez-vous ? Je viens rarement à Saint-Pierre avec.

— Vous étiez au volant tout à l'heure, il me semble ?

Bourdon compris.

— Ah ! Le véhicule de service. La 4L. Vous avez la même ?

— La mienne est blanche. La vôtre est bleue.

Frédéric écoutait l'échange verbal en silence. Son collègue conclut.

— Merci pour vos réponses, mon père. Où est-elle garée ?

— Devant l'église.

— Si vous le permettez, nous allons vérifier s'il n'y a aucune trace de choc et mesurerons la largeur de vos pneus. Nous en profiterons pour les photographier.

— Je vous en prie.

— Ensuite nous irons voir monsieur le maire.

Le prêtre se leva en même temps que les deux hommes.

— Lui aussi est incriminé ?

— Nous ne soupçonnons personne. Nous faisons notre travail. Tenter de recouper nos renseignements pour approcher la vérité.

— La vérité, mon fils, est celle de Dieu.

— Sauf votre respect mon père, sur notre bonne vieille planète, c'est celle des hommes. Comme la justice d'ailleurs.

Un sourire se dessina sur le visage de l'ecclésiastique.

— Parfois j'en doute. Mon ministère me suffit et je m'interdis de m'occuper de la vie privée de mes ouailles. Quoique je sache un nombre incalculable de défauts ou de fautes sur elles.

— La confession.

— Elle n'entre jamais en ligne de compte. Il s'agit d'un acte solennel entre le repentant et moi. Je représente un peu le bras bienveillant de notre Seigneur… De grâce, messieurs, trouvez rapidement l'assassin. En ce moment, j'enterre plus vite que je marie et baptise. Croyez-moi, malgré ma foi, cela devient humainement pénible.

Bourdon se tapota le front en s'exclamant.

— Ah, j'allais oublier ! Pourriez-vous m'indiquer votre emploi du temps des fins de soirée aux débuts de matinée des deux autres meurtres ?

Sans réfléchir, Meyrin répondit facilement.

— Je vais vous décevoir. J'étais ici, mais personne ne pourra l'affirmer. J'étais évidemment seul, les nuits. Quant aux jours, je me trouvais au presbytère ou à la sacristie. Personne n'est capable d'accoter mon alibi. Je suis désolé.

— Votre femme de ménage ?

— Elle arrive un peu plus tard. À l'exception du jour où je devais célébrer les funérailles de Romain Delcroix. Cette fois, la pauvre Madeleine est venue plus tôt. Il était moins une que ce soit moi qui découvre Claire.

Il se signa. Les militaires se préparèrent à se retirer quand il en retint un par la manche.

— J'ignore si cela peut vous aider, mais aux funérailles de Romain, Justine et Alice Duprès se sont chamaillées à la sortie de l'église.

— La femme du magasin de sport ?

— Oui.

— Que s'est-il passé ?

— Nous nous apprêtions à nous rendre au cimetière quand j'ai entendu des cris. J'ignore le sujet de leur dispute. Alice a hurlé.

— Vous avez entendu ?

— Elle a beuglé à Justine qu'elle ne l'emporterait pas au paradis.

— Vous possédez une excellente mémoire, apprécia Bourdon tout de même soupçonneux.

— Même à l'extérieur, l'assemblée était recueillie. Tout le monde a capté leurs éclats de voix. Alice parlait très fort.

— Puis ?

— Justine a quitté la procession en chantonnant.

— Connaissez-vous la cause de leur grief ?

— Je voulais le demander à l'issue de l'adieu au cimetière, mais j'ai été accaparé et ensuite j'ai oublié. Depuis… dit-il en levant une main d'un geste fataliste.

— Autre chose ?

Le religieux répondit par la négative. Les gendarmes hochèrent la tête, le remercièrent, le saluèrent militairement, puis se dirigèrent vers le parvis. Le curé les héla de son pas de porte.

— Duval est à son hôtel à cette heure. Vous l'entendrez ronchonner. Depuis son accident, il ne cesse de se plaindre de marcher. Il cherche une voiture d'occasion. Si vous connaissez un vendeur, dites-le-lui. Il sera de meilleurs poils !

Un dernier geste de la main et les gendarmes s'éloignèrent. Passé l'angle du mur, Fred interrogea son collègue.

— Tu crois le curé coupable ?

— Nous vérifierons. Il nous faudra questionner madame Duprès.

— Tu la connais ?

— L'ancien m'a parlé d'elle. Il l'a déjà surpris dans une voiture avec un inconnu. Selon lui, elle a le feu aux fesses. Nous devrons apprendre le motif de leur altercation. Une suspecte supplémentaire.

— De là à tuer Claire Blanc et compagnie, il y a un monde.

— La 4L du curé, fit Fred en la voyant parquée à l'ombre d'un arbre.

Les deux hommes effectuèrent les constatations d'usage sans déceler d'anormalité.

— Allons chez le maire.

Leur véhicule démarra au quart de tour et, deux minutes plus tard, ses occupants pénétrèrent dans le hall d'accueil. Madame Duval leur souhaita la bienvenue, leur offrit une bière qu'ils acceptèrent et héla son mari. La porte battante de la cuisine s'ouvrit, laissant voir Duval vêtu d'un short et d'un Marcel.

— Oh, monsieur le maire ! Prêt pour votre gymnastique ?

Il haussa les épaules en s'emparant d'une éponge, d'un chiffon à la couleur indéfinissable et d'un vieux broc d'eau posé sur le bar.

— Je vais nettoyer la cave pour calmer mes nerfs.

— Nous aurions plusieurs questions à vous poser.

— Suivez-moi. Nous serons plus tranquilles en bas. Venez !

Ils traversèrent un cellier rempli de cageots en bois, avant d'aboutir devant une porte en acier fermée à l'aide d'un cadenas. Il s'effaça pour les laisser entrer.

— Allez-y.

Les militaires s'introduisirent dans la cave voûtée. Le sol en terre battue amortissait leurs pas. De chaque côté, des bouteilles de vin de toutes les régions françaises reposaient dans des casiers. Une étiquette mentionnant la dénomination du cépage et son millésime facilitaient la recherche du bon cru. Sans les regarder, Vincent Duval incita ses invités à suivre un couloir s'ouvrant sur une petite pièce. Deux cents autres bouteilles environ sommeillaient sur un lit de paille ; à l'écart, trois magnums et un jéroboam contenant du champagne attendaient certainement des clients prêts à en payer le prix.

— Encore du pinard, nota Frédéric laconiquement.

Duval l'observa d'un air vexé.

— Du pinard ? Lisez cette étiquette.

Fred en prit connaissance à haute voix.

— Château Margaux 1966, premier grand cru classé.

— Celle-ci.

— Château Latour 1958.

— Alors ? fit l'hôtelier, fier de ses bouteilles.

— Oui, m'sieur le maire. Du vin.

Duval l'observa d'un œil incrédule avant de lui coller une bouteille d'Armand Rousseau dans les mains. Le gendarme la retourna dans tous les sens. Horrifié, Duval la lui arracha.

— Doucement !

Les dents serrées pour éviter de rire, Bourdon intervint.

— Je crois que nous avons affaire à un béotien.

Il s'approcha d'une bouteille et la prit précautionneusement.

— Un Cheval Blanc 1966. Ce Saint-Émilion est encore jeune. Pourquoi l'avoir placé avec les bons crus ?

— Il promet.

— Vous en êtes certain ?

— Pratiquement. J'en ai acheté une dizaine et les proposerait aux clients dans cinq ou six ans.

Indifférent à la cave hors de prix, Frédéric s'approcha des deux hommes.

— Pardonnez-moi, monsieur le maire, mais où étiez-vous ce matin entre 6 heures et 7 heures 30 ?

L'édile parut étonné et s'adressa à son collègue.

— De quoi il parle ?

Indécis, Bourdon n'osa répondre. Devant son silence, Duval comprit. Il se plaça face à Jacquard.

— Vous auriez le culot de me coller le meurtre de Justine sur le dos ? Je vais de ce pas téléphoner à Louet. Vous savez qui je suis ! Sortez d'ici !

Les militaires remontèrent quatre à quatre, mais s'immobilisèrent devant l'accueil.

— Pourriez-vous répondre à mon collègue ? s'enquit Bourdon.

— Vous vous foutez de moi ? Je suis le maire. Ça n'en restera pas là ! Je vais téléphoner à votre commandant de compagnie !

Habitué à ce genre d'animosités, Bourdon, laissa passer l'orage. Puis il proclama sur un ton n'amenant aucune réplique.

— Contactez les personnes de votre choix, monsieur Duval.

Les deux militaires remarquèrent que le maire n'apprécia guère être appelé par son nom. Bourdon poursuivi.

— Ça ne changera rien. Votre commune est sujette à plusieurs crimes et nous avons carte blanche pour interroger tout le monde. Vous compris.

— Carte blanche ! On se croirait dans un film !

— J'ai mal formulé ma phrase, admit le militaire qui ne souhaitait guère envenimer un entretien lui échappant. Il précisa : carte blanche dans les limites du code de procédure pénale.

Avec une naïveté de débutant, Frédéric s'enquit.

— Auriez-vous quelque chose à vous reprocher ?

Le visage de Duval s'empourpra.

— Je rêve ! Je vais me réveiller.

— Monsieur le maire. Ce serait si simple si vous consentiez à tout nous dire. Votre emploi du temps enregistré, nous vous laisserons tranquille.

— Me foutre la paix ! Vous admettez donc m'emmerder ?

Bourdon soupira de lassitude.

— Plus vite vous vous expliquerez et plus vite nous…

L'édile trancha net.

— Ça va, j'ai compris. Je vais parler. Mais croyez-moi, je m'occuperai de vos matricules.

— Je vous écoute, fit Bourdon en mettant les mains dans ses poches en signe de désinvolture.

— Non. Posez vos questions, je réponds. Point barre.

— Où vous trouviez-vous avant 7 heures le 17 septembre, jour de l'assassinat de Romain Delcroix ?

— Parce que vous croyez que je me souviens quel jour nous étions le 17 septembre ?

— Mercredi.

— J'étais en cuisine à préparer les petits déjeuners. Demandez à mon cuistot. Ma femme faisait les comptes dans le bureau. Deux témoins suffiront. Ensuite ?

— La nuit où Claire Blanc a été attachée à l'église. Je précise : celle du dimanche 21 au lundi 22.

— Dans mon lit avec ma femme.

Duval fulminait. Il aurait volontiers jeté les gendarmes dehors, mais Louet serait capable de le placer en garde à vue.

Se plaindre au préfet ne changerait rien, celui-ci aspirant à l'incarcération de l'assassin.

— Je terminerai avec Justine Caron. Ce matin, entre 6 h 30 et 7 h 30.

— Comme toujours à cette heure. Les petits-déj.

— À part votre Peugeot, possédez-vous un autre véhicule ?

— Vous frisez la connerie. Vous savez pertinemment que je n'en ai pas d'autres et elle est cassée. Vous avez terminé ?

— Pour le moment, répondit Frédéric.

— Vous êtes le nouveau ? Vous ne ferez pas long feu ici, je vous le promets.

Sans se départir de son calme, Bourdon vint à sa rescousse avec une pointe d'humour.

— Il n'a rien fait de répréhensible, à part confondre vos vins somptueux avec d'affreuses piquettes.

L'élu fit mine de se détendre, mais lança une ultime pique.

— S'il connaît son travail comme le bon vin, le meurtrier a encore de beaux jours devant lui.

— Merci pour votre accueil, monsieur le maire, conclut Bourdon.

— Je ne vous raccompagne pas.

— On connaît le chemin ! rétorqua Frédéric en fermant la porte derrière lui.

Son collègue se demanda s'il devait l'admonester ou rester impassible.

— Tu l'auras tarabusté jusqu'au bout.

Jacquard répondit.

— Le fait d'être maire ne lui arroge pas tous les droits.

— Tu verras pire. Les élus des petites communes sont pires que ceux des villes. Ils nous prennent pour des chiens sous couvert de leur mandat. Tu t'en rendras compte au fil des mutations. Nos gradés et officiers nous défendent rarement, bien au contraire. À raison égale, ils opteront pour le maire ou autre notable. Rentre-toi bien cela dans la tête. C'est la même ritournelle depuis le premier jour où je suis entré dans l'institution. Tu n'auras jamais gain de cause. Certains sont sympas, mais ils sont rares.

Frédéric ne l'écoutait plus. Il voyait au loin l'école et songeait à Christine.

— Si nous allions convoquer le directeur et les instits ?

— Bonne idée.

— À ton avis, le maire pourrait être notre homme ?

— Je n'en sais fichtrement rien, mais j'en doute. Je préparerai son audition par rapport à ses dires et je demanderai à Louet de la lui faire signer au bureau. Ça passera mieux avec lui.

— Pourquoi ne pas l'avoir entendu tout de suite ?

— Pour deux raisons. Retranscrire ses propos aurait été fastidieux, car il parle trop vite. Il aurait refusé de signer sous le coup de la colère.

— Et encore ?

— J'écris comme un chien. J'ai moi-même du mal à me relire. Il m'aurait envoyé sur les roses en prétendant qu'il ne comprend rien à mon charabia. Je vais donc m'asseoir devant ma machine à écrire, puis filer l'audition au patron.

— C'est une pratique fréquente ?

— De temps à autre. Ça changera certainement à l'avenir[1].

Ils arrivèrent devant l'école à l'instant où la cloche de l'église sonnait midi. Les enfants s'égayèrent dans la rue sous le regard bienveillant des mamans. Carpentier s'approcha en repérant les gendarmes. Ils lui signifièrent leurs desiderata.

— Débarrassons-nous de cette corvée maintenant, décréta le directeur en faisant un signe de la main à ses collègues. Allons dans une classe, mon bureau est trop petit.

Bourdon maugréa doucement en songeant qu'il ne comptait plus ses repas amputés. Les enseignants rouspétèrent sans oser

1. Vrai.

refuser. Carpentier les précéda avant de s'effacer pour les laisser s'installer dans la classe de Christine.

Depuis la rentrée, la jeune femme l'avait sensiblement décorée à sa façon. Un poster du château du Haut-Koenigsbourg s'affichait près de la porte d'entrée, la peluche d'une cigogne pendait au-dessus du tableau, un bouquet de dahlias trônait sur son bureau et trois dessins offerts par ses élèves commençaient à remplacer ceux de l'année précédente.

Le directeur s'assit d'autorité à la place de l'institutrice et invita les membres du groupe à s'installer sur les sièges des écoliers. Habitués à obéir, ses collègues obtempérèrent. Les gendarmes restèrent près de l'entrée. Bourdon prit l'initiative.

— Nous allons fixer les règles, monsieur Carpentier. Tout le monde attend ici. Nous allons squatter votre bureau. Chacun passera à tour de rôle. Mon camarade s'assurera que vous ne vous rencontrez pas à l'issue de votre interrogatoire. Nous voulons des réponses spontanées. Fred, tu resteras dans le couloir.

Jacquard afficha son accord d'un signe de tête. En gendarmerie, à grade identique, le plus ancien est le patron, sauf si le collègue est OPJ. Cette fois, Bourdon tenait son carnet de déclarations à la main. Il s'adressa au directeur.

— Allons dans votre bureau.

Il posa exactement à l'ensemble du personnel les mêmes questions qu'au prêtre et au maire. Tous répondirent sans chercher à se dérober. Les véhicules furent ensuite inspectés, les pneus mesurés et photographiés.

— Une heure et quart ! s'exclama un instituteur.

— J'ai l'estomac dans les talons, ajouta un second.

Frédéric s'approcha de Christine et lui murmura.

— As-tu reçu mon courrier ?

Le groupe s'éparpillait. Elle avoua en rougissant.

— Oui, je t'ai répondu hier.

— Elle doit être dans ma boîte aux lettres ou je la recevrai demain au plus tard. Je brûle d'envie de la lire.

Bourdon s'impatienta.

— Tu viens ?

— Deux minutes !

— Maintenant ! J'ai deux mots à te dire.

Frédéric s'excusa et invita sa belle à l'attendre près de la fontaine. Son collègue la regarda s'éloigner et dit.

— Tu la connais bien ?

— C'est la nouvelle instit.

— Je sais. J'en ai appris une bonne en prenant l'audition de Carpentier.

Le jeune gendarme redoutait la suite. Dans quelle péripétie la belle enseignante s'était-elle fourvoyée ?

— Elle arrive parfois à l'école le matin juste à l'heure. Pourtant elle habite au-dessus de sa classe.

— Il n'y a rien à dire si elle est à l'heure.

— Petit détail. Elle arrive de l'extérieur de l'école… D'où vient-elle ?

Frédéric se posa la question. Son amie lui cachait-elle certains pans de sa nouvelle vie ? Qui était-elle vraiment ?

— Laissons-la tranquille pour l'instant, nous en référerons à Louet. À lui de décider s'il souhaite l'entendre et, au besoin, la placer en GAV.

Son collègue frissonna. Si l'adjudant-chef ordonnait de la ramener, Christine lui en voudrait certainement. Leur idylle n'aurait été qu'une chimère. Bourdon l'observa.

— Tu en fais, une tête !

Frédéric biaisa.

— J'ai faim.

— Tu as raison. Pour l'instant, on retourne à la BT et cette après-midi nous reviendrons nous occuper d'Alice Duprès.

***

Marcelin hésitait. Envoyer à la veuve une photo de Romain Delcroix sur son brancard ou lui offrir une dernière chance. Lui proposer aimablement de racheter sa propriété à vil prix, bien entendu.

— Cette garce me fait perdre du temps.

Il s'empara des deux épreuves prises à la morgue. À l'exception de sa couleur blanchâtre, la dépouille semblait dormir. Les yeux mi-clos, la tête légèrement de côté, elle présentait une sérénité perdue depuis des années. Marcelin dit à haute voix.

— Je retourne te voir pour la dernière fois, madame Delcroix. Dernière chance. Sinon, j'envoie une photo et crois-moi, tu auras la même teinte que celle de ton mari. Et cette fois, tu vendras… Tu vendras à mon prix.

Il éclata de rire en glissant le cliché dans le tiroir de son bureau.

***

Gilles creusait avec l'énergie du désespoir. Deux heures plus tôt, en se baissant par hasard après avoir fait tomber sa cuillère au cours du petit déjeuner, il avait repéré un clou rouillé abandonné sous son lit picot.

Il ne disposait ni de couteau ou autre objet tranchant et mangeait les aliments solides préalablement coupés, avec une fourchette en plastique, enlevée avec l'assiette et le plat. Il ne tenait jamais un matériau suffisamment résistant pour désagréger le pourtour du point d'attache afin de le desceller.

Il avait sautillé de joie en s'emparant de la pointe. Le clou à tête large, d'une longueur de trois centimètres lui permettait de le tenir relativement aisément. Il raclait avec persévérance. Un rictus de contentement éclairait son visage en voyant d'insignifiantes particules de ciment s'effriter. La lenteur de sa corvée traînerait en longueur, mais il s'agissait de sa seule chance.

— J'ai le temps et je n'ai rien à perdre se disait-il, les sens en éveil de crainte de voir la porte s'ouvrir.

La pointe restait l'unique opportunité. Celle de sortir de ce réduit exsudant le moisi. Regarder le soleil se lever, s'enfuir, découvrir son fils, puis embrasser sa femme avant de dénoncer l'abjecte personne connue de tous.

Il tenait précautionneusement le clou, de crainte de le faire tomber et le voir rouler sur le sol à un endroit où sa chaîne lui interdirait de le ramasser. Dans ce cas, il se morfondrait en regrettant sa maladresse, tout en refusant de s'abandonner au désespoir.

La pointe grattait la surface en un crissement ténu que, seul, il percevait. Un infime sillon se profilait. Un geste inlassablement recommencé. Affligeant cheminement vers la voie de la liberté. La sueur coulait sur son front, les muscles de la main droite tétanisés par la répétition du mouvement et les sens continuellement en éveil pour éviter d'être surpris cristallisaient un espoir naissant. Il devait également penser à disperser toutes les particules et cacher le clou en entendant les pas derrière la porte. Pris en flagrant délit, son ultime chance s'évaporerait et, avec elle, le plaisir de serrer dans ses bras ceux qu'il aimait.

Gilles s'acharnait. Les gonds grinçaient rarement au cours de la journée. Le temps jouait en sa faveur. En profiter un maximum, ne jamais relâcher l'effort malgré les crampes naissantes. Le prix à payer pour s'enfuir.

— Je devrais aussi réussir à ouvrir la porte.

Habile de ses mains, il parviendrait à s'affranchir de l'obstacle. Encore fallait-il éviter d'être pris sur le vif.

***

Frédéric se morfondait. Malgré l'interrogatoire du personnel enseignant, il n'avait pu s'entretenir avec Christine. Leurs regards s'étaient accrochés dans la salle de classe, quelques banales phrases avaient été échangées. La réponse à sa lettre lui apporterait-elle un peu de baume au cœur ? Il attendait sa prochaine journée de repos en espérant la passer en sa compagnie. La jeune femme lui accorderait-elle une chance de se laisser apprivoiser ? Ils s'étaient embrassés, mais les sautes d'humeur de l'Alsacienne le déconcertaient. Son caractère parfois ombrageux ne dissimulait-il pas une faille psychologique ?

Carpentier assurait la voir débouler dans la cour de récréation juste avant la reprise des cours. Pourquoi s'aventurait-elle à l'extérieur tôt les matins et d'où venait-elle ? Les meurtres étaient commis de bonne heure. Elle devrait s'expliquer. Fournir des réponses cohérentes. Louet aimerait en savoir plus. La convoquer à la brigade n'était qu'une question d'heure. À l'extérieur de ses murs habituels, Christine serait déstabilisée. Résisterait-elle à un interrogatoire approfondi ?

Comment réagirait-elle, assise devant le bureau de l'adjudant-chef ? Installé derrière sa machine à écrire, une cigarette au bec, il lui soufflerait, mine de rien, la fumée au visage. Incommodée, elle n'oserait se plaindre, à moins de perdre le contrôle d'elle-même. Alors, sa vraie personnalité transparaîtrait. Avouerait-elle sous le coup de la colère ou s'enfermerait-elle dans sa coquille ? Frédéric ignorait son futur comportement, mais Xavier Louet ne lâcherait jamais sa proie. Des réponses versatiles la mèneraient à une mesure de garde à vue. Dans ce cas, Frédéric espérait être loin des bureaux. Si la jeune femme ne concédait rien, l'enquêteur demanderait à l'autorité judiciaire les vingt-quatre heures supplémentaires et légales de la prolongation de sa garde à vue. À l'issue, sortirait-elle libre ou une paire de menottes autour des poignets, encadrée par deux collègues, pour être présentée à un juge d'instruction ?

Il subsistait un espoir. Une altercation s'était déroulée entre Justine Caron et une certaine Alice Duprès le jeudi 25, jour de l'enterrement de Claire Blanc. Le jeune gendarme savait, par l'entremise de Bourdon, que son mari gérait un petit magasin d'articles de sport à Saint-Pierre. La fiche 24[1] d'Alice n'indiquait aucune mention particulière.

Étaient écrits les renseignements habituels : la filiation de son époux, la date de leur mariage et, au verso, l'annotation d'une contravention au Code de la route. Cette femme s'ajoutait maintenant à la liste des personnes à entendre.

***

Hélène Delcroix savait que Marcelin la harcèlerait à nouveau. Il n'abandonnait jamais et accentuait doucement la pression pour avoir gain de cause. La femme du fromager s'interrogeait. Serait-elle capable de gérer seule l'exploitation ? Ses trois employés travaillaient à mi-temps, les bénéfices tirés du domaine lui interdisant d'embaucher à temps complet. Le

---

1. La fiche 24 concernait les renseignements individuels d'une personne née en France, en dehors de la circonscription où elle réside. Le gendarme complétait la fiche dès l'arrivée dans la commune. Puis, l'envoyait au lieu de naissance. Les nouvelles informations apportées (nom de l'époux, infractions commises, etc.), étaient renvoyés à la BT demanderesse. Elle était de couleur marron-orangé. Il existait trois types de fiches : 15 : personne née dans la circonscription, y vivant ou non. Les renseignements étaient collationnés à l'état civil de la mairie du lieu de naissance. Couleur jaune. La fiche 25 concernait les ressortissants étrangers résidant ou non dans la circonscription ou rédigée lors d'un simple contrôle ou infraction. Une partie de la carte restait à la BT initiale et un talon était expédié au FAR (Fichier alphabétique de renseignements) et au FNPE (Fichier des personnes nées à l'étranger). Cette fiche était verte. La CNIL(Commission nationale informatique et liberté) a interdit ces pratiques. La majorité de la population ignorait l'existence de ce fichier qui, à l'époque, était légale.

couple Delcroix vivait décemment sur le salaire qu'il se versait, mais les lourdes charges excluaient les engagements à l'année. Marcelin connaissait les difficultés des petites et moyennes entreprises et il comptait dessus pour faire ployer la veuve.

Madame Delcroix gambergeait. Elle le voyait arriver un après-midi pluvieux où elle serait seule chez elle. Le temps maussade n'incitant guère les gens à mettre le nez dehors, personne ne le verrait traverser le village au volant de l'une de ses voitures pour venir l'importuner.

Debout devant la table du salon, il garderait un masque impénétrable en exposant ses exigences. Avec arrogance, il jetterait sur la table une enveloppe contenant la feuille indiquant le prix proposé. Les bras croisés, il attendrait en silence sa réponse, le regard vrillé sur son visage fatigué. Cet escroc thésauriseur refuserait d'acheter la propriété à une valeur honnête. Pour lui, tous les coups étaient permis, à l'exception d'une attaque physique. *Trop lâche,* chuchotaient ses malheureuses victimes.

La vie se transformerait en un véritable cauchemar si Hélène rejetait sa proposition. Il dissuaderait les maires de lui interdire les places de marché et, sans la vente de ses fromages, le chiffre d'affaires déclinerait. Pire, sous un prétexte fallacieux, la coopérative n'accepterait plus son lait.

La veuve plierait sous les contraintes psychologiques. Le temps ferait son œuvre et un semestre suffirait à saper un moral défaillant. Sans son mari, les banques ne valideraient plus ses découverts. Ses employés la quitteraient sans état d'âme pour aller se faire embaucher ailleurs. La débâcle se poursuivrait sans qu'elle ne puisse agir efficacement.

Son fils, trop jeune pour l'épauler, ne verrait rien. À son âge, la détresse d'une mère reste abstraite. Jouer, retrouver ses copains l'aidait à surmonter la douleur d'avoir perdu son père. Hélène ne se permettrait jamais de l'angoisser avec son infortune.

— Si tu veux ma propriété, salopard de Marcelin, il faudra que tu y mettes le prix. Le vrai ! Sinon, je trouverai un autre acquéreur.

Peu convaincue, Hélène Delcroix se versa un bol de chicorée.

***

Les gendarmes de la brigade de recherches ne relevèrent aucune empreinte ni sur l'enveloppe ni sur la lettre récupérée auprès de la famille Caron. Le major de l'unité renseigna Louet.

— L'auteur portait des gants.

— Il est malin.

— Nous devons attendre le retour des agrandissements des photos pour comparer les sculptures des pneus.

— Une quinzaine de jours environ.

Le major approuva d'un signe de tête. Louet posa la lettre sur le bureau et dit, pensivement :

— Un de mes gendarmes prétend que les meurtres se basent sur les sept péchés capitaux.

Devant la moue dubitative de son collègue, l'adjudant-chef développa la théorie de Frédéric. Un profond silence accueillit l'hypothèse. Il fut rompu par le gradé de la BR.

— Il regarde trop de films à la télévision.

— C'est un jeune, il sort de l'école.

— Il se calmera tout seul. Laisse-le jouer, tu n'as rien à perdre de toute manière. Tant qu'il n'interfère pas dans l'enquête, il apprend son boulot et, peut-être, avec un soupçon de chance, découvrira-t-il un indice.

Ce fut au tour de Louet d'ébaucher une mine circonspecte.

— Il me fait perdre mon temps.

— À son âge, nous aurions sans doute développé une idée originale.

— C'est la première fois que je suis confronté à une telle énigme.

— Et moi donc ! fit le major. À deux mois de la retraite, j'ai d'autres chats à fouetter.

— À la tienne ! fit Xavier en sortant deux canettes de bière d'un placard.

***

La main assassine posa sa missive à côté d'une pile de journaux et d'un pot de colle. Les lettres découpées dans différents hebdomadaires achetés dans les kiosques grenoblois, puis collés sur des feuilles blanches, interdisaient toute identification. Les mains toujours protégées par des gants de chirurgien annihilaient une éventuelle reconnaissance. Louet et ses collègues souffriraient encore d'un temps de retard. Disposer d'un coup d'avance restait l'unique parade pour conserver l'avantage sur ses adversaires.

Était-ce une idée judicieuse d'envoyer un avertissement à sa prochaine victime ? Elle apprendrait l'imminence de sa mort sans savoir d'où elle jaillirait. Un jeu du loup et de la chèvre dont la proie sortirait vaincue. Son premier réflexe serait d'appeler les gendarmes dès la réception du courrier.

— Bien malin qui remontera jusqu'à la source. Ce sera trop tard. Tu payeras comme les autres !

À l'extérieur, une volée de corbeaux grailla en passant au-dessus de l'école.

***

Alice Duprès traversa la chaussée pour changer de trottoir en avisant Denis Morel. Il portait un short délavé et un tee-shirt trop grand. Ses éternelles sandales aux pieds, il marchait les mains dans les poches. Malgré son artifice, la femme du commerçant ne put l'éviter. Un bref rictus d'aversion la parcourut en voyant cet homme aux longues jambes ne prenant aucun soin de lui. Son air juvénile dépareillait avec sa calvitie précoce. Il s'en aperçut et, sans ambages, lui demanda.

— Je vous dégoûte à ce point ?

Elle tenta de rattraper sa bévue, mais resta coite.

— J'ai remarqué la tête que vous faisiez.

— Tu te trompes, Denis.

Ils se connaissaient depuis toujours, mais Morel ne la tutoyait plus depuis longtemps. Cette femme tenant un commerce la fascinait. Il l'avait vue sortir d'une voiture quatre ans auparavant et embrasser goulûment son chauffeur. Gardant ce secret pour lui, il comptait un jour l'utiliser.

Il doutait des promesses du maire et du père Joseph sur leur capacité à parler en sa faveur au gérant des remontées mécaniques des Essarts. Travailler dans un magasin d'articles de sport s'avérerait une excellente alternative pour s'élever dans l'échelle sociale. Vendre du matériel d'activités physiques procurait des satisfactions impossibles à obtenir dans sa profession actuelle.

— N'en parlons plus. Je vous cherchais, Alice.

— Moi ? dit-elle en songeant à cette singulière et vaine tentative de séduction.

Qu'espérait ce type à l'allure malingre, si pitoyable et dépourvu de charisme ? Elle avait été surprise par la vitalité de certains de ses amants, mais, à vue d'œil, celle de Denis ne méritait à l'évidence pas un sou. Elle l'imagina nu. Il remarqua son sourire.

— Un souvenir de notre jeunesse ?

— Rien de transcendant. Nous n'avons jamais fréquenté les mêmes classes, je suis un peu plus vieille que toi.

— Quatre ans.

— Nos traits d'intérêts sont différents. Nous n'avons jamais rien partagé ni joué ensemble.

Elle ne souriait plus et pensait à son adolescence insouciante. Les garçons de Saint-Pierre avaient commencé par lui conter fleurette, avant de lui offrir ses premiers émois. Un peu plus tard, elle avait adoré se faire bousculer dans une grange sur un vieux plaid ou une meule de paille inconfortable et piquante. Dès le permis de conduire obtenu, les plus malins lui volaient un rendez-vous pour le bal du samedi soir. Sous un chapiteau enfumé, au bruit de la musique et des chansons de Claude François, France Gall, Serge Gainsbourg ou Les Beatles, elle embrassait fougueusement son cavalier éphémère en l'invitant elle-même à faire l'amour à l'intérieur d'une voiture.

Vers vingt et un ans, elle comprit. En poursuivant ses abus, sa réputation sulfureuse la condamnait à plus ou moins brève échéance à être mise au ban de sa communauté. Mais elle affectionnait trop les hommes pour s'en libérer. Travaillant dans une boutique de prêt-à-porter à Grenoble, de nombreux clients masculins la séduisirent, voire la pervertirent. Elle s'amusa des années, transitant d'un partenaire à un autre, sans scrupule ni passion. Son futur mari – sans doute aveugle – fut patient. Il possédait un magasin de sport à Saint-Pierre et, s'il n'était pas un excellent amant, sa gentillesse gommait sa lacune. Elle accepta de l'épouser en sachant qu'elle le tromperait. Incapable de la satisfaire, elle irait voir ailleurs, tout en profitant d'un confort social non négligeable.

Ne se doutant aucunement des pensées d'Alice, Denis poursuivit sur sa lancée.

— Vous tombez bien. Je voulais vous demander si votre mari accepterait de m'embaucher.

La surprise se lut aussitôt sur son visage.

— Il n'a besoin de personne. Les vacances estivales sont terminées, la clientèle est partie. Je lui donne un coup de main lorsqu'il a du monde au magasin.

— Je m'en doute. Mais cela lui dégagera des moments de liberté et vous pourriez faire plein de choses ensemble.

Duprès préféra se taire. De quoi se mêlait cet individu incapable de diriger correctement sa propre existence ? Elle n'avait aucune intention de passer davantage de temps avec son mari. Que ferait-elle de ses demi-journées avec lui ? Ses soirées où son époux s'endormait d'une traite seraient remplacées de temps en temps par des après-midi similaires. Autant profiter du petit ami du moment. Morel pouvait garder ses idées saugrenues.

— Nous n'avons besoin de personne.

— Imaginez vos heures de liberté en sa compagnie.

— Je te répète…

Il l'interrompit en levant un bras.

— Des demi-journées pour vous seule.

Elle se méfia du sous-entendu. Derrière son air ballot, il était plus malin qu'il voulait bien le laissait paraître. Elle gardait de cet homme des souvenirs désagréables, des gestes déplacés dans la cour d'école et des paroles indécentes dans les rues du village en présence de ses rares copains.

— Vous retrouveriez vos amis.

Alice attendit la suite avec pressentiment. Sans se démonter, il poursuivit.

— Vous savez, ces types que vous appréciiez tant lorsque vous étiez plus jeune ? Je vous voyais sortir du bal pour vous enfoncer dans l'obscurité en galante compagnie… Vous n'avez pas changé. Je vous ai souvent repéré à Grenoble au bras de gaillards énamourés.

Il garda pour lui – pour l'instant – le jour où il l'avait vue sortir d'un véhicule en embrassant un homme à la mise impeccable.

— Tu m'as suivie !

En lâchant sa phrase, elle réalisa valider ces propos. Elle tenta de se rattraper.

— C'était avant mon mariage.

— Non, non.

— Tu racontes des conneries. Comment vas-tu à Grenoble sans voiture ?

— Vous me prenez vraiment pour une bille ! Les transports en commun ne sont pas faits pour les chiens et j'aime faire de l'auto-stop. Inutile de me raconter des salades, je sais tout.

Alice comprit s'être fourvoyée dans un piège.

— Tu n'as aucune preuve.

— En toucher un mot à votre homme suffira. Cet imbécile n'est tout de même pas tombé de la dernière pluie. Denis marqua un bref temps d'arrêt avant de reprendre : vous, si bigote, adopter un comportement de vie si… avilissant.

— Que veux-tu ? Du fric ? Nous n'avons qu'un compte joint et mon mari s'apercevra d'un retrait d'argent anormal en faisant ses calculs. De toute façon, c'est niet ! Je ne répondrai jamais à ton chantage.

Il leva une main en signe d'apaisement.

— Je ne demande pas de fric, mais un nouveau travail. J'attends votre décision pour demain à 9 heures. Rendez-vous devant la fontaine près de l'école. Votre absence bornera votre refus. Dans ce cas, je ne réponds plus de rien. Votre mari risque de recevoir un courrier déplaisant.

— Il ne croira rien du tout !

— Nous verrons. Au revoir Alice. N'oubliez pas… Demain à 9 heures.

Il la salua ironiquement d'une courbette et s'éloigna de son pas traînant.

Alice fulminait. En refusant d'accéder à sa requête, Morel serait capable de mettre sa menace à exécution. Difficile de l'en empêcher. Comment s'y prendrait-il ? Elle se posait des questions auxquelles elle n'apportait aucune réponse. Comment réagirait son époux ? D'un caractère doux et compréhensif, acceptant en silence sa condition de mari bafoué, il n'admettrait néanmoins jamais être déshonoré publiquement.

Elle haussa les épaules en remettant le problème à plus tard et regagna le domicile familial.

***

Frédéric se demandait si Louet acceptait sa théorie. Les trois meurtres se reliaient à la Bible. Si parfois comme l'énonçait son commandant de brigade « Votre histoire est tirée par les cheveux », elle était toutefois plausible. Qui avait intérêt à faire disparaître des habitants de Saint-Pierre-de-Chartreuse au demeurant anodins ? Quel était leur secret ou leur défaut ?

— Encore en pleine méditation ? fit Louet.

Jacquard ne fut guère surpris par son arrivée intempestive. Son patron pénétrait dans les bureaux sans prévenir.

— Il s'agit d'une personne les connaissant particulièrement bien. Il faut remonter loin dans leur jeunesse.

— De quoi parlez-vous ?

— De nos meurtres, mon adjudant-chef. Il s'agit d'un habitant vivant ici depuis longtemps.

Le gradé répliqua.

— Les trois quarts du village, dans ce cas. Admettons que j'adoube votre théorie. Commençons par les plus en vue.

Frédéric osa lui couper la parole.

— Le maire, le curé, le directeur de l'école, les commerçants.

— Stop, jeune homme ! Ôtez le prêtre de votre liste. Il est ici depuis une bonne quinzaine d'années et vos investigations le dédouanent. Je réponds de lui… Carpentier est présent depuis trois ans.

— Rien ne fait de lui un innocent.

— J'ai ordonné à Bourdon d'envoyer sa fiche 24 de nouveau à son lieu de naissance, avec une note aux collègues afin qu'elle suive ses changements d'adresse. Patientons jusqu'à son retour, elle nous permettra d'en apprendre un peu plus sur lui et, surtout, de savoir s'il est blanc comme neige.

— Et le maire ?

— J'en doute. Il n'a guère l'étoffe d'un meurtrier.

Le gradé marqua un temps de silence et posa les mains à plat sur le bureau de son subordonné.

— Je venais justement vous parler. Il m'a téléphoné. Il est vexé.

— Je sais, mais son air arrogant m'a énervé.

— Apprenez à vous contrôler. Vous en verrez d'autres.

— Je le garde sur la liste ?

— Pour l'instant, oui. Ajoutez les deux maires précédents et nous en aurons terminé des notables.

— Et le curé d'avant ?

— J'ai déjà fait ma petite enquête. Il est décédé.

Comme à son habitude, l'adjudant-chef s'assied sur le rebord du bureau. Il se gratta le crâne et souffla.

— Bourdon a émis une autre hypothèse.

Frédéric piocha un bonbon dans son tiroir, lui en proposa un et attendit la suite.

— Une personne déboulant dans la région pour se venger.

— Se venger ? Personne n'est arrivé depuis longtemps à notre connaissance.

— Vous oubliez votre amie, la maîtresse d'école… Rappelez-moi son nom ? fit Louet tout en sachant la réponse.

— Christine Meyer.

— Meyer. Un prénom allemand.

— Alsacien.

— C'est pareil.
— Allez lui répéter et vous comprendrez vite la différence.
— Je suis loin d'être fort en histoire, mais les Alsaciens ont combattu aux côtés des Allemands.
— Une minorité était volontaire.
— C'est vrai. La majorité y fut contrainte.
— Elle m'en a vaguement parlé. Enrôlés de force. Des « Malgré nous », ça s'appelle. Beaucoup sont morts aux affrontements en Europe de l'Est et un grand nombre a été fait prisonnier au fur et à mesure de l'avancée des Russes vers l'Ouest. Des camps comme Tambov avaient une mauvaise réputation. Tous ces malheureux ont été libérés plusieurs mois après la fin de la guerre.
— Vous êtes bien au courant.
— J'ai eu l'occasion de discuter avec elle.
— L'histoire de son père, sans doute.
Frédéric resta méditatif plusieurs secondes avant de l'interpeller.
— Où voulez-vous en venir ?
— Supposons que papa Meyer ait été un soldat de l'armée allemande.
— Oui ?
— Laissez-moi parler. Perdez cette pénible habitude de couper la parole aux gens !
— Excusez-moi.
— Peut-être que sa fille se venge pour un fait survenu il y a un peu plus de vingt ans.
Frédéric s'esclaffa sous l'œil courroucé de son patron.
— Vous vous foutez de moi, Jacquard ?
— Pas du tout, répondit-il en se mordant les lèvres. Pour la majorité d'entre elles, les victimes sont trop jeunes pour avoir pris part au conflit.
— Sans doute. Mais vous oubliez leurs parents.
— Que se serait-il passé ?

— Le soldat Meyer en poste dans la région est le jouet d'un acte de la Résistance. Sa fille souhaite laver l'affront.

— Son père est toujours vivant.

— Vous en savez des choses sur elle, dites donc ! Il y a sans doute une autre raison.

— Si je peux me permettre, fit Jacquard onctueusement pour éviter de froisser Louet, les Alsaciens combattaient sur le front de l'Est. Pas à l'intérieur de notre pays.

— À l'exception des volontaires enrôlés chez les SS. Des régiments entiers grouillaient dans la région bordelaise.

— Les Alpes sont à l'opposé.

— Ils ont remonté la France en diagonale pendant leur débâcle.

— La guerre est terminée depuis plus de vingt-trois ans.

— Les ressentiments persistent chez certains. Envisageons tout de même la présomption de Bourdon… Comme j'ai déjà relevé, il peut s'agir d'un autre membre de la famille. Un oncle par exemple.

— Elle tuerait une ribambelle d'habitants par vengeance ? Elle posséderait donc une liste. Je n'en crois rien.

— Ce genre de meurtrier est intelligent. Nous ne trouverons rien au cours d'une perquisition. Tout est dans leur tête.

Se voyant mal fouiller l'appartement de Christine, Frédéric soupira d'aise. Il intervint.

— Rien ne prouve ses participations aux assassinats.

— Pour l'instant. Elle commettra une erreur.

— Si c'est elle.

— Vous êtes amoureux ? Vous me donnez l'impression de la défendre.

Jacquard répliqua.

— Négatif. J'essaye d'être impartial.

— M'ouais, bougonna Louet peu convaincu. Faites attention où vous mettez les pieds. Un chasseur ne giboie jamais dans sa réserve. Vous serez muté disciplinairement à la moindre connerie. Votre carnet de notes pourvu de cet état de service vous pénalisera tout au long de votre carrière. Pensez-y. Plus sérieusement, s'il s'agit d'une mante religieuse, vous risquez d'y laisser des plumes et je n'ai aucune envie d'avoir un de mes gendarmes au tapis.

— Vous prenez trop à cœur la spéculation de Bourdon. Il ne possède aucune preuve.

— Il s'agit d'une idée comme une autre. À creuser. En attendant, prenez garde. Un homme averti en vaut deux.

Louet lui adressa un clin d'œil amical et rejoignit son bureau. Au loin, le klaxon d'une locomotive diesel retentit lorsqu'elle quitta la gare de Saint-Laurent-du-Pont.

Seul, Frédéric cogitait en récapitulant les paroles de son patron. Possédait-il un renseignement concernant Christine et le gardait-il pour lui ? Sa confiance était-elle ébranlée en sachant son subalterne proche de la jeune femme ?

Demander un poste en Isère pour régler un compte datant de la dernière guerre ne la concernant pas restait une hérésie. L'Alsacienne ne connaissait apparemment personne dans la contrée et la population lui était hostile. Comment pourrait-elle fomenter ces crimes tout en sachant que les soupçons se porteraient immédiatement sur elle ?

— Ça ne tient pas. Bourdon et Louet sont à côté de la plaque.

Il se leva pour fermer une fenêtre en songeant qu'il devait tout de même prendre au sérieux les supputations de son collègue.

Chapitre XIII

Samedi 27 septembre

Gilles se réveilla engourdi. Une nouvelle fois le petit déjeuner trônait sur la table et la porte s'était ouverte, puis refermée sans qu'il entende un seul décibel. Il s'approcha de la table et découvrit une feuille manuscrite déposée à côté du plateau contenant son petit déjeuner. Et, comme d'habitude, son unique repas de la journée et la demi-bouteille d'eau.

Il est inutile de vous évertuer à grignoter le scellement avec un quelconque outil. Outil que vous dissimulez, mais que je finirais tôt ou tard par dénicher. Même si à la suite de jours de travail acharné vous parveniez à vous libérer de vos chaînes, la porte résistera à vos assauts. Je vous conseille vivement de prendre votre mal en patience avant que la mienne ne fasse défaut. Vous risqueriez d'en subir les conséquences et vos proches également. Votre bébé est actuellement en excellente santé. Il ne tient qu'à vous pour qu'il y reste.

Garin comprit aussitôt le sens de la missive. Il devait se tenir tranquille pour la sécurité de sa famille. Il étudia de nouveau la lettre et soupira.

— Je dois éviter de perdre mon sang-froid. Faut-il continuer à creuser cette satanée poutre ou dois-je obéir ?

Dans l'expectative, il s'assit sur son lit, ferma les yeux et se replia sur lui-même en songeant à ses proches.

***

Christine revint de sa promenade matinale en frissonnant. L'automne s'installait en douceur. Les arbres perdaient leur parure, les rares touristes encore en villégiature ne tarderaient plus à rentrer chez eux. Les navettes des autocars se bornaient à un simple aller et retour au lever du soleil et en fin d'après-midi, sans déverser leur flot de passagers. Seuls des adolescents et des étudiants remontaient de Grenoble, accompagnés d'employés travaillant dans la vallée. Les restaurants et les hôtels n'affichaient plus complet et, bientôt, le massif de la Chartreuse se vêtirait de ses attributs hivernaux.

La jeune institutrice s'attendait à voir arriver l'Estafette des gendarmes. Tôt ou tard, l'adjudant-chef Louet organiserait une entrevue et ses explications devraient être irréprochables si elle souhaitait rentrer chez elle. Elle ne savait plus si elle devait regretter sa mutation dans ce coin bucolique des Alpes du Nord. Sa rencontre avec Frédéric atténuait sa rancœur, mais l'entraînerait-elle vers des jours heureux ?

Elle se promit de se reposer la question dans quelques semaines.

***

Denis Morel patienta devant la fontaine jusque 9 h 30. Lorsque la cloche de l'église sonna la demi-heure, il quitta les lieux en marmonnant. Alice Duprès préférait l'ignorer.

— Elle veut la guerre, elle l'aura.

Il prit la direction de sa maison en maugréant.

***

— Prenez votre jour de repos demain, décréta Louet.

Gamin, Frédéric aurait sauté de joie. Il réprima sa satisfaction et songea qu'il filerait à Saint-Pierre embrasser son amie. Auparavant, le facteur aurait sans doute glissé la lettre portant une réponse tant attendue depuis deux jours.

— C'est pas l'heure de roupiller ! aboya son patron, les mains sur les hanches. Vous gambergez vos prochaines énormités ?

Devant son silence, le gradé poursuivit.

— Si j'abonde dans votre sens, nous devrions encore aller à la pêche aux cadavres. La série est loin d'être finie.

Jacquard se permit un sourire. Son chef commençait à suivre sa théorie.

— Vous avez raison, mon adjudant-chef.

Satisfait d'une réponse lui donnant l'impression que l'idée venait de lui, Xavier retourna à son bureau.

La patience n'était guère l'une de ses qualités. Ses dossiers administratifs complétés et les corrections des PV de ses hommes, achevées, il se décida à empoigner le combiné du téléphone pour contacter son homologue de la brigade de Strasbourg. Malgré sa précédente demande, aucune réponse ne lui était parvenue. Le planton de la capitale alsacienne le transféra au commandant d'unité. Christine s'exprimant avec un léger accent, Louet fut surpris par celui de son collègue, plus prononcé. Comme dans toutes les régions, se dit-il, il est différent selon les secteurs. La voix à l'autre bout du fil se fit insistante.

— Qu'y a-t-il pour ton service ?

Xavier relata les faits en quelques phrases. Son confrère réagit aussitôt en ordonnant à l'un de ses subalternes de lui ramener la fiche de la jeune institutrice. Ils comparèrent leur parcours professionnel respectif en attendant le retour du planton.

— Rien sur son dossier, fit l'alsacien. Elle est maîtresse d'école ? L'archive n'est pas à jour. Je le rajoute de suite.

Louet préféra se taire. L'autre reprit.

— Fille de Albert Meyer et de Célestine. Nom de jeune fille de la mère, Kirmann. C'est un nom courant par ici. Sinon, il n'y a rien à signaler... Veux-tu que je vérifie la fiche de son père ? Elle sera peut-être plus intéressante.

— Affirmatif.

Un temps d'attente identique au précédent fut nécessaire avant d'entendre le major reprendre la parole.

— Voyons... Albert Meyer. Rien de spécial. Une mention au verso stipule son enrôlement de force chez les Boches en 1943.

Xavier fut étonné de l'appellation formulée pour les ressortissants outre-Rhin, mais il resta silencieux. Sans se douter de ses états d'âme, l'Alsacien déclara.

— Prisonnier à Tambov et de retour au pays six mois après la fin du conflit.

— Le nom du régiment où il a servi ?

— Aucune mention. Vide absolu.

— Merde ! J'aurais aimé savoir si son bataillon stationnait vers chez moi ou s'il avait traversé la région.

— Désolé. Rien d'écrit. Ici, ça n'était pas la priorité des gendarmes de l'époque et, après la guerre, ils ont eu d'autres chats à fouetter.

— Je m'en doute, fit Louet, conciliant.

— Je peux aller chez lui et lui demander, si tu veux. Ça me baladera. Toujours les paperasses, ça me fera une sortie.

— J'hésite à accepter ta proposition.

— Pourquoi ?

— S'il est le grand ordonnateur de ces crimes, il se méfiera et fera le rapprochement avec la présence de sa fille dans ma circo. Il fera la liaison entre les assassinats d'aujourd'hui et ses déplacements militaires.

— Je la jouerai discrète.

— Ça n'est guère évident. De plus, tu ne le connais ni d'Ève ni d'Adam. Je ne t'imagine guère débarquer à son domicile pour lui demander le régiment dans lequel il servait.

— À toi de voir.

— Difficile à trancher.

Le gradé strasbourgeois soupira avant d'émettre son opinion.

— Tu seras fixé si j'y vais.

— Développe.

— Si ses sens sont en éveil, il imposera à sa fille de cesser ses ardeurs criminelles. Tu sauras ainsi si elle trempe dans cette activité… extrascolaire.

Le silence s'instaura un bref instant sur la ligne avant d'entendre la réaction de Louet.

— Où elle continue afin de donner le change.

— Ça m'étonnerait… À toi de décider. Je m'en occupe personnellement. Son adresse est sur la fiche. Le temps d'un aller et retour en ville et je te rappelle.

Finalement, Louet répondit.

— D'accord. Comme ça, je saurai.

Les deux hommes bavardèrent encore plusieurs minutes, puis l'Alsacien raccrocha en promettant de le contacter dès son retour.

***

Alice Duprès s'ennuyait ferme face au petit bureau en acajou situé dans la réserve du magasin. La fin du mois s'annonçait et son mari venait de lui demander d'effectuer la comptabilité. Refuser eut éveillé ses soupçons, mais elle cachait amèrement sa déception. Gérard Virlat patienterait inutilement au cours de l'après-midi.

Elle pensa à la déconvenue de Morel qui, certainement, avait attendu au cours de la matinée son arrivée, près de la fontaine. Il avait probablement tourné en rond, épiant les alentours en espérant sa venue. Il avait salué niaisement un ou deux passants en plongeant sa main dans l'eau froide, puis, après un ultime tour d'horizon, il s'en était allé en bougonnant.

Comment envisageait-il sa vengeance ? L'homme n'en resterait pas là et Alice se demandait si elle n'aurait pas dû, finalement, accéder à sa requête. En apprenant son infidélité, son époux exigerait le divorce. Travailler pour gagner sa vie était une éventualité qu'elle ne projetait même pas. Aurait-elle le temps de rattraper sa bévue ? Elle se leva, déplaça le lourd téléphone en bakélite pour feuilleter l'annuaire. La famille Morel ne disposait d'aucune ligne téléphonique.

— Demain sera un autre jour. Je m'arrangerai pour le rencontrer et trouver un compromis, se dit-elle en se replongeant dans ses comptes.

***

— Un appel de la BT de Strasbourg, mon adjudant-chef! s'écria le planton présent à l'accueil.

— Ouais, passez-le-moi.

Le gendarme transféra la communication. La voix de son collègue alsacien retentit.

— Il n'y avait personne à son domicile. Il fait beau ici et il est sans doute parti se promener.

— Dommage.

— J'essayerai demain. Je te tiendrai au courant.

— OK, je te remercie.

Ils papotèrent un instant, puis le commandant de la brigade strasbourgeoise raccrocha le premier.

Chapitre XIV

Dimanche 28 septembre

Florent Marcelin se réveilla, fatigué. Sa femme Lucie et sa fille Camille s'étaient levées très tôt pour se rendre à Grenoble. Une matinée entre femmes qui coûterait encore de l'argent au chef de famille.

Dans deux mois se déroulerait un mariage qu'il désavouait. Camille s'était amourachée depuis trois ans d'un bellâtre grenoblois, employé dans un magasin de prêt-à-porter et amateur d'art. Ils s'étaient connus au cours d'une réunion d'étudiants et, depuis, ils ne se quittaient plus.

Marcelin voyait le futur époux de sa fille comme un personnage dépensier, dilapidant son argent en achetant des tableaux d'illustres anonymes. Camille prenait sa défense toutes griffes dehors, en expliquant pour la énième fois qu'il gagnait correctement sa vie. Elle rassurait son père en lui rappelant qu'elle aussi percevait un salaire. Deux payes subviendraient à leurs besoins.

Entêté, Florent ne cessait de se plaindre en prétendant que sa fille serait plus heureuse en épousant un banquier ou un riche propriétaire terrien. Il orchestra différentes machinations de façon à tuer l'amour qui les unissait, sans succès. Le bruit courrait qu'il avait tenté de broyer le futur mariage avec l'aide de l'un de ses employés. Ce dernier la séduirait. Prise sur le fait, sa fille serait contrainte à la séparation. Camille ne mordit jamais à l'hameçon. Lucie eut la puce à l'oreille, le jour où elle le surprit en train de préparer un courrier anonyme à l'aide de lettres découpées dans un journal et collées sur une feuille vierge. Le message, adressé à sa propre adresse, signalait l'intérêt porté à l'argent par ce jeune homme et son pouvoir de séducteur. Madame Marcelin tomba dans une colère noire, hurlant son regret de l'avoir épousé et de vouloir aujourd'hui refuser le bonheur de leur fille. Pris sur le fait, Florent cessa ses conspirations avec amertume en se promettant de débourser un minimum d'argent.

Les rencontres de préparation du mariage avec les futurs beaux-parents de Camille s'inscrivaient dans un climat souvent houleux. Marcelin monnayait le moindre détail, prétextait un menu trop onéreux, supprimait des noms de personnes invitées et fustigeait ses vis-à-vis pour leur propension à la dépense. « Ce mariage me ruinera, sans oublier le harcèlement des impôts. Je mettrai bientôt la clé sous la porte », se plaignit-il à qui ne voulait pas l'entendre.

Ces atermoiements fatiguaient la petite assemblée, loin d'être dupe. Les parents du futur époux ne tombèrent jamais dans le piège et, à grand renfort de phrases diplomatiques et la complicité de la mère de Camille, Marcelin accepta de régler la moitié des factures.

Il ronchonnait chaque fois qu'il regardait la date de la cérémonie approcher sur le calendrier de La Poste. Pour ne rien arranger, son épouse en avait choisi un orné d'une photo d'un chaton somnolant dans un panier en osier, la classique pelote de laine posée à côté. « Cucul la praline », grognait-il.

Marcelin se frotta les yeux. Le couple dormait toute l'année avec les volets ouverts. À la pleine lune et selon son orientation, une faible lueur se répercutait sur quelques objets disposés dans la chambre, distillant des ombres fantomatiques sur les cloisons. L'été, elle offrait un havre de fraîcheur.

Un pâle soleil pénétrait dans la pièce et, pour la première fois depuis longtemps, les oiseaux ne pépiaient pas. Le bruissement des branches du chêne frottant sur la façade irritait le propriétaire des lieux. Il se promit de commander à un employé de scier les ramilles désordonnées et trop élancées.

Marcelin lut 7 h 40 sur le réveil posé sur la table de chevet. Son sommeil se ponctuait de cauchemars depuis l'intrusion des gendarmes le jour de la mort de Justine Caron. *Elle aura emmouscaillé le monde entier jusqu'au dernier jour.* Comment cet adjudant-chef dont il oubliait le nom avait-il eu l'outrecuidance de le soupçonner ? Un jour, il lui ferait payer l'affront.

Il rejeta la lourde couverture et le drap au bas du lit et pivota, afin de poser ses pieds sur le parquet. Il crut entendre la plainte d'une marche des escaliers. Il interrompit son geste et prêta l'oreille. Les femmes de service travaillaient au rez-de-chaussée, aucune ne gagnerait l'étage tant qu'il s'y trouvait.

Il mit ses chaussons. Un autre degré gémit. Il grogna.

— Mesdames, je ne veux personne ici tant que je ne suis pas descendu.

Seul le silence lui fit écho. Il enfila son pantalon et sa chemise, quand il crut apercevoir une silhouette dans l'embrasure de la porte. Il chaussa ses lunettes.

— Qu'est-ce …

— Chut, fit l'ombre en posant une main sur ses lèvres.

— Que faites-vous ici ? s'enquit Marcelin en glissant rapidement sa chemise dans son pantalon.

— Vous ne méritez plus de vivre, cher monsieur.

— C'est quoi ces conneries, vous croyez me faire peur ? Vous n'avez rien à faire ici. Fichez le camp !

— Vous ne m'avez pas bien compris, proclama la voix très douce. Vous allez mourir.

Florent fit un pas en avant. Plus rapide, son agresseur fondit sur lui et lui planta un poignard dans l'entrejambe. Marcelin se figea. Une douleur lancinante lui brûla le bas-ventre. Les yeux surpris par la terreur, il regarda le tissu de la jambe de son pantalon se colorer à vue d'œil. Une main à plat sur le thorax, l'agresseur le poussa doucement. Marcelin s'abattit sur le dos, sur son lit. Il essaya vainement de retirer la lame, mais les forces lui manquèrent.

— Pourquoi ? demanda-t-il dans un râle.

Il sentit une main étrangère se poser sur sa poitrine. Malgré un voile noir dans le regard, il distingua un livret posé sur son torse. Il tenta sans succès de s'en emparer. Ses forces déclinaient. Il leva les yeux sans prêter attention au rayon de soleil dardant la flaque de sang s'élargissant sur les draps. La silhouette s'éloigna sans un regard derrière elle.

À l'extérieur, les branches bruissaient contre le mur, mais Florent Marcelin ne les entendrait jamais plus.

***

L'époux d'Alice Duprès descendit les escaliers reliant son appartement au rez-de-chaussée à son magasin. Il aimait s'évader seul dans son commerce le dimanche matin pendant un court moment pour réfléchir à sa vie. Une existence en compagnie d'une femme qu'il adorait, mais qui désapprouvait, sans lui avouer, leur vie commune.

Des rayons et des gondoles présentaient principalement du matériel de montagne. La saison estivale s'achevait. Cordes, mousquetons et différents équipements d'escalade côtoyaient des vêtements de randonnée et des chaussures dans l'expectative d'être remisés. Dans un angle, une cabine d'essayage encombrée de cartons de marchandises attendait d'être libérée. Les autres activités sportives étaient reléguées au fond du magasin. Malgré la vitrine, la lumière du jour éprouvait des difficultés à s'insinuer à l'intérieur. Duprès traversa la large et longue pièce pour ouvrir la porte d'entrée. Il baissa la tête machinalement et découvrit une enveloppe glissée sous la porte. L'étonnement se lut aussitôt sur son visage quand il décrypta son nom et prénom. Ils étaient composés de lettres multicolores et de différentes tailles découpées et provenant de divers journaux.

— Je l'ouvre ou pas ? se dit-il en la tapotant sur la paume de sa main.

La curiosité fut la plus forte et il décacheta fébrilement l'enveloppe. Une simple feuille constituée des mêmes éléments mettait en évidence une phrase qui le médusa.

> Depuis toujours
> Le gueux, elle court.
> Jamais elle ne cessera
> Pour cela, elle mourra.

Il la parcourut une seconde fois pour en tirer toute sa substance. Il comprit aussitôt que le courrier faisait référence à sa femme.

Il ne s'était jamais fait d'illusions. Elle adorait être courtisée. Depuis leur mariage, il la voyait partir des après-midi entières le sourire aux lèvres en prétextant des commissions à Grenoble. Elle restait évasive à son retour quand il lui demandait des explications. En remarquant son expression, il abandonnait alors toute discussion pour éviter une énième dispute. Il avait songé divorcer, mais un amour pathétique le prohibait. Sûre de son fait, Alice en profitait sans vergogne.

Il se dirigea vers le comptoir et s'assit devant sa caisse. Était-ce un amant ou un prétendant éconduit désirant l'intimider, un avertissement ou une simple blague provenant d'un habitant connaissant sa réputation ? Il resta perplexe un moment avant de se porter au pied de l'escalier pour demander à Alice de le rejoindre.

Le chihuahua dans les bras, elle descendit les marches nonchalamment en discernant sa mine renfrognée. Il lui tendit le bout de papier.

— Lis.

Son expression imita celle de son conjoint au moment où il en avait pris connaissance. À son tour, elle s'assit lourdement face à la caisse. Elle le regarda avec une lueur de crainte. Sans s'émouvoir, il l'interrogea d'un mot.

— Alors ?

— Tu comprends ?

— J'ai ma petite idée.

— Un client probablement.

— Un client ? Pourquoi m'enverrait-il un truc pareil ? Il est si facile de venir me parler directement.

— Un faux cul voulant t'éviter ; d'où sa fantaisie de choisir ce type de lettre, émit-elle en lisant le prénom de son mari sur l'enveloppe.

— Toi, pas moi ! Le courrier m'est adressé, mais le texte te concerne.

Alice parut réaliser et une pâleur mortelle envahit son visage. Il l'interrogea.

— As-tu un truc à te reprocher ?

— Je devrais ?

— À toi de me le dire.

Elle tenta de changer de sujet.

— Tu reçois bientôt la commande de skis pour cet hiver ?

— Évite de dévier la conversation.

Il tendit la feuille devant elle et glapit.

— Explique-toi !

— Je n'ai rien à dire et ne comprends rien. Lis ce truc encore une fois et déchiffre le texte, toi qui es si malin !

Il obtempéra en prenant une voix lugubre.

Depuis toujours
Le gueux, elle court.
Jamais elle ne cessera
Pour cela, elle mourra.

Le couple s'observa un instant sans mot dire.

— Tu es menacée et cesses de faire semblant de ne rien comprendre. Ces phrases te sont adressées. Avec tous ces morts au village, il faut les prendre au sérieux.

— Mon Dieu ! fit Alice en portant ses mains au visage. Tu en es sûr ?

— Il y a de fortes chances.

— Mais pourquoi moi ? Je ne fais rien de mal.

Il émit un rire sardonique.

— Crois-tu que je ne vois pas clair dans ton jeu ? Je sais tout de tes sorties avec tes Casanova du moment !

— De quoi parles-tu ? s'écria Alice déroutée et se maudissant.

À sa grande surprise, son mari soutenait être informé de ses extravagances conjugales. Elle estimait être discrète et, pourtant, il savait, ou au moins se doutait. Un ou une amie vendait-elle la mèche ? Un amant débouté se serait-il vengé, ou Justine avait-elle déjà craché son venin ? Elle répondit sans conviction.

— Je sais qui l'a pondu.

— Ah oui ?

— Justine Caron.

— Les revenants écrivent maintenant ! Je te signale qu'elle est décédée. Un accident de la route. Écrasée avant-hier par un chauffard.

— Elle l'a posté avant de mourir.

— Tu fais exprès d'être bête ou quoi ? Regarde pauvre idiote ! éructa-t-il en brandissant l'enveloppe. Il n'y a aucune adresse, n'est pas timbrée et nous sommes dimanche. Elle a été glissée sous la porte entre hier soir et ce matin.

— Je ne comprends rien au texte.

— Ne te fais pas plus bête que tu l'es !

Interdite, Alice n'avait jamais vu son conjoint dans cet état. Elle caressait son chien machinalement. Le mari poursuivait.

— Il s'agit de menaces… Sans doute de vraies menaces – il appuya sur le mot – peux-tu dire qui est susceptible de t'en vouloir ?

Elle répondit en rougissant.

— Je n'en ai aucune idée.

— C'est une blague alors ?

— Non ! s'écria-t-elle.

— Parle ! Comment veux-tu être aidée si tu préfères te taire ? Il marqua une courte pause et reprit en annonçant posément : Il y a une raison pour que ce courrier te soit destiné.

Alice maudit son mari. À force de déductions, il parviendrait à découvrir la vérité. Sans distinguer sa gêne et pressé de la pousser dans ses derniers retranchements, il la questionna une nouvelle fois.

— Selon toi, pourquoi un inconnu te lance cet avertissement ?

— Je te le répète, je n'en sais rien. Fous-moi la paix maintenant !

Il tenta de temporiser.

— Il est impossible de laisser tomber. C'est trop grave. Tu es menacée. Il faut prévenir les gendarmes. Ils te protégeront.

— Me protéger ? Tu plaisantes ! Ils ont d'autres chats à fouetter.

Duprès lui indiqua le téléphone placé près de la caisse.

— Appelle-les.

— Si nous attendions un jour ou deux ?

Devant la moue interrogative de son conjoint, Alice spécifia avec scepticisme.

— Dans les films, les victimes reçoivent plusieurs courriers. D'ici là, les flics auront identifié son auteur.

— On n'est pas au cinéma !

Il avait raison. Néanmoins, elle n'avouerait jamais être possédée par le démon de midi. Gérard Virlat, son amant actuel, forgeait-il une blague ? Il ne semblait guère avoir le profil. Mais le connaissait-elle suffisamment ? Se rencontrer une fois par semaine dans une chambre d'hôtel ne signifie aucunement s'entendre sur tous les points. Voulait-il se moquer d'elle ou envisageait-il une rupture en l'affolant ? *Je plaque d'habitude. Ça n'est pas à mes amants de rompre*, songea-t-elle en jetant un regard en biais à son voisin.

Mais elle se doutait, dans son for intérieur, que Gérard n'écrirait ou ne perdrait jamais son temps à coller des lettres de journaux et monter spécialement à Saint-Pierre pour glisser un courrier de menaces sous la porte du magasin. Sa réflexion l'amena encore une fois à Denis Morel.

Que veut vraiment ce salopard ? Un emploi ou coucher avec moi ? Elle frissonna en y pensant. *De l'argent ? Je lui ai expliqué notre situation financière. Il prétend chercher un travail différent, mais je n'y crois guère.*

— Tu parais bien songeuse, constata son époux.

La répartie fusa.

— Il y a de quoi !

— Je vais téléphoner aux gendarmes, dit-il en s'emparant du combiné.

— Attends un peu.

Alice refusait leur intrusion dans sa vie privée. Elles craignaient qu'ils mettent à jour ses incartades. Malgré leur discrétion, son mari l'apprendrait officiellement. Plusieurs représentants de l'ordre, bien intégrés à la vie sociale de la région, risqueraient au cours d'une conversation de lâcher des propos malavisés.

Son époux reposa l'appareil et lui confia :

— Je vais réfléchir. Mais je ne resterai pas les bras croisés. Je prends cette histoire très au sérieux. Je saurai qui te veut du mal.

À ces mots, Alice se soucia être dans de sales draps.

***

Un employé de Marcelin ôta sa casquette pour saluer Hélène Delcroix lorsqu'elle pénétra dans la propriété. Elle traversa l'immense cour sans rencontrer personne et entra dans la maison par la porte entrouverte. Elle n'était jamais venue et fut surprise de l'aspect particulièrement moderne du hall d'accueil.

Un meuble vitrine comportant plusieurs étagères exposait une collection de deux cents voitures miniatures environ. Les rayonnages supportaient des véhicules de course, de tourisme et trois maquettes de motos. Quelques camions et autocars côtoyaient deux fourgons de pompiers et une série militaire. GMC, Jeep Willys, Hotchkiss, Berliet 6x6 tout-terrain de type T6, une ambulance Renault Goélette R2065 et un transporteur de troupes Mercedes Benz Unimog 404, bien connu des appelés du service militaire, encombraient une tablette. L'ensemble de la collection était à la même échelle.

Hélène Delcroix connaissait la passion de Marcelin pour les automobiles. Perplexe, elle se désintéressa des jouets pour pénétrer dans la cuisine. Elle envia l'épouse du propriétaire des lieux. Une cuisine intégrée en formica remplissait un pan de mur complet. Elle ne put s'empêcher d'ouvrir les tiroirs, mais fut déçue en voyant les ustensiles.

— Ils ressemblent aux miens.

Elle traversa le salon. Il respirait la propreté et une véritable inclinaison pour l'esthétique. Un fauteuil et un grand canapé posté face à un magnifique meuble de télévision en merisier attestaient l'aisance financière du couple. Le petit écran aux larges boutons de réglage devait sans doute être une preuve de leur réussite. Les couleurs chatoyantes de tableaux d'art moderne fixés aux murs octroyaient un air de fête. L'un d'eux, une œuvre de Roman Opalka, dérouta la visiteuse. Une toile blanche sur fond noir tapissait une partie de la cloison.

— Ce machin ne représente rien. C'est bien, ils ont deux soi-disant œuvres d'art pour le prix d'une seule, se dit-elle. S'il était chez moi, je la placerai six mois à la verticale et le reste de l'année à l'horizontale. Si j'avais les moyens, je n'achèterais jamais un truc pareil.

Un long et large tapis persan amortit ses pas sur un carrelage en grés cérame. Une baie vitrée s'ouvrait sur une pelouse descendante. En arrière-plan, comme une huile de peintre du début du XXe siècle, la partie sud du massif de la Chartreuse se découpait en un ensemble parfait.

Des pots de fleurs comportant des végétaux disséminés dans la salle à manger lui allouaient une atmosphère de jardin des plantes. Là aussi, et sur une orientation différente, une baie vitrée donnait sur les montagnes environnantes. L'automne approchait et un panel de couleurs éclaterait bientôt derrière la vitre.

Deux grandes pièces tout aussi propres que les autres attestaient de la présence du personnel d'entretien. La décoration reflétait l'influence d'une femme, probablement la propriétaire des lieux.

Un carillon sonna la demie de huit heures. La première marche de l'escalier en bois grinça quand Hélène posa le pied. Elle s'immobilisa un instant, redoutant de voir apparaître une employée. Seul le silence lui fit écho. Elle s'enhardit et gravit les degrés rapidement.

Le couloir s'ouvrait sur trois chambres et une salle de bain. Elle l'ignora pour visiter la première alcôve. Le mobilier la déçut.

— De la récup !

Elle s'engagea dans la seconde et se figea. Elle posa une main à plat sur le chambranle de la porte sans dire un mot. La stupeur frayait avec la peur. Son hurlement resta épinglé au fond de sa gorge. Le tic-tac d'un réveil sur la table de chevet accompagnait ce silence morbide, mais elle entendait battre son cœur à une allure folle.

Marcelin était étendu sur le dos, sur le lit. Un drap baigné de sang le recouvrait jusqu'aux genoux. Un poignard d'une vingtaine de centimètres était planté jusqu'à la garde dans son entrejambe et un petit livre fermé reposait sur son ventre. Un bras contre le corps et l'autre au niveau de la tête lui conférait une apparence de statue grecque. Les lunettes, de travers sur son visage, intensifiaient ce tragique tableau. Une traînée de sang séchait sur des lames du parquet ciré. Hélène retint une envie de vomir et serra les poings nerveusement. L'odeur métallique du sang se coagulant se mélangeait avec celle de l'encaustique.

La veuve prit son courage à deux mains et avança doucement. Elle parvint au pied du lit et examina le cadavre. Les yeux ouverts et vitreux, l'apparence étonnée, il paraissait l'observer à travers son étrange éternité. Aucune expression de crainte ne se reflétait sur son visage. La chemise glissée dans son pantalon ne supportait aucun froissement, comme s'il venait de l'enfiler. Une pantoufle chaussait son pied gauche, la droite gisait à deux mètres du lit.

Le regard d'Hélène dérapa vers le livre. Deux mots s'échappèrent de sa bouche.

— L'avare, Molière.

Le titre en caractères gras coiffait le nom de l'auteur et un dessin représentant Harpagon en compagnie de Cléante illustrait la couverture. Elle le feuilleta machinalement, oubliant un bref instant la scène agencée sous ses yeux.

Un cri déchirant la fit se tourner d'un bloc et le livre tomba sur le lit. Une femme de ménage venait de lâcher une pile de serviettes et portait ses mains au visage. Son regard pointait tour à tour sur le cadavre de son patron et sur Hélène. L'employée reprit difficilement ses esprits et hurla d'un bloc.

— Vous l'avez tué !

Elle se rua dans les escaliers en vociférant. Interdite, Hélène resta immobile. Plusieurs gens de maison jaillirent des pièces voisines. Trois hommes et une jeune fille à la maturité incertaine accompagnaient la femme de chambre.

— C'est elle !

— Hélène ! s'écria en cœur la petite assemblée.

Le plus âgé s'approcha, sans que madame Delcroix amorce un geste. Clouée sur place par la vision morbide, elle restait sans voix. Le métayer glissa sa main avec dégoût sur la carotide de son patron et, à la suite d'un court instant, déclara.

— Il est mort.

Une femme redoubla ses sanglots, tandis qu'un homme dévalait les escaliers en s'écriant :

— Je téléphone aux flics.

— Ne bougez pas d'ici, Hélène ! ordonna le responsable du groupe en invitant ses collègues à redescendre.

La veuve de Romain Delcroix réalisa.

— Vous êtes fous. Je ne l'ai pas tué, ce n'est pas moi ! Il était déjà mort lorsque je suis entrée !

— Tu raconteras tes salades aux gendarmes, décréta l'homme qui ne savait plus s'il la tutoyait ou la vouvoyait d'habitude.

— Je jure n'avoir rien fait. Je suis arrivée pour l'enguirlander, il voulait m'acheter ma propriété à bas prix.

— Un excellent motif pour le tuer, supposa l'employé. Descends avec moi maintenant. Et ne t'avise pas à essayer de t'enfuir. Il y a du monde en bas.

Le sang d'Hélène ne fit qu'un tour.

— Je n'ai aucune raison de me sauver. Nous attendrons les gendarmes et eux m'acquitteront.

— C'est à la justice de disculper, fit le métayer. Tu en es loin. Débrouille-toi avec eux. Cela ne me regarde pas. Pour l'instant, tu nous plonges dans la mouise. Qui nous payera ? Sa femme voudra-t-elle poursuivre l'activité ? Il marqua une courte pause avant de conclure : il devait bientôt marier sa fille.

Hélène préféra ne rien répondre. Ils rejoignirent le rez-de-chaussée sans proférer un mot. Un collègue du métayer s'approcha.

— Les gendarmes arrivent.

L'homme ordonna à Hélène de s'asseoir sur l'unique chaise installée dans l'entrée. D'autres employés accouraient. Commentaires et insinuations fusaient. Certains craignaient de perdre leur travail, d'autres plaignaient la femme et la fille, mais personne ne s'apitoyait sur le sort de la victime. Connu pour sa fourberie, sa pingrerie et ses manières indélicates envers le personnel, Florent Marcelin ne manquerait à personne.

***

Louet écoutait son collègue strasbourgeois.

— Je me suis pointé à 8 heures chez lui. Meyer m'a ouvert. Apparemment, il n'est guère habitué à voir débouler la maréchaussée à son domicile. Tu aurais vu sa tête !

Xavier n'eut cure de ce commentaire sans intérêt. Seule la vérité le captivait et il pressa son interlocuteur d'en venir aux faits. Sans s'en offusquer, l'autre répondit.

— J'y arrive. Notre homme reconnaît avoir servi malgré lui dans un régiment à moitié composé d'Allemands et de Polonais. Ce groupe constituait une partie des effectifs de la

157e division de réserve de la Wehrmacht. Meyer se demande encore aujourd'hui comment il fut intégré dans cette force. Il était cuisinier. Normalement, les Alsacos se retrouvaient sur le front de l'Est. Il est arrivé à Grenoble en octobre 1943 pour succéder à l'armée italienne, mais il a tenu à souligner qu'il n'a jamais pris part à la rafle des juifs ni au massacre de la grotte de la Luire, le 27 juillet 1944[1].

Il était déjà sur le front de l'Est. Si je t'explique ce détail historique, c'est pour te situer le bonhomme.

— Je comprends.

— Je lui ai demandé s'il connaissait Saint-Pierre-de-Chartreuse… Tu aurais vu sa tête. Il est devenu tout blanc.

Louet se fit plus attentif.

— Et alors ?

— Il m'a avoué y être passé, sans vouloir s'éterniser sur, a-t-il dit, la plus mauvaise période de sa vie. J'ai tenté de lui tirer les vers du nez, mais basta ! Il m'a demandé le vrai motif de ma visite et s'il y avait un problème avec sa fille qui était maîtresse d'école.

— Et ?

— Je ne lui ai fourni aucune explication. Il est resté impassible. Ce type me semble assez intelligent pour comprendre que nous nous intéressons à lui ou à sa famille. Un gendarme de son patelin se présentant face à lui pour évoquer Saint-Pierre-de-Chartreuse montre qu'il y a anguille sous roche. À cet instant, sa femme est arrivée. Il m'a signifié que l'entretien était clos et m'a claqué la porte au nez.

— Tu as tout de même fait du bon boulot. J'ai de quoi interroger sa fille. La placer en garde à vue me semble exagéré

1. Les militaires allemands ont remplacé les Italiens ; ce régiment était basé à Grenoble et la rafle s'est réellement déroulée. Cette formation a aussi participé aux tueries du Vercors. À l'exception de ces faits historiques, le reste est une fiction. Il n'y avait – à ma connaissance – aucun Alsacien dans ce régiment.

pour l'instant, mais une discussion judicieuse s'impose et je vais m'y atteler.

Le planton s'approcha.

— Un appel sur une autre ligne, mon adjudant-chef.

— Dites de me recontacter un peu plus tard.

— Ça urge.

— C'est toujours urgent chez nous.

— On a encore un mort.

Louet jura.

— Je te rappelle plus tard, confia-t-il à l'Alsacien.

— Ouais, il me semble avoir entendu. C'est un festival chez toi ! Tiens-moi au courant. Je me ferai un plaisir d'alpaguer le père Meyer si tu le souhaites.

Louet ne l'écoutait plus. Il se précipita au bureau du planton.

— Jacquard est en repos. Rappelez-le, j'ai besoin de tout le monde !

***

Alice Duprès voulut en avoir le cœur net et composa le numéro de téléphone du centre hospitalier de la capitale des Alpes. L'hôtesse lui transmit le service de Gérard Virlat. À la suite d'une longue attente, l'infirmier se fit entendre.

— Alice, que se passe-t-il ?

Elle résuma le courrier reçu et la précédente discussion avec son mari. Prudent, Virlat s'enquit.

— En quoi cela me concerne-t-il ?

— Tu souhaitais me faire une blague ?

— De quoi parles-tu et quelle farce ?

— Envoyer ce courrier pour rigoler.

Estomaqué, son correspondant déclara sans tact.

— Il s'agirait d'une mauvaise plaisanterie et je n'ai guère l'habitude d'apeurer mes maîtresses. Pourquoi d'ailleurs m'abaisserais-je à ce truc ?

— Je n'en sais rien.

Virlat sembla réfléchir un instant avant de reprendre la parole.

— Nous allons en rester là, Alice. Nous avons passé d'excellents moments et je me souviendrai agréablement de toi, mais c'est fini. J'ignore à quoi tu joues, mais j'ai passé l'âge de ces conneries.

Vexée d'être rabrouée, elle rétorqua.

— Ça n'est pas toi qui romps, c'est moi !

— Si tu le penses, répondit son amant. Mais si tu dis vrai, réfléchis à qui peut t'en vouloir. À ta place, j'avertirais les flics. Les articles de journaux s'étalent sur l'infortune de ton village et, à l'occasion, la liste des macchabées s'allongera. Ton mari a raison, discuter avec les gendarmes est une excellente idée. Au moins, ils te protégeront. À condition bien sûr que tes propos soient vrais. Si c'est le seul prétexte que tu as trouvé pour me larguer, il est minable.

— Je n'avais pas envie de rompre tout de suite ! lâcha-t-elle malgré elle.

Virlat répliqua sur un ton ironique.

— J'adore ton tact. Dégote-toi un garde du corps, il fera ainsi double-emploi.

— Goujat !

Excédée, Alice coupa brutalement la communication.

— Un problème ? s'enquit son mari du haut des escaliers.

Surprise et inquiète d'avoir été prise en défaut, elle marmonna.

— Une erreur.

— Quand cesseras-tu de me considérer comme un imbécile ? Je t'ai entendue. Je sais tout de tes petites sorties d'après-midi.

Il redescendit et s'immobilisa au pied des marches. Elle répondit sous la forme d'une pirouette.

— Je n'ai jamais rien caché.

— Ah bon ? Et tes virées quand je travaille ?

Elle resta coite. Se jugeant discrète, comment l'avait-il appris ? Morel avait-il déjà colporté ses propos malveillants ? Impossible. Le couple s'était tenu compagnie et Alice se serait aussitôt rendu compte d'un fait anormal. Si ce n'était Denis l'auteur de la missive ni son amant, qui l'avait glissé sous la porte ?

***

En découvrant le cadavre de Florent Marcelin, Louet songea qu'il ne s'habituerait jamais à la nature humaine et à son degré de violence. Quant à Frédéric, nouveau dans le métier, il faillit lâcher l'appareil photo. L'ancien en ayant vu d'autres pendant la guerre d'Algérie eut cette pensée hautement philosophique : *Sa femme ne jouera plus avec ses roustons*. Bourdon, resté au rez-de-chaussée pour surveiller Hélène Delcroix, en profitait pour relever les noms des personnes présentes sur son carnet de déclarations, en prévision de leurs auditions.

Les constatations effectuées et les photos imprimées sur la pellicule, Xavier prit Jacquard en aparté et murmura.

— Alors, encore un meurtre résultant des péchés capitaux ?

Sa moue indécise renseigna son patron qui s'en serait frotté les mains de contentement s'il n'avait entendu crier la veuve et la fille dans le hall d'entrée.

— Laissez-moi monter !

Xavier assista à la scène sur le palier. Bourdon tenta de retenir Lucie et Camille au pied de l'escalier pendant qu'Hélène Delcroix pleurait, assise sur sa chaise. Impuissants, les employés regardaient l'affligeant spectacle sous l'œil impassible du chat de la maison, couché au pied de l'une des vitrines d'exposition.

Le gradé ordonna à l'ancien de rester près du cadavre en attendant la brigade de recherches et rejoignit l'épouse et sa fille éplorées. D'un signe discret, il invita les employées féminines à s'approcher pour essayer de les réconforter. Les Marcelin se tenaient par le bras dans un geste vain de consolation, mais Lucie tentait toujours de forcer le passage. Mal à l'aise, Louet dut faire preuve de fermeté. Hélène Delcroix s'avança et proposa la chaise à la maîtresse des lieux. La fille profita du moment d'inattention pour gagner l'étage. L'ancien eut juste le temps de lui barrer le passage devant la porte. Il l'invita gentiment à redescendre en lui promettant qu'elle verrait son père dès les investigations techniques terminées. La jeune femme obéit en redoublant ses pleurs.

L'adjudant-chef expulsa discrètement l'air entré dans ses poumons en haussant les sourcils. Il haïssait ces moments où un intime surgissait en hurlant, piétinant la scène de crime et détruisant un indice crucial. Parfois, les empreintes de chaussures d'un membre de la famille se mélangeaient dans une flaque de sang, de terre ou de sable avec celle de l'assassin, réduisant à néant une preuve permettant de remonter jusqu'à lui. Dans d'autres tragédies, un témoin ou un proche tournait une poignée de porte ou s'emparait de l'arme utilisée pour la donner, tout sourire, à un enquêteur qui jurait intérieurement en songeant à cette nouvelle destruction.

Frédéric s'approcha de son patron.

— Je viens de discuter avec le métayer.

— Oui et alors ?

— Tout concorde encore une fois.

Louet soupira en attendant la suite.

— Marcelin était radin.

— Ça nous mène où ?

Frédéric écarquilla les yeux, tant la cause lui parut évidente.

— Ben, aux sept péchés capitaux !

— Encore ! Je nous en croyais débarrassés cette fois !

Son subalterne ne lui laissa pas le temps de s'empêtrer dans un emportement dont il avait le secret. Il renchérit.

— Florent Marcelin était radin.

— C'est un péché capital ? fit Louet pourtant assuré d'une réponse positive.

— Bien sûr.

— Et merde ! Nous en sommes à combien ?

— Cinq personnes. Romain Delcroix pour la gourmandise, Jules Séverin pour la paresse, Claire Blanc pour l'orgueil, Justine Caron pour la colère et aujourd'hui Marcelin pour sa pingrerie.

— Cela commence à faire beaucoup.

— Ça n'est pas terminé.

— C'est bon, ce n'est pas la peine d'en rajouter. Nous aurons encore le droit à deux cadavres si votre hypothèse est fondée.

— Tout à fait. L'envie et la luxure.

Xavier fronça les sourcils. Une nouvelle fois, Jacquard prenait l'initiative et lui coupait la parole. Ignorant ou se moquant des états d'âme de son patron, le jeune gendarme précisa.

— Il nous faut découvrir qui pourraient être les prochaines victimes, sachant que ce sera encore une fois des habitants de Saint-Pierre.

Louet ronchonna et désirait avoir le dernier mot. Malgré ses compétences encourageantes, Jacquard restait un agent de police judiciaire fraîchement émoulu de l'école de gendarmerie et ça n'était pas à lui de mener l'enquête, tel un commandant de brigade avisé. Il lui incombait de reprendre l'initiative et il prononça d'un ton ferme.

— Vous avez terminé ?

Surpris, Frédéric se tut.

— L'ancien connaît pratiquement tout le monde. Il pourra probablement nous démontrer qui serait susceptible d'être le prochain sur la liste du meurtrier.

— De la tueuse, fit une voix proche.

Les gendarmes se retournèrent et Louet comprit son erreur. En haussant le ton pour tempérer l'ardeur de Jacquard, le métayer avait tout entendu et désignait Hélène Delcroix.

— C'est elle ! Il n'y a plus à chercher. Vous l'avez votre meurtrière. Nous allons enfin pouvoir reprendre une vie tranquille.

Le commandant de brigade se plaça devant lui tout en ordonnant d'un geste à Bourdon d'emmener la suspecte dans l'Estafette.

— Du calme. L'enquête prouvera ou non sa culpabilité.

— Sa responsabilité est toute tracée ! Nous l'avons prise sur le fait.

— Elle tenait le couteau ?

— Je n'en sais rien.

— Vous êtes arrivé le premier dans la chambre ?

La prestance du métayer vacilla quand il répondit encore une fois par la négative. Le gradé revint à la charge.

— Avait-elle du sang sur les mains ? Que reflétait son visage ?

L'homme baissa la tête de mauvaise grâce et indiqua sa collègue.

— C'est elle qui a découvert le patron.

Louet se concentra sur la femme de chambre.

— Je répète ma question. Madame Delcroix avait-elle du sang frais sur les mains ?

Tremblante, l'employée hésita avant de répondre d'une voix hachée.

— Je n'ai pas prêté attention. Je suis restée près de la porte. En tous les cas, sang frais ou pas, elle avait de l'hémoglobine sur les mains.

L'enquêteur abhorrait ces gens accusant sans preuve, mais assurés de leurs déductions. Depuis les premiers temps des investigations policières, des délateurs peu regardants sur la vérité avaient envoyé des innocents en prison, avec parfois la bénédiction de la justice, trop heureuse de clore un dossier difficile ou dépourvu de preuves rationnelles.

Il invita la femme de chambre à rejoindre Bourdon et Hélène.

— Je vous interdis de communiquer avec madame Delcroix.

Peu rassurée, elle hocha la tête et sortit de la maison. Lucie Marcelin redoubla de cris en voyant trois militaires de la brigade de recherches franchir son perron. Louet s'adressa brièvement à eux, puis il revint vers la veuve et sa fille.

— Je vous présente toutes mes condoléances. Les pompes funèbres vont arriver pour emmener votre époux à la morgue.

— À la morgue ? s'indigna Camille.

— Une autopsie s'impose.

— Pourquoi ? hurla-t-elle. Tout le monde sait que mon père est mort poignardé.

Louet répondit calmement.

— Elle démontrera la manière dont le coup a été porté.

— Cela ne ramènera jamais mon mari.

— Vous avez raison. Mais selon la façon et l'angle dont la lame a pénétré le corps, nous apprendrons si l'assassin était droitier ou gaucher, petit ou grand. Nous saurons également s'il a reçu des coups de poing et s'il s'est défendu.

— Comment ?

— Je n'ai guère envie de vous importuner avec des détails, répondit le gradé avec tact, mais si votre mari n'a subi aucune autre violence, qu'il n'y a pas de bleu par exemple, cela attesterait qu'il n'a ébauché aucun geste de protection. Cela amènerait à penser qu'il connaissait son meurtrier.

— Sa meurtrière ! hurla la fille.

La mère renchérit.

— Ou bien mon mari a été pris de court !

— L'attaque est frontale. Même en étant surpris, il se serait protégé. Apparemment il ne s'est pas défendu. L'autopsie nous en dira plus.

La discussion fut interrompue par l'arrivée du maire. Les poings serrés, il se dirigea droit vers les gendarmes et s'adressa à Louet.

— Il y en a marre de tous ces crimes ! J'exige des résultats. Au lieu d'interroger les honnêtes gens, vous devriez faire montre d'un peu plus de professionnalisme !

Louet laissa passer l'orage. Rancunier, Duval crachait sa vindicte. Avoir pris fait et cause quelques jours auparavant pour le jeune gendarme relevait à ses yeux d'un outrage.

L'ensemble du personnel de la brigade en prenait pour son grade. L'ancien et Xavier se regardèrent. Les deux hommes connaissaient la musique. Ne rien dire, laisser parler et basta ! L'édile se calmerait tout seul. Tôt ou tard, il aurait encore une fois, et comme toujours, besoin des gendarmes. Il serait le premier à venir se plaindre au bureau. Quant à ses menaces de téléphoner au préfet, le commandant de brigade s'en moquait royalement. Il rendait compte au procureur de la République et à son commandant de compagnie. « Pour le reste, que les huiles se débrouillent entre elles », claironnait-il.

— C'est la cinquième victime, fit Duval en lui présentant les cinq doigts de sa main.

— J'en suis conscient et nous essayons de…

— Essayer est insuffisant ! Vous attendez que la moitié de ma commune soit décimée ? Il marqua un bref temps d'arrêt avant de reprendre calmement : j'ai vu Hélène Delcroix dans votre Estafette.

— Elle était présente sur les lieux du crime.

— C'est elle !

— Rien ne le prouve. Je vais la placer en garde à vue pour l'entendre… Également la femme de chambre.

— Elle aussi ?

— Vous sauriez déjà tout si vous étiez arrivé calmement, assura Louet.

L'animosité entre les deux hommes se confirma aux regards échangés. Soucieux d'éviter de remettre de l'huile sur le feu, Vincent écouta les explications du gendarme. Duval s'exprima à l'issue.

— Hélène Delcroix vouait un fort ressentiment à l'encontre de Marcelin, mais je ne suis plus guère convaincu de son implication.

— Nous en saurons un peu plus tout à l'heure.

Les militaires de la BR redescendirent. Un morceau cartonné légendait le contenu d'un sac plastifié que tenait un gendarme. À l'intérieur, la lame rougie du sang de Marcelin attirait l'attention. Les plus curieux distinguèrent la cire du scellé à peine refroidie.

— On a fini. On escorte le défunt jusqu'à la morgue.

Des cris déchirants explosèrent dans le salon. Le technicien expliqua avoir recouvert le corps d'un drap et que la victime était présentable. Il proposa d'accompagner la mère et la fille à l'étage. Louet lui en sut gré. Il lui serra la main et gagna l'Estafette, suivi de ses hommes.

***

— Florent Marcelin est décédé, monsieur le curé, annonça la bonne en déposant son panier en osier rempli de victuailles sur l'épaisse table en bois du presbytère.

Le prêtre reposa son verre de vin et se signa.

— Un meurtre ?

— Oui, selon l'épicier.

— J'en ai assez ! Tous ces morts. Les enterrements sont continus. Toutes ces vies gâchées.

— Un bruit commence à courir.

— Encore des colportages.
— L'assassin tuerait sous le prétexte des sept péchés capitaux.
Le père Joseph se leva et rinça son verre dans l'évier.
— D'où tenez-vous cette ineptie ?
— Je répète ce que j'ai entendu à l'épicerie. De là à nommer l'individu ayant eu l'initiative de cette rumeur, je n'en sais fichtrement rien.
— Si cela est vrai, il s'agirait d'une personne érudite.
— Bof !
Le religieux se fit songeur.
— Les gens cultivés dans cette commune ne courent pas les rues.
— Vous exagérez.
Joseph la tranquillisa d'un geste vague de la main.
— Vous avez raison, mais je me comprends. Tout le monde n'a été pas été au catéchisme et pourtant tout le monde sait.
— Que voulez-vous dire ?
— Rien, mais j'ai ma petite idée.

***

L'adjudant-chef Louet ruminait à côté du chauffeur. Au fil des investigations, l'enquête s'enroulait au lieu de se démêler et la liste des suspects s'allongeait. Alice Duprès s'était disputée avec Justine Caron, décédée depuis. Justine et Claire Blanc avaient eu des mots et cette dernière ne vivait plus. Hélène Delcroix avait menacé Florent Marcelin, mort lui aussi. Christine Meyer s'était prise de bec avec Justine et elle se promenait dans les parages du lieu où Jules Séverin s'était noyé. Alice Duprès, Hélène Delcroix et Christine Meyer restaient de potentielles suspectes.

— Uniquement des femmes ! Toutes sont originaires de Saint-Pierre, à l'exception de l'Alsacienne.

Bourdon intervint.

— Et si l'institutrice les avait manipulées pour un motif encore inconnu ?

Frédéric se porta à la rescousse de son amie.

— Elle vient d'arriver au village. Il lui est impossible de brouiller tous ces gens entre eux en si peu de temps.

— Son père pourrait l'avoir aidée. Une vengeance fomentée depuis des années aboutissant à ces drames, proposa Louet.

— Elle n'est là que depuis deux semaines ! appuya Frédéric.

Un lourd silence plana dans l'Estafette, prouvant l'acceptation de l'argument. Louet reprit le dessus. Assises à l'arrière, Hélène Delcroix et l'employée de Marcelin écoutaient.

— Silence les gars. Nous essayerons de dénouer ce sac de nœuds à la BT.

***

Le bruit de l'assassinat de Florent Marcelin avait fait le tour du village et les commentaires allaient encore une fois bon train. Malgré la fin de la récréation, les instituteurs s'entretenaient avec le directeur dans la cour de l'école, pour la plus grande joie des enfants. Un sursis de quelques minutes pour s'amuser est toujours bon à prendre. Des filles poursuivaient une partie de marelle pendant que les garçons jouaient aux billes sous un arbre. À l'écart, deux fillettes discutaient vivement en rigolant.

— Incroyable ! ne cessait de dire Pierre Carpentier. Je n'ai jamais connu pareille situation depuis le début de ma carrière.

— Heureusement, répondit une institutrice en surveillant deux garçons prêts à en venir aux mains pour une raison futile.

— Je vais encore être soupçonnée, déclara Christine.

— Il n'y a pas de fumée sans feu, répliqua un enseignant.

La jeune femme songea que l'image qu'il avait d'elle avait changé depuis leur première rencontre. Sa timide tentative de séduction lors de la réunion de rentrée des classes se soldait maintenant par un bref salut au début et à la fin de la journée. L'homme avait rapidement pris ses distances depuis l'annonce du second meurtre. N'obtenant aucune grâce, la soupçonnait-il ? Pour l'accabler un peu plus, aucun collègue n'intercédait en sa faveur. Christine maugréa.

— Comme tout le monde ici, vous me croyez coupable.

À l'exception de Carpentier, tous baissèrent légèrement la tête. Sans s'émouvoir, elle poursuivit.

— Si j'étais la tueuse prétendue, pensez-vous que les gendarmes me laisseraient arpenter le village ?

— On t'a vue parler avec l'un d'eux.

— Le dernier arrivé, il me semble. Je ne l'avais jamais croisé auparavant, ajouta un autre instituteur.

— Je discute avec un gendarme, oui, et alors, où est le mal ?

— Évite de t'énerver, on cause. Nous essayons de comprendre.

— Il n'y a rien à piger. Je suis innocente.

Carpentier intervint.

— Où allez-vous tous les matins ? Vous revenez de je ne sais où juste avant la classe et, comme par hasard, les meurtres sont commis, si j'ai bonne impression, au cours de la nuit précédente. Avouez qu'il y a matière à réflexion.

La petite assemblée l'approuva. Sans hésiter, l'Alsacienne rétorqua.

— J'aime me promener le matin. Il fait bon et le paysage offre de magnifiques couleurs.

— Il s'agit d'une piètre réponse, formula son voisin. Pourquoi partir si tôt ? Les journées sont encore longues en cette fin septembre et rien ne t'interdit d'en profiter en début de soirée.

— De quoi vous mêlez-vous ? Je me promène au moment où j'en ai envie, je n'ai aucun compte à rendre !

Plusieurs enfants dirigèrent leur regard dans sa direction. La maîtresse sortant de ses gonds dans la cour de récré reflétait une expérience inédite à raconter aux parents. Conscients de leur erreur, Carpentier entraîna ses collègues à l'écart en chuchotant.

— Vous avez raison, mademoiselle Meyer. Excusez-moi.

Les autres approuvèrent sans conviction. L'un d'eux renchérit.

— On ne sait rien de toi, après tout.

— Moi non plus, je ne te connais pas, et est-ce que je formule un avis à ton encontre ?

— Je ne cache rien et ne suis soupçonné d'aucun méfait.

Christine se planta devant lui et le regarda droit dans les yeux.

— Maintenant, ça suffit ! Je vous le répète pour la dernière fois, je porterai plainte contre le prochain qui émet des doutes ou qui proclame des âneries. Vous n'êtes ni des juges ni des flics. J'espérai un peu de soutien de la part de mes collègues et non cette vindicte accablante !

Elle les laissa sur place et frappa dans ses mains pour appeler ses élèves. Médusés, le directeur et les instituteurs la regardèrent fermer la porte du couloir. Le calme réinvestit les lieux et seul le trille d'un oiseau posé sur la branche d'un arbre égaya la cour.

***

— Bourdon, prenez l'audition de l'employée de Marcelin, décréta Louet en s'asseyant devant sa machine à écrire. Jacquard, restez ici avec moi et assistez en silence à celle de madame Delcroix. Et cette fois, vous la bouclez. Je ne veux pas vous entendre. C'est un ordre !

Frédéric hocha positivement la tête et fit signe à la femme de s'avancer. Il l'invita à s'asseoir et se posta derrière elle. Xavier ne lui laissa aucun temps de répit et lui demanda de s'expliquer. Hélène répéta les mêmes phrases qu'à leur arrivée sur les lieux du crime.

L'ancien approcha et, sans attendre l'autorisation de son chef, posa sur le bureau un appareil photo, le boîtier de prises d'empreintes et une fiche de renseignements. Hélène Delcroix se laissa faire pendant qu'il lui tenait chaque doigt tour à tour pour le presser sur le tampon encreur, avant de l'appliquer sur la feuille où serait imprimé le relevé de la main. Elle réprima un sanglot. Il lui tendit un chiffon usagé pour s'essuyer, puis l'invita à se lever. Il lui indiqua l'un des murs dénués de posters proposant aux jeunes gens d'embrasser une carrière militaire et la photographia debout, de face et de profil. Sans se départir de son calme, l'homme lui fit ensuite signe de se rasseoir sous l'œil irrité de Xavier, pianotant impatiemment sur son bureau, mais pour une fois silencieux.

L'ancien se moquait des remarques du commandant de brigade. Les guerres d'Indochine et d'Algérie l'avaient endurci et ça n'était pas Louet, qui n'avait jamais participé à un conflit, qui le déstabiliserait[1].

Sa tâche accomplie, le gendarme adressa un signe de tête à son supérieur et regagna son bureau. Xavier reprit son interrogatoire.

— Vous n'avez rencontré personne en arrivant ?

— À part un employé, je n'ai vu personne.

1. Vrai. J'ai connu au début de ma carrière (1979) de tels militaires. Ils avaient frôlé la mort à maintes reprises (Indochine et Algérie) et étaient, pour certains d'entre eux, pratiquement *incommandables*. Officiers et gradés respectaient en général ces militaires en fin d'activité. Il s'agissait d'une gendarmerie bien différente de celle d'aujourd'hui.

— Êtes-vous venue à pied et avez-vous croisé une auto quittant le domicile de la victime ?

— Rien du tout.

— Vous en êtes certaine ?

— Absolument.

Il lui posa plusieurs questions, parfois les mêmes sous un angle différent et fut rapidement persuadé de son innocence. L'audition terminée, il téléphona au juge d'instruction pour lui rendre-compte. Convaincu lui aussi, il ordonna à l'OPJ de la laisser libre de se retirer. Louet exigea à Frédéric de reconduire Hélène Delcroix et l'employée de Marcelin à leurs domiciles respectifs.

— Profitez-en pour me ramener l'institutrice.

Le gendarme faillit déglutir de travers.

— Vous êtes sûr ?

L'expression du visage de Louet le cloua net.

— Jeune homme, vous commencez sérieusement à me les briser menues. J'ordonne, vous obéissez. Me fais-je bien comprendre ? Sans attendre de réponse, il poursuivit : déguerpissez en vitesse. Je ne veux plus vous voir avant l'arrivée de cette gonzesse.

***

Les larmes aux yeux, Christine s'interrogeait. Devait-elle continuer l'année dans cette école où ses confrères émettaient des réserves sur sa moralité ? Ses élèves écoutaient la leçon en se demandant pourquoi le directeur et ses collègues avaient élevé la voix.

Au fond de la classe, Olivier Delcroix ignorait les désagréments endurés par sa mère.

***

Décidé à s'enfuir et faisant fi des menaces, Gilles persévérait dans la sape du système d'attache. Le scellement arraché, il devrait libérer son poignet pour atteindre la porte et la fracasser. Tout devrait se jouer au cours de la même journée. Quitter ce lieu inhospitalier avant d'entendre le bruit des pas dans ce qu'il supposait être un couloir, puis rejoindre les siens.

***

Frédéric raccompagna les deux femmes à leur domicile et se dirigea vers l'école en appréhendant le prochain quart d'heure. Il rétrograda en seconde et la 4L émit son bruit caractéristique.

Aucun son ne transpirait de l'intérieur des classes. Les fenêtres fermées emprisonnaient tous les échos, rires ou cris des petits élèves. Il sourit malgré lui en songeant à ses années heureuses dans le Pas-de-Calais. Il parcourait les plages de Saint-Omer, jouant dans les dunes avec son frère les jeudis et dimanches, sous l'œil attendri de leur mère. L'école de gendarmerie et ses premières semaines en brigade avaient depuis longtemps rattrapé ses certitudes de la vie.

Il gara son véhicule devant l'établissement scolaire et distingua au loin le père Joseph. Considérant en lui un sursis avant de récupérer Christine, il se porta à sa hauteur. Les deux hommes se serrèrent la main. Le prêtre secoua la tête d'un air fataliste et révéla :

— J'ai tenté de consoler sans succès la fille de Florent Marcelin. Quelle histoire ! Un bruit court. Le sort de ces pauvres victimes serait lié aux sept péchés capitaux. Où allons-nous si de telles fadaises traversent le village ?

— C'est malheureusement vrai, monsieur le curé.

— Vous y croyez aussi ? Si la maréchaussée accepte ces ragots, je n'ai plus qu'à rendre ma soutane !

Jacquard relata ses spéculations. Un silence de mort les accueillit. Meyrin l'interrogea.

— Le meurtre d'aujourd'hui ?

— Aucune idée. Vous, mon père, qu'en pensez-vous ? Marcelin était radin.

— C'est vrai, acquiesça l'homme d'Église en songeant au refus de son paroissien de participer à la réfection du lieu saint. Mais de là à le supprimer parce qu'il aime les sous, il y a un monde.

— Un monde où l'assassin évolue apparemment avec aisance.

— Ou la meurtrière.

— Vous imaginez une femme commettre ces crimes ? s'enquit le gendarme incrédule.

— Les voies du Seigneur sont impénétrables.

Jacquard riposta caustiquement.

— Où allons-nous si votre Seigneur admet ces meurtres ?

— Évitez de blasphémer !

Le militaire temporisa.

— Une fille n'a pas la capacité physique de les tuer.

— Tiens donc ! Pourquoi ?

— Prenons l'exemple de Claire Blanc. Comment une femme serait-elle parvenue à la fixer sur la croix et la redresser ?

— En bénéficiant d'une aide extérieure, rétorqua le religieux.

— Vous y croyez vraiment ?

— Pas vraiment, mais pourquoi pas ? Finalement, je ne suis qu'un simple curé de campagne. C'est vous l'enquêteur.

Frédéric avoua sinistrement.

— Mon patron conteste ma théorie et ne cesse de blâmer mes actes.

Meyrin éclata de rire.

— Louet est sans doute un fin limier, mais démuni de tact. Cet imbécile devrait parfois écouter son prochain. Évitez de prendre en compte ses sautes d'humeur. Un râleur sans rancune ne peut être mauvais. Laissez-le dire et faites en toute discrétion ce dont votre idée vous porte. Si vous avez raison, il vous en voudra probablement, mais pas longtemps. Je le connais comme si je l'avais fait.

— Mon père!

Le prêtre rigola de nouveau.

— C'est une expression. Tantôt ce singulier personnage me fait rire, tantôt il me fait sortir de mes gonds.

Un instant de silence les accompagna avant qu'il reprenne, avec une ombre d'hésitation :

— Il me revient une discussion avec Madeleine. C'était mardi 16.

— Qui est-ce?

— Ma servante. Celle ayant découvert la pauvre Claire... Nous parlions du comportement de Florent Marcelin. Elle l'a un tant soit peu critiqué.

— L'homme était sujet à la pingrerie selon les premiers éléments de notre enquête.

— C'est vrai et c'est sans doute pour cela que Madeleine a proféré ces propos. Je tenais juste à vous le signaler. Elle disait qu'il n'emporterait jamais son argent au paradis.

— Elle a raison. Paraissait-elle jalouse?

— Je n'en sais rien... Des paroles en l'air, sûrement.

— Probablement, admit le militaire en imaginant une nouvelle option. Elle est à l'église en ce moment?

— Tout à fait.

— Je vous laisse, mon père.

Il rejoignit sa voiture et tourna la clé de contact en précisant :

— Je vais la voir. Une petite discussion s'impose.

Meyrin posa les mains sur la porte pour l'empêcher de partir.

— Madeleine est incapable de faire du mal.

— Vous avez sans doute raison. Malgré cela je ne dois rien négliger.

La moue dubitative de son interlocuteur le laissa de marbre. Trop heureux de ne plus avoir à importuner l'institutrice, Frédéric démarra sur les chapeaux de roues.

***

Christine aperçut la 4L s'éloigner sans distinguer son ou ses occupants, et le père Meyrin se diriger vers la mairie. Apparemment, les gendarmes prévoyaient un arrêt à l'école avant de changer d'avis. S'apprêtaient-ils à l'appréhender ou lui poser de simples questions ?

Le directeur venait de lui notifier l'appel téléphonique de son père. Carpentier l'avait invité à le joindre à l'issue des heures de cours. Pour essayer d'atténuer le houleux entretien de la cour de récréation, il avait gentiment proposé à Christine de poursuivre la conversation dans son bureau. « Nul besoin de lui demander de vous appeler dans une sordide cabine des PTT », avait-il souligné discrètement et à l'insu des écoliers.

La jeune femme cogitait. Face à l'indécision de ses élèves qui l'observaient d'un air consterné, elle les pria de prendre leur livre de français et les invita à lire le texte de la leçon du jour.

Les gendarmes strasbourgeois au domicile de ses parents. Carpentier n'avait révélé aucun détail. Normal, son père ne s'épanchait jamais face à un inconnu. La présence des militaires devant l'école et l'appel de son père coïncidait-elle avec les meurtres ? Elle regarda sa montre et soupira. L'attente serait longue.

***

À Strasbourg, Albert Meyer se posait un tas de questions et souhaitait connaître immédiatement les réponses. Le directeur de sa fille lui avait paru d'une froideur excessive. Les Français de l'intérieur[1] se comportaient parfois comme des malotrus.

Quel rapport entre son incorporation de force chez les Allemands et Christine, institutrice dans le massif de la Chartreuse ? En voyant sa femme approcher, il avait fermé la porte au nez du gendarme.

Son épouse ignorait tout de son passé. Jamais il ne témoignait sur cet épisode de sa vie qu'il tentait vainement d'oublier. Il vivait avec un secret vieux de vingt-six ans. Personne ne pouvait le consoler ou l'excuser. *Seule avec ma conscience*, marmonnait-il devant le miroir de la salle de bain. Carpentier l'avait prié de recontacter sa fille à l'issue des heures de classe. En consultant sa montre, il se dit que sa patience était mise à rude épreuve. Il se versa un Amer bière et s'installa dans son canapé.

***

Frédéric entra dans le vestibule du presbytère sans y être invité. Un bruit de casserole et de jet d'eau l'attira dans la cuisine. Face à l'évier, la servante récurait un énorme faitout où venait de cuire une potée prévue pour une dizaine de personnes. Le plat encore fumant refroidissait sur la table avant d'être déposé par portions au réfrigérateur. Un poste radio distillait un air de musique classique.

Jacquard toqua sur le chambranle de la porte. Surprise, la femme sursauta. Il l'avait entraperçue au moment des

1. Expression donnée par le gouvernement français lors de la guerre de 1870. Elle perdure encore – avec force – aujourd'hui en Alsace.

constatations suite au décès de Claire Blanc et elle lui avait paru un peu plus jeune, sans doute grâce à la pénombre de l'église. Il estima son âge à soixante ans. Des cheveux foncés résistaient aux assauts de la vieillesse, mais ses tempes avaient blanchi depuis longtemps.

Un soupçon d'empâtement reflétait son goût pour la bonne chère. Pourtant, malgré les années, Madeleine restait une femme séduisante. Fait incongru, elle portait des chaussures de montagne.

Il réalisa aussitôt qu'elle était incapable de traîner une lourde charge ou de plonger dans une cuve un homme à la stature de Romain Delcroix. Selon sa théorie, les autres meurtres étant liés, Frédéric se refusa à l'entendre. Il allégua un prétexte et, après avoir discuté un moment, il prit congé.

— Retour à la case départ, marmonna-t-il en démarrant.

Il suivit la direction de l'école avec appréhension. La chaleur emprisonnée à l'intérieur de l'habitacle l'obligea à ouvrir la vitre. Déconcentré un court instant, il tourna à gauche et freina brutalement en voyant Vincent Duval traverser la route. Celui-ci fit un bond de côté. Remis de sa surprise, l'élu s'approcha de la voiture. Le reflet dans le pare-brise lui interdit de distinguer le chauffeur. Il avança avec curiosité.

— Vous !

— Je suis vraiment désolé, monsieur le maire.

— Vous cumulez les conneries. Un peu plus et je passais sous vos roues.

Frédéric fit profil bas. Inutile de raviver sa colère. L'édile se calma aussi vite qu'il venait de s'emporter.

— Madame Delcroix a avoué ?

Frédéric lui résuma le résultat des auditions.

— Les deux femmes sont donc innocentes, conclut le maire en posant les mains sur le toit de la voiture.

— Affirmatif.

— Vous devriez vous remuer les fesses au lieu de m'insulter dans mon établissement et tenter de m'écraser sur la voie publique.

— Je vous prie encore une fois de m'excuser pour ma conduite un peu rapide, concéda le militaire en se refusant de proférer un seul mot sur l'entretien délicat partagé au fond de la cave.

Duval parut se calmer.

***

À quarante-trois ans, Albert Meyer n'aurait jamais songé que son passé le rattraperait. Il fut incorporé malgré lui à dix-sept ans au sein de la 157e division de l'armée allemande stationnée à Grenoble. Recrutement étonnant puisqu'il aurait dû, comme tous les Alsaciens et les Mosellans, servir dans un régiment en Russie. Plus tard, les autorités allemandes constatèrent leur erreur et le jetèrent manu militari dans un train en partance pour l'Union soviétique. Meyer se remémorait souvent ses années noires. À peine intégré dans une unité combattante, et peu habitué au maniement des armes, il guerroya dans les vastes plaines enneigées de Russie. Les troupes de ce pays fondirent sur celles envahissant depuis de longs mois leur nation. À la suite d'âpres affrontements, des compagnies entières se rendirent. Meyer n'eut pas le temps de déserter. Arrêté en avril 1945 près de Königsberg, et malgré sa citoyenneté française, les Russes restèrent sourds à ses explications. Son nom à consonance germanique et son accent le desservirent. Emprisonné au camp numéro 118 de Tambov, il y survécut sans savoir que la guerre était terminée depuis six mois. Sa libération fut une renaissance.

À l'exception de son incorporation de force et de son incarcération chez les Russes, sa femme ignorait tout de son passé militaire. Il gardait pour lui ses années de souffrance où il avait vu tomber bon nombre d'Alsaciens pour une guerre qui n'était pas la leur. Il ne commenta jamais ses missions dans la région grenobloise et n'évoqua jamais Saint-Pierre.

Plusieurs années après le conflit, il décida de se rendre en Chartreuse. Trop heureuse de voyager, sa femme insista pour l'accompagner avec leur fille. Il ne put refuser et aucune excuse avancée ne la fit changer d'avis.

Le périple en train dura plus de dix heures et le séjour dans le village Chartrousin n'aida guère Albert. La commune s'était peu modifiée en 1961. Aucune âme ne le reconnut et il ne vit personne l'ayant côtoyé. Il fit bonne figure devant sa femme pendant cette semaine de congés. En rentrant en Alsace, il se jura de ne plus remettre les pieds dans ce coin des Alpes. Le temps avait passé. Personne ne saurait jamais.

***

Frédéric croisa Louet dans la cour de la caserne.

— Où est l'institutrice ?

Jacquard lui relata son après-midi en omettant volontairement sa rencontre avec Vincent Duval. L'air courroucé de son patron ne présageait rien de bon.

— Je vous ai demandé de la ramener ! Gardez vos initiatives pour vos jours de repos. Quant à la femme de ménage, laissez-moi rire. L'idée n'est venue à personne dans cette brigade qu'elle pouvait être mêlée à cet imbroglio... Je retiens votre conception sur l'avarice. Mais ne croyez pas vous en tirer à si bon compte. Votre copine l'institutrice ne perd rien pour attendre... Pour l'heure, branchez le tuyau et lavez l'Estafette.

***

En apprenant la mort de Florent Marcelin, Alice Duprès sentit des frissons remonter le long de son échine. Son chien dans les jambes jappait pour quémander une friandise. Elle le repoussa avec le pied. Son mari leva les yeux au ciel.

— Ce clébard me rendra fou.

— Lui, au moins, saisit mon ressenti.

— Mieux vaut entendre ça que d'être sourd. L'heure n'est plus aux questions. Tu as bien compris le voisin ? Marcelin vient d'être assassiné.

— Sans recevoir de lettre de menaces.

— Qu'en sais-tu ? Tu n'es pas au fait de l'enquête. Et même si c'était vrai, ça ne change rien au problème. Il y a un macchabée supplémentaire au village et le meurtrier rôde peut-être parmi nous.

— Tu parles bien quand tu veux.

— C'est ça, fous-toi de moi. En attendant, qui est visée, toi ou moi ?

— J'ai peur.

— Heureux de te l'entendre dire. Je téléphone aux gendarmes.

Elle faillit le retenir par le bras, mais suspendit son geste. Elle tendit un morceau de sucre à son chien quand son mari composa le numéro de la brigade.

***

— C'est papa ! annonça Albert Meyer au téléphone.

Pierre Carpentier venait de prévenir Christine que son père était au bout du fil. « Prenez la communication dans mon bureau », avait-il ordonné d'un air sévère en refermant la porte derrière lui. Installée dans le confortable siège du chef d'établissement, la Strasbourgeoise tapotait nerveusement le bureau avec un stylo bille. Elle reconnut la voix rauque de son père et l'accent de sa région natale lui mit du baume au cœur.

— Des gendarmes sont venus à la maison.

Il relata le court entretien. À son tour, sa fille résuma ses déboires et les drames survenus depuis son arrivée, tout en négligeant Frédéric. Son père l'écouta, puis un silence glacial s'instaura.

— Papa, tu es là ?

— Oui. Je me demande pourquoi les poulets sont venus me voir.

— Ils ont toujours de ces idées.

— Ne les mésestiment jamais. Dans ce pays, c'est un des plus grands torts que nous avons.

— Tu exagères.

— Sans doute, mais la question n'est pas là.

— J'ai peur. Ils me soupçonnent.

— Mets-toi à leur place. À peine arrivée, l'hécatombe s'abat sur ce village.

Elle s'insurgea.

— Mais je n'y suis pour rien !

— Je le sais bien, répondit-il d'un ton se voulant rassurant.

— Qu'est-ce que je peux faire ?

Il certifia sans hésiter.

— Attendre et voir venir.

— Facile à dire, la pression est énorme. Je crains plus la réaction de la population que celle des flics.

— Ouais, la rumeur est une arme redoutable. Si les gendarmes veulent t'entendre, dis la vérité.

— Je n'ai aucune raison de mentir, même si certains faits sont contre moi.

— Ils démêleront le vrai du faux.

— J'espère, rétorqua-t-elle.

Elle s'imagina assise face à Louet, les menottes au poignet. Il répétait inlassablement les mêmes questions, mais ses explications ne le satisfaisaient jamais. À l'issue d'une éprouvante garde à vue, Frédéric la présentait à un juge d'instruction qui décidait son incarcération. Elle était jetée dans une cellule où d'autres femmes plus ou moins coriaces en faisaient leur bouc émissaire. Objet pour certaines, victime de racket pour d'autres, elle sombrait dans la folie.

— Christine ?

Elle réprima un sanglot et prononça un seul mot sous forme de supplique.

— Venez !

— Comment ?

— Viens avec maman – un nouveau silence envahit la ligne téléphonique –, s'il te plaît !

Albert Meyer regretta d'avoir appelé sa fille. Il n'aurait jamais imaginé entendre une telle requête. Sa dernière visite dans ce village lourd de souvenirs datait de 1961 et il s'était promis de n'y jamais remettre les pieds. Des fantômes remontaient-ils à la surface ou étaient-ils déjà sur place ? Les décès survenus depuis l'arrivée de sa fille avaient-ils un rapport avec lui ?

— Impossible !

— Comment ?

— Non, rien.

Personne n'était capable de faire la liaison entre lui et Christine. Peu de monde avait connu son identité pendant la guerre. Aux yeux des *Hàsebock*[1], et malgré sa nationalité française, il avait porté l'uniforme honni ; mais son passé ne méritait en aucun cas la mort de plusieurs innocents.

Il n'avait certainement pas été le seul à avoir agi ainsi. Si personne ne l'avait reconnu en 1961, qui pourrait dire aujourd'hui, en 1969, qui il était ?

---

1. Français de l'intérieur.

— Tu ne dis rien, papa.

Il grommela.

— Je pense.

— Vous viendrez, toi et maman ?

Albert Meyer soupira.

— Je dois réfléchir.

La fougue de sa fille lui rappela son caractère. Prompte à s'emporter si les avis divergeaient. Il tempéra pour gagner du temps.

— J'irai à la gare de Strasbourg consulter les horaires de train.

— L'appartement est grand, je vous logerai dans l'une des chambres.

Christine organisait déjà leur venue, leur arrivée et leur installation. Ses parents se préparaient à faire front avec elle. Une invincibilité de petite fille la ragaillardit. Son père l'apostropha.

— Évite de t'emballer.

Il la maudit mentalement, mais gentiment. Pourquoi cette idée saugrenue de vouloir enseigner dans ce coin des Alpes ? Des milliers de secteurs montagnards existaient dans le pays. Les Alpes, le Jura, le Massif central, les Pyrénées et même les Vosges. Pourquoi le hasard avait-il provoqué ce malheureux coup du sort ? Les Alpes se déroulaient dans toute leur longueur du lac Léman à la mer Méditerranée. Plus de trois cents kilomètres avec une centaine de massifs plus ou moins vastes. Il avait fallu qu'elle soit nommée en Chartreuse ! Une ironie dont Albert Meyer se serait bien passé.

— Vous arrivez quand ?

— Cesse de te conduire comme une gamine. Tu n'as plus dix ans. Je vais parler à ta mère et je te recontacterai.

— C'est moi qui t'appellerai. Je ne suis pas certaine que le dirlo apprécie l'emprunt de son bureau pour des messages personnels. Je le ferai de La Poste.

— Comme tu veux, répondit Albert trop heureux de disposer d'un délai, fut-il aussi court.

Ils échangèrent quelques propos anodins avant d'achever leur entretien. Christine raccrocha quelque peu rassurée. Soucieux, son père reposa le combiné en exhalant un profond soupir de lassitude.

***

— J'en ai marre s'exclama Louet en rejoignant ses subordonnés.

Ils le regardèrent sans l'ombre d'une surprise. Habitués à ses sautes d'humeur, ils attendaient la suite.

— Madame Duprès a reçu une lettre de menaces.

L'ancien s'esclaffa.

— Sans doute un amant éconduit. Je me demande pourquoi son mari reste avec elle. Malgré son mariage, elle continue de courir à droite et à gauche.

— Il est inenvisageable d'ignorer cette bafouille. Leur chef s'adressa à Bourdon et l'un de ses collègues : à 9 heures, allez chez eux au début de votre patrouille de nuit pour récupérer cette lettre. Au cours de vos quatre heures de service, passez régulièrement devant leur domicile. Au moindre doute, agissez. J'irai les voir demain matin.

Les deux militaires acquiescèrent.

***

Malgré une timide clarté, le jour abandonnait la partie. Le soleil n'éclairait plus les montagnes et, même si sa lueur persistait encore à l'ouest, la nuit prenait ses aises.

Le meurtre de Marcelin était sur toutes les lèvres des habitants de Saint-Pierre-de-Chartreuse et les chefs de famille se claquemuraient comme si un démon sorti des ténèbres du Moyen Âge allait jaillir devant leur maison.

La 2 CV pénétra en trombe dans le village en klaxonnant et se dirigea directement vers le cabinet du médecin. Le chauffeur freina brutalement devant le vieux portillon s'éjecta de la voiture pour se porter à la portière du passager arrière. Au même moment, le praticien et sa femme surgirent en demandant la cause du remue-ménage. Un patient, le bras dans le plâtre, assista à la scène sur le seuil. Un petit attroupement se formait à proximité de la maison.

— C'est l'curé ! hurla le chauffeur.

Le docteur approcha et remarqua une forme étendue sur la banquette arrière. Elle tenait un mouchoir au niveau de son visage et l'autre main plaquait la cuisse droite, d'où s'élargissait une tache de sang à travers la jambe de pantalon. Aidé du conducteur, il transporta le blessé à l'intérieur de son cabinet.

— Que s'est-il passé ?

Le prêtre marmonna une phrase incompréhensible. Le simple saignement de nez rassura le médecin qui s'empressa de découper le tissu du pantalon. Il s'exclama en reconnaissant la plaie sanguinolente.

— Un coup de couteau ! Téléphone aux gendarmes ! ordonna-t-il à son épouse.

Voyant l'homme d'Église reprendre ses esprits, il l'interrogea.

— Qui vous a fait ça ?

— Je n'en sais rien, émit faiblement le père Joseph.

— Ne bougez pas. Votre blessure est peu profonde, mais je dois désinfecter et recoudre.

Il s'empara d'un haricot métallique, y jeta ses ustensiles, tira deux flacons et une seringue d'un petit meuble fermé à clé et pria les témoins de sortir. Le prêtre récupérait doucement et l'observait en respirant par saccades.

— J'anesthésie localement avant de recoudre. Vous ne sentirez rien.

Son patient acquiesça en clignant les yeux. Le praticien œuvrait mécaniquement et tenta d'en savoir plus. Le religieux s'expliqua à mots hachés.

— Je me trouvais sur les lieux où Gilles a disparu. Cette histoire me tracasse. J'ai soudain perçu une présence derrière moi. Je me suis retourné et un type de la même taille et aussi costaud que moi m'a flanqué un coup de poing sur le nez. J'ai pissé le sang. Heu pardon, mon nez s'est mis à saigner. Il m'a eu par surprise.

Le médecin acquiesça. La stature du prêtre imposait et un agresseur potentiel avait intérêt à prendre rapidement le dessus s'il ne voulait pas, à son tour, se transformer en victime.

— Vous avez eu le temps d'être sur vos gardes avant d'être frappé par la lame ?

— Non. J'ai reçu le coup de couteau quasiment en même temps que celui sur mon nez. Je suis tombé et l'homme s'est approché. À ce moment une voiture est apparue et mon agresseur s'est enfui. Je suis sûr qu'il aurait essayé de me tuer s'il n'avait pas entendu l'auto. Son chauffeur m'a sauvé la vie.

— Vous connaissez votre assaillant ?

— Jamais vu.

— Votre sauveur ?

— Ernest ? Peut-être, demandez-lui.

Le médecin ouvrit la porte de la salle d'attente et réitéra sa question. Le conducteur répondit par la négative. La femme du praticien s'approcha.

— Les gendarmes arrivent.

Les portières de l'Estafette claquèrent. Meyrin se redressa sur un coude en voyant Louet s'avancer. Celui-ci, avec son accent berrichon un peu plus prononcé qu'à l'habitude, lui demanda de s'expliquer. Le prêtre résuma son agression pour la seconde fois.

— Je vais vous octroyer une escorte et un gendarme restera avec vous cette nuit.

— Hors de question ! Vous avez suffisamment de travail et vos effectifs sont continuellement restreints.

Louet approuva d'un signe de tête. Un crime, une tentative de meurtre et une menace de mort ; ça commençait à faire beaucoup en une seule journée. Il avait besoin de l'ensemble de son personnel.

— OK. Dans ce cas, Madeleine passera la nuit avec vous.

— Ma servante, vous êtes devenu fou !

— En tout bien tout honneur, monsieur le curé.

— Jamais de la vie ! De toute façon, elle s'absente demain toute la journée. Si mes souvenirs sont bons, elle se rend à Gap visiter un membre de sa famille. Je suis assez grand pour me défendre seul.

Le groupe le connaissait, mais l'observa. Meyrin était un colosse. D'après ses explications le gabarit de son adversaire ressemblait au sien. « Deux titans », songea Frédéric. « Un formidable spectacle sur un ring devant des centaines d'admirateurs. » Mais aujourd'hui, le curé avait perdu ce combat sanglant où la surprise avait failli l'engloutir dans le néant.

Louet n'arrêtait plus de parler.

— Vous pouvez remercier le chauffeur de la deudeuche.

— C'est déjà fait et je lui en serai toujours reconnaissant, admit Joseph en lui adressant un signe amical.

Le praticien intervint.

— J'ai terminé. Restez tranquille pendant une semaine pour une bonne cicatrisation de la plaie.

— Impossible, docteur. Des cérémonies funéraires m'attendent. Cette série de meurtres…

Il n'acheva pas sa phrase et ferma les yeux en soupirant. Le médecin lui conseilla :

— Effectuez vos célébrations assis.

— Assis !

— Vos fidèles vous pardonneront cet écart. Devant sa mine incrédule, le thérapeute ajouta : et le Bon Dieu fera preuve de mansuétude.

— Allez, monsieur le curé, on vous ramène ! fit Louet en l'invitant à le suivre. Il y a de la place dans l'Estafette. Ensuite, nous irons traiter le problème de la famille Duprès.

— Encore un problème ? s'enquit le maire arrivé cinq minutes plus tôt et qui était resté discret dans un coin de la pièce.

— Je vous expliquerai plus tard. Je veux d'abord savoir de quoi il s'agit. Allons-y Joseph !

— Un peu de respect, mon fils.

— M'oui, heu bon pardon. En route, m'sieur l'curé.

***

Louet et les deux gendarmes saluèrent le couple Duprès. Installés autour de la table de la cuisine, les trois hommes écoutèrent Alice mentionnant sa rencontre et les menaces de Denis Morel, sans évoquer sa liaison avec Gérard Virlat. Son mari leur présenta la lettre reçue le matin même. Xavier s'en empara et l'observa attentivement.

— Je la saisis pour les besoins de l'enquête, leur confia-t-il en la glissant dans une pochette transparente plastifiée.

— Vous allez voir Morel ?

Louet consulta sa montre.

— L'heure légale est passée. Il est plus de 11 heures du soir. J'irai demain matin.

— Il peut en arriver des choses en une journée, marrona Alice.

— Je n'ai guère le choix. Restez chez vous cette nuit et évitez de vous isoler au cours des prochains jours.

La femme du commerçant acquiesça en songeant que sa vie sentimentale se réduirait en peau de chagrin au cours des semaines suivantes.

Chapitre XV

Lundi 29 septembre

La pluie tombait sans discontinuer dans la capitale alsacienne. Les essuie-glaces exécutaient leur sarabande sur le pare-brise de la Simca 1300 d'Albert Meyer. Il avait roulé doucement en essayant de contourner de larges flaques d'eau pour éviter d'éclabousser les piétons. Il s'était levé tôt pour se rendre à la gare. Même le matin, les places de stationnement étaient rares devant le vaste bâtiment en grès rose. Toute la journée un va-et-vient incessant de voyageurs traversait le parking, sans s'occuper des manœuvres des conducteurs.

Les pots d'échappement de deux autocars régionaux vomissaient une fumée noire et malodorante. Le premier partirait en direction de l'Alsace Bossue et le second vers la morne vallée du Ried, large espace situé entre le Rhin et le Piémont des Vosges.

Deux hommes et une femme attendaient devant le guichet. Il patienta plusieurs minutes avant de se trouver accoudé au petit comptoir, face au préposé. Meyer lui demanda les heures de départ pour Grenoble en Alsacien. Sans surprise, l'autre lui répondit de même.

Nanti de ces renseignements, le père de Christine glissa sa feuille et ses horaires dans sa poche, ronchonna en voyant de la salle des pas perdus le rideau de pluie tomber sans discontinuer.

***

Louet écouta le médecin légiste. Sa voix nasillarde résonnait à l'extrémité du téléphone, laissant parfois penser à l'intonation new-yorkaise.

— Hier, j'ai pratiqué l'autopsie de Justine Caron.

— Je vous remercie d'avoir travaillé un dimanche.

— Ordre du procureur. Je le récupérerai plus tard. Je m'occuperai aujourd'hui de Marcelin… Revenons à madame Caron. Elle n'est pas morte sur le coup. Je vous résume l'état de ses blessures, mon rapport vous parviendra dans un bref délai.

— Je vous écoute.

— Un véhicule l'a percutée une première fois. Les lésions aux membres supérieurs et une cervicale déplacée laissent à penser qu'il pourrait s'agir d'un choc provenant d'une camionnette. Elle lui a ensuite roulé dessus à deux reprises. Un rein présente une fracture.

— Parce qu'un rein peut être fracturé ?

— Bien sûr. La force de l'impact transmis à l'organe le rompt. Le foie présente une contusion. Le second passage du véhicule a occasionné la rupture de la rate, ce qui a entraîné une hémorragie interne. Je suis surpris qu'elle ait survécu jusqu'à l'arrivée des pompiers. Elle montre également des dermabrasions aux membres supérieurs. La victime s'est certainement traînée sur la chaussée pour échapper à son agresseur à la suite du premier choc. Cela laisse supposer qu'elle ne pouvait plus marcher.

— Vous confirmez plusieurs passages du véhicule sur le corps ?

— Tout à fait. Les viscères n'auraient jamais été touchés ainsi en une seule fois et ses côtes ressemblent à des frites. Je vous épargne les détails, vous les lirez dans mon rapport. Le chauffard ne lui a laissé aucune chance.

— Je vous remercie, toubib.

— De rien, je m'occuperai de Marcelin tout à l'heure. Je vous contacterai dès que j'aurai un peu de temps. À plus !

Louet transmit ces renseignements à ses hommes et regarda l'heure à sa montre.

— Il est 10 h 10 et pas l'ombre d'un nouveau cadavre.

— Un miracle, fit Bourdon.

Pince-sans-rire, l'ancien répliqua.

— La journée ne fait que commencer.

— Jacquard et Bourdon, ramenez-moi l'institutrice ! ordonna Louet.

— C'est l'heure de l'école, ça jasera si nous l'obligeons à nous suivre. Nous pourrions attendre jeudi.

— Votre escarcelle contient-elle en nombre d'autres idées extravagantes, Jacquard ?

— Les parents d'élèves distilleront son interpellation à toute la commune. Nous risquons de lui faire du tort.

— Nous ne sommes pas des assistantes sociales. Imaginez un nouveau meurtre avant jeudi. Je veux connaître la véritable raison de sa présence dans la région. Elle en profitera pour nous raconter l'histoire de son père pendant la guerre. Tout est lié. Elle seule est capable de nous mettre sur la voie. C'est un ordre, allez la chercher avec Bourdon.

Le téléphone sonna une nouvelle fois. Louet écouta son interlocuteur et se rembrunit au fil de la conversation. L'entretien dura à peine une minute. Il raccrocha et s'adressa aux deux hommes.

— Changement de programme. Madame Duprès a disparu.

***

Le mari d'Alice Duprès reçut Louet et Jacquard derrière sa caisse. À l'écart entre deux rayons, un client essayait une veste de randonnée devant une longue glace. Son épouse lui remontait le col en parlant à voix basse. L'adjudant-chef prit l'initiative de la parole.

— Comment ça, votre dame n'est pas rentrée ?

— Elle a quitté la maison ce matin à 7 heures pour aller voir si le père Joseph n'avait besoin de rien. Ma femme est très croyante et, sachant que la servante s'absentait aujourd'hui, elle s'est décidée à épauler le curé devenu impotent. Elle y est allée tôt, car elle devait m'aider à changer la vitrine du magasin.

— S'est-elle rendue à pied au presbytère ?

— Non, sa Coccinelle n'est pas devant chez nous. Le chien l'accompagnait.

— La race du toutou ?

— Un chihuahua.

Louet ayant des idées bien arrêtées songea qu'Alice possédait bien le genre à tenir en laisse un tel animal.

— Comment était-elle habillée ?

— Une jupe beige et une veste noire. Je n'ai pas fait attention aux chaussures.

— Vous avez parlé au prêtre ?

— Il ne comprend pas où elle est passée. Je n'y suis pas allé, j'ai simplement téléphoné.

La sonnette du magasin tinta quand Louet ouvrit la porte.

— Nous allons voir le curé. On vous tient au courant.

Les deux hommes laissèrent l'Estafette sur place et se rendirent près de l'église. Ils repérèrent la voiture du couple Duprès, stationnée à proximité.

— Bizarre, la mère Duprès est là. Cette coureuse doit draguer Joseph, bougonna Xavier.

— Vous croyez ? Le père Joseph me semble sérieux.
— Il reste un type fait de chair et de sang, comme un autre. Derrière ses bondieuseries, il peut bien faire des galipettes. D'autant que la belle n'est guère farouche.
Frédéric parut sceptique.
— On y va ?
— Bien sûr. Au moins ça nous amusera et nous ne serons pas venus pour rien.
Une voix leur cria d'entrer après qu'ils eurent sonné. Joseph Meyrin, assis dans un fauteuil du petit salon, lisait le journal.
— Je connais le motif de votre visite.
Le regard des deux hommes fit le tour de la pièce.
— Nous cherchons Alice Duprès.
— Je sais. Son mari m'a appelé, fit le prêtre en tirant une grimace de douleur et s'aidant des accoudoirs pour se lever. Elle est partie depuis un moment.
Les deux militaires se regardèrent. Louet l'interrogea.
— Vous confirmez sa venue ?
— Totalement. Elle m'a proposé de m'emmener faire mes commissions avec sa voiture. J'ai accepté. Ça me fait une petite sortie.
— Pas de messe aujourd'hui ?
— Non. Cet après-midi, j'irai préparer l'église pour la cérémonie d'enterrement de demain. D'ailleurs, Alice m'a offert son aide... Vous paraissez inquiets.
Louet résuma les angoisses de l'époux. L'ecclésiastique se laissa tomber dans son siège.
— Vous me faites peur.
— Où êtes-vous allés ?
— Chercher le pain, puis nous avons roulé jusque Saint-Hugues-de-Chartreuse avant de rentrer.
— Pourquoi à Saint-Hugues ?
— Alice a prétendu qu'une petite promenade me ferait le plus grand bien.

— Êtes-vous descendu de voiture ?

— En d'autres circonstances, j'éclaterai de rire. Avec ma blessure, je suis déjà satisfait de faire quelques pas. Nous avons fait un bref aller et retour pour me changer les idées. Alice me l'a proposé si gentiment.

Le téléphone interrompit l'interrogatoire. Meyrin invita Jacquard à décrocher. La discussion fut concise.

— Duprès signale que son chien est revenu tout seul. Il aboyait devant la porte.

— Merde ! lança le gradé. Il s'adressa de nouveau au religieux : elle n'a rien dit quant à sa destination en vous quittant ?

— Rien. Elle a juste affirmé qu'elle viendrait cet après-midi m'aider à préparer la cérémonie.

— Sa voiture est devant chez vous.

— Il m'a semblé la voir. Je pensais qu'elle faisait ses courses et qu'elle la reprendrait ensuite.

— Vous avez les clés ?

— Elle conduisait. Elle doit les avoir. Cette histoire m'inquiète. Vous avez une idée d'où elle pourrait être ?

Jacquard prit son chef de vitesse.

— Oui. Où en tous les cas, nous avons des questions à poser à Den...

— On y va ! aboya Louet.

Sans un mot et oubliant de remercier leur hôte, ils quittèrent les lieux. À l'extérieur, Xavier entreprit son subordonné.

— Apprenez à être discret.

Conscient de son erreur, le jeune homme approuva d'un signe de tête.

— Aller voir si cette fichue voiture n'est pas fermée à clé. Prenez un mouchoir pour éviter de déposer vos empreintes. Si elle est ouverte, ne touchez à rien, puis retrouvez-moi chez Morel.

— Il travaille à cette heure.

— Je me suis déjà renseigné auprès de son patron. Il est en maladie, le pauvre chéri.

— J'y vais.

— Il vit avec sa mère. Rejoignez-moi après vos observations.

Les deux hommes se séparèrent.

***

Le père du petit Michel sourit en sentant quelques gouttes tomber sur son crâne dégarni. Les pluies d'automne arrivaient. La terre s'imbiberait du précieux liquide et les prémices de la sécheresse s'évaporeraient. Satisfait, il démarra son tracteur.

***

— Comment allez-vous, madame Morel ? s'enquit Louet d'un ton qu'il voulait enjoué.

Les cheveux gris et décoiffés, la vieille femme répondit d'une voix éraillée.

— Mal. En plus, mes douleurs reprennent et mon incapable de fils n'est pas rentré de la nuit.

Louet dressa l'oreille.

— A-t-il tendance à rentrer tard ?

— Oui. Il se rend quasiment tous les soirs chez deux ou trois copains de beuverie et revient à point d'heure.

— Vous l'entendez ouvrir ou fermer la porte, d'habitude ?

— Je me couche tôt. Il traverse la maison sans bruit. On se voit le lendemain matin avant qu'il se rende au travail. Elle ajouta en grognant : quand il y va.

Assise sur une chaise en paille fatiguée, madame Morel posa ses mains sur un tablier aux couleurs éclatantes. Il dépareillait en comparant les vêtements endossés. De vieux bas gris dissimulaient des jambes noueuses et une robe achetée depuis des lustres cachait une difformité, sans doute due à l'âge. Étonnamment, elle ne portait pas de lunettes et un regard acéré semblait prouver qu'elle possédait encore une vue de jeune fille.

— Donc, il n'est pas rentré.

— Je ne l'ai pas vu depuis hier matin.

— Il a certainement passé la nuit chez un de ses copains.

— Ou une copine, ajouta Frédéric en entrant sans y être invité.

La vieille glapit.

— Une femme ? Qu'il commence déjà par s'occuper de moi et du ménage, avant d'aller courir les filles !

— À son âge, c'est normal. Il est parti faire la fête.

La propriétaire des lieux grommela.

— Avec quels sous ?

— Il a une paye. Il ne vous dit pas tout.

— Je gère ses sous. Je lui donne son argent de poche quand il me le demande. Pas un centime de plus ! gonda-t-elle en s'accrochant à la table.

— Sans doute en place-t-il de côté à votre insu.

La femme cracha d'une voix forte.

— Il ne s'amusera jamais à ça et il n'a pas intérêt ! Il n'a pas besoin d'argent. Je lui fais à manger et je lave son linge.

Les deux hommes se regardèrent. La vie de Denis Morel devait être bien terne.

— À cette heure, il devrait être ici ou à son travail… Qui passera l'aspirateur ? J'ai mal partout.

Ils se dirent que l'entretien de la maison restait approximatif, en voyant l'état du sol. Une tache de café incrustée dans le carrelage, des rideaux sales et un plafond constellé de chiures de mouches démontraient un total manque d'hygiène.

— J'aimerais visiter sa chambre, dit Louet.

— Si vous voulez, acquiesça la femme sans se poser de question. À l'étage, la porte en bois qui ne ferme plus.

Les deux hommes la remercièrent et s'engagèrent dans l'escalier aux marches branlantes.

— Vous ne me demandez pas ce que nous allons y faire ? interrogea Louet en soufflant comme un bœuf.

Jacquard répondit du tac au tac.

— Nous allons vérifier s'il y a le même papier à lettres et des journaux découpés, identiques au courrier de menaces reçu par madame Duprès. Et si nous trouvons un pot de colle, ce sera le jackpot.

Xavier préféra se taire. Le gamin irait loin.

La chambre de Daniel était à l'image de la famille. Une odeur de renfermé les accueillit. Seul un lit a une place, une chaise et une armoire du siècle précédent la remplissait. Une paire de chaussettes traînait sur le parquet en bois noirci par des décennies et un manque total de décrassage. La visibilité à travers la fenêtre laissait à désirer, et plusieurs millimètres de poussière s'amassaient sur les traverses et les parcloses.

— Un vrai palace !

— Dans tous les cas, il n'a rien collé ici.

Les deux hommes déplacèrent quelques objets sans découvrir de pièces à conviction. Dans le couloir, Louet poussa l'autre porte. La chambre de la propriétaire des lieux ressemblait à la précédente. Il s'y engouffra et observa, sans rien toucher. Aucun petit bricolage n'avait pu être effectué. Ils regagnèrent le rez-de-chaussée.

— J'ai fait du café, fit la femme en leur plaçant d'autorité un bol dans les mains. J'ai jeté deux sucres.

— Merci pour mon diabète ! marmonna Louet.

— Je ne suis pas sourde !

Il préféra changer de sujet de conversation.

— Vous avez contacté les amis de Daniel ?

— Avec quoi ? J'n'ai pas le téléphone et mes jambes sont trop usées pour traverser le village. Je n'irai même pas aux enterrements de tous ces morts. C'est trop fatigant.

— Donnez-moi les noms de ses copains, nous leur rendrons une petite visite. Nous viendrons ensuite vous rassurer.

Jacquard les nota de son écriture serrée. Ils remercièrent leur hôte et repartirent au magasin de sport. Chemin faisant, Xavier s'enquit.

— Du positif, sur la voiture d'Alice ?

— Les portières étaient fermées.

— On attend d'en savoir un peu plus, sinon on demandera encore une fois l'intervention de la BR.

— Elle ouvrira bientôt une annexe ici.

— Gardez vos commentaires pour vous !

Les militaires poussèrent la porte du magasin qui tinta joyeusement. Le chihuahua les accueillit en aboyant et en posant les pattes avant sur la jambe de Louet.

— Retire tes cannes de là, sale cabot, dit-il à voix basse de façon à n'être pas entendu du maître.

Celui-ci s'avança, toujours inquiet.

— Le chien est rentré seul. Tenez, voici un foulard appartenant à ma femme. Belambra suivra la trace pour nous mener à elle.

Louet ronchonna.

— Ce n'est pas Rintintin[1].

Il s'empara du foulard pour rassurer le mari. Le chien renifla, remua allègrement la queue en poussant des jappements, puis se coucha sur le trottoir en haletant.

— C'était à prévoir.

— Vous avez évoqué le nom de Morel, tout à l'heure.

— Nous ? fit innocemment Xavier.

— Votre jeune collègue a prononcé la première syllabe de son prénom. Il n'y a qu'un Denis au village, j'en ai déduit

1. Série américaine dont le héros est un berger allemand de l'armée des États-Unis. Le feuilleton a été diffusé en France à partir de 1964.

qu'il s'agissait de Morel. Nous avions parlé de lui auparavant, car il a demandé à ma femme de l'embaucher.

— Elle vous l'a précisé ?

— Oui. Elle a répondu par la négative. Je ne sais rien d'autre.

— Denis est sans doute chez des amis. Nous avons la liste. Nous nous y rendons de suite. Ne vous faites aucun souci, nous nous occupons de tout, affirma Louet pour le rassurer, mais de plus en plus inquiet.

***

La pluie avait cessé, mais de fines gouttelettes d'eau ruisselaient encore sur les vitres de l'appartement des Meyer. Le ciel toujours plombé au-dessus de Strasbourg incitait probablement ses habitants à rester enfermés chez eux.

— Quand partons-nous chez Christine ? fit madame Meyer à son mari.

— Ce n'est guère urgent.

— Tu trouves ? Les gens du coin l'apprécient peu et les flics sont à ses trousses.

— Tu exagères.

— Ou tu retournes acheter les billets, ou c'est moi qui y vais.

Préférant choisir lui-même la date de leur départ, Albert fit mine de céder.

— D'accord, je m'en occupe dès qu'il s'arrête de pleuvoir.

— C'est fini, soutint sa femme en se glissant près de la fenêtre.

Il abdiqua. Il réserverait deux places pour Strasbourg-Grenoble, via Lyon. Il frissonna. *Pourvu que le ciel ne me tombe pas sur la tête.*

***

La paume écorchée de la main droite de Gilles le faisait souffrir. Depuis la découverte du clou dans un coin du réduit, il ne cessait de gratter la périphérie de la pointe du piton enfoncée dans la poutrelle en béton. Bientôt celui-ci tomberait, libérant sa chaîne. Le garagiste risquerait le tout pour le tout. S'enfuir, faire interpeller cette immonde personne l'emprisonnant pour un motif inconnu et sauver sa famille.

***

Les gendarmes remercièrent le dernier camarade de Denis Morel. Ils avaient effectivement passé la soirée ensemble, mais celui-ci était parti vers 3 heures du matin.

— Morel a enlevé Duprès, suggéra Jacquard.

— J'en ai peur, approuva Louet en remontant dans l'Estafette.

Le poste émetteur cracha quand il démarra. Le planton déclara d'une voix forte.

— Découverte de cadavre par un promeneur.

— Merde encore un ! La cause du décès et l'endroit ? grogna Louet en collant le combiné de la radio à ses lèvres.

— Un suicide par pendaison.

— Qui est-ce, le témoin le connaît ?

— C'est un touriste.

— Homme ou femme ?

— Un homme.

— La victime est un homme ?

— Négatif, c'est le promeneur. La victime est une femme, clarifia le planton.

— Je n'aime pas ça, fit Louet à lui-même.

— Le lieu ?

— Le petit pont situé à une bonne cinquantaine de mètres de celui du Grand Logis, assura le gendarme de permanence.

L'adjudant indiqua la direction au chauffeur. L'Estafette traversa la commune à toute allure et entreprit la courte descente vers le carrefour du pont de la Diat. Gyrophare allumé et le deux tons hurlant, elle s'engagea dans les gorges du Guiers Mort en direction de Saint-Laurent-du-Pont.

— Ralentissez, intima Louet. Il est inutile de prendre des risques. Notre arrivée n'est plus à une ou deux minutes.

Ils parvinrent rapidement à destination. Construit avec de la pierre du pays au XIXe siècle et enjambant le Guiers Mort du haut de sa quinzaine de mètres, le pont permet l'accès à un chemin de randonnée et à une petite grotte. Un homme patientait près du parapet. Il s'approcha en voyant l'Estafette s'immobiliser.

— Elle est là, dit-il en se penchant par-dessus le garde-fou.

Les deux gendarmes remarquèrent la corde attachée et s'agrippèrent à la barre en acier. Le corps d'Alice Duprès se balançait doucement. Soupçonneux, Xavier s'adressa à l'homme.

— On ne voit rien de la route. Comment l'avez-vous trouvée ?

— Je marchais sur le chemin, là derrière, répondit-il en indiquant le large sentier reliant le pont à celui du Grand Logis, distant d'une centaine de mètres et surplombant le torrent. Je voulais regarder la petite grotte à côté du pont. En revenant sur mes pas, j'ai vu la corde, je me suis penché et... vous connaissez la suite.

Louet ordonna à Jacquard de contacter le planton pour demander le concours de la BR et l'assistance des pompes funèbres. Puis les deux militaires descendirent au bord du torrent sans déceler d'indice. Le souffle humide du Guiers Mort les incita à remonter rapidement.

— Morel a fait le coup, lança Frédéric.

— Morel, l'auteur des assassinats ? Louet répondit en ricanant : il est trop con pour imaginer de tels scénarios.

— De tels scénarios, répéta Jacquard.

— J'englobe l'ensemble des meurtres. Chaque victime est morte différemment. Si j'abonde dans votre sens, Jacquard, avec la thématique des péchés capitaux, Morel serait un type envieux, voire jaloux. Il aurait donc supprimé sa victime pour ce motif ? Jaloux envers elle ? Étrange théorie. Évitez de placer la charrue avant les bœufs. Rien ne prouve qu'il ait tué tout le monde.

— Il convoitait sans doute Marcelin pour son argent.

— Vous êtes pénible, Jacquard.

Celui-ci rétorqua timidement.

— La priorité est de découvrir le mobile. Alice Duprès refuse de l'embaucher, il la tue. Sa disparition est un aveu. Il se cache.

Devant la mine sceptique de son chef, Frédéric ajouta : jouerait-il à l'imbécile volontairement ?

— Depuis tant d'années ? Vous plaisantez ! Je garde tout de même votre idée en réserve. J'ai l'impression que cette série n'est pas finie. Rappelez-moi, Jacquard, à combien s'élève le nombre de péchés capitaux ?

— Sept.

— Nous en sommes à six. Louet frissonna en concluant : selon votre théorie, ça n'est pas fini.

***

— Départ demain matin à 6 h 10 de Strasbourg, on change à Lyon et on arrive à Grenoble à 13 h 50. On prend ensuite l'autocar à 15 h 5 pour poser les pieds à Saint-Pierre-de-Chartreuse une heure et demie plus tard. Il fait un détour par je ne sais plus où et s'arrête partout. T'es contente ? maugréa Albert Meyer à l'adresse de son épouse.

Satisfaite, elle répondit.

— Magnifique. Je vais te concocter des Fleischnackas[1] pour ce soir et je prépare un Kougelhopf[2] que nous mangerons dans le train.

— Christine a plein de choses à nous raconter. Nous risquons d'avoir des surprises.

C'est bien ce qui m'inquiète, songea Meyer en posant les billets de train sur la commode du salon.

***

Madame Marcelin ouvrit un tiroir du bureau de son mari. Il y entreposait différentes chemises administratives de la famille, et elle en avait besoin pour constituer un dossier, suite à son veuvage. Elle exhuma un cahier rempli de notes et l'ouvrit. Une enveloppe d'où dépassaient les coins de deux photos l'intrigua. Elle la saisit et s'empara des épreuves. Elle faillit hurler en reconnaissant Romain Delcroix reposant dans sa housse mortuaire.

Abattue, elle s'assit sur la chaise. La provenance des clichés ne faisait aucun doute. L'enveloppe portait le cachet de Grenoble. Son mari entretenait des relations avec un ou des employés de la morgue. En regardant avec horreur une seconde fois le visage de Delcroix, elle comprit que Florent prévoyait de faire chanter Hélène. En rage, elle déchira les photos en maudissant son époux.

1. Spécialité alsacienne constituée de pâte à nouilles garnie de viande bouillie, puis façonnée en forme d'escargot.
2. Autre spécialité alsacienne qui se déguste aussi bien au petit déjeuner, en apéritif ou aux autres repas.

***

La BR sur les lieux et le mari d'Alice averti, Xavier Louet décida d'entendre aussitôt Christine Meyer. Malgré les protestations de son subordonné, il pénétra dans la classe après avoir avisé Carpentier, qui les yeux baissés, n'osa proférer un mot. La jeune femme fut invitée à s'asseoir sur l'un des sièges arrière de l'Estafette, aux côtés du commandant de la brigade. Tout au long du trajet reliant Saint-Pierre à Saint-Laurent-du-Pont, Frédéric tenta de capter à travers son rétroviseur intérieur le regard de son amie. Les yeux humides, Christine paraissait absente.

Un silence glacial l'accueillit dans les locaux de la caserne. Louet la précéda dans son bureau et s'enferma avec elle. Il prépara feuillets et carbones qu'il enroula autour du cylindre de sa machine à écrire et, des deux index, frappa les touches à une cadence impressionnante en lui demandant son identité complète. Les formalités d'usage accomplies, il alla droit au but et lui présenta de nombreuses feuilles dactylographiées au fil des jours.

— Nous avons auditionné plusieurs habitants de Saint-Pierre. Peu de déclarations jouent en votre faveur, mademoiselle Meyer. Différents témoins ont garanti vous avoir entendu proférer des menaces à l'encontre de certaines personnes. Personnes décédées de mort violente à ce jour, précisa-t-il en lui montrant diverses feuilles noircies à l'aide d'un ruban de machine à écrire fatigué.

— Je ne suis en rien responsable de tous ces actes.

— Je ne demande qu'à vous croire, mais tout est contre vous. Monsieur Carpentier, votre patron, vous voit partir chaque matin de bonne heure. Où vous rendez-vous ?

— Je me promène.

— En prenant tous les jours la direction de Perquelin. Je vous signale aimablement que Justine Caron est morte écrasée sur cette route.

Christine répondit ironiquement.

— Je vous signale aimablement que je ne possède pas de voiture et n'ai même pas le permis.

— Ne commencez pas à jouer avec moi, maugréa Louet, vexé, en préférant changer de sujet. Les meurtres ont lieu tôt le matin. Toujours aux moments où vous êtes absente de votre domicile.

— Vous avez sans doute raison, mais je n'y suis pour rien. De quels crimes m'accusez-vous ?

Sans répondre, il lui posa une nouvelle question en plaçant un doigt sur une phrase de la déclaration de Marcel, l'épicier.

— Plusieurs témoins affirment avoir vu ou entendu vous disputer avec Justine Caron. Vous l'auriez poussée violemment. Vous lui auriez signifié que vous ne vous laisseriez pas faire. Certaines personnes que vous avez rencontrées sont, à l'heure actuelle, en train de manger des pissenlits par la racine.

L'Alsacienne s'insurgea.

— Ce n'est tout de même pas ma faute si j'ai croisé par inadvertance des gens qui, aujourd'hui, sont morts. Justine Caron s'est laissée choir dans les rayons. Demandez à vos témoins !

Sans se formaliser du ressentiment de sa vis-à-vis, Louet poursuivit.

— Parlez-moi de votre père. Que faisait-il dans la région pendant la guerre ?

Christine resta sans voix un bref moment avant de l'interroger.

— Mon père ? Quel rapport entre lui et les meurtres ?

— Vous êtes bien la fille d'Albert Meyer, demeurant à Strasbourg et ancien militaire de l'armée allemande ?

Le sang de l'Alsacienne ne fit qu'un tour.

— Soldat de la Wehrmacht malgré lui. Vous, les Français de l'intérieur, ne connaissez pas notre histoire. Documentez-vous avant d'asséner des conneries dont vous n'avez pas idée !

Xavier fut surpris de la réaction de l'Alsacienne. Il resta silencieux en admettant en lui-même qu'elle possédait du caractère. Lancée, elle paraissait oublier le motif de sa présence.

— Je vais vous apprendre ce que vous n'avez jamais entendu à l'école. Les nazis annexent ma région en octobre 1940. L'incorporation de force commence le 25 août 1942 pour les Alsaciens et le 29 août pour les Mosellans. Ils n'ont pas le choix, sinon leurs familles subissent des représailles. La plupart de ces soldats combattent sur le front de l'Est. Les Soviétiques prennent le dessus et font prisonniers des milliers de malgré-nous. C'est ainsi que l'on appelle ces malheureux. Les Russes les enferment dans des camps où les conditions de vie sont inhumaines. Beaucoup ne reviendront jamais et d'autres seront libérés, alors que la guerre est terminée depuis des mois. Mon père fut détenu dans l'un de ces camps. Tambov. Donc, monsieur le gendarme, ne venez surtout pas me faire la morale sur des faits de l'histoire de France qui vous sont complètement inconnus ! Cherchez-moi des poux dans la tête si cela vous fait plaisir, mais laissez mon père tranquille !

La diatribe de Christine fit son effet, Louet resta sans voix. À la suite d'un temps de silence qui parut durer une éternité, il reprit le bénéfice de la parole.

— J'ai bien compris, mademoiselle. Dans ce cas, aidez-moi à éclaircir certains points… Nous avons appris que votre paternel était incorporé dans un régiment établi à Grenoble. Il s'est certainement passé à cette époque un événement que nous aimerions connaître.

— Vous voulez me faire croire que tous ces meurtres ont un lien avec mon père ? Un lien vieux de plus de vingt-six ans.

— Je l'envisage.

Un rire nerveux éclata dans le bureau.

— Vous plaisantez, j'espère. Papa est resté quelques mois dans ce département avant de rejoindre, toujours par obligation, le front de l'Est. Je n'en sais pas plus. Il déteste évoquer cette période. Nous sommes venus un été quand j'étais petite dans la région. Mon père paraissait un peu – elle chercha le mot – ailleurs. Nous avons séjourné à Saint-Pierre-de-Chartreuse une semaine puis sommes rentrés chez nous. Nous n'avons jamais remis les pieds ici.

— Votre présence dans cette école ?

— J'aime randonner en montagne. L'altitude limitée des Vosges m'a incitée à m'établir professionnellement dans cette région. Si j'avais su…

— Profitez-vous de nos sentiers ?

— Je n'ai pas encore eu beaucoup d'occasions.

— Pourquoi ? Vos activités criminelles impactent vos temps de repos ?

— Vous n'avez pas le droit d'insinuer…

Il l'interrompit d'un geste brusque.

— Des témoignages attestent votre arrivée sur votre lieu de travail, juste au moment où vous où êtes censée prendre en charge vos élèves. En résumé, vous arrivez au dernier moment.

— Vous n'avez rien contre moi. Vous évoquiez mon père tout à l'heure. Vous devriez lui poser vos questions directement puisqu'il viendra prochainement. Vous vérifieriez ce lien entre lui et moi, si ce n'est celui du sang.

Xavier se redressa.

— Votre père arrive ?

— Oui. Avec ma mère. Je leur ai demandé. J'en ai marre de ce patelin où tout me tombe sur la tête.

— Quand ?

— Normalement avant la fin de semaine. Je ne connais pas la date exacte.

Louet s'amadoua. La corpulence de l'institutrice ne prêtait guère à penser à l'incriminer, et la venue d'Albert Meyer lèverait plusieurs points de l'imbroglio. Il pouvait se permettre de la laisser tranquille les prochains jours.

— Je vous autorise à vous retirer. Contactez-moi dès l'arrivée de votre père. Je tiens à avoir une discussion avec lui. Ne quittez pas la région sans mon accord.

— Comptez sur moi, acquiesça l'institutrice, trop heureuse d'en terminer. Je n'abandonnerais pas mes petits élèves. Pouvez-vous me ramener ?

Il se leva et ouvrit la porte pour ordonner :

— Jacquard, prenez la 4L et reconduisez mademoiselle dans ses foyers.

Il ne se fit guère prier et adressa un signe à Christine. Louet les regarda s'éloigner en ébauchant un sourire.

Son visage reprit une expression sévère en remarquant la pile de feuilles constituant la procédure des différents meurtres. Les PV d'auditions, surmontés des PV de transport, des constatations et des mesures prises pesaient sur les planches photo. Il relut la déclaration de Christine, en espérant voir se dégager un avenir plus serein quand il aurait écouté les explications de monsieur Meyer.

***

Frédéric roulait doucement pour profiter de l'instant présent. Le temps avait fait défaut pour un nouveau rendez-vous et le jeune homme avait tenté, sans succès, d'embrasser sa voisine après s'être garé dans un coin à l'écart à la sortie de la ville.

— Plus tard, avait-elle dit en le repoussant, encore énervée de l'incompréhension de Louet.

Jacquard fit une moue comique qui la dérida. Elle se détendit.

— Tu te rends compte. Il pense que je suis coupable et mon père, mon complice.

Il la rassura.

— Tu ne serais pas assise dans cette voiture s'il t'avait cru la meurtrière. À cette heure, tu serais en garde à vue et tu te préparerais de mauvais moments. Louet est un teigneux. Il ne lâche rien. S'il te savait coupable, tu serais en train de pleurer toutes les larmes de ton corps.

— Il perd son temps avec moi.

— Exact.

— Au moins, toi, tu me crois.

Frédéric resta silencieux un instant, fixant la route avec intensité. Elle s'inquiéta.

— Tu parais soucieux.

Le véhicule amorça un virage. La forêt s'épaississait et les timides rayons du soleil peinaient pour la traverser.

— Je pense connaître l'assassin.

Elle se recula sur le montant de la voiture en se plaçant de biais, la main droite sur le tableau de bord.

— Tu déconnes ?

— En ai-je l'air ?

— Qui est-ce ?

Ses yeux brillaient étrangement, mais il resta silencieux.

***

Louet réunit ses hommes dans le bureau principal et décréta d'un ton ferme :

— Nous devons coincer Morel avant qu'il ne fasse une nouvelle victime.

— Je ne comprends plus, fit l'ancien. Pendant que vous entendiez l'instit, Jacquard nous a rapporté que vous affirmiez que Denis était trop bête pour fomenter de tels crimes.

— Je dois vérifier toutes les options. Je l'ôterai de ma liste quand je serai persuadé de son innocence. Je ne puis me permettre de laisser tomber cette piste, si fragile soit-elle. Sa mère ne se doute de rien, elle ne sort quasiment jamais et ne le ravitaillera pas. Tôt ou tard, il refera surface et, à ce moment, nous le serrerons. Sa culpabilité sera, oui ou non, rapidement prouvée.

— Si nous savions où il se cache.

Louet reprit la parole.

— Je viens de m'entretenir au téléphone avec le maire. Je lui ai fourni quelques indices laissant supposer la mise en cause de Morel. Ce bavard de Duval colportera la nouvelle à travers le village. Si Morel pointe son nez, nous serons rapidement avisés.

— Vos ordres en attendant ?

— Patrouille à Saint-Pierre-de-Chartreuse avec l'Estafette pour vous deux, dit-il en désignant d'un doigt l'ancien et Bourdon. Essayez de récupérer un maximum de témoignages et montrez-vous partout. Votre présence dissuadera peut-être un mauvais coup du sort et rassurera la population.

— Les meurtres sont commis à l'aurore.

— Je prévois deux patrouilles à partir de 4 heures du matin. L'ancien et Bourdon, vous rentrerez à 7 heures ce soir. Les PAM[1] sortiront uniquement sur demande. Les autres seront sur le pont à 3 h 30. Rompez !

***

Le sommeil de Gilles fut entrecoupé de cauchemars. Comment dormir avec un cadavre aux pieds du lit ? La tonalité métallique de la clé tournant dans la serrure l'avait réveillé au beau milieu de la nuit. Les yeux remplis de fatigue, il avait mis du temps à réaliser. La lumière du réduit était restée éteinte

1. Premier à marcher. Il s'agit des deux premiers militaires prêts à intervenir.

et seule la lueur du couloir s'était invitée dans la petite pièce. La silhouette habituelle l'ignora. En soufflant, elle jeta sans un mot une masse imposante sur le sol avant de se retirer. La porte claquée, la serrure avait grincé, puis le bruit des pas s'était estompé.

Gilles s'était levé et, à tâtons, avait buté dans une forme molle, avant d'appuyer sur le vieil interrupteur. La lumière crue du néon l'avait ébloui. Il s'était frotté les yeux, puis son regard s'était braqué sur le corps étendu sur le sol. Il ne bougeait plus. Allongé, face contre terre, on lui distinguait une large plaie sur le crâne.

Le captif n'osait approcher. Pourtant, sans voir le visage, il l'avait reconnu. Les cheveux rougis de sang coagulé, Denis Morel restait figé tel un gisant abandonné dans la réserve d'un musée.

Malgré sa répulsion le garagiste le palpa avec précaution, ânonnant son prénom plusieurs fois dans le vain espoir de le ranimer. Mais l'homme ne bougeait pas. La plaie à la tête était profonde et Garin eut un haut-le-cœur en distinguant un peu de matière cervicale. Le coup, porté avec violence, ne lui avait laissé aucune chance. Prenant son courage à deux mains, il le retourna. La rigidité cadavérique avait commencé à faire son œuvre. Le cou était raide. Bientôt, les membres supérieurs et le tronc se durciraient avant que la totalité du corps s'ankylose. La nausée le submergea en voyant les yeux vitreux de Morel. Il détourna son regard un instant en sachant qu'il n'oublierait jamais cette vision. Puis, il les lui ferma en gémissant.

Toujours à genoux, Gilles considéra son propre sort. Il ne sortirait jamais vivant d'ici s'il n'accélérait pas sa cadence. Gratter cette satanée poutre autour du clou, ouvrir la porte et s'enfuir. Il en avait trop vu et en savait trop pour rester en vie.

Qui pouvait se douter que cette personne, bien sous tous rapports, avec une telle fonction, assassinait à tour de bras ?

Sa hiérarchie et la population lui accordaient une confiance absolue. Si un problème apparaissait, le quidam moyen venait quémander un conseil ou se plaindre. Elle était une des premières à recevoir les doléances.

Gilles se releva et hurla de désespoir. Une phase d'abandon l'envahit. Il ne reverrait jamais sa famille et son enfant ne connaîtrait jamais son père. Que prévoyait cette abjecte personne ? Le cadavre ne pouvait croupir longtemps dans cette cave. La putréfaction attaquerait le corps déjà malingre et son odeur imprégnerait l'atmosphère. Allait-elle se débarrasser de la dépouille et, en même temps, le tuer et les dissimuler tous les deux dans un coin du massif de la Chartreuse ?

Gilles s'empara de sa pointe cachée sous un pied du lit et gratta avec frénésie, avec toute l'énergie du désespoir.

Chapitre XVI

Mardi 30 septembre

Le père Joseph reçut la visite du maire vers 9 heures. Ce dernier s'inquiéta pour sa jambe.

— Ça ira. Je célèbre l'enterrement de Justine Caron cet après-midi.

Un lourd silence s'imposa un moment avant qu'il ne soit rompu par l'édile.

— Et celui de Marcelin ?

— Son corps est à la morgue. Selon la famille, il doit leur être rendu demain matin. Elle prévoit les funérailles pour jeudi.

Les deux hommes changèrent de sujet de conversation. Tout en préparant deux cafés, le propriétaire des lieux l'interrogea.

— Toujours pas de nouvelles de Morel ?

— Non, rien. Je m'inquiète.

— Il ne s'éloigne jamais longtemps.

— Louet m'a averti qu'un hélicoptère de la gendarmerie survolera le secteur en fin de matinée pour essayer de repérer un éventuel cadavre.

— Excellente initiative.

Duval précisa.

— L'idée vient de son commandant de compagnie. J'espère apprendre de bonnes nouvelles.

***

Le moteur diesel de la locomotive BB 67000 détournait l'attention des vaches franc-comtoises. La rame circulait à 120 kilomètres à l'heure en direction de Lyon et s'arrêterait bientôt quelques minutes au quai numéro un de la gare de Lons-le-Saunier. Albert Meyer regarda sa femme assise à côté de lui. Elle dormait du sommeil du juste sans se douter des angoisses de son mari. Connaissant les origines de leur fille, les gendarmes souhaiteraient sûrement l'interroger dès leur arrivée à Saint-Pierre-de-Chartreuse. Encore une fois, il regretta son passé.

***

L'Alouette II survola la contrée pendant deux heures. Le vacarme du rotor, amplifié par l'écho, se répercutait entre les parois. Parfois, la machine s'évanouissait derrière le relief pour réapparaître un peu plus tard dans un fracas toujours étourdissant. Le véhicule bleu d'avitaillement des gendarmes stationnait sur la place principale de Saint-Pierre. Le technicien préposé au carburant déroula le tuyau de la pompe de ravitaillement, dès les pales de l'hélico immobilisées. Le pilote et le commandant de compagnie rejoignirent Louet et un autre militaire qui patientaient à côté de la 4L. L'officier déplia une carte qu'il étala sur le capot du moteur. Son index se promena sur le papier coloré.

— Nous venons de survoler cette zone, dit-il en effectuant un cercle d'un rayon d'une quinzaine de kilomètres autour de Saint-Pierre-de-Chartreuse. Plusieurs passages ont été réalisés dans le périmètre du pont du Grand Logis, au cas où un corps aurait été abandonné dans les parages. Ça n'a rien donné.

Louet allégua.

— Aucun meurtre n'a été commis deux fois au même endroit.

L'officier balaya l'argument d'un geste de la main. Cet adjudant frisant l'insolence le contredisait. Il se promit de le remettre à sa place dès que l'énigme des crimes serait résolue. Il s'adressa au pilote.

— Il est possible d'effectuer une autre reconnaissance ?

— Négatif. Je vous pose à la caserne et je repars à Lyon[1].

Le commandant de compagnie donna ses derniers ordres à Louet.

— Continuez les recherches. Je vous envoie des effectifs supplémentaires cet après-midi.

— L'enterrement de Justine Caron a lieu tout à l'heure.

— Je sais. Allez-y avec un personnel. Les autres poursuivront les reconnaissances, à l'exception de votre planton.

Sans serrer une seule main, l'officier regagna l'hélicoptère qui s'envola avec l'aisance d'une libellule, pendant que le fourgon d'avitaillement prenait la route de Lyon.

***

La température, plus clémente qu'en Alsace, incita Meyer à ouvrir la fenêtre du compartiment du wagon. Le train quittait la capitale des Gaules et filait plein est en direction de Grenoble. La plaine céderait bientôt sa place aux Préalpes. Albert s'épongea le front.

---

1. Le détachement aérien de la gendarmerie du Sud-Est est basé à Lyon.

***

Gilles faillit crier de joie en voyant apparaître les derniers millimètres de la pointe en acier ancrée dans la poutre. Il tira de toutes ses forces. Le piton lui resta dans les mains. Sans perdre de temps, il fit coulisser le mousqueton dans le câble lui permettant de joindre son lit à la table et se libéra.

***

Les deux vantaux du portail se refermèrent, laissant à l'extérieur la triste complainte du glas. L'église était comble et un grand nombre de personnes restaient debout dans les bas-côtés. Malgré le recueillement, des chuchotements s'échappaient parfois. Installé face au cœur dans la croisée du transept, le cercueil recouvert de fleurs était la cible des commérages. Certains habitants, venus par curiosité, critiquaient ouvertement la défunte à voix basse. Aux premiers rangs, la famille restait digne en attendant le début de la cérémonie. Assis à la quatrième rangée, le maire s'arrangeait pour être vu de tous en distribuant maints signes de tête.

Précédé de deux enfants de chœur revêtus d'une aube blanche, le père Meyrin arriva en boitant par la porte de la sacristie. Le trio marchait mains jointes et tête baissée. Les deux servants de messe se dirigèrent sur un côté du cœur pendant que le prêtre s'agenouillait péniblement devant l'autel. Puis, il salua respectueusement la bière avant de bénir l'assemblée.

Au fond de l'église, debout près de la cuve baptismale, Louet et Jacquard observaient la foule devenue silencieuse.

***

Gilles enjamba le cadavre de Denis Morel, gagna la porte et l'examina. Elle paraissait solide, mais il sut qu'il en viendrait à bout. Méthodiquement, il commença à donner de violents coups d'épaules.

***

Le père Joseph avait décidé de bouleverser l'ordre de la cérémonie. Après les premières minutes du rituel, il s'avança entre l'autel et le cercueil pour s'adresser aux fidèles.

Au fond, les deux gendarmes écoutaient d'une oreille, les yeux aux aguets.

***

Trois violents coups d'épaule firent sauter les gonds de la porte du réduit. Gilles se massa brièvement l'omoplate, jeta un ultime regard vers le corps gisant sur le sol, puis il repéra un escalier à l'extrémité du couloir. Il monta les marches deux par deux, surpris d'être essoufflé. Sa courte, mais difficile réclusion l'avait privé d'une partie de sa condition physique. Il ouvrit la porte donnant accès au rez-de-chaussée. Un cri de stupeur s'échappa de ses lèvres quand il reconnut l'endroit.

***

L'assemblée écoutait le père Meyrin rendant un vibrant hommage à Justine Caron. Beaucoup se demandaient où il puisait tous ces éloges. Cette femme, mariée à un agriculteur, s'était transformée depuis son adolescence en harpie. Xavier sourit discrètement. Le curé n'avait jamais assisté à leurs rencontres tantôt houleuses au moment où leur liaison commençait à battre de l'aile.

La porte centrale s'ouvrit avec fracas, faisant retourner la majorité de l'assemblée. Gilles entra et se figea un court instant en découvrant l'affluence. Malgré sa mise dépenaillée et une barbe de plusieurs jours, tous le reconnurent. Des cris d'exclamations s'élevèrent. L'ancien reclus tourna la tête et aperçut Frédéric. Il se dirigea droit vers lui.

— C'est lui !

***

L'autorail quitta la gare de Voiron. Le train ne tarderait plus à arriver à Grenoble. Madame Meyer observait les montagnes encore modestes. Les contreforts du massif de la Chartreuse lui rappelaient ses Vosges natales. De larges sommets arrondis recouverts de forêts où les conifères ne disputaient jamais la place aux feuillus, chaque espèce régnant à son altitude correspondante. Quelques troupeaux de vaches paissaient tranquillement en attendant la traite.

Indifférent au paysage, Albert Meyer consulta sa montre.

***

Les yeux exorbités, Gilles s'avança vers Jacquard. Le père Joseph restait pétrifié sur la première marche de l'autel et toutes les têtes s'étaient tournées vers le narthex. Prête à laisser s'envoler les premières notes de *Crucifixus*, extrait de *la Petite Messe solennelle* de Rossini, les mains sur les touches de son piano, l'instrumentaliste se demandait la cause de tout ce remue-ménage. Jamais, elle n'avait connu pareille effervescence. Elle se leva et monta sur son tabouret. Des paroissiens quittaient le banc de leur travée pour se positionner dans l'allée centrale afin de mieux voir ce qui se passait dans le narthex. Interdit et les bras ballants, Louet, pour une fois, resta muet en regardant Gilles s'avancer vers Frédéric.

***

Le front contre la vitre, madame Meyer distingua la cluse de Voreppe. Creusée par l'Isère, elle séparait la Chartreuse et le Vercors. Au fond, les neiges immaculées de Belledonne offraient un contraste saisissant avec les chaudes couleurs des autres massifs.

— T'arrêtes de remuer. Tu ne tiens pas en place. C'est le plaisir de voir ta fille qui te met dans cet état ?

Albert préféra ne rien dire.

***

— C'est lui ! répéta Gilles en se tournant face à l'autel, tout en tirant frénétiquement la manche du jeune gendarme.

D'un pas décidé, l'ancien captif lâcha Frédéric et se dirigea vers la petite croisée du transept. Le père Joseph resta tétanisé sur la première marche en le voyant approcher. Le garagiste tendit son bras en le dénonçant une nouvelle fois. Le brouhaha était à son comble. Le maire tenta de calmer la foule en levant les mains en signe d'apaisement, mais personne ne s'en occupait. Certains se demandaient si Gilles perdait la tête, d'autres indécis observaient le prêtre. Louet s'adressa à son subordonné en jouant des coudes pour rattraper le garagiste.

— Filez à l'Estafette et appelez du renfort par radio. Si je comprends ce que nous voyons, je crains un lynchage dans pas longtemps. Il nous faut du monde. Que le planton rende compte au commandant de compagnie. Dites aussi aux PAM de nous rejoindre. Qu'ils fassent fissa. Vite !

Dépassé par l'apparition, le religieux, les fesses posées sur le balustre séparant l'autel et le transept restait immobile. Gilles se porta à sa hauteur et l'empoigna par le revers de sa soutane.

— Salopard !

Louet le ceintura par-derrière avec difficulté. Aidé d'un adjoint, le maire vint à la rescousse. La confusion régnait et l'assemblée observait l'incident avec effarement. L'adjudant-chef surveillait tour à tour Gilles et Meyrin. Celui-ci criait, sans distinction, aux fidèles en tapotant son index sur la tempe et Xavier crut comprendre.

— Il est devenu fou.

Gilles se calmant, Duval grimpa sur le premier banc et s'adressa à la foule. Louet en profita pour écouter le nouvel arrivant, sans remarquer l'apaisement graduel de l'assistance. Jacquard le rejoignit rapidement.

— Ils arrivent.

— Bien. Tenez le curé à l'œil, lui souffla-t-il. Je termine avec Gilles.

Assis sur la première marche menant à l'autel, le garagiste était intarissable. Frédéric songea qu'il aurait dû, la veille, parler à Xavier. Mais il avait préféré surseoir son exposé, jugeant ses indices peu probants.

Une femme proposa une bouteille d'eau à l'ancien captif. Il la remercia d'un sourire triste et but de larges rasades. La foule, devenue silencieuse, attendait la suite de cet imprévu. Personne n'aurait quitté le sanctuaire pour tout l'or du monde et l'adieu à Justine Caron se transformait en un acte secondaire. Le père Meyrin se tourna vers Louet.

— Il raconte des bêtises, c'est un tissu de mensonges !

Xavier lui posa une main sur l'épaule.

— Nous verrons, monsieur le curé. Pour l'instant, vous avez encore le bénéfice du doute. Allons visiter cette cave, nous en reparlerons ensuite.

Jacquard et son chef l'encadrèrent pour sortir de l'église. À la porte, Louet demanda au maire d'essayer de contenir la foule. Aidé de son adjoint, il accepta.

Le prêtre, coudoyé par les deux militaires, suivi de Gilles, prit la direction du presbytère. Les fidèles désertaient le lieu saint par le portail principal et leur emboîtaient le pas. Joseph menaça Louet.

— Vous allez au-delà de graves ennuis. Mon archevêque se plaindra à votre commandant de groupement.

— Pourquoi ? Pensez-vous vraiment que je vais m'arrêter maintenant ? Vous laisser partir sans vérifier les dires de Gilles ? S'il s'avère qu'il a menti, j'aurai fait mon boulot et personne ne me critiquera. Quant à Garin, vous lui pardonnerez lorsqu'il viendra se confesser. Mais auparavant, il aura affaire à moi et devra s'expliquer.

L'ecclésiastique fit profil bas jusqu'au presbytère. La sculpture de la Vierge figée au-dessus de la porte semblait les attendre. L'adjudant-chef regarda sa montre en espérant voir surgir les PAM. À quelques mètres, la foule, difficilement contenue par le maire, son adjoint et deux pompiers volontaires arrivés en renfort, débattait sur l'innocence ou la culpabilité de Joseph en qui elle avait entière confiance.

Louet fronça les sourcils en visionnant la porte du sous-sol fracassée. Il poussa l'homme d'Église devant lui et pénétra dans la cave. Il jura en découvrant le corps de Denis Morel, puis bougonna à l'adresse du curé.

— La messe est dite. À compter de maintenant Joseph Meyrin, vous êtes placé en garde à vue.

Sans attendre l'ordre, Jacquard le menotta. Louet observa la pièce et constata la véracité des propos du garagiste. Le piton par terre et sa chaîne, la poutre, le lit fatigué et la table où restait un quignon de pain et une bouteille d'eau minérale vide prouvaient son calvaire.

— Pourquoi ? s'enquit Xavier.

— Quoi, pourquoi ? répondit Meyrin.

— Tous ces crimes.

— Tous le méritaient.

— Rien n'excuse des assassinats. Sept morts ! Vous comptiez continuer longtemps ?

— C'était terminé.

— Et moi, vous prévoyiez de me supprimer à quel moment ? demanda Gilles.

Le meurtrier le tutoya.

— Tu n'étais pas sur la liste.

— La liste ? Tout était prémédité. Si vous n'aviez pas l'intention de me tuer, pourquoi m'avoir enfermé et quel sort me réserviez-vous ?

— Je n'en sais rien.

— Pourquoi l'avoir enlevé et quel rapport avec vos meurtres ? demanda Louet.

La rumeur extérieure bruissait dans la cave. Le gradé espéra que Vincent Duval et ses amis continssent la foule. Il regarda sa montre en songeant aux PAM qui ne devaient plus être très loin. Meyrin s'expliqua.

— Je n'ai rien contre toi, Gilles. Mais, si tu te souviens, je t'ai acheté un combi Volkswagen il y a un petit moment. Je craignais que tu fasses le rapprochement tôt ou tard.

— Moi, mais comment ?

— Je comptais utiliser ce fourgon pour éliminer Justine Caron. Si un habitant de Saint-Pierre avait aperçu ce véhicule, je ne t'apprends rien en mentionnant qu'il y en a qu'un seul dans le coin, le village entier l'aurait su. Tu aurais fait le rapprochement et j'aurai été démasqué. Je m'assurai une tranquillité d'esprit en t'emprisonnant.

Le regard hautain, il resta silencieux. L'adjudant-chef lui posa une nouvelle question.

— Comment étiez-vous au courant que Gilles allait passer devant le lieu de l'accident du maire, et pourquoi avoir tendu votre guet-apens là-bas ?

— Il passe peu de monde à cette heure et je savais qu'il revenait de la maternité. Je n'ai eu qu'à attendre sans me faire repérer. Quand j'ai vu sa voiture, j'ai marché sur le bas-côté et lui ai fait signe au moment où il roulait à ma hauteur. Il m'a gentiment proposé de me ramener au presbytère. À l'intérieur, je l'ai assommé par surprise et l'ai enfermé ici.

— Et le maire ? interrogea Louet. Pourquoi avoir trafiqué son véhicule ?

La question étonna le prêtre. Il regarda tour à tour les deux gendarmes.

— Je n'y suis pour rien. Il s'agit d'un véritable accident mécanique. Je n'ai jamais touché à sa voiture.

— Alors, pourquoi lui avoir suggéré qu'il s'agissait d'un accident ?

— Pour lui causer de l'embarras. Les soupçons s'égaillaient ainsi sur n'importe qui.

Des pas précipités interrompirent l'interrogatoire. Deux gendarmes de la brigade de Saint-Laurent-du-Pont pénétrèrent dans la pièce. L'étonnement se lut sur leur visage quand ils découvrirent le père Meyrin menotté. Xavier donna ses ordres. Les deux arrivants prirent le relais du maire. Celui-ci accourut aussitôt. Il s'immobilisa net en apercevant le corps de Denis Morel et, comme d'habitude, il haussa le ton.

— Alors c'est vrai, c'est vous ? dit-il en toisant le prêtre. Je ne comprends pas. Pourquoi ?

Louet s'imposa.

— Je pose les questions moi-même, monsieur le maire.

L'élu se contint. L'adjudant-chef avait raison et, malgré sa qualité de premier magistrat de la commune, Vidal savait qu'en outrepassant ses fonctions, le militaire pourrait l'expulser. Ils perçurent le bruit d'un deux tons.

— Les renforts arrivent.

Trois gendarmes saluèrent l'assemblée d'un bref signe de la main, suivis deux minutes plus tard d'une autre équipe. Encore une fois, Louet distribua ses ordres. La BR faisait mouvement et le commandant de compagnie venait de faire savoir, par radio, qu'il attendait Louet et Meyrin à la brigade de Saint-Laurent. Soulagé de quitter les lieux, l'adjudant-chef recommanda à Jacquard d'emmener le curé à l'intérieur du véhicule.

L'événement avait fait le tour de la commune. La femme de Gilles, avertie par une amie, l'étreignait en pleurant de joie. Des personnes n'assistant pas à la messe se déplaçaient vers le presbytère. Carpentier avait délaissé son bureau et se frayait un chemin en espérant être aux premières loges. Soulagé d'apprendre l'innocence de Christine, il se promit de s'excuser dès son retour.

Xavier au volant, l'estafette quitta Saint-Pierre à toute allure. À l'arrière, assis à côté du prêtre, Frédéric n'en menait pas large. La conduite de son chef l'inquiétait. Le paysage défilait à toute vitesse. Il se concentra sur les meurtres et interrogea son voisin.

— Vous avez trompé une commune entière. Pourquoi ces meurtres ?

Le passager haussa les épaules avant de répondre.

— Ces gens de peu de foi commettaient chaque jour des péchés.

— Tout le monde fait des conneries, rétorqua le chauffeur.

— Vous avez raison, mais il y a erreur et erreur. Les leurs présentaient une extrême gravité aux yeux du Seigneur.

Les deux militaires s'entreregardèrent un court instant. Frédéric s'étonna.

— De quel droit jugez-vous les gens ?

— Par le pouvoir conféré par ma charge.

— Votre ministère n'englobe en rien de pratiquer la justice vous-même.

— Laissez, Jacquard, annonça Louet. Nous reparlerons de tout cela au bureau.

***

Albert Meyer ne reconnut pas la gare de Grenoble. L'ancien bâtiment de pierre avait cédé la place à un édifice moderne érigé pour les Jeux olympiques de 1968. Depuis un an, les Grenoblois profitaient d'une infrastructure ambitieuse où l'histoire du quartier avait été jetée aux oubliettes.

Le couple repéra le terminal routier situé à proximité. Madame Meyer s'extasiait du paysage. La ville, ceinturée de plusieurs massifs, demeurait la capitale des Alpes. Vers le nord, le fort de La Bastille surmontait sur son éperon rocheux l'entrée du goulet de la cluse de Voreppe et la vallée du Grésivaudan. En face, Belledonne s'étendait en une longue ligne de pics et autres sommets enneigés. À l'est, le Taillefer semblait surveiller l'entrée de la vallée de la Romanche. En se retournant, le visiteur découvrait la paroi rocheuse du Moucherotte, sommet emblématique de la partie nord du massif du Vercors.

— Tu viens ? fit Albert, un pied sur le marchepied de l'autocar.

— J'arrive !

***

Le petit groupe était attendu dans la cour de la brigade. Le garagiste pénétra le dernier dans les locaux. Le commandant de compagnie regarda hostilement Joseph Meyrin tout en félicitant Louet. Jacquard rangea le véhicule sous un abri et les rejoignit dans le bureau principal. Le personnel au complet considérait avec mépris ce prêtre avec qui il avait échangé des propos anodins. Comment avait-il pu commettre de telles atrocités ? Un gendarme l'invita à s'asseoir. L'officier refusa qu'on lui détache les poignets.

— Laissez-moi entrer ! fit une voix dans le hall d'accueil.

Louet se porta près du planton. Vincent Duval ébaucha un sourire.

— Je peux ?

Xavier accepta. Duval était le maire du village où le malheur s'abattait. Il aurait probablement des comptes à rendre et les prochaines élections ne joueraient guère en sa faveur. Chaque commune à soif d'un bouc-émissaire et, même s'il n'était en rien responsable des crimes, plusieurs de ses administrés lui reprocheraient un déficit sécuritaire. Le commandant de brigade l'invita à le suivre. L'interrogatoire officiel commencerait un peu plus tard. Pour l'instant, la curiosité l'emportait. Meyrin allait s'expliquer et il serait temps, ensuite, de reprendre chaque détail et les notifier sur le procès-verbal. Louet murmura.

— Vous nous laissez poser nos questions, monsieur le maire. Vous n'intervenez en aucune sorte.

L'édile accepta. En son for intérieur, il se promit de réagir à la moindre occasion. Il se coula au fond de la pièce, à côté du garagiste. Les militaires s'installèrent soit sur une chaise, d'autres les fesses posées sur un bureau et le commandant de compagnie s'appropria le siège de Louet.

— Avouez-vous le meurtre de Jules Séverin, car je suppose qu'il ne s'agit pas d'un accident comme nous l'avons tous présumé ?

L'ecclésiastique opina. Face à lui, Louet prit la suite.

— Nous en reparlerons tout à l'heure. Reconnaissez-vous également les assassinats de Romain Delcroix, Claire Blanc,

Justine Caron, Florent Marcelin, Alice Duprès et Denis Morel ?

— Je les revendique haut et fort.

Un brouhaha bruissa dans la pièce face à la révélation. L'officier tapa doucement du plat de la main sur le bureau pour obtenir le silence. Xavier reprit.

— Avant d'entrer dans le vif du sujet, quel est le mobile ou quels sont les mobiles de ces meurtres ?

Toujours aussi fier, Meyrin déclara.

— Je pensais avoir été clair dans votre Estafette. Ces gens ont commis des péchés mortels.

Louet jeta un œil à Frédéric en songeant qu'il avait eu raison. Depuis des jours, il soutenait l'idée des sept péchés capitaux.

— Vous prétendez assassiner ces personnes par rapport à leurs erreurs. Où est le lien avec la noyade de Jules Séverin et vos soi-disant péchés ?

Le prêtre le corrigea.

— Il ne s'agit pas d'erreurs, mais de péchés.

— Évitez de jouer sur les mots et répondez aux questions, précisa le gradé en serrant les poings.

— La paresse messieurs. L'alcool a conduit Jules à la paresse. L'eau. Il exécrait cet élément. J'ai marié les deux. Ce fainéant a péri dans ce qu'il détestait le plus. Je ne pouvais guère l'éliminer avec le travail, puisqu'il ne faisait jamais rien.

— Comment avez-vous procédé ?

— Jules me connaissait et ne s'est jamais méfié en me voyant approcher.

— Comme tous les autres, intervint le maire.

Louet le rappela à l'ordre d'un brusque mouvement de tête. Le prêtre poursuivit.

— J'ai endormi sa confiance en lui parlant. Il avait un petit coup dans le nez.

— Exact. Nous avons constaté la présence d'une bouteille vide, approuva le militaire.

— Auparavant, et tout en discutant, Jules a bu le contenu entier de son litron. Il était complètement saoul et ne s'est même pas débattu quand je lui ai enfoncé la tête sous l'eau.

— D'où l'absence de nos soupçons, puisqu'il ne portait aucune trace de lutte.

— Et du manque de curiosité du docteur, ajouta le maire.

Louet ronchonna.

— Je me suis insuffisamment méfié et ai pris peu garde aux empreintes de pas.

Duval lui murmura.

— Elles étaient nombreuses. Celles du petit Michel qui a découvert le corps, les habitants arrivés par la suite et, comme vous le stipuliez, rien ne laissait penser à un meurtre.

— La suite ! rugit l'officier.

— J'ai éliminé ces fautifs devant notre Seigneur en l'espace de deux semaines, un temps très court pour éviter les soupçons sur ma personne. La venue de la nouvelle institutrice a servi mes desseins bien par hasard. Une preuve de la bienveillance de notre Tout-Puissant à mon égard.

Frédéric s'éloigna pour s'enfermer dans le bureau voisin. Il composa le numéro du directeur de l'école. Revenu de sa visite à l'église, Pierre Carpentier décrocha à la troisième sonnerie. Le militaire lui demanda de conduire Christine à la gendarmerie. Il protesta. Fred rétorqua.

— Elle est mise en cause. Elle a le droit de savoir, nous lui devons bien cela.

— Et moi, dans cette histoire ?

— Vous apprendrez la vérité de la voix du père Joseph, puisque vous serez sur place.

Jamais Louet ne le laisserait entrer, toutefois c'était le seul subterfuge afin de le décider. Curieux, l'enseignant accepta naïvement. Frédéric regagna discrètement l'assemblée. Meyrin s'exprimait toujours.

— Imaginez ma jubilation en apprenant la promenade de Christine Meyer dans les parages où reposait le corps de ce paresseux de Jules. Tôt ou tard, quelqu'un crierait haut et fort ses soupçons. Ils n'ont pas tardé, en la personne de Duval. Cette pauvre institutrice fut aussitôt livrée aux gémonies.

— Pourtant au fil des meurtres, vous sembliez plaider en sa faveur.

— Je reconnais ma contradiction. Dans un sens, la défiance portée sur sa personne m'arrangeait, mais ma charité chrétienne s'insurgeait. En la défendant, personne ne pensait à moi.

— Évitez d'invoquer la charité et cessez cet air arrogant, Meyrin. Passez au second meurtre.

— Romain Delcroix, précisa un gendarme.

— Ah, ce cher Romain ! Un emblème de la gourmandise à lui seul. Épulon se goinfrant en laissant Lazare mourir de faim.

— Qui c'est, ceux-là ? s'enquit Xavier sous le regard moqueur du commandant de compagnie.

Meyrin s'empressa de répondre.

— L'une des paraboles de Jésus[1].

— Vous l'avez tué, car il était gourmand ? Un nombre incalculable de gens apprécie la bonne chère.

— Il y a une différence entre un épicurien et ce goinfre de Romain. Il dépassait les bornes et était un mauvais exemple pour notre communauté.

Bourdon posa la question pour l'assemblée.

— Comment avez-vous procédé ?

Meyrin ne se fit pas prier pour répondre.

— Romain Delcroix fabriquait ses fromages, vendus par sa femme Hélène sur les marchés du canton. Elle descend les mercredis à celui de Saint-Egrève. Son éloignement me laissait suffisamment de temps pour opérer. Je suis arrivé discrètement

1. Paraboles de Jésus : Luc 16, 19-31.

et ai entendu du bruit dans l'annexe. J'ai entrouvert la porte et ai vu Romain de dos en train d'œuvrer. Quand je dis œuvrer, je devrais préciser bâfrer et travailler. Pourtant, cet homme courageux avait tout pour vivre dans la bienséance – Louet leva les yeux au ciel –, une femme et un enfant, une activité dont la communauté entière profite. Son vice gâchait ce bonheur sur terre et il était un mauvais exemple pour son fils Olivier. Imaginez ce dernier, reproduire pareille tare. La commune se dépraverait à une vitesse inouïe!

Malgré l'ordre émis par Xavier, le maire allégua.

— Vous êtes cinglé!

L'assemblée approuva en silence. Seul Louet lui jeta un œil noir. Loin de ces considérations, le père Joseph poursuivit ses explications, bien installé sur sa chaise, comme s'il débattait en compagnie de ses fidèles.

— Tout à son travail, ce glouton ne m'entendit pas entrer. La terre battue amortit mes pas. À l'aide d'un palan, il fit glisser le filet rempli de lait caillé vers la cuve. Entre nous, je déteste l'odeur et l'ambiance humide du local. Le filet et son lait au-dessus de l'immense récipient, il se coupa une épaisse tranche de saucisson, puis, sans même s'essuyer les mains, il plongea le caillé dans la cuve. Je le voyais de dos et l'entendais mastiquer. Il s'est ensuite plaqué contre le rebord de la cuve pour brasser ce lait qui, avec la grâce de Dieu, se transformerait en fromages. Il mastiquait toujours. L'horreur absolue! Je suis arrivé sans bruit et l'ai soulevé par les jambes tout en l'aidant, si je puis dire, à plonger sa tête dans la pâte. Le bougre gigotait malgré son embonpoint. Ma taille et ma force me furent utiles. Sa position indélicate et la cuve toute lisse lui ôtaient toutes prises pour se relever ou maintenir son visage hors du lait. Il s'est débattu comme un beau diable, si j'ose dire. Mais le succube a perdu. Il a cessé de bouger. Il adorait manger, il a succombé à une indigestion. Une jolie mort, en somme. Je l'ai abandonné dans cette position peu élégante ; il ne méritait aucune attention chrétienne. En me dirigeant vers la porte, j'ai tout de même marmonné une prière à son intention pour son entrée dans les bonnes grâces du Tout Puissant. Espérons qu'il m'ait entendu.

Les explications du prêtre sidéraient le groupe. La majorité de la commune et les gendarmes présents depuis plusieurs années avaient offert leur confiance à un monstre dénué de toute compassion. Il avait écouté avec patience, mais surtout avec intérêt, ses fidèles se livrant dans le secret de la confession, sans savoir que certains creusaient leur propre tombe.

— Venons-en à Claire Blanc, proposa le commandant de compagnie.

— Pourrais-je avoir un verre d'eau ? demanda l'ecclésiastique.

Un gendarme se leva pour se rendre dans la minuscule salle d'eau. Le maire songea que le prêtre pouvait bien mourir de soif, mais il se contint de livrer sa pensée.

— Pourquoi avoir attenté à ses jours ?

— L'orgueil, releva Frédéric.

— Louet explosa.

— Fermez-là, Jacquard ! Ce n'est pas vous qui avouez, mais lui. Laissez-le parler !

— Calmez-vous, Xavier, articula gentiment le curé. Il croit bien faire. Un tout petit péché de jeunesse.

— Un assassinat en perspective ? ironisa l'officier.

— Sornettes. Ce nouvel arrivant dans votre brigade paraît très malin. Peut-être plus que vous, Xavier.

Celui-ci fulminait. Les jointures de ses doigts blanchissaient à vue d'œil et certains de ses subalternes rirent sous cape. Toujours flegmatique, l'officier s'imposa une nouvelle fois.

— J'attends votre réponse.

Le prêtre but une longue rasade d'eau, déglutit bruyamment et, gardant son verre à la main, déclara.

— Votre jeune militaire a raison. Claire Blanc péchait par orgueil. Cette femme insupportable se pavanant, assénant à chaque coin de rue qu'elle était la meilleure, se prétendant artiste et, prenant les gens pour des imbéciles, devenait intolérable. Un autre exemple de la dépravation de notre village. Pensez aux enfants de chœur. Sa misérable conduite devait cesser. Je m'y suis employé.

— Comment ?

— Ce fut un peu plus difficile que les précédents, mais j'avoue humblement que ma fonction facilite la persuasion.

— Vous voulez dire votre perversion. Continuez.

— Je lui ai demandé de passer à la sacristie dimanche 21, à 10 heures du soir.

— Elle a accepté ?

— Bien sûr.

— Vu l'heure tardive, elle aurait pu être étonnée. Surtout un rendez-vous à la sacristie. Le presbytère, passe encore, mais là.

— Elle n'a rien dit. Elle est venue de son plein gré.

— Était-elle pratiquante ?

— Je l'ai rarement vu assister aux offices. Une ou deux célébrations familiales, si mes souvenirs sont bons. C'est tout.

— C'est étonnant qu'elle ait accepté votre rendez-vous.

— Les voix du Seigneur sont encore une fois impénétrables.

— Votre mode opératoire ? bougonna l'adjudant-chef.

— Une bien jolie phrase professionnelle.

— Une belle formule pour une saloperie hors norme, répliqua Louet en fronçant les sourcils. Venez-en aux faits et cessez vos discours ridicules. Quel prétexte lui avez-vous servi pour qu'elle accepte cette rencontre ?

— Nous, les prêtres, changeons de temps en temps nos habits liturgiques. J'ai demandé à Claire Blanc de m'aider à choisir mes articles sur le catalogue en ma possession. Vous connaissez sa profession. Couturière. Fière comme Artaban, cette pécheresse s'est empressée d'accepter, trop ravie de me livrer son avis. Elle se voyait déjà à l'évêché conseillant ma hiérarchie ecclésiastique. Elle ne changerait jamais. Tout pour sa petite personne. Un orgueil démesuré, digne des reines de France. Une honte pour nous tous !

L'adjudant-chef ignora la dernière remarque et s'enquit.

— Ça a marché ?

Meyrin plongea les yeux dans les siens.

— Voilà une question ridicule. Bien sûr. Sinon, elle vivrait encore.

— Poursuivez.

— J'ai laissé la porte de la sacristie entrouverte un quart d'heure avant notre rencontre. Elle est arrivée à l'heure pile, a toqué et m'a hélé. N'obtenant aucune réponse, elle s'est enhardie et est entrée.

Meyrin s'exprimait du ton qu'il servait lors de ces offices et l'assemblée l'écoutait, subjuguée par tant de cynisme.

— Je l'attendais, dissimulé derrière la porte. J'étais saisi par sa timide approche. Cette dame toujours si sûre d'elle. Prête à crier haut et fort être une patronne reconnue. L'orgueil personnifié, cracha-t-il avec mépris. Elle s'est arrêtée trois pas devant moi. J'ai bondi et lui ai passé un fil de pêche autour du cou. J'ai serré comme jamais je n'ai serré. Vous l'auriez entendu glapir, puis essayer d'aspirer l'air. Ses bras gigotaient dans tous les sens, puis elle a flanché. Ses péchés désertaient son corps. Quelle bonne action en cours ! Ses jambes ne la portaient plus. Elle s'est affaissée.

Louet remarqua une pointe de faiblesse dans sa voix. Le prêtre assura.

— J'ai envoyé une âme à Dieu. Un pauvre hère a quitté cette terre.

Le gendarme préféra ne rien dire, mais haussa les épaules. Face à la consternation du groupe, l'homme d'Église reprit son monologue.

— J'ai continué de serrer une petite minute tout en sachant qu'elle était morte. Pour une fois j'ai vu cette femme arrogante réduite au silence. Admettez que la justice divine est plus puissante que celle des hommes.

— Bouclez-là et cessez de baratiner ! s'écria Louet outré.

Trop heureux de le faire tourner en bourrique, Meyrin lui dit.

— Je me tais ou je poursuis mes explications ? Il faudrait savoir.

— Arrêtez de vous foutre du monde ! Reprenez.

— Je possédais des sacs contenant de vieux habits offerts par mes ouailles. J'ai dévêtu cette maudite pécheresse pour lui enfiler des oripeaux.

Louet ne put s'empêcher de demander.

— Vos fidèles vous procurent des fringues décrépies ?

— Non. Je ne me plains jamais de leurs dons. J'ai déchiré, dégradé les accoutrements que porterait Claire sur sa croix. Elle paraîtrait ridicule aux yeux de la petite assemblée de la messe matinale. J'aurais préféré la tuer un autre jour, de façon qu'elle soit présentable le dimanche. Dieu en a voulu différemment.

— Laissez Dieu où il est ! Comment l'avez-vous hissé sur la croix ?

— J'ai fermé à clé la porte de la sacristie afin de ne plus être dérangé. Quoiqu'à 10 heures du soir, je ne reçois plus de visite. J'ai porté le corps de cette malheureuse dans l'église. Claire était aussi légère qu'une plume. Toujours à vouloir paraître jeune avec une taille de mannequin, je suppose qu'elle surveillait son alimentation.

Le groupe observa l'ecclésiastique. Sa stature et son poids indiquaient une force herculéenne. Même si la couturière avait pesé le double, il n'aurait jamais été gêné pour la transporter. Louet intervint.

— Vous êtes costaud, je le reconnais. Mais comment avez-vous redressé le corps attaché sur la croix ? L'ensemble pèse son poids, tout d'même !

— Il y a un anneau fixé au plafond de l'église. Il y a bien longtemps, mon prédécesseur y avait fait passer une corde. Pourquoi et comment ? Je l'ignore. Ce filin est toujours en place. Il m'a servi de palan. J'ai ôté la croix de son socle à l'aide de ce mouflage improvisé, l'ai posée au sol et j'ai ensuite attaché Claire.

— Avec du fil de pêche.

Meyrin confirma.

— Exactement. Le même rouleau que celui utilisé pour la tuer. Claire fixée sur son immense crucifix, j'ai tiré sur la corde pour la redresser. Quand elle a été suspendue, j'ai orienté l'ensemble de façon à ce que cette pécheresse soit face à la nef, puis j'ai remis le tout sur le socle. J'ai ensuite rangé le filin à sa place, derrière son pilier et le tour était joué.

— Puis ?

— Rien. Il n'y avait plus qu'à attendre le lendemain. Madeleine est arrivée tôt en prévision des funérailles de Romain Delcroix. J'ai poireauté dans la sacristie. Ses cris n'ont guère tardé. Vous savez la suite.

L'officier perdit un instant son sang-froid.

— Vous êtes ignoble !

— J'agis pour la bonne cause. La moralité doit être rétablie.

— Vous n'avez aucune autorité pour faire justice vous-même.

— J'ai celle de Dieu.

— Foutaise !

Louet toussota discrètement. Le commandant de compagnie se ressaisit.

— Parlez-nous de Justine Caron.

Le prêtre changea de position en croisant les jambes et expira bruyamment.

— Vous êtes bien curieux.

— Ça vous étonne?

Meyrin sourit.

— Non. Il vida son verre, puis s'expliqua : j'ai pris ma plus belle plume pour fixer un rendez-vous à Justine Caron en empruntant l'identité de Florent Marcelin.

— Elle pouvait connaître son écriture et sa signature.

— C'est possible. J'espérai l'effet inverse. Le plus important était que l'on ne reconnaisse pas la mienne. Notre Créateur était avec moi puisque tout a joué en ma faveur. Je l'ai attendu sur la route de Perquelin. Elle marchait d'un pas décidé. Je l'ai laissée approcher.

— Vous a-t-elle identifié?

— Je n'en ai eu guère l'impression. J'ai foncé sur elle pour la percuter de face.

— D'où le choc aux membres supérieurs et au visage, souligna Louet en songeant au rapport de l'autopsie.

Meyrin ignora la brève intervention.

— J'ai pensé un instant qu'elle parviendrait à s'enfuir en la voyant, de mon rétroviseur, ramper vers le bas-côté. Je n'ai pas pris le temps de faire demi-tour et lui ai roulé dessus en marche arrière. Un troisième passage, cette fois en reconduisant normalement, l'a envoyé *ad patres*.

— Si mes souvenirs sont bons, fit Louet, nous vous avons demandé où vous vous trouviez ce jour-là.

— Je m'en rappelle. J'ai affirmé assister de temps à autre à Prime ou à la messe au monastère de la Grande Chartreuse. Vous devez vous douter que je n'y étais pas le jour de la mort de Justine.

Devant leur silence interrogatif, il précisa.

— J'ai encore une fois joué à quitte ou double. J'ai pensé que vous n'oseriez jamais poser la question aux religieux. Je ne me suis pas trompé.

— Et si nous nous y étions rendus?

— Grâce au Ciel, vous avez commis l'erreur de rester dans votre bureau, Louet.

Le commandant de compagnie le regarda d'un œil noir en se promettant de le sermonner en tête à tête. Sans s'en soucier, Meyrin continuait.

— Si vous aviez vérifié mes dires, j'aurai été dans le pétrin. J'aurais dû broder rapidement une réponse plausible, car vous auriez appris de la bouche de Dom Igor que je n'assistais pas à l'office le vendredi 26. J'ai parié et vous êtes tombé dans le panneau. J'ai ainsi pu continuer à être le bras armé du Seigneur.

L'enquêteur l'interrompit.

— Où planquez-vous votre combi ?

— Jamais au même endroit. Les brebis du village l'ont vu maintes fois stationné à droite ou à gauche dans des rues de la commune.

— Apparemment, personne ne s'est posé la question pour savoir qui en était l'heureux propriétaire, émit l'ancien.

Meyrin ajouta perfidement.

— Vous aussi, messieurs les gendarmes, l'avez certainement aperçu garé sur un bas-côté, un parking ou au bord d'un trottoir. Avec vos moyens, vous n'avez jamais tenté de l'identifier ? Encore une erreur.

Louet fronça les sourcils.

— Renversez la vapeur, Meyrin. Vous n'êtes guère en mesure d'accuser les gens. Faites profil bas et répondez aux questions.

— Entendu, mon fils.

— Évitez vos balivernes ! Un curé n'aurait jamais agi ainsi.

— Prétendez-vous que je sois un usurpateur ?

— Je me le demande.

— Vous avez tort. Je vous rassure, j'ai suivi les cours du Petit Séminaire.

Xavier ronchonna.

— Ouais, ben vous êtes un saligaud et, pour moi, vous n'êtes plus curé. Vous êtes juste bon pour la guillotine.

— J'ai agi pour le bien de tous.

— À d'autres, vous êtes un assassin ! Un fieffé cinglé !

— Ça suffit ! tonna le capitaine. Expliquez-nous le mode opératoire du meurtre suivant… Son identité, Louet ? Je m'y perds !

— Florent Marcelin.

— Ha oui, Marcelin. La folie de ce curé me rend chèvre.

L'ancien glissa une plaisanterie à propos de l'officier, qui fit sourire son voisin. À l'opposé de la pièce, Frédéric aurait apprécié l'entendre. Les explications du père Joseph alourdissaient l'atmosphère depuis un moment et il aurait aimé goûter à quelques instants de répit.

Louet reprit la parole.

— Je retourne le problème. Commencez par nous détailler votre crime. Pourquoi l'avoir assassiné ainsi ?

— Vous êtes loin d'être des amateurs d'art. Sinon, vous ne m'auriez jamais posé cette question.

— Expliquez-vous au lieu de nous donner une leçon.

— Jérôme Bosch.

— Qui c'est c'lui là ? Il habite ici ? D'où est-il ?

— C'est un Hollandais.

— En vacances ?

— L'ecclésiastique éclata de rire et interrogea la petite assemblée.

— Personne n'en a jamais entendu parler ?

Ce fut au commandant de compagnie de s'irriter.

— Cessez de jouer avec nos nerfs et dites-nous tout.

— Où peut-on le trouver ? renchérit Louet sans déceler la malice du curé.

— Au fond d'une tombe.

— Vous l'avez aussi assassiné ?

Devant l'air sidéré du groupe, Meyrin consentit à s'expliquer.

— Jérôme Bosch est un peintre du XVIe siècle. Je constate qu'aucun d'entre vous ne connaît son œuvre *la Mort de l'avare*.

Tous se regardèrent en attendant la suite. Le prêtre parla doucement, de façon à imprimer son mobile dans leurs esprits.

— Marcelin était un ignoble radin. Je lui ai demandé de l'argent à plusieurs reprises pour la rénovation de notre église. Il a toujours refusé. Le mardi 16, il s'est présenté dans la maison de Dieu en prévision du mariage de sa fille.

Bourdon lui coupa la parole.

— Vous possédez une formidable mémoire. Vous souvenir ainsi des dates exactes.

— Un don de Dieu très certainement.

— Oubliez votre don et vous, Bourdon, laissez-le causer, pesta Xavier.

Il dit au prêtre.

— Vous affirmiez avoir vu arriver votre prochaine victime pour l'organisation du mariage de sa fille.

— Tout à fait, admit Meyrin. Il venait me signaler son refus d'acheter des fleurs pour la décoration de l'église. À ce moment, et malgré ma rancœur, j'aurais pu excuser sa pingrerie. Il a dépassé les bornes le mardi suivant à la sortie du cimetière.

— Quand ? Il y a eu tellement de funérailles, ces derniers jours !

— Le 23 septembre. Le jour de la mise en terre de Romain Delcroix.

— Que s'est-il passé ?

— Je me trouvais sur le parking quand il a menacé la veuve.

— Dites-nous tout !

— Marcelin a fait comprendre à Hélène, et sans aucun tact, qu'il souhaitait acquérir sa propriété. Madame Delcroix est montée sur ses grands chevaux. C'est indéniablement excusable. D'autant qu'Olivier, le fils, était présent. Dieu soit loué, un témoin s'en est mêlé et ce vil personnage a quitté les lieux.

Hélène paraissait de méchante humeur. J'ai compris qu'il ne baisserait jamais les bras. Si encore il s'était décidé à acheter à bon prix. Mais ce rapiat aurait spolié le travail de toute une vie. Il devait expier.

— Quel rapport avec le tableau ? demanda l'ancien.

— J'y viens… L'œuvre représente la mort d'un avare. La camarde est incarnée par un personnage recouvert d'un drap tenant une flèche dans la main droite et visant l'entrejambe de sa future victime. J'ai repris cette symbolique. Ne disposant ni d'arc ni de flèches, j'ai substitué cette pointe par un poignard. J'ai ensuite placé un exemplaire de *l'Avare* de Molière sur son corps. Ce livre remplace le sac d'or que tient le radin représenté sur le tableau. Jolie allégorie, n'est-ce pas, messieurs ?

— Vous êtes malade !

Frédéric prit la parole timidement devant l'officier.

— En fait, nous sommes encore une fois devant un meurtre assimilable aux sept péchés capitaux.

— On a compris, Jacquard. L'orgueil a tué Marcelin, asséna l'adjudant-chef surpris par son intervention.

Le capitaine fixa le jeune gendarme.

— Vous venez de dire, je vous cite : encore une fois. L'idée des péchés capitaux vous effleurait ?

— Tout à fait.

— Parfait, répondit son vis-à-vis sous le regard glacé de Louet. Vous aviez aussi deviné la mort des deux prochaines victimes ?

— J'ignorai les identités. Comment savoir qui possédait aux yeux du criminel les défauts manquants de la liste des péchés ? Je me doutais que nous en aurions d'autres. Ma conviction s'arrêtait à cela.

— Très bien, dit pensivement son supérieur. Vous n'aviez pas une toute petite idée ?

— Comment aurais-je pu ? Il s'agit de ma première affectation et je connais insuffisamment les défauts des habitants de la circonscription pour émettre un avis. Même les gens du coin ne se doutaient de rien. À la fin, tout le monde tremblait pour sa petite personne.

L'officier opina, toujours sous l'œillade glaciale de Xavier. Frédéric s'enhardit.

— Vous êtes très malin, mon Père.

— Je vous remercie du compliment.

— Mon collègue Bourdon et moi-même sommes allés vous voir le jour de la mort de Marcelin.

— Je m'en souviens.

Frédéric extirpa son carnet de déclarations du tiroir de son bureau, l'ouvrit et précisa.

— Ma mémoire est loin d'être aussi excellente que la vôtre. Donc, en sortant de la sacristie, j'ai noté vos propos.

— Lesquels ?

— Ceux concernant Madeleine, votre servante. Vous affirmiez qu'elle certifiait que Marcelin n'emporterait jamais son argent au paradis.

— Je ne m'en souviens plus.

— Votre mémoire vous jouerait-elle des tours ? Avez-vous lancé cette information pour nous emmener vers une nouvelle piste ? Fausse, bien entendu.

— Je vous laisse juge de la réponse.

— Elle confirme ma conviction. Nous entraîner sur un terrain vague, de façon à gagner du temps vous permettant de continuer vos méfaits.

Le religieux resta coi. L'officier observa Jacquard, puis :

— Dépêchez-vous de passer de carrière, jeune homme, ensuite présentez-vous au diplôme d'OPJ. Vous ferez un gradé tout à fait convenable.

Louet se plaça devant Meyrin.

— Qui fut votre prochaine victime, Denis Morel ou Alice Duprès ?

— Morel.

— Où aviez-vous dissimulé son cadavre juste après sa mort ?

— Dans mon combi Volkswagen, puis à la cave.

Gilles, resté de marbre depuis le début de l'interrogatoire, s'écria.

— Il l'a balancé sans un mot et m'a enfermé avec !

Surpris par son intervention, un silence de plusieurs secondes s'installa, l'assemblée imaginant son calvaire.

— Comment avez-vous attiré Denis Morel ? s'enquit Xavier.

— Il était très tard, je me demandais comment supprimer Alice Duprès. Je n'avais pas sommeil, d'autant que ma jambe m'irritait. Souvenez-vous, j'ai été blessé.

— Nous évoquerons votre agression tout à l'heure. Aux vues de tous nos éléments, je doute de l'assertion émise sur votre accident, attesta le capitaine. Pour l'instant, continuez.

— La nuit était tombée depuis bien longtemps et je fermais mes volets quand j'ai aperçu Morel passer à proximité du presbytère. Je l'ai appelé. Il m'a expliqué revenir de chez un ami avec qui il avait bu des bières et jouer aux cartes. Je lui ai demandé de venir m'aider à déplacer mon fauteuil. Ma jambe blessée n'a éveillé aucun soupçon de sa part. Il est entré en chancelant. L'alcool probablement. Vous avez vu ce bougre, taillé comme un asticot ? Mou et maigre comme un clou. Ce type envieux ne faisant aucun effort pour remédier à son sort. Toujours en train de se plaindre en désirant un confort et un travail agréable. Bref, les mêmes choses que tout le monde. Il n'a rien à faire sur cette planète. Ce parasite de la société ne fera plus jamais parler de lui.

— Votre mode opératoire, cette fois ?

— Denis était un personnage envieux. Sa mort devait dépeindre un rite comme celle des autres ouailles. Connaissez-vous la fable *le Bûcheron et Mercure*, de Jean de la Fontaine ?

Face à la mine indécise de l'assemblée, Meyrin résuma.

— Un bûcheron perdit sa cognée. Il fit appel à Jupiter. Le dieu lui en présenta une en or, une en argent et la troisième, en bois. Le forestier reconnut la sienne et malgré la valeur des deux métaux précieux, il choisit la sienne. Celle en bois.

Le groupe écoutait en se demandant encore une fois où voulaient l'emmener les folles élucubrations de Meyrin. Sans se départir de sa faconde, il poursuivit son commentaire.

— Mercure, le fils de Jupiter, montra à d'autres hommes les trois haches et tous reconnurent celle en or comme la leur. Il leur asséna de violents coups sur la tête.

Devant leur mine contrite, le prêtre jugea bon de détailler.

— J'ai accommodé cette fable au vice de Morel. L'envie. Reprenez ces quelques mots du poète et vous concevrez une parfaite adaptation à la personnalité de Denis : « Ne point mentir, être content du sien[1]. » Morel ne se satisfaisait jamais de son sort et jalousait celui des autres.

— Quel rapport ? Il disait la vérité, releva Frédéric.

— C'est pourtant simple. Les bûcherons possédaient déjà une cognée. Pourquoi en vouloir une différente, même si elle avait de la valeur ? Denis avait un métier. Emploi peu considéré, mais un boulot tout de même. Le travail n'est-il pas une valeur dans notre société ? Pourquoi envier les voisins ? Il se mentait à lui-même en voulant changer d'activité.

— Il vous manque une case.

— Retenez simplement cet adage de la fable de La Fontaine. Meyrin s'interrompit deux secondes, puis déclama : « Être content du sien ! » Cela signifie, être heureux de son sort et n'envier personne. En respectant ce précepte, Morel ne serait pas en ce moment à la droite de notre Seigneur.

Comme souvent, Louet l'interrogea d'une phrase tranchante.

— L'instrument utilisé pour tuer Morel ?

— Une petite barre à mine. Je m'en sers tantôt pour de menus travaux. Cette fois, elle fut le bras armé du

1. Jean de la Fontaine, *le Bûcheron et Mercure.*

Tout-Puissant. Je vous rassure, il n'a pas souffert. Deux coups sur la tête. Sa repentance fut, je le pense, immédiate.

— Vous êtes immonde.

L'officier constata à haute voix.

— Au fil des meurtres, vos scènes de crimes s'élaborent avec un...

Il chercha ses mots. L'ecclésiastique fut plus rapide.

— Raffinement.

— Ça n'est pas le vocable que j'aurai employé, mais vous avez malheureusement raison.

La sonnette d'entrée tinta dans le hall d'accueil. Le planton quitta sa chaise et revint, accompagné de Christine Meyer et Pierre Carpentier. Louet fronça les sourcils et s'adressa d'un ton sec au directeur d'école.

— Le motif de votre présence ?

Frédéric vint à sa rescousse.

— J'ai demandé à monsieur Carpentier de piloter Christine.

Le gradé se radoucit et ordonna d'un geste à un de ses subalternes de libérer sa chaise.

— Asseyez-vous. Vous pouvez rentrer chez vous, monsieur le directeur.

— Pardon ?

— Nous n'avons plus besoin de vous.

— Mais j'ai amené mademoiselle Meyer ! Le jeune gendarme a prétendu...

Louet lui coupa la parole.

— Il s'agit d'une enquête criminelle. Vous n'êtes pas concerné... Au revoir. Bourdon, raccompagnez-le à la sortie.

Précédé du militaire, Carpentier quitta les lieux en marmonnant. L'officier patienta jusqu'au retour de son subalterne avant d'inviter Meyrin à s'expliquer sur le dernier meurtre.

— Alice Duprès ? Une garce ! Je connaissais son penchant pour la fornication. Elle ne s'en cachait jamais à confesse. Ce paradoxe m'étonne encore. Comment une femme si pieuse pouvait-elle commettre un tel péché mortel ? La goutte du vase a débordé le jour où, me rendant au monastère de la Grande Chartreuse pour y rencontrer Dom Igor – Meyrin leva un doigt pour préciser : c'est le responsable des lieux –, j'ai vu cette femme pervertie dans les bras d'un homme qui n'était pas celui avec qui je l'avais unie devant Dieu. À cet instant, j'ai décidé qu'elle devait expier ses fautes. Ce fut très facile de la supprimer. Elle était au courant pour mon accident. L'une de ses amies l'a avisée le soir même par téléphone… Je ne me trompe pas en disant que tout se sait dans notre petite communauté.

— Allez au fait, l'interrompit Louet.

— Elle m'a passé un coup de fil aussitôt pour me proposer son aide. Avouez qu'il s'agit là de l'œuvre de la Providence.

Tous restèrent silencieux. Meyrin, les yeux fermés et les mains jointes paressait prier.

— Alice est arrivée à 7 heures le lendemain et m'a demandé si j'avais des commissions à faire. J'ai prétexté vouloir me changer les idées et lui ai proposé de suivre la route des gorges du Guiers.

— Vous aviez mentionné la chapelle de Saint-Hugues-de-Chartreuse, nota l'ancien.

— Pour vous abuser. Une brebis égarée d'un autre genre, si je puis lancer ce mauvais jeu de mots.

— Abrégez, Meyrin ! tonna Louet.

— Nous sommes montés dans sa voiture. Une Coccinelle. L'habitacle est très limité et la promiscuité m'a bien aidé. Je lui ai demandé de s'arrêter au petit pont voisinant avec celui du Grand Logis.

L'homme d'Église ouvrit les yeux en marquant une courte pause et observa l'assemblée avant de poursuivre.

— La voiture aussitôt stationnée, Alice Duprès s'est sensiblement penchée vers moi pour serrer son frein à main. Je lui ai brisé les vertèbres cervicales. Elle n'a rien vu venir et a rejoint les cieux sans souffrir. Son chien n'a même pas bronché.

— Pourquoi la mise en scène de la pendaison ?

— Ève a péché sous un arbre. Alice devait donc expier comme elle.

— Dans la Bible, Ève n'a jamais été accrochée au bout d'une corde.

— Elle a mordu le fruit défendu sous un feuillu. Alice a aussi à croquer un fruit défendu. Je dirai même, des fruits défendus. Elle forniquait depuis des années.

— Sous les arbres ?

— Je ne trahirai jamais le secret de la confession, mais elle appréciait les – il marqua une courte pause avant d'achever sa phrase – milieux naturels. Je suppose que la forêt en était un élément.

— Comment vous y êtes-vous pris, cette fois ?

— Prétextant au départ vouloir faire des courses, je possédais un grand panier où j'avais dissimulé un bout de vieille corde d'escalade sous un large chiffon. Depuis son appel téléphonique, j'ai eu le temps de préméditer la mise en scène. En montant dans sa voiture, la réalité m'a rattrapé. Je ne pouvais la pendre vivante. Elle se serait défendue et, malgré ma carrure, ma blessure à la jambe m'empêchait d'être à l'aise. En conséquence, je ne pouvais me permettre de marcher longuement sous les bois. Je craignais que la plaie vienne à s'ouvrir. J'ai donc choisi de la supprimer dans sa voiture, puis de suspendre son cadavre sous le pont. La symbolique de l'arbre y était présente, puisque nous étions en forêt.

— Vous êtes malade ! s'indigna Christine.

— Son corps encore chaud, je l'ai traînée près du parapet, lui ai glissé la tête dans le nœud coulant préparé au presbytère, j'ai attaché la corde au pont et ai jeté le tout dans le vide. Alice a tournoyé au-dessus du torrent un moment avant de se balancer mollement. Un timide arc-en-ciel se reflétait entre elle et l'ouvrage, c'était magnifique. Un signe de Dieu, très certainement. Il la pardonnait et l'accueillait dans son royaume.

— Vous êtes fou ! La justice, elle, vous acceptera dans ses geôles, avant que votre tête tombe dans un panier le jour de votre exécution. Mais revenons à la suite de ce meurtre.

— Qu'avez-vous fait du chien ? s'enquit un autre gendarme.

— Il s'est enfui je ne sais où lorsque j'ai ouvert la portière de la voiture et jeté le cadavre de sa maîtresse sur le sol.

— Qui a ramené sa Coccinelle ?

— Moi. Conduire fut plus aisé que je l'imaginais, malgré ma jambe. Je devais juste penser au délai. J'ai choisi l'endroit pour sa proximité avec notre village. Je ne pouvais me permettre de m'éloigner, le temps m'était compté. Descendre jusqu'au pont a pris peu de temps. Cinq minutes m'ont suffi pour supprimer Alice, dix minutes supplémentaires pour la mise en scène. Ensuite, mon retour fut rapide. Le tour était joué.

— C'est vous qui avez stationné sa voiture à proximité de l'église ? demanda Frédéric incrédule en se souvenant l'avoir examiné en sortant du presbytère.

— Bien sûr. C'était le meilleur moyen pour endormir d'éventuels soupçons.

— Un habitant aurait pu vous voir.

— J'ai joué avec la bonne fortune. La preuve, vous-même avez été abusé.

Le groupe était sidéré par tant de fourberie et de chance.

— Qu'auriez-vous dit si un témoin vous avait reconnu à bord de l'auto de votre victime ?

— Je n'en sais rien. J'aurai improvisé. Ne vous faites pas de soucis pour moi, j'aurai trouvé une solution.

— Je n'en doute pas un instant, ronchonna Xavier.

— Ne vous méprenez pas, Louet. Je ne suis pas un assassin. Je n'aurai jamais supprimé un témoin. Les confessions de mes fidèles m'offrent suffisamment d'opportunités pour me tirer de bien des situations.

— Maître-chanteur, par-dessus le marché.

— Je n'ai jamais utilisé d'intimidation. C'eut été juste un réflexe de défense, mais je n'en ai jamais eu besoin.

— En sommes, vous êtes un saint!

— Heureux de vous l'entendre dire.

— Vous risquez la peine de mort.

— Je ne crains en rien la justice des hommes. Dieu m'absoudra.

— Votre palmarès l'en dissuadera.

— Les voies du Seigneur sont impénétrables.

Gilles quitta le coin de la pièce où il était adossé et fit face au religieux. Celui-ci se leva et le dévisagea. Comme un réflexe de défense devant sa taille, Gilles se recula et buta contre un bureau.

— Asseyez-vous, Meyrin. Inutile de jour au cacou. Un geste de trop et je me ferai un plaisir de vous en coller une, averti Louet.

— Chiche? fit le prêtre d'un ton espiègle. Malgré mes menottes je vous prends au mot.

Le gradé resta silencieux. Sans l'aide de ses hommes, et même attaché, l'ecclésiastique lui donnerait une leçon. Peu désireux de les séparer, le commandant de compagnie s'en mêla.

— Ça suffit! Asseyez-vous Meyrin.

Encore traumatisé, Gilles n'osait plus parler. Le capitaine l'invita à s'exprimer. Le garagiste extirpa de sa poche la feuille de papier mentionnant les menaces et s'approcha anxieusement.

— Vous étiez prêt à faire du mal à mon bébé.

L'homme d'Église répondit fermement.

— De simples intimidations. Je ne les aurais jamais mises à exécution. Ce petit être innocent n'a commis aucun péché, mais je devais contenir ton ire. Entraver toutes tentatives de fuite. Même si la porte avait résisté à tes assauts, je préférai placer toutes les chances de mon côté. Je te le certifie, ton enfant ne craignait absolument rien.

— Et moi ? Mon sort était scellé ?

Meyrin sembla réfléchir une minute avant d'ouvrir la bouche.

— En toute franchise, je me pose encore la question. Tu n'avais commis aucun péché mortel. Pourquoi te supprimer ? D'un autre côté, il m'était impossible de te laisser partir. Tu me connaissais et, ta liberté recouvrée, la maréchaussée serait aussitôt venue me cueillir.

— Donc, je ne serai jamais sorti vivant de votre antre.

— Je refuse de répondre à cette question. Comme disent les joueurs, joker.

— Trop facile.

— Ça n'est pas un jeu ! proclama Xavier.

Meyrin haussa les épaules en baissant les yeux. Gilles s'exclama.

— J'étais continuellement fatigué le matin et je m'endormais le soir après avoir bu l'eau de la bouteille. Vous me droguiez ?

— Bien sûr. Je venais au lever du jour, avant les prières et de façon à ne pas être vu. Je déposai une demi-bouteille d'eau pour vingt-quatre heures. Indubitablement, tu la boirais. L'air desséché du lieu de ta détention devait aussi te donner soif. Je me suis très vite douté que tu t'étais rendu compte que l'eau contenait un soporifique. Mais, tôt ou tard, la soif te tenaillant te contraindrait à boire. Le narcotique était assez puissant pour te faire dormir la moitié du cadran. Délai assez conséquent pour t'amener ton repas. Nous nous sommes parfois vus et j'ai accepté tes revendications.

— Repas, repas. Tu parles ! Je crevais de faim.

— Tu es encore vivant. Ne te plains pas. Des peuples entiers souffrent de la famine.

— Vous êtes mal placé pour me donner des leçons.

Le commandant de compagnie mit fin à l'échange.

— Nous entrerons dans les détails lors de la prise de sa déclaration. Pour l'instant, nous en savons assez. Revenons à votre agression, mon Père. Tout à l'heure l'un d'entre vous évoquait une duperie de votre part. Est-ce vrai ?

— Vous êtes d'une redoutable perspicacité ! Personne ne devait se douter que j'étais l'instigateur de cette – il sembla réfléchir avant de poursuivre – remise à niveau de la probité. Je me suis rendu dimanche à la nuit tombée sur le lieu de la disparition de Gilles.

— Pourquoi cet endroit ?

— Le passage des automobiles y est fréquent. Mon attente serait de courte durée et j'étais quasiment assuré d'être secouru par un habitant de Saint-Pierre-de-Chartreuse. La preuve, Ernest est arrivé avec sa 2 CV.

— La suite.

— Mon Dieu, quelle impatience ! J'ai vu se pointer la voiture un virage plus bas. Je me suis aussitôt frappé le nez avec un caillou. Le choc était ainsi plus violent qu'un simple coup de poing. Puis je me suis précipité sur le bas-côté, là où Ernest ne pouvait rien distinguer et me suis seriné. Pour finir, j'ai jeté le poignard loin derrière moi. Je me suis allongé sur la chaussée en voyant le halo de ses phares. Vous connaissez la suite.

— Un coup dans le pif. C'était bien suffisant. Pourquoi vous planter la cuisse ?

— Pour la crédibilité.

— Vous auriez pu vous perforer l'artère fémorale.

Meyrin ricana.

— Je sais à peu près où elle est située et je ne craignais pas grand-chose. De plus, la lame ne s'est pas enfoncée très loin.

— Trois points de suture, si mes souvenirs sont bons.

— Exact. Une peccadille. Aussitôt m'être entaillé la cuisse, je me suis couché sur la chaussée. Il était temps, la voiture arrivait.

— De là à vous occasionner cette blessure, il y a un monde.

— Je vous l'ai dit. J'éloignais les soupçons, si soupçons il y avait.

— Personne ne s'intéressait à vous.

— Mieux valait être prudent. Avouez, ça a marché. C'est Madeleine qui m'a donné l'idée bien involontairement.

— Votre servante ?

— Nous évoquions l'érudition des habitants du village, suite à la rumeur prétextant un rapport entre les assassinats et les sept péchés capitaux. Madeleine justifiait la cause des riverains, car je me plaignais de leur manque de culture générale.

— Pour qui vous prenez-vous ? s'indigna Christine.

Le père Joseph balaya son irritation d'un geste de la main et, d'un sourire narquois, certifia :

— En prenant leur défense, ma servante m'a donné une idée bien malgré elle. Je lui ai rétorqué qu'elle avait raison, tout le monde se rendant au catéchisme.

— Quel rapport ?

— Aucun. Mais cette femme n'a rien compris et je lui ai dit que la majorité des habitants du village savaient.

— Savaient quoi ?

— Rien. C'est là, la subtilité de mon idée.

— En mentionnant simplement que vos ouailles savaient, sa curiosité s'est exacerbée ?

— Exactement. J'ai conclu en formulant que j'avais ma petite idée.

— Et alors ? fit Louet qui ne comprenait toujours pas où l'ecclésiastique voulait en venir.

— En lâchant ingénument que j'avais ma petite idée, je me doutais que le cerveau de Madeleine tournerait à plein régime. Pour elle, je connaissais l'identité du criminel. D'où l'inspiration de mettre en scène ma propre agression. La bonne n'avait plus qu'à colporter que j'avais été attaqué par ledit assassin. Son imagination a fait le reste. Elle soutenait à qui souhaitait l'entendre que le meurtrier avait intérêt à me faire disparaître s'il ne voulait pas tomber entre vos griffes, messieurs les gendarmes. En me prenant pour une victime, les éventuelles suspicions s'évanouissaient illico presto.

— C'est machiavélique.

— Machiavel n'était pas celui que vous croyez.

— On s'en fout, mais c'était bien joué. À la suite de votre… agression, nous avons interrogé le chauffeur de la 2 CV. À part vous, il n'a rien vu. Votre subterfuge a fonctionné.

— À merveille. Il faisait presque nuit. J'y comptais bien. Dieu sera fier de moi.

— Vous êtes complètement cinglé.

***

Albert Meyer observait le paysage. L'autocar venait de quitter Saint-Laurent-du-Pont et s'engageait dans les gorges du Guiers Mort, en direction de Saint-Pierre-de-Chartreuse. Le torrent longeait la route. Le passager ne reconnaissait pas les lieux. Jamais il n'avait emprunté cet itinéraire pendant la guerre. Fatiguée par le voyage, sa femme somnolait.

***

Jacquard s'avança au centre de la pièce.

— Vous m'avez mis la puce à l'oreille le jour de votre agression, père Joseph.

Tout le monde attendait la suite. En observant son subalterne, Louet se demanda s'il devait le maudire ou l'admirer. Ce gendarme, sorti de l'école depuis seulement quelques mois, faisait preuve depuis le premier meurtre d'une sagacité exceptionnelle. Sans s'apercevoir de l'attention témoignée par l'assemblée, le jeune militaire s'exprima.

— Suite à votre supposée agression, nous nous sommes aussitôt transportés au cabinet du médecin. Après vous avoir écouté, l'adjudant-chef Louet vous a proposé une escorte.

— Comment ça, supposée agression ? fit Xavier. Vous vous en doutiez et vous ne m'avez rien dit ?

— J'y viendrai tout à l'heure.

Son chef serra les poings en entendant le ton ironique. Il se promit de le rabrouer plus tard.

— J'ai refusé cette escorte, argua le religieux.

— Affirmatif. Sous le motif d'un effectif réduit au sein de notre unité, renchérit Frédéric.

— Il avait tout de même raison, concéda Bourdon, remis en place par un regard réprobateur de son patron.

Sans s'en préoccuper, l'enquêteur poursuivit.

— Votre seconde objection m'intrigua... L'adjudant-chef vous a recommandé pour la nuit la présence de Madeleine.

— Et alors ?

— Vous souhaitiez avoir le champ libre pour assassiner Alice Duprès. La venue de votre servante annihilait tout espoir de la supprimer dans un très bref délai. D'ailleurs, pourquoi être si pressé ? Vous pouviez attendre que votre plaie soit cicatrisée avant de vous en prendre à madame Duprès.

— Elle devait cesser ses péchés le plus vite possible.

— Cette erreur vous a perdu.

— Mais Alice est tout de même décédée, s'affligea Vidal. Vous aviez d'autres victimes en vue ?

Encore une fois, Louet se contint d'exploser. De quel droit le maire s'immisçait-il dans cette conversation ? Sans remarquer sa contrariété, Meyrin répondit avec vigueur.

— Non. Tout le monde commet des péchés dans ce village, mais sans commune mesure avec ces pourfendeurs de la foi que j'ai ramenés à la droite de notre seigneur.

— Vous méritez le sort de Louis XVI ! réagit l'élu.

— Vous délirez, mon fils, affirma le curé en sachant l'aversion de son vis-à-vis pour cette formulation. Ce roi de France n'a jamais eu la tête coupée pour défendre sa foi.

— À vos yeux, vous étiez en croisade ? demanda l'ancien ironiquement.

— Je n'y avais jamais songé, mais j'accepte l'aphorisme.

— Parlez français !

L'officier sourit en entendant la réplique de son subalterne. Sans se douter du sarcasme naissant dans la bouche du meurtrier, Louet poursuivit.

— Ça suffit, revenons à nos moutons ! Jacquard, fournissez donc votre explication sur l'agression de Meyer. Vous vous doutiez qu'il s'agissait d'une feinte ?

— Bien sûr. J'ai relu avec attention son audition. Il prétend avoir été attaqué au moment où une voiture montait en direction de Saint-Pierre. Or, je m'y suis arrêté en passant. Le père Joseph ne pouvait ni entendre ni remarquer un véhicule approcher du lieu où il se trouvait. Il a dû avancer de plusieurs mètres pour le voir arriver, puis se porter en vitesse à l'endroit de sa soi-disant agression, puis se laisser tomber à terre. Situé entre deux épingles de la route, le chauffeur ne pouvait rien distinguer, si ce n'est à la dernière minute remarquer le prêtre étendu. Le crépuscule jouait aussi en sa faveur. Bien joué, monsieur l'curé !

L'officier vint se placer devant Frédéric.

— Vous deviez aviser l'adjudant-chef afin qu'il prenne des dispositions. Nous aurions pu éviter les deux derniers meurtres.

— Je n'étais certain de rien.

Christine leva un doigt comme ses petits élèves et sans attendre l'autorisation du commandant de brigade, elle s'adressa à Frédéric.

— Tu m'as soupçonnée.

Il l'observa un bref moment avant de lui répondre.

— Très peu. J'avais des doutes à la mort de Delcroix.

— Peux-tu m'expliquer ?

— Rappelle-toi. C'était le jour de son assassinat, celui où tu as fait la connaissance de Claire Blanc.

— Cette pimbêche ! lança le curé.

— Près de la fontaine. Je m'en souviens. Tu m'as également suspecté un court moment de l'accident survenu au maire.

— C'est vrai. J'avais surtout la puce à l'oreille concernant la mort de Delcroix.

— Expliquez-vous, Jacquard ! dit Louet impatient. Vous compterez fleurette à mademoiselle un autre jour.

La jeune femme baissa les yeux en rougissant. Frédéric assura.

— Tu as affirmé ne pas le connaître et ne lui avoir jamais adressé la parole.

— Nous en avons déjà parlé. Son fils est l'un de mes élèves. Mais c'était la rentrée des classes et son nom ne m'évoquait rien. C'est pour cela que je t'ai donné cette réponse.

— Un peu léger pour faire condamner quelqu'un, assura le prêtre.

— Bouclez-la ! tonna Louet.

La sonnerie du téléphone coupa le fil de la discussion. Xavier décrocha et fut surpris d'entendre la voix de Pierre Carpentier.

— Vous voulez quoi ?

— …

— Que je vous passe mademoiselle Meyer ! On n'est pas aux PTT, ici ! Dites-lui de rappeler plus…

Il n'acheva pas sa phrase.

— Ils sont avec vous ? Ça change tout.

Le silence s'instaurait dans la pièce. Tous se demandaient qui était l'interlocuteur du gradé. Même Meyrin paraissait intéressé par la conversation. Louet s'adressa à Christine.

— Vos parents viennent d'arriver à l'école.

Elle se leva en faisant tomber sa chaise et s'approcha. D'un geste autoritaire, le militaire lui ordonna de se ressaisir tout en demandant au directeur de les conduire à la brigade. Tous comprirent à sa mine que son interlocuteur refusait. Il prit sur lui de se maîtriser et confia.

— Vous pourrez rester avec nous.

Il insista pour le convaincre. Au bout d'une minute paraissant une éternité, l'Alsacienne entendit Louet décréter.

— Promis, vous pourrez assister à l'interrogatoire. Mais évitez de rappliquer avec vos collègues. Vous seul, le père et la mère de la demoiselle aurez accès.

Sans attendre de réaction, il raccrocha.

— Vos parents arrivent. Nous allons enfin apprendre le lien entre ce curé, les crimes et votre papa.

— Il n'y en a aucun.

Le commandant de compagnie s'imposa.

— J'en sais assez. Nous connaissons les mobiles et les modes opératoires des sept meurtres. Louet, occupez-vous des auditions. Il reste vingt-deux heures quinze de garde à vue et le proc' vous autorisera vingt-quatre heures supplémentaires.

Il serra les mains du maire et de Xavier en ignorant les autres gendarmes, jeta un œil dédaigneux vers Meyrin. Les militaires se levèrent et rectifièrent leur position en le regardant s'éloigner. Christine et Meyrin restèrent assis. Louet le raccompagna jusqu'à la porte, puis revint en se frottant les mains.

— Bourdon, prenez les photos de ce triste sire. L'ancien, paluchez-le[1].

1. Il s'agit de relever les empreintes de tous ses doigts.

Flanquez-le ensuite en cellule et n'oubliez pas de noter l'heure de son début de temps de repos. Je vais d'abord écouter monsieur Meyer avec plaisir.

***

Malgré la présence du véhicule de la BR et deux gendarmes d'une brigade de la compagnie de Grenoble venus en renfort pour interdire l'accès au presbytère, la foule avait quitté depuis longtemps les abords. Au sous-sol, à la lueur du néon et d'un projecteur, les deux techniciens d'investigations criminelles relevaient l'ensemble des preuves incriminant le meurtre de Denis Morel et la captivité de Gille Garin.

***

Le personnel de la brigade commentait fiévreusement les aveux du père Joseph Meyrin. Ses empreintes et photos relevées, Bourdon l'avait enfermé dans une cellule. Louet remontait de la cave commune avec deux bouteilles de Champagne offertes par un ami à qui il avait rendu service.

— On l'a mérité! dit-il en faisant sauter le bouchon.

Ses hommes acquiescèrent en applaudissant mollement. Il toisa Jacquard.

— Vous avez commis des erreurs. Vous auriez dû me dénoncer vos soupçons.

— Vous ne me croyiez pas. J'ai préféré les garder pour moi.

— Avec les conséquences que nous connaissons. Je passe l'éponge et j'invoque le péché de jeunesse. Le péché, beau jeu de mot n'est-ce pas ? – Il fut le seul à s'esclaffer – J'ai interpellé l'auteur des faits et c'est le principal.

Tous se dévisagèrent en évitant de répondre. Les civils l'observèrent en se demandant s'il plaisantait. Le maire ne put s'empêcher de le corriger.

— Vous et vos hommes, ou, vos hommes et vous ? Choisissez la formule.

— Oui. Si vous voulez. Allez, trinquons !

Il remplissait les verres quand le couple Meyer et Pierre Carpentier pénétrèrent dans le bureau principal. Le directeur fit les présentations et, sans laisser le temps à Louet de prendre la parole, il asséna.

— Cette fois, je reste !

Au même moment, Christine s'empressait auprès de ses parents. Les effusions échangées, Louet s'approcha de monsieur Meyer.

— Heureux de faire votre connaissance. J'ai beaucoup entendu parler de vous ces derniers temps et j'apprécierai quelques éclaircissements.

Albert Meyer ne comprenait rien à l'attaque verbale. Les Allemands, puis les Russes n'avaient pas eu raison de lui, ça n'allait pas être ce gradé prétentieux qui le démonterait. Xavier proposa des chaises au couple. Leur fille se plaça derrière, une main sur l'épaule de sa mère, et Jacquard se rapprocha. L'adjudant-chef resta debout les bras croisés et vrilla son regard dans celui de son locuteur.

— Je suis tout ouïe.

Dérouté, Albert demeura silencieux.

— On refuse de parler ?

Albert observa sa femme et les gendarmes tranquillement assis le verre à la main, écoutant ce début d'entretien irréel. Il articula posément.

— Encore faut-il connaître le sujet. Posez vos questions et j'essayerai d'y répondre.

— Inutile d'essayer. Vous répondrez, je vous l'affirme.

Ses hommes levèrent les yeux au ciel.

— Vous étiez incorporé de force pendant la guerre. Vous fûtes affecté à Grenoble avant de partir pour la Russie et y être interné.

— En gros, oui, fit Albert en redoutant la suite.

Prêchant le faux pour avoir le vrai, Louet lui posa une nouvelle question.

— Quel fut votre rôle ici dans notre région ? Parlez sans crainte, nous connaissons la vérité.

Remarquant son indécision, il poussa son avantage.

— À Strasbourg, vous avez eu la visite d'un collègue. Lui-même a effectué des investigations et nous les avons ensuite réunies. Je sais tout.

Les gendarmes, le maire et Gilles Garin observaient l'échange. Albert examina tour à tour sa femme et sa fille. Ses épaules s'affaissèrent. Louet dissimula sa satisfaction.

— Je vous écoute.

Le père de Christine regarda une énième fois son épouse et s'expliqua.

— Comme vous l'avez dit, je fus enrôlé malgré moi dans l'armée allemande. J'étais cuisinier avant la guerre. Sans comprendre comment, je fus séparé de mes camarades. Au lieu de partir dans l'est de l'Europe, je fus dirigé dans les Alpes dans une compagnie de renfort.

— Nous savons tout cela, fit gentiment Louet pour l'inviter à continuer.

— Malgré ma fonction de cuistot, j'allais parfois en manœuvre. Les militaires s'entraînaient et j'accompagnais avec ma cuisine roulante. J'ai fait la connaissance d'une femme de mon âge, native de Saint-Pierre-de-Chartreuse. Elle était très jolie.

En s'expliquant, le regard d'Albert Meyer voyageait à travers les ans. Sa jeunesse défilait et il se remémorait cette brune aux yeux bleus qui avait cédé à ses avances.

— Nous nous sommes vus plusieurs fois à Grenoble où son père descendait pour ses affaires. Malgré ces temps troublés, il la laissait en ville sans savoir où elle allait. Ils se donnaient rendez-vous en fin d'après-midi pour remonter chez eux. Nous avions ainsi quelques heures d'indépendance quand, de mon côté, j'avais quartier libre.

Sur ses gardes, sa femme s'enquit.

— Comment l'as-tu rencontrée ?

— En faisant la soupe pour les militaires en manœuvre à Saint-Pierre. Nos regards se sont croisés. Nous étions jeunes.

De façon à éviter une discussion pouvant s'envenimer, Louet ajouta.

— Il ne vous connaissait pas, madame… Revenons à votre histoire, monsieur. Les Allemands vous laissaient quitter le bataillon plusieurs heures. Ils ne craignaient pas une désertion, votre famille s'étant réfugiée dans le Sud-Ouest[1] ?

— Ils ont traversé la ligne de démarcation en fraude, grâce à un passeur, juste après mon enrôlement. Quelques mois plus tard, les Boches ont franchi cette frontière symbolique et la France n'était plus divisée en deux. De ce fait, inutile de m'enfuir, car je mettais ma famille en péril.

Sa femme insista.

— Qu'as-tu fait avec cette fille ?

— Ce que tout jeune homme a en tête à vingt ans, en sachant qu'il risque de ne plus voir se lever le soleil le lendemain. C'était la guerre.

— Ensuite ? fit Louet en appuyant un mauvais regard dans la direction de l'épouse.

— Quelques mois plus tard, les alliés ont débarqué et les actions de la Résistance ont redoublé. Je voulais déserter.

---

1. Un grand nombre d'Alsaciens s'était replié dans le Sud-Ouest. Plusieurs rues de communes alsaciennes portent les noms des villes et villages hôtes.

— Sans songer aux conséquences pour votre famille comme vous le disiez tout à l'heure ?

— Les Allemands avaient d'autres chats à fouetter.

— Et alors ?

— Je n'ai jamais eu le temps. Nous étions trois du département du Bas-Rhin à être incorporé à la 157e division de réserve de la Wehrmacht. Un matin, des feldgendarmes nous ont arrachés à notre relatif confort grenoblois pour nous transférer de force au sein d'une unité combattante en Europe de l'Est. Je venais tout juste d'apprendre que mon amie attendait un enfant.

Sa femme glapit.

— Un gosse, je rêve !

Xavier intervint une nouvelle fois, plus fermement.

— C'était la guerre et vous ne vous connaissiez pas. Il ne vous trompait pas, que je sache. Où est le problème ?

Les yeux baissés pour éviter de croiser le regard de son épouse, Albert reprit son monologue.

— Je n'ai jamais eu le temps de lui dire au revoir. Deux semaines plus tard, j'étais incorporé dans une unité combattante face aux Russes. Nous n'avons jamais fait le poids et je me suis retrouvé, sans comprendre, dans l'enceinte d'un camp de prisonniers situé à plus de quatre cents kilomètres au sud-est de Moscou. Tambov.

— Vous aviez expliqué être Français ?

— Allez dire aux Popovs que vous êtes français en portant un uniforme de l'armée allemande ; sans oublier mon accent. Aucune discussion possible. Des menaces, un régime sec et un enfermement inhumain. Il valait mieux éviter de se plaindre. Les coups pleuvaient et beaucoup de mes compagnons d'infortune sont morts.

— Voulez-vous revenir à cette fille dont vous étiez amoureux.

Albert tenta de se dédouaner.

— Amoureux est un bien grand mot. Je crevais l'abcès de l'isolement et de la guerre.

— Tu as une drôle de façon de t'isoler ! ricana amèrement sa moitié.

Il l'ignora et chercha le regard de Louet, qu'il ne quitta plus.

— La guerre nous a séparés. Il marqua une courte pause avant de reprendre : j'ai connu ma femme à l'hôpital de Strasbourg où elle était infirmière. J'y avais été placé dès mon retour de mon incarcération pour une sale infection. Nous sommes tombés amoureux et j'ai lâchement oublié cette fille des Alpes. Mon épouse n'a jamais rien su. Longtemps le remords me noua l'estomac, mais les aléas, les joies et vicissitudes de l'existence m'empêchèrent d'entreprendre des démarches pour tenter d'en savoir plus.

— Un simple voyage en Chartreuse aurait sans doute suffi, estima Xavier.

— Peut-être. Mais après la guerre, le courage m'a manqué.

— Où trop de lâcheté ?

Albert Meyer durcit le ton.

— De quel droit ces reproches ? Qu'auriez-vous fait à ma place ? Il est plus facile de commenter vingt ans plus tard pour un autre que pour soi-même. Il marqua un nouveau temps d'arrêt avant de reprendre : pourtant, vous avez probablement raison. L'histoire ne se réécrit jamais. Ai-je une pointe de regret ou de scrupule ? J'ignore la réponse. Je suis marié et, aujourd'hui, j'ai une fille. À l'époque, je ne fréquentais personne et c'était la guerre. Cette jeune femme fut une bulle de tendresse dans un univers infernal. Je n'ai certainement pas été le seul à m'amouracher d'une demoiselle de la région.

Sidérée, madame Meyer restait silencieuse.

— Avez-vous essayé de la retrouver, après le conflit ?

— La vie de tous les jours a pris le dessus.

— Un courrier à la mairie de Saint-Pierre aurait peut-être levé une partie de vos interrogations.

— Je n'ai entrepris aucune démarche.

— Un voyage dans les Alpes. Pendant des vacances par exemple ?

La liste de questions commençait à insupporter Albert, mais il répondit.

— Bien plus tard, avec femme et enfant. J'entends déjà vos futurs propos... Un besoin généreux de se rapprocher de cet amour.

— Je n'osai pas le dire.

L'ex incorporé de force balaya d'un geste la répartie.

— Nous nous y sommes rendus pendant mes vacances, au cours des années soixante.

— Ha ben, je comprends maintenant pourquoi tu insistais, fit sa femme.

Il haussa les épaules et préféra encore une fois regarder l'enquêteur.

— Je n'ai jamais cherché à rencontrer des visages croisés pendant la guerre et n'ai posé aucune question. J'ai laissé faire le hasard.

— Et ?

— Rien. Nous sommes rentrés en Alsace à l'issue de notre séjour et j'ai essayé de ne plus y penser... Sans résultat.

— Vous ne regrettez rien ?

— La vie est ainsi faite. Avec le temps, je suis devenu fataliste.

— Comment s'appelait cette jeune fille ? s'enquit Vincent en approchant d'un pas.

— Béatrice.

— Vous rappelez-vous son nom ?

— Évidemment !

— Lequel ?

***

Le père Joseph cogitait dans sa cellule pourvue d'un lit en béton, d'un w.c. turc et de deux couvertures vertes, modèle armée de terre. Une petite lucarne au verre épais autorisait l'entrée de la lumière et un conduit d'une quinzaine de centimètres de diamètre laissait filtrer l'air extérieur.

Il se mit à genoux péniblement face au mur gris et pria.

***

Une lourde chappe de silence planait dans la pièce. Tous étaient suspendus aux lèvres du père de Christine. Il resta un instant sans voix, puis répondit avec une once d'hésitation.

— Chapuis. Béatrice Chapuis.

Gilles Garin cilla et se tint au rebord d'une table. La stupéfaction se lut aussi sur le visage du maire. Le garagiste s'approcha de Meyer.

— Vous avez bien dit Béatrice ?

— Tout à fait.

— C'est ma belle-mère.

Christine et la femme d'Albert étouffèrent un cri, Louet jura pendant qu'Albert absorbait la révélation. Les membres du groupe n'osaient proférer un mot, mais leur regard rempli d'incrédulité se portait tour à tour sur les protagonistes.

Médusé, Albert resta sans voix un instant avant de balbutier.

— En êtes-vous certain ?

— J'en suis sûr.

Le maire reprit la parole en souriant ironiquement.

— Elle ne vous a pas attendu et est mariée.

— Je m'en doute, depuis tout ce temps. Béatrice réside toujours ici ?

Vincent Duval jubila en répondant.

— Effectivement… Cerise sur le gâteau, j'ai la joie, si j'ose dire, de vous apprendre que vous êtes grand-père d'un petit garçon.

— Depuis le dix-sept de ce mois, renchérit Gilles tout aussi époustouflé.

Épilogue

Madame Meyer se remettait difficilement du récit de son mari. Depuis trois jours, elle ne quittait plus la seconde chambre de l'appartement de sa fille et pleurait parfois à chaudes larmes en hurlant à la trahison. Compatissant, son conjoint tentait de la réconforter en invoquant la guerre et leur ignorance l'un de l'autre ; sans succès.

Pragmatique, Christine expliquait à sa mère qu'elle avait un petit-fils avant l'heure et, qu'un jour, elle le verrait user ses fonds de culotte sur l'un des bancs de son école.

Albert avait rencontré Béatrice. Une entrevue remplie de pudeur et de gêne, face au mari de la Chartrousine qui ne savait que penser. Il avait regardé le petit-fils de son ex-maîtresse endormi ne se souciant pas du problème des hommes, bien emmitouflé dans son landau. Il ignorerait encore longtemps qu'un drame avait un tant soit peu rapproché deux personnes ayant vécu des périodes difficiles au cours de leur jeunesse.

***

À l'issue de sa garde à vue et de sa présentation devant un juge d'instruction, le père Joseph fut transféré à la prison Saint-Joseph, à Lyon. Inculpé pour plusieurs crimes, il jouerait sa tête face à une cour d'assises. Indifférent à la justice terrestre, il priait tout au long des journées sans se mêler aux autres détenus.

***

Frédéric bénéficiait d'une journée de repos et avait donné rendez-vous à Christine devant la remontée mécanique des Essarts. La jeune femme avait apprécié la balade et souhaitait retourner au sommet pour contempler une nouvelle fois le paysage.

La petite télébenne ouverte à tous les vents supportait deux personnes se tenant debout. Face à face, le couple entrecoupait sa discussion de baisers.

— Tu restes dans la région ou tu remontes en Alsace à la fin de l'année scolaire ?

La jeune femme éclata de rire.

— J'ai connu un gendarme, il y a peu, qui me semble mignon, même si parfois il est curieux et trop méfiant.

— Et tout plein gentil.

— Et tout plein gentil.

— Dans ce cas, la belle cigogne pense-t-elle faire son nid un peu plus longtemps dans la région ?

— Elle le pense.

Les deux jeunes gens s'embrassèrent avec passion. L'écho emporta leurs rires au-delà du Charmant Som pendant que la télébenne les transportait vers un avenir radieux.

Remerciements

Comme d'habitude ma reconnaissance éternelle va à ma femme pour ses innombrables lectures, corrections et remarques, à Anaïs et Deborah.

Table des matières

Pour contacter l'éditeur :

Éditions Les Passionnés de bouquins
36 impasse du Tonkin
69290 Craponne
Email : contact@les-passionnes-de-bouquins.com
Site Web : www.les-passionnes-de-bouquins.com

Imprimé en France par CPI Firmin Didot, Le Mesnil-sur-l'Estrée
N° d'impression : 178038